CONQUISTAR
EL CIELO

Paolo Giordano

CONQUISTAR EL CIELO

Traducción del italiano de
Nicolás Pastor Durán

narrativa
salamandra

Título original: *Divorare il cielo*
Ilustración de la cubierta: © Tamara Dean/Agence VU'
Copyright © Paolo Giordano, 2018
Copyright de la edición en castellano © Ediciones Salamandra, 2019
Ediciones Salamandra
www.salamandra.info

RO457820196

A Rosario y Mimino,
a Angelo y Margherita.
A sus estorninos

Cualquier parecido con sucesos o personas reales es mera coincidencia. La ubicación espacial y temporal de algunos hechos se ha modificado por exigencias narrativas.

PRIMERA PARTE

Los grandes egoístas

1

Los vi bañándose en la piscina, de noche. Eran tres, muy jóvenes, casi unos niños, igual que yo por aquel entonces.

En Speziale siempre había algún ruido nuevo que interrumpía mi sueño: el murmullo del sistema de riego, los gatos salvajes que se peleaban en el prado, un pájaro que repetía hasta el infinito el mismo gorjeo. Durante los primeros veranos que pasé allí, en casa de mi abuela, tenía la sensación de no dormir jamás. Desde la cama veía los objetos de la habitación acercarse y alejarse como si toda la casa estuviera respirando.

Aquella noche oí ruidos en el patio, pero tardé un tiempo en levantarme de la cama: a veces el guardés se acercaba a la puerta principal para dejar encajada una nota. Pero después hubo cuchicheos y risas contenidas, así que decidí asomarme. La lámpara para mosquitos emitía una luz azulada desde el suelo. Me cuidé de no pisarla. Caminé hasta la ventana y miré hacia abajo. No llegué a ver a los chicos desnudándose, pero pude vislumbrar cuando el último se deslizaba en el agua negra.

La luz del porche me permitía atisbar sus cabezas: había dos más oscuras y una que parecía de plata. Por lo demás, vistos desde allí eran casi idénticos; movían los brazos en círculo para mantenerse a flote.

La tramontana se había calmado y en el ambiente reinaba una especie de quietud. Uno se puso a hacer el muerto en el centro de la piscina. Me ardió la garganta al contemplar su desnudez, aunque sólo fuera una sombra; caprichos de mi imaginación, más que nada. Arqueó la espalda y se zambulló con una cabriola. Al emerger soltó un alarido y su amigo de cabeza plateada lo golpeó en la cara para que se callara.

—¡Me has hecho daño, imbécil! —dijo el de la cabriola sin bajar la voz.

El otro lo hundió en el agua y el tercero no tardó en abalanzarse sobre él. Yo temía que se pegaran, que alguno pudiera ahogarse, pero se separaron riendo. Se sentaron en el borde de la piscina, junto a la parte menos honda, mostrándome sus espaldas mojadas. El de en medio, que era el más alto, estiró los brazos y rodeó los hombros de sus compañeros. Hablaban muy bajo, pero pude distinguir algunas palabras sueltas.

Por un momento pensé en bajar y zambullirme con ellos en la humedad de la noche: la soledad de Speziale me hacía anhelar cualquier contacto humano. Pero a mis catorce años carecía del valor necesario para esa clase de cosas. Sospechaba que eran los chicos de la finca aledaña, aunque sólo los había visto de lejos. Mi abuela los llamaba «los de la hacienda».

De repente se oyó el chirrido de los muelles de una cama y enseguida una tos y las chanclas de mi padre repiqueteando sobre el pavimento: se había lanzado escaleras abajo antes de que yo pudiera avisar a los chicos para que escaparan. Bajó llamando al guardés. La luz de la caseta se encendió y Cosimo salió justo cuando mi padre aparecía en el patio, ambos en calzoncillos.

Los muchachos habían saltado fuera de la piscina y recogían la ropa esparcida. Corrieron hacia la oscuridad dejando algunas prendas por el suelo. Cosimo se lanzó a perseguirlos gritando: «¡Cabrones, os voy a romper la crisma!» Mi padre lo siguió tras un instante de indecisión. Pude ver cómo cogía una piedra.

Se oyó un grito entre las sombras; luego, el choque de los cuerpos contra la valla y una voz que decía: «¡No, baja de ahí!» El corazón me latía como si fuese yo quien se daba a la fuga, yo la perseguida.

Pasó un rato antes de que volvieran. Mi padre se sujetaba la muñeca izquierda, tenía una mancha en la mano. Cosimo la examinó de cerca y después lo condujo a la caseta. Antes de entrar él también, echó un último vistazo a las tinieblas que habían engullido a los invasores.

Al día siguiente, mi padre se presentó a la comida con la mano vendada. Contó que había tropezado cuando intentaba arreglar un nido de urracas. En Speziale se transformaba en otra persona: a los pocos días su piel se volvía oscurísima y el dialecto le cambiaba incluso la voz. Parecía un desconocido. A veces me preguntaba quién era realmente: el ingeniero que en Turín siempre vestía de traje y corbata o aquel hombre de barba descuidada que andaba semidesnudo por la casa. En cualquier caso, estaba claro que mi madre había decidido casarse con uno de los dos y no quería saber nada del otro; hacía años que no ponía un pie en Apulia. Cuando llegaba agosto y nos disponíamos a afrontar el eterno viaje en coche hacia el sur, ni siquiera salía de su habitación para despedirse.

Comimos en silencio hasta que oímos la voz de Cosimo, que nos llamaba desde el patio.

En el umbral, frente al guardés que los custodiaba como un cancerbero, estaban los tres chicos de la noche anterior. Aunque al principio sólo reconocí al más alto, por la delgadez del cuello y la forma ovalada de la cabeza, los otros dos atrajeron mi atención de inmediato. Uno, de piel muy pálida, tenía las cejas y el pelo blancos como el algodón; el otro era moreno, de piel tostada, y llevaba los brazos llenos de arañazos.

—¡Ajá! —exclamó mi padre—. ¿Habéis venido a recuperar vuestra ropa?

El más alto respondió en tono apagado:

—Hemos venido a pedirle perdón por haber entrado ayer en su propiedad y haber usado la piscina. Nuestros padres querían darle esto.

Levantó una bolsa que mi padre agarró con la mano que no tenía vendada.

—¿Cómo te llamas? —preguntó.

Iba ablandándose a pesar de sí mismo.

13

—Nicola.

—¿Y ellos?

—Éste es Tommaso —dijo, señalando al más pálido—. Y éste, Bern.

Llevaban unas camisetas tan apretadas que parecía como si alguien se las hubiera embutido a la fuerza. Intercambié una larga mirada con Bern. Tenía los ojos negrísimos y bastante juntos.

Mi padre sacudió la bolsa y dentro tintinearon unos tarros. Creo que habría preferido estar en cualquier otro sitio antes que allí, recibiendo aquellas disculpas.

—No hacía falta que os colarais a escondidas —dijo—. Si queríais usar la piscina no teníais más que pedirlo.

Nicola y Tommaso bajaron la vista, pero Bern continuó mirándome. A sus espaldas, la blancura del patio deslumbraba.

—Si le hubiera pasado algo a uno de vosotros... —Mi padre vaciló; cada vez se veía más incómodo—. Cosimo, ¿les hemos ofrecido a estos muchachos un poco de limonada?

El guardés hizo una mueca como preguntándole si se había vuelto loco.

—Así estamos bien, gracias —dijo Nicola, educadamente.

—Si a vuestros padres les parece bien, podéis venir a bañaros esta tarde.

Mi padre me miró, tal vez pidiendo mi aprobación. Entonces, Bern tomó la palabra.

—Anoche le dio una pedrada en la espalda a Tommaso. Sin duda cometimos una infracción al entrar en su propiedad, pero usted cometió una más grave al lastimar a un menor. Si quisiéramos, podríamos denunciarlo.

Nicola le dio un codazo en el pecho, pero estaba claro que no tenía ninguna autoridad; sólo era el más alto.

—Yo no hice tal cosa —respondió mi padre—, no sé de qué estás hablando.

Recordé cómo se agachó para coger la piedra y los rumores sordos en la oscuridad. Aquel grito que no había logrado descifrar.

—Tommi, enséñale el cardenal al señor Gasparro, por favor.

Tommaso dio un paso atrás, pero no protestó cuando Bern cogió el borde de su camiseta y remangó cuidadosamente la tela dejándole la espalda descubierta. Era incluso más blanca que sus brazos, y su palidez resaltaba la mancha azulada, tan grande como el culo de un vaso.

—¿Lo ve?

Bern apoyó el índice en el cardenal y Tommaso se apartó. Mi padre parecía hipnotizado. Cosimo intervino en su lugar: ordenó algo en dialecto y ellos se despidieron con una circunspecta inclinación de cabeza.

Bajo los rayos del sol, Bern dio media vuelta para observar la casa con severidad.

—Espero que su mano se cure pronto —dijo.

Aquella tarde se desató una tempestad. En pocos minutos, el cielo se tiñó de violeta y negro, colores que yo nunca había visto. Las tormentas duraron casi una semana; las nubes llegaban súbitamente desde el mar. Un rayo quebró una rama del eucalipto y otro quemó la bomba del pozo. Mi padre estaba furioso y la tomó con Cosimo.

La abuela leía en el sofá sus novelas policiacas de bolsillo. Le pedí que me recomendara una para entretenerme y me respondió que pillara cualquiera de la librería: todas valían la pena. Escogí *El safari de la muerte*, pero la historia me resultó aburrida.

Después de pasar un rato mirando al vacío, le pregunté qué sabía de los chicos de la hacienda.

—Van y vienen —dijo—, nunca se quedan mucho tiempo.

—¿Y a qué se dedican?

—Supongo que se dedican a esperar a que sus padres, u otra persona, los recojan. —Dejó el libro como si ya le hubiera arruinado la lectura—. Y mientras tanto rezan; practican una especie de... herejía.

En cuanto cesó el mal tiempo hubo una invasión de ranas. Durante la noche se metían en la piscina, y por más cloro que le echáramos al agua no había manera de tenerlas a raya. Las encontrábamos atrapadas en los filtros o trituradas por las ruedas del limpiafondos. Las que sobrevivían nadaban plácidamente, algunas en pareja, una sobre el dorso de la otra.

Una mañana bajé al patio para desayunar, aún vestida con el pantaloncito y la camiseta de dormir, y vi a Bern. Pescaba ranas con una red. Cuando atrapaba una, la arrojaba planeando a un cubo.

Por un momento dudé entre dejarme ver o volver arriba para vestirme, pero al cabo me acerqué y le pregunté si mi padre le pagaba por hacer ese trabajo.

—A Cesare no le gusta que manejemos dinero —dijo volviéndose apenas y, después de una pausa, añadió—: «Entonces, uno de los doce fue a los principales sacerdotes y dijo: "¿Qué estáis dispuestos a darme para que yo os lo entregue?" Y ellos le pesaron treinta piezas de plata.»

Me pareció una respuesta absurda, pero tampoco me apetecía que la explicara. Miré dentro del cubo: las ranas amontonadas brincaban para escapar, pero las paredes de plástico eran demasiado altas.

—¿Qué vas a hacer con ellas?

—Las soltaré.

—Si las sueltas volverán esta misma noche. Cosimo las mata con sosa cáustica.

Bern me fulminó con la mirada.

—No te preocupes, las llevaré lejos.

Me encogí de hombros.

—De todas formas, no entiendo por qué haces algo tan asqueroso si ni siquiera te pagan.

—Debe ser mi castigo por haber usado vuestra piscina sin permiso.

—Pensaba que ya os habíais disculpado.

—Cesare cree que os debemos una reparación, pero hasta ahora no habíamos podido hacer nada por culpa de la lluvia.

Las ranas huían a toda velocidad por el agua y él las perseguía pacientemente con la red.

—¿Quién es Cesare?

—El padre de Nicola.

—¿No es tu padre también?

Negó con la cabeza.

—Es mi tío.

—¿Y Tommaso tampoco es tu hermano?

Volvió a negar con un gesto. Cuando aparecieron en la puerta de casa, Nicola había dicho «nuestros padres», pero algo me hizo pensar que Bern no me daría una explicación sencilla y no quise darle el gusto de confundirme aún más.

—¿Qué tal va su cardenal?

—Le duele cuando levanta el brazo. Por la noche, Floriana le pone compresas con vinagre de manzana.

—De todas formas, creo que te equivocas con lo de la piedra: mi padre no la tiró. Debió de ser Cosimo.

Me dio la impresión de que no estaba escuchándome, parecía absorto en la pesca de las ranas. Llevaba unos pantalones que en otro tiempo debían de haber sido azules e iba descalzo. El caso es que, de pronto, me espetó a quemarropa:

—Eres una sinvergüenza.

—¡¿Que soy qué?!

—Culpas al señor Cosimo para excusar a tu padre. No creo que le paguéis lo suficiente como para que tenga que soportar eso.

Cayó otra rana en el cubo. Habría unas veinte, se hinchaban y deshinchaban allí dentro.

Como quería desviar la atención de mi mentira, le pregunté:

—¿Por qué no han venido también tus amigos?

—Lo de la piscina fue idea mía.

Me pasé una mano por el pelo: estaba ardiendo. Podría haberme agachado para coger un poco de agua y mojarme la cabeza, pero seguía habiendo ranas en la piscina.

Bern cazó una con la red y me la puso delante.

—¿Quieres tocarla?

—¡Ni en broma!

—Ya lo suponía —dijo, esbozando una sonrisa burlona; luego añadió con aire apático—: Hoy Tommaso ha ido a ver a su padre a la cárcel.

Aguardó a que sus palabras surtieran efecto; yo no abrí la boca.

—Mató a su mujer con un zueco. Luego quiso ahorcarse en un árbol, pero la policía lo detuvo a tiempo. Las ranas se agitaban, viscosas, en el cubo. Sentí asco.

—Te lo has inventado, ¿verdad?

Bern dejó la red suspendida en el aire.

—Claro que no.

Al fin consiguió cazar la última rana, que no se lo puso nada fácil. Dobló las rodillas para no alzar mucho la red.

—¿Y tus padres? —pregunté.

La rana huyó de un salto hacia la parte más honda de la piscina.

—¡Maldita sea! ¡Mira lo que has hecho! ¡Eres una embrolladora!

Perdí la paciencia.

—¿Qué significa eso de «embrolladora»? ¡Te inventas las palabras! Ni que hubiera sido yo quien le hizo daño a tu hermano..., tu amigo ¡o lo que sea!

Estaba a punto de irme cuando Bern se volvió y, por primera vez, me miró con atención. Su rostro reflejaba un sincero disgusto y, al mismo tiempo, una cierta ingenuidad. De nuevo aquel leve y desconcertante estrabismo.

—Te ruego que me perdones —dijo.

—Me ruegas que...

Estaba nerviosa, como la semana anterior, cuando me clavaba los ojos delante de mi padre. Me asomé a la piscina para ver dónde se había metido la rana.

—¿Qué son esos hilos negros?

—Son huevos: las ranas venían aquí a ponerlos.

—¡Qué horror!

Él malinterpretó mis palabras.

—Sí, es horrible; estáis acabando no sólo con las ranas, sino también con los huevos. Dentro de cada uno hay un ser vivo.

Más tarde me eché para tomar el sol, pero ya eran las dos, la peor hora, y no aguanté mucho. Crucé el patio y dejé atrás las piedras que lo separaban del campo abierto. Llegué al punto de la valla por donde habían saltado los chicos; la tela metálica estaba doblada por arriba y deformada por el centro. Más allá había árboles, un poco más altos que los nuestros. Me agaché para ver la hacienda, pero estaba demasiado lejos.

Antes de marcharse, Bern me había invitado al entierro de las ranas que había pescado muertas; pese a haber estado horas bajo el sol, no sudó ni una gota.

Le pedí a Cosimo que inflara las ruedas de la vieja bicicleta de la abuela. La colocó en el jardín engrasada y reluciente.

—¿Adónde vas?

—A dar un paseo por ahí, por el camino.

Esperé a que mi padre se fuera a ver a sus amigos y salí. La entrada de la hacienda se hallaba en el lado opuesto al de nuestra finca; para llegar había que dar toda la vuelta, a no ser que uno atajara por el terreno como habían hecho los chicos. Por el tramo de carretera asfaltado, los camiones me adelantaban a toda marcha. Llevaba el *walkman* en la cesta de la bicicleta y tenía que inclinarme porque el cable de los auriculares era corto.

La entrada de la hacienda no tenía una auténtica cancela, sólo una barra de metal que encontré abierta. El sendero estaba lleno de hierbajos y sus bordes, muy poco marcados, como si los mismos coches lo hubieran ido trazando con su paso. Bajé de la bici y seguí a pie. Tardé unos cinco minutos en llegar a la casa.

No era la primera vez que visitaba una hacienda, pero ésta era distinta. Sólo la parte central era de piedra, mientras que el resto parecía un simple añadido. El cemento del patio, que en nuestra casa era liso, estaba surcado de grietas.

Apoyé la bicicleta contra la pared y carraspeé para anunciar mi llegada, pero no vino nadie. Di unos pasos para ponerme bajo la pérgola y protegerme del sol. Tras la mosquitera, la puerta de la casa estaba abierta de par en par, pero no me atreví a entrar. Me apoyé en la mesa, donde un mantel de hule con un mapamundi despertó mi curiosidad. Busqué Turín, no salía.

Me puse los auriculares y caminé en torno a la casa oteando por las ventanas, pero el contraste entre la oscuridad del interior y la luz de fuera era demasiado fuerte. En la parte trasera vi a Bern.

Estaba sentado a la sombra en un taburete, encorvado. En esa posición, las vértebras le formaban una hilera de gibas a lo largo de la espalda. Estaba rodeado de almendras, montañas de almendras, tantas que podría haberme hundido en ellas si me hubiese tumbado encima con los brazos abiertos.

No advirtió mi presencia hasta que me tuvo enfrente, e incluso entonces no pareció sorprenderse.

—¡Vaya! Ha venido la hija del tirapiedras —murmuró.

Una ráfaga de bochorno me subió desde el estómago.

—En realidad, me llamo Teresa.

Habíamos estado juntos toda la mañana y en ningún momento me había preguntado el nombre. Asintió, aunque la información no pareció interesarle lo más mínimo.

—¿Qué haces?

—¿No lo ves?

Cogía las almendras en puñados de cuatro o cinco, les quitaba el hollejo y las dejaba caer en otro montón.

—¿Vas a pelarlas todas?

—Claro.

—Estás loco, hay muchísimas.

—Podrías ayudarme en vez de quedarte ahí mirando.

—¿Y dónde me siento?

Bern se encogió de hombros. Me senté en el suelo con las piernas cruzadas.

Estuvimos pelando almendras durante un buen rato. Reparé en las muchas que había pelado él solo; debía de llevar horas allí.

—Eres muy lenta —dijo de repente.

—¡Es la primera vez que lo hago!

—Da igual, eres lenta y punto.

—Dijiste que enterraríamos las ranas.

—Dije a las seis.

—Creía que ya eran las seis —mentí.

Bern le echó un vistazo al sol y se desentumeció el cuello. A desgana, me estiré para coger otro puñado de almendras. El truco para pelarlas más rápido era no preocuparse por la pulpa que quedaba entre las uñas.

—¿Las has recogido todas tú?

—Sí, todas.

—¿Y qué piensas hacer con ellas?

Bern suspiró.

—El domingo viene mi madre y le encantan las almendras. Lo malo es que tardan al menos dos días en secarse y, además, después hay que descascararlas, que es lo más trabajoso. Así que voy con retraso. Tengo que acabar antes de mañana.

Paré. Estaba cansada y la montaña de almendras verdes apenas había menguado. Me moví para llamar la atención de Bern, pero él no apartó los ojos del suelo.

—¿Te gusta la nueva canción de Roxette?

—Desde luego que me gusta.

Sospeché que no era verdad, que no conocía ni la canción ni a Roxette.

Al cabo de un rato dijo:

—¿Es la que estabas escuchando?

—¿La quieres oír?

Bern vaciló un momento antes de soltar las almendras que tenía en la mano. Le ofrecí el *walkman*, se puso los auriculares y empezó a darle vueltas al aparato.

—Tienes que darle al *play*.

Volvió a examinarlo por todos los lados y me lo devolvió con un gesto nervioso.

—Da igual.

—¿Por qué? Mira, se hace así...

—Da igual.

Seguimos trabajando en silencio, sin mirarnos. Hasta que llegaron los otros dos muchachos, sólo se oía el leve toc-toc de las almendras desnudas al caer.

—¿Qué hace ella aquí? —preguntó Tommaso, observándome desde arriba.

Bern se levantó para plantarle cara.

—Se lo he pedido yo.

Nicola, más amable, me tendió la mano y se presentó dando por descontado que yo no recordaba su nombre. Me pregunté cuál de los tres había hecho el muerto en la piscina. Era como si las imágenes de aquella noche me dieran una ventaja desleal sobre ellos.

Entonces, Tommaso dijo:

—Está todo listo, vamos.

Y se puso en marcha sin esperarnos. En un claro del olivar nos aguardaba un señor.

—Ven, querida —me dijo, abriendo los brazos. Llevaba una estola con dos cruces bordadas en oro en los hombros y en las manos, un librito forrado en cuero; tenía la barba negra y los ojos de un azul muy claro, casi transparente—. Yo soy Cesare.

A sus pies habían cavado cinco pequeños hoyos; las ranas ya estaban dentro. Cesare me explicó con calma lo que estaba ocurriendo.

—El hombre entierra a sus muertos, Teresa, lo ha hecho siempre. Así empezó nuestra civilización y así garantizamos a las almas el viaje hasta una nueva residencia. O hasta Jesús, si su ciclo se ha cerrado.

Cuando dijo «Jesús», todos se santiguaron dos veces y después se besaron la uña del pulgar. Mientras tanto, se aproximó una mujer que llevaba una guitarra cogida por el mástil y me acarició la mejilla como si me conociera de toda la vida.

—¿Sabes qué es el alma?

—No estoy muy segura.

—¿Alguna vez has visto una planta a punto de morir, quizá de sed?

La kentia de nuestros vecinos de Turín se había secado en el balcón. Los dueños se fueron de vacaciones sin ocuparse de ella. Asentí.

—Llega un momento en que las hojas se comban —prosiguió—, las ramas se marchitan y la planta se vuelve un despojo: la vida la ha abandonado. Pues lo mismo sucede cuando el alma nos abandona. —Agachó la cabeza hacia mí—. Pero hay algo que no te enseña el catecismo: no morimos, Teresa,

22

porque las almas emigran; cada uno de nosotros tiene muchas vidas a sus espaldas y muchas otras por delante, ya sea como hombre, mujer o animal. También estas pobres ranas. Por eso queremos enterrarlas. No cuesta mucho, ¿verdad? —Me miró satisfecho y luego, sin retirar la vista, dijo—: Cuando quieras, Floriana.

La mujer alzó la guitarra. Como no llevaba correa tuvo que doblar una rodilla para apoyarla. Rasgando las cuerdas en aquel equilibrio precario, entonó una canción dulce que hablaba de las hojas y la gracia, el sol y la gracia, la muerte y la gracia. Tras unos instantes se unieron los varones, perfectamente sincronizados. La voz de Cesare, ronca y profunda, parecía dirigir a las demás. Bern tenía los ojos cerrados y la barbilla ligeramente levantada. Me hubiera gustado oír sólo su voz al menos durante unos segundos.

Luego se cogieron de la mano; Cesare, que estaba a mi izquierda, me tendió la suya. Yo no sabía qué hacer con Floriana, que seguía tocando la guitarra. Tommaso había apoyado los dedos en su espalda, así que hice lo mismo para no interrumpir el círculo; ella me sonrió.

Al tercer estribillo ya era capaz de cantar palabras sueltas. Es posible que lo repitieran varias veces precisamente por eso. ¿Bern estaba llorando o me engañaba la sombra del pelo sobre su cara?

Las ranas estaban rígidas, acartonadas; era imposible que hubiese almas dentro de aquellos vientres gelatinosos. Me pregunté si, según Cesare, seguían allí o ya habían volado hacia otro sitio. Sea como fuere, sus cuerpos fueron bendecidos y los chicos se arrodillaron para cubrir los agujeros. «Practican una especie de herejía», había dicho la abuela.

Antes de irse, Cesare me invitó a volver.

—Tenemos mucho de que hablar, Teresa.

De vuelta por la vereda, Bern llevaba mi bicicleta cogida por el manillar.

—Entonces ¿te ha gustado? —preguntó.

Le dije que sí más bien por cortesía, aunque luego me di cuenta de que en el fondo era cierto.

—«No te reprendo por tus sacrificios ni por tus holocaustos, que están continuamente delante de mí» —dijo.

—¿Qué?

—«No tomaré novillo de tu casa ni machos cabríos de tus apriscos. —Repetía una de las oraciones que Cesare había leído antes—. Toda ave de los montes conozco, y mío es todo lo que en el campo se mueve.» Es mi versículo preferido, cuando dice: «mío es todo lo que en el campo se mueve».

—¿Te lo sabes de memoria?

—Me he aprendido algunos salmos, pero aún no todos —precisó como queriendo excusarse.

—¿Por qué?

—¡No me ha dado tiempo!

—No, me refiero a por qué los aprendes de memoria. ¿Para qué sirven?

—Los salmos son la única forma de rezar que de verdad agrada a Dios.

—¿Todo esto te lo enseña Cesare?

—Sí, todo.

—No vais a una escuela normal, ¿verdad?

La rueda delantera de la bicicleta pasó por encima de una piedra y la cadena vibró.

—¡Cuidado! —dije—. Cosimo acaba de arreglarla.

—Cesare sabe muchas más cosas de las que se aprenden en las escuelas «normales», como tú dices. De joven fue explorador, vivió en el Tíbet, solo en una cueva a cinco mil metros de altura.

—¿Y por qué en una cueva?

—Llegó un momento en que ni siquiera sentía el frío, imagínate; podía estar a veinte grados bajo cero sin ropa, tan tranquilo. Y casi no comía.

—¡Qué raro! —dije con escepticismo.

Bern se encogió de hombros.

—Fue allí donde descubrió la metempsicosis.

—¿La qué?

—La transmigración de las almas. Aparece en muchos puntos del Evangelio; en Mateo, por ejemplo. Pero sobre todo en Juan.

—¿Y tú crees en eso?

Me miró con severidad.

—Apuesto a que no has abierto la Biblia en tu vida.

Habíamos llegado a la barra. Él se detuvo en seco. Me devolvió la bicicleta y me dijo:

—Puedes volver cuando quieras. Después de comer todos duermen menos yo.

A veces me pregunto por qué regresé a la hacienda. Quizá por las ganas de ver a Bern, por una curiosidad que aún carecía de un nombre o simplemente por el aburrimiento de Speziale. El caso es que volví al día siguiente, lo ayudé con las almendras y conseguimos pelarlas todas.

El último día en Apulia dediqué toda la mañana a reunir mis cosas y hacer la maleta. Normalmente, me encantaba la idea de partir, pero aquella vez era diferente. Después de comer me monté en la bici y pedaleé hasta la hacienda.

Pero Bern no estaba. Di un par de vueltas alrededor de la casa susurrando su nombre. Las almendras seguían allí; sin hollejo y sin cáscara ocupaban un volumen insignificante.

Volví a la pérgola, me senté en la mecedora y me di un suave empujón. Dos gatos dormitaban de costado, vencidos por el calor. Alguien dijo mi nombre.

—¿Dónde estás? —pregunté.

Bern guió mis ojos hasta una ventana del primer piso, susurrando:

—Acércate.

—¿Por qué no bajas?

—No puedo salir de la cama: tengo la espalda agarrotada.

Recordé las muchas horas encorvado sobre las almendras.

—¿Puedo subir yo?

—Mejor no. Despertarías a Cesare.

Me sentía estúpida hablando con una ventana.

—Quiero darte algo, esta noche me voy.

—¿Adónde vas?

—Vuelvo a casa, a Turín.

Bern guardó silencio un instante y luego dijo:

—Pues buen viaje.

Pensé que quizá alguien vendría a buscarlo en algún momento del invierno, su madre tal vez, y yo no volvería a verlo. «Van y vienen», había dicho la abuela. Un coleóptero pasó junto a mi pie. Lo aplasté con la sandalia. ¿También lo enterrarían? Levanté la bicicleta. Ya estaba sentada en el sillín cuando oí de nuevo la voz de Bern.

—¿Y ahora qué quieres?

—Puedes coger unas cuantas almendras y llevártelas a Turín.

—¿Por qué? ¿A tu madre no le han gustado?

Quería ser grosera, y probablemente lo conseguí. Él pareció reflexionar un momento.

—Cógelas —dijo al fin—; todas las que quieras. Ponlas en la cesta de la bici.

Apreté y solté el freno un par de veces, vacilante. Luego desmonté y fui hasta el montón de almendras. No tenía ni idea de qué haría con ellas, pero seguro que no iba a comérmelas. Cogí un puñado tras otro y llené la cesta hasta los topes. Antes de irme escondí el *walkman* entre las cáscaras con un pedazo de celo colorado sobre el botón de *play*.

Cuando mi madre encontró la caja de las almendras ya era febrero, quizá marzo. Había ordenado mi habitación mientras yo estaba en clase. Siempre andaba moviendo o tirando cosas, haciendo sitio. Dejó la caja sobre la cama y, al volver, sentí algo extraño, como si hubiera descuidado algo importante. La abrí: estaba vacía. Recorrí con el índice el fondo, donde se había depositado un polvo fino; me lo llevé a la boca y me lo tragué con saliva. No era dulce, no sabía a nada, pero me trajo a la mente la estampa de Bern bregando con las almendras y no pude concentrarme en nada más durante el resto del día.

Aquella tarde fue una excepción. Durante aquellos primeros años, Speziale y la hacienda parecían ya irreales a la altura de la primavera. Los olvidaba por completo hasta que, en agosto, llegaba la hora de regresar. No sabía si a Bern y los demás les pasaba lo mismo. Si percibían mi ausencia, ciertamente no lo dejaban translucir. Cuando volvíamos a vernos, no nos tocábamos las mejillas ni las manos, no hablábamos de los meses transcurridos. Para ellos, yo sólo era otro elemento de la naturaleza, un fenómeno que iba y venía con las estaciones y sobre el cual hubiera sido superfluo pensar demasiado.

Cuando empecé a conocerlos mejor comprendí que su tiempo no transcurría como el mío o más bien que, de hecho, no transcurría. Su jornada se dividía en tres horas de estudio por la mañana y otras tantas de trabajo manual por la tarde, a excepción del domingo. La rutina no se alteraba ni siquiera en verano. Por ello, procuraba no ir a la hacienda antes de la comida: prefería evitar las lecciones de Cesare, que tenía la capacidad de hacerme sentir idiota. Hablaba de los mitos de la creación, del injerto inglés o el injerto de corona en los frutales, del *Mahabhárata*..., cosas de las que yo no sabía absolutamente nada.

De vez en cuando, los chicos, uno a uno, lo seguían hasta la sombra de una gran encina y allí se sentaban a conversar. En realidad, Cesare hablaba sin descanso mientras Bern, Tommaso o Nicola mostraban su aprobación asintiendo con la cabeza. Un día me dijo que sería bienvenida si tenía ganas de charlar. Le di las gracias, pero nunca me decidí a acompañarlo bajo el árbol.

No obstante, año tras año me acogían como a una más. El verano en que empezaba secundaria, y también el siguiente... Aquello no le hacía mucha gracia a mi padre, pero no decía nada porque prefería saber que estaba con los vecinos a verme deambular por la casa con cara de disgusto. Y supongo que lo mismo le sucedía a la abuela.

A cambio de su hospitalidad, yo aportaba lo que buenamente podía a las labores de la hacienda. Ayudé a recoger alubias y tomates, arranqué matas de achicoria en la vereda y aprendí a trenzar ramas secas para hacer guirnaldas. No se me daba muy bien, pero nadie me lo reprochaba. Cuando mi trenza estaba tan enredada que no lograba avanzar, Bern y Nicola acudían en mi ayuda. La deshacían hasta llegar al nudo equivocado y volvían a explicarme la secuencia: «Coges este cabo, lo pasas por debajo, luego por el centro, estiras y ya está, puedes seguir.» Podrían haber trenzado aquellas ramas con los ojos cerrados hasta formar guirnaldas de kilómetros, aunque era una tarea inútil: en cuanto las terminaban, las quemaban. Cuando le pregunté por qué perdían tanto tiempo en aquello, Bern respondió:

—Por humildad; no es más que un ejercicio.

Recuerdo que una tarde estábamos todos bajo la pérgola. Sobre nuestras cabezas pendían grandes racimos de uva negra. Nicola estaba encendiendo un fuego en el brasero mientras los otros dos llevaban los platos sucios a la cocina. Yo apenas había comido: en la hacienda eran vegetarianos y en aquella época casi no comía verdura. Me resignaba al hambre con tal de estar allí, en aquella paz alejada del mundo, cerca de Bern y del fuego.

Cesare nos entretuvo con la historia de cuando, con veinte años, tuvo la visión de su vida anterior.

—Era una gaviota —dijo— o un albatros; un pájaro, en cualquier caso.

Me daba la impresión de que todos escuchaban atentamente un relato que ya conocían. Cesare contó que durante aquel sueño lúcido voló hasta la orilla del lago Baikal. Nos retó a encontrarlo en el mapa del mantel. Los muchachos apartaron de inmediato las pocas cosas que quedaban sobre la mesa y se pusieron a buscar continente por continente.

Nicola fue el más rápido.

—¡Aquí está! —gritó.

Cesare lo recompensó con un traguito de licor. Nicola lo saboreó con aire triunfal mientras Bern y Tommaso rabiaban; sobre todo Bern, que miraba fijamente el mantel y la mancha celeste del lago como si quisiera memorizar cada nombre de una tacada.

Floriana trajo helado y los nervios se calmaron. Cesare volvió a hablar de vidas pasadas; esta vez, de las de los chicos.

No recuerdo lo que dijo de Nicola, pero aseguró que Tommaso había sido un felino y que a Bern aún le corría por la sangre algo subterráneo. Luego me tocó a mí.

—¿Y tú, querida Teresa?

—¿Yo?

—¿Qué animal crees que has sido?

—No lo sé.

—Inténtalo, vamos.

Todos me miraban.

—No se me ocurre nada.

—Entonces cierra los ojos y dime qué ves.

—No veo nada...

Estaban decepcionados.

—Lo siento —murmuré.

Cesare me escrutaba desde el otro lado de la mesa.

—Si no me equivoco —dijo—, Teresa ha pasado mucho tiempo bajo el agua. Aprendió a respirar sin oxígeno. ¿No es así?

—¡Un pez! —exclamó Nicola.

Cesare me observaba como si pudiera ver a través de mi cuerpo y de mi tiempo.

—No, un pez no. Quizá un anfibio. Veamos si estoy en lo cierto.

Los muchachos entendieron que se aproximaba otra competición y enseguida se animaron.

—A la de tres, contened el aliento; gana el que aguante más tiempo sin respirar.

Contó lentamente, en el dos tomé una buena bocanada de aire y me quedé quieta. Nos vigilábamos los unos a los otros sin atrevernos a reír mientras Cesare caminaba por detrás de las sillas y pasaba el índice por debajo de nuestra nariz para asegurarse de que no hacíamos trampa.

El primero en venirse abajo fue Nicola, que se puso de pie irritado y desapareció dentro de la casa. Luego cedió Bern. Entonces, Cesare se plantó entre Tommaso y yo supervisándonos por turnos. Mi garganta empezó a palpitar, pero Tommaso, con el cuello teñido de un violeta que empezaba a ser preocupante, abrió la boca justo antes que yo.

Cesare me ofreció el vasito de licor recién ganado. Lo bebí de un trago rápido y el alcohol me ardió en el estómago. Los chicos me vieron beber con un aire serio y solemne, como si aquella ceremonia acreditase por fin mi pertenencia honorífica a la familia: la primera hermana de la hacienda. No le conté a nadie que a menudo contenía la respiración en la piscina, que era uno de los pasatiempos que practicaba a solas. Me fascinaba creer en mi vida anterior, cuando me asemejaba a las ranas que dos veranos antes habían invadido el campo. O sea, podía escoger mis creencias, algo que ignoraba antes de llegar a aquel sitio.

Aun así, ya entonces debería haber reparado en la tenue insatisfacción que lo infectaba todo, sobre todo a Bern. Debería haber intuido cuánto sufría por aquello que nunca había hecho, nunca había visto, nunca había experimentado; por la envidia que tal vez sentía de mi vida lejos de allí, en la cual Speziale no era más que un paréntesis.

Aquel año quiso prestarme un libro. Dijo que lo había conmocionado, que parecía hablar de él mismo. Mientras examinaba el volumen, noté que me miraba de forma extraña, como si tuviera delante una piedra en bruto y se preguntara si valía la pena tallarla, si resistiría el cambio o acabaría siendo demasiado frágil.

Cuando llegué a casa dejé el ejemplar de *El barón rampante* sobre la mesita de noche. La abuela lo vio y dijo:

—¿Te han mandado leer a Calvino en vacaciones?

—No.

—¿Lo has escogido tú?

—Más o menos.

—Te resultará difícil.

Durante las horas siguientes llevé el libro de un lado a otro: al patio, a la piscina..., mas por alguna razón nunca lo abría. Ya de noche, en la cama, intenté leerlo, pero enseguida me despistó.

Unos días después del préstamo, Bern me preguntó si me había gustado.

—Aún no lo he terminado —dije.

—Pero ¿has llegado a Gian dei Brughi? Es mi parte preferida.

—Creo que no, seguramente me queda poco.

Caminábamos por la vereda. Era una tarde húmeda, a lo lejos se oía música de discoteca.

—¿Y al columpio?

—Creo que no.

—¡Entonces no has leído nada! —exclamó—. ¡Devuélvemelo enseguida!

Estaba temblando. Le rogué que me dejara la novela un par de días más, pero insistió en que fuera a buscarla inmediatamente. Luego se abrazó al libro y se marchó sin despedirse.

Mientras desaparecía en la oscuridad, sentí una punzada de tristeza. Solía ocurrirme en los últimos días. Mis pensamientos se repetían: «Es la última vez que te pones el traje de baño», «la última vez que ves al gato acercarse a la piscina», «la última vez que sales de la hacienda», «la última vez que lo ves».

La última vez que lo ves.

Es posible que, aquella tarde, la pena se mezclara con un sentimiento nuevo, una especie de afecto poderoso. Y, considerándolo ahora, ése era precisamente el problema: en lo que respectaba a Bern, nunca aprendería a separar la una de lo otro.

Y vino el siguiente verano. Yo tenía diecisiete años; Bern había cumplido dieciocho en marzo. Había un cañaveral en un lugar del campo donde el agua manaba de una fuente subterránea y corría unos metros formando un riachuelo antes de que la tierra se la tragara de nuevo. Desde la hacienda se podía llegar caminando unos diez minutos por el olivar. Bern me llevó a la hora más tórrida mientras los demás dormían: eran, desde siempre, nuestras horas secretas.

Nos tumbamos en el suelo. Cerré los ojos. De pronto, cambió el color que veía a través de los párpados. Pensé que se trataba de una nube, pero al abrir los ojos vi la cara de Bern casi tocando la mía. Jadeaba un poco y me miraba con seriedad.

Asentí casi imperceptiblemente y él agachó la cabeza para besarme.

Aquel día dejé que me acariciara la cara y deslizara la mano por mi cintura mientras nos besábamos, nada más. Pero en Speziale llevábamos tan poca ropa y el cañaveral estaba tan lejos de todo... Volvíamos allí cada tarde y cada tarde nos atrevíamos a algo más.

La tierra era blanda a la orilla del arroyo, y yo sentía cómo me embarraba la espalda, el pelo, las plantas de los pies. También el cuerpo de Bern sobre el mío parecía de arcilla. Con una mano me aferraba a los huesos de su espalda mientras hundía la otra en el suelo, entre piedras y lombrices. De cuando en cuando miraba hacia el cielo: las cañas parecían altísimas.

Aquel verano exploró cada rincón de mi cuerpo, primero con los dedos, luego con la lengua. A veces me hallaba tan confusa, tan agotada por el ardor, que no sabía dónde estaban su cabeza, su boca o sus manos. Agarré su cálida erección y al principio tuve que ayudarlo a ponerla entre mis piernas porque él parecía paralizado por el miedo. Yo nunca había estado con un chico y en un solo verano él se adueñó de todo mi ser.

Después me enjugaba el sudor con las manos. Él soplaba sobre mi frente para refrescarme y yo podía percibir en su aliento nuestros olores entremezclados. Se chupaba el pulgar y me frotaba las manchas de tierra, me quitaba las hojas del pelo una a una... No podíamos aguantarnos el pis y lo hacíamos juntos, yo en cuclillas y él de rodillas. Veía los regueros de orina abriéndose paso por la tierra y deseaba que se juntasen. A veces ocurría. Luego regresábamos a la hacienda sin cogernos de la mano ni hablar.

Al principio me aterraba que pudiera contárselo a Cesare durante sus charlas a la sombra de la encina, pero algo parecía haberse quebrado entre ellos a lo largo del último año. En todo el verano no asistí a ningún rezo, salvo las breves plegarias previas a la comida. No hubo canto ni lección alguna. A partir de septiembre, Bern y Tommaso irían a una escuela de Bríndisi para preparar sus exámenes de selectividad tal como había hecho Nicola el año anterior.

Por aquel entonces pasábamos mucho tiempo fuera de la hacienda. Esperábamos hasta las horas más frescas porque Tommaso tenía la piel muy sensible, luego nos montábamos en el Ford de Floriana. Había una estrecha cala en Costa Merlata donde nos tumbábamos sobre una explanada de cemento que hacía las veces de playa. Ni siquiera llevábamos toalla. El agua estaba limpia o fangosa según el viento, pero casi siempre había un mar plano de un azul intenso en las zonas profundas y verde junto a la orilla. Nicola y Bern se zambullían desde el punto más alto del espigón. Desde abajo, Tommaso y yo los puntuábamos. No sabíamos de qué hablar entre nosotros. Unos diminutos pececillos me mordían los talones y los tobillos; los ahuyentaba agitando los pies, pero al cabo de un segundo volvían a la carga.

Luego, Bern y Nicola venían nadando hasta donde estábamos. Disimuladamente, Bern alargaba una mano y metía los dedos por el borde del bañador mientras seguía hablando con los demás.

Por la noche íbamos al Scalo, una cooperativa de jóvenes que ocupaban una zona rocosa situada entre la maleza y el mar, cerca de una torre abandonada. Había unos cuantos bancos y varias mesas alrededor de una caravana rosa; los altavoces arrojaban una música disonante a bajo volumen. Si uno quería bailar, lo mejor era dejarse las sandalias puestas para no pincharse con los afilados fósiles incrustados en la roca. Bern y los demás conocían allí a todo el mundo, no paraban de saludar a gente. Yo casi siempre acababa sorbiendo mi cerveza en una esquina, sola o acompañada por un desconocido con pinta de trastornado.

Una noche me asombró ver cómo Bern y Tommaso devoraban un bocadillo de magro de caballo. Estaba segura de que comer carne de caballo era para Cesare una falta gravísima. Nicola mordisqueaba sus patatas fritas con indiferencia, como si aquella conducta no le extrañara en absoluto, pero cuando Bern se limpió el kétchup de la boca con el dorso de la mano y le dijo: «Cualquier día me zamparé una de esas hermosas gallinas que tiene tu padre», se irguió en toda su estatura con actitud desafiante. Bern y Tommaso se burlaron de él moviendo los codos como si fueran alas de pollo.

Hacia medianoche volvíamos al coche siguiendo el sendero entre arbustos de mirto, cada uno cogiendo los hombros del que iba delante.

Cuando llegábamos a mi finca, se bajaban para escoltarme hasta la entrada.

La piscina resultaba tentadora a esas horas; bromeábamos sobre la posibilidad de bañarnos vestidos y de que mi padre nos saludase a pedradas, pero nunca lo hicimos. Desde la ventana de mi habitación oía cómo arrancaba el motor del Ford. Tenía el pelo reseco por la sal, los dedos me apestaban a tabaco y la cabeza me daba vueltas por la cerveza: no había sido tan feliz en mi vida.

El cañaveral se nos quedó pequeño y la cama se convirtió en una obsesión para Bern. Si yo le preguntaba cuál era la diferencia, él respondía de forma vaga:

—Se pueden probar muchas más cosas.

Pero no sabíamos cómo hacerlo; Cesare no salía de la hacienda, y en mi casa, Cosimo y Rosa estaban siempre de guardia. Barajamos las diversas opciones. Entretanto, la noche de San Lorenzo quedó atrás y el calor fue atenuándose: el verano tocaba a su fin. A nuestro alrededor, todo nos apremiaba.

—Iré de noche —dijo Bern mientras dibujaba círculos en torno a mi ombligo con la punta de un dedo.

—¿Adónde?

—A tu casa.

—Te descubrirán. Nicola dice que tiene el sueño más ligero que nadie.

—No es verdad, yo tengo el sueño más ligero. Además, Nicola no es un obstáculo.

—¿Y si mi padre nos oye?

Bern se volvió y sus ojos se arrimaron casi insoportablemente a los míos.

—Yo no hago ruido —dijo—, tú sí debes esforzarte.

Pasaron vatios días antes de que lleváramos a cabo nuestro plan, días en que no regresamos al cañaveral porque Bern estaba muy ocupado ultimando los detalles. Aquello me dolía, pero no se lo dije. Sólo era una de las cosas que no le confesé aquel verano; entre otras, que me había enamorado de él. Hacía lo imposible por alejar de mí la sospecha de que conquistar la cama se había vuelto más importante que estar conmigo, aunque la duda me atormentaba, sobre todo cuando llegaba la tarde, me cogía de la mano y enfilaba la vereda en vez de conducirme más allá de las adelfas.

Estudiábamos la casa de la abuela desde un lugar escondido.

—Puedo poner un pie en aquel saliente y luego agarrarme a la cornisa —decía Bern—. ¿Has comprobado que aguante? Desde allí podría llegar a la barandilla, pero tendrás que ayudarme. Asómate cuando oigas este sonido. —Frunció el labio inferior y aspiró emitiendo un silbido similar al trino de un pájaro.

La noche acordada no fuimos al Scalo. Bern les dijo a los otros que no le apetecía.

—Siempre vamos allí, ¿no seremos capaces de idear algo nuevo?

—¿Algo como qué? —preguntó Nicola algo molesto.

—Como comprar bebidas e ir a la plaza.

Bern siempre se salía con la suya, así que fuimos a Ostuni. Por la plaza de San Oronzo correteaban los niños; nos sentamos en el centro, a los pies de la estatua del santo. Faltaban diez días para las fiestas patronales, pero ya habían instalado la iluminación y Bern nos hizo imaginar lo bien que quedaría en la hacienda.

Habíamos comprado una cerveza grande porque salía más barato, pero sobre todo porque nos gustaba pasarnos la botella de mano en mano, el trasiego de saliva.

—Mi padre me ha preguntado si había más chicas con nosotros —dije.

—¿Y qué le has dicho? —preguntó Tommaso.

—Que por supuesto.

Tenía la espalda apoyada contra las rodillas de Nicola, las piernas tendidas sobre las de Tommaso y la cabeza de Bern en mi hombro. Sentía a los chicos más pegados que nunca y me agradaba. Luego estaba el secreto, lo que íbamos a hacer aquella noche.

Cuando bajamos al aparcamiento, sobre la una, el centro estaba cercado por los coches. Formaban una hilera de luces que discurría en torno a la ciudad blanca. Un grupo de muchachos bebía junto a nuestro Ford, las botellas reposaban sobre el techo del automóvil. Nicola les dijo que las quitaran de allí. Es posible que fuera un poco brusco, pero no lo suficiente para justificar el tono con que uno de ellos le pidió que repitiera sus palabras agregando un «por favor».

Bern se puso delante de mí. Vi cómo Nicola cogía las botellas una por una y las trasladaba al coche de los chicos. Ellos se mofaron a coro de su osadía. Bern seguía inmóvil, con el brazo derecho extendido para protegerme, para cerrarme el paso. Uno de ellos, con un traje de surfista rojo y unas Nike relucientes, le ofreció una cerveza a Nicola.

—Tranquilo, colega, bebe un poco.

Nicola dijo que no con la cabeza, pero el otro insistió:

—Venga, para hacer las paces.

Nicola bebió un sorbo y devolvió la botella. Luego abrió la puerta del Ford. El asunto podría haber acabado allí: él habría dado marcha atrás, nosotros hubiéramos subido al coche y luego nos habríamos unido a la serpiente automovilística en dirección a Speziale; pero uno de ellos señaló a Tommaso diciendo:

—Y a ése qué le pasa, ¿lo han lavado con lejía?

Nicola le propinó un guantazo fulminante en la cara. Era la primera vez que veía a alguien agredir a una persona de aquella manera. Apreté el brazo de Bern, que seguía quieto, como si desde el primer momento hubiese adivinado lo que iba a suceder.

Entre los demás se produjo un instante de estupefacción. Los conté: eran cinco, seguramente más jóvenes que nosotros y sin duda menos fuertes que Nicola. Ellos también debieron de advertir la desventaja porque el empujón fue muy flojo, casi un acto reglamentario. Nicola apenas se meneó. Con la misma velocidad de antes agarró al chico por los hombros y lo estampó contra el coche. Se inclinó sobre él y le murmuró algo que no pudimos oír.

Los coches pasaban por el aparcamiento a poca velocidad y nos iluminaban con sus faros, pero nadie se detuvo. Entramos en el coche: Tommaso y yo detrás, Bern y Nicola delante.

Ya en la carretera, atrapados en el atasco, los chicos estallaron en gritos de emoción. Bern imitó la bofetada de Nicola y luego le palpó los músculos del hombro y el cuello como a un púgil.

Al llegar a casa encontré a la abuela en el salón. Se había quedado dormida con el televisor encendido. Le toqué un brazo y se sobresaltó.

—¿Dónde estabas?

—En Ostuni, en la plaza.

—Menudo jaleo hay en Ostuni con esos turistas tan maleducados. ¿Quieres una infusión?

—No, gracias.

—Bueno, prepara una para mí, anda.

Cuando le llevé la taza, continuaba como la había dejado, con los ojos fijos en la pantalla.

—¿Es el moreno? —dijo sin volverse.

La taza tintineó contra el plato.

—¿Qué?

—Sí, es el moreno. También el otro, el hijo de verdad, es guapo, pero el moreno tiene más encanto. ¿Cómo se llama?

—Bern.

—¿Sólo Bern? ¿O Bern de Bernardo?

—No lo sé.

Guardó silencio unos segundos y luego dijo:

—Estaba intentando recordar qué hacía yo por la noche cuando tenía tu edad. ¿Sabes qué hacía? Ir a plaza de Ostuni. ¿Te trata bien?

—Sí.

—Eso es lo importante.

—Te llevo la infusión a la cama —le propuse—, así puedes echarte.

Me siguió escaleras arriba. Antes de dejarla sola, añadí:

—No se lo digas, por favor.

Tomé su sonrisa por un sí. Me detuve en el pasillo, frente a la puerta de mi padre, y oí su pesada respiración.

Me duché y fue pasando el tiempo: entretanto me quité y volví a ponerme los pantaloncitos del pijama, me probé cuatro camisetas, me tendí bajo la sábana y luego me senté en la silla porque quizá a Bern no le habría gustado que la cama estuviese templada. Aquello que resultaba tan natural entre las cañas ahora me ponía nerviosa.

A las tres me hice a la idea de que no vendría. Tal vez no había podido salir o se había olvidado. Me centré en la segunda conjetura. Sí, la breve riña había sepultado nuestro encuentro en el olvido.

Pero al cabo de un rato oí un golpe. Imaginé su pie sobre la cornisa. Me obligué a quedarme donde estaba hasta el silbido. Cuando llegó, abrí los postigos y lo ayudé a subir. Me besó apasionadamente. Su aliento sabía a cerveza: o no se había cepillado los dientes o había seguido bebiendo. Buscó mi pecho con la mano, primero a través de la camiseta, luego deshaciéndose de ella.

—Estás tiesa —dijo mientras me manoseaba y me desnudaba con avidez.

—Me da miedo que nos oigan.

—No nos oirán. —Se separó para mirar la cama pegada a la pared—. ¿Prefieres encima o debajo de la sábana?

—No lo sé.

—Yo prefiero encima. ¿Y la lámpara? ¿La dejamos prendida?

Nos arrodillamos sobre la cama, cara a cara. Él también se había desnudado. Me dejaba sin aire verlo así: desnudo en el corazón de la noche, con aquella erección sobre la oscura mata de pelo.

Vino hacia mí con el mismo frenesí de antes, pero esta vez lo detuve. Le dije que lo haríamos de otro modo, poco a poco. Estábamos en la cama y teníamos todo el tiempo del mundo.

Retrocedió un poco, parecía desconcertado. Entonces fui yo quien avanzó hacia él, lo tendí y ceñí su cintura con las rodillas.

Empecé a restregarme de abajo arriba, desde las piernas hasta el vientre, una y otra vez, primero despacio y luego subiendo el ritmo poco a poco, hasta que sentí algo formándose justo en el punto donde nos tocábamos, una especie de calor que se elevó velozmente hacia mi garganta. Era la primera vez que me ocurría.

Bern me observaba atónito con las manos abandonadas sobre la sábana, como si temiera interrumpir lo que yo hacía. Verlo así me estremeció de nuevo.

Lo primero que pensé, justo después, fue que habíamos hecho demasiado ruido; puede que yo hubiese gritado, o quizá él. Mi mente estaba en otra parte.

—No ha sido como esperaba —dijo—. No me has dejado moverme.

—Perdona...

—No —dijo enseguida—, ha estado bien.

Apoyaba mi cabeza en su clavícula; quería dormir, pero notaba sus músculos aún tensos.

—Tengo que irme —dijo.

Desde la cama contemplé cómo se vestía. No me avergonzaba estar allí desnuda, me avergonzaba tener más ganas de él cuando se disponía a volver a la hacienda.

—Puedes salir por la puerta —le dije.

Pero ya se encaramaba a la ventana. Me asomé: había bajado medio metro cuando miró hacia arriba por última vez.

—¿Has visto qué fiera es Nicola? Nos ha defendido a todos.

Metió un pie entre las piedras de la fachada y saltó hacia abajo. Cuando llegó a la piscina hizo un ademán de saludo, después echó a correr.

Al día siguiente mi padre me pidió que fuera con él a Fasano para visitar a un amigo de la infancia. No me apetecía, pero accedí porque me remordía la conciencia por lo ocurrido la noche anterior.

Vivía en las afueras, en un chalet adosado de color amarillo. Era muy gordo, le costaba respirar y no se movió del sillón durante todo el tiempo que estuvimos allí. Lo acompañaba una chica de mi edad; le llevaba agua si tenía sed, recogía un cojín que se caía al suelo una y otra vez y en un momento dado bajó un poco las persianas porque se percató de que la luz lo molestaba. Llevaba a cabo sus tareas con indiferencia, casi abstraída, y luego se sentaba a escuchar la conversación o, más probablemente, a no escucharla. Me fijé en las piernas esbeltas y bronceadas que asomaban del peto.

El amigo de mi padre tosía todo el tiempo sobre un pañuelo arrugado y luego lo examinaba buscando quién sabe qué. Pedí permiso para salir a tomar un poco el aire.

Al cabo de un rato llegó la chica. Yo estaba fumando un cigarrillo tras la tapia.

—Tengo hierba, si quieres —dijo.

Sacó una bolsita de plástico del bolsillo del pecho. Me pidió un cigarrillo y en un momento vació el tabaco en la palma de la mano. Llevaba las uñas pintadas, aunque el esmalte estaba descolorido.

—¿Puedes hacerme un filtro? —dijo.

Mientras lo preparaba, ella agregó la hierba al tabaco y lió el porro con suma destreza. Dimos unas cuantas caladas cada una.

—¿Es grave? —pregunté.

Ella se encogió de hombros mientras soplaba sobre el extremo del porro haciendo que chispeara.

—Supongo que se morirá.

Le dije cómo me llamaba y le tendí la mano torpemente.

—Yo me llamo Violalibera —respondió.

—Qué nombre tan bonito.

Hizo una mueca de timidez y se le formaron dos hoyuelos en las mejillas.

—Tenía otro, pero me cansé.

—¿Cuál era?

Se volvió hacia un lado, indecisa.

—Era albanés —respondió al fin como si con eso bastara.

No supe qué más decir, temía haber sido indiscreta, así que le pregunté:

—¿No vas nunca al Scalo?

—¿Qué es?

—Una especie de local al aire libre junto al mar. Proyectan películas. También hay bar, pero sólo venden cerveza y bocadillos de carne de caballo.

—¡Qué asco!

—Son un poco grasientos, pero te acostumbras.

Acabamos de fumar y nos quedamos allí absortas. Enfrente había una hilera de chalets idénticos al del amigo de mi padre, aunque inacabados. Las escaleras externas daban al vacío y a las ventanas les faltaban los vidrios. A los lados se erguían las habituales murallas de chumberas amenazantes.

—¿Puedes darme algo de hierba? —pregunté; seguro que a Bern y los demás les haría ilusión: a veces se proponían comprar, pero nunca tenían dinero—. Puedo pagarte.

Violalibera sacó la bolsita.

—Quédatela, tengo más.

Se metió un caramelo en la boca y me ofreció uno. Volvimos a casa y ella sirvió leche de almendras. El dueño de la casa empezó a ahogarse con un ataque de tos. Mi padre se acercó, pero no sabía cómo ayudar. Violalibera le dijo que no se preocupara y le dio al señor unos golpecitos en la espalda hasta que éste dejó de toser; luego se llevó la bandeja con la jarra. A partir de entonces tuve que tener el mentón aplastado contra el pecho para no reírme por cualquier bobada.

A la vuelta mi padre estaba triste. Me preguntó si me apetecía caminar por el paseo marítimo y tomar un helado. Quería volver a la hacienda: quedaban pocos días y estaba desperdiciando todo aquel tiempo, pero de nuevo me sentí incapaz de decepcionarlo.

Fuimos a la playa de Santa Sabina. La arena estaba compacta y las barcas de los pescadores se bamboleaban cerca de la orilla. Él me tomó del brazo.

—Giovanni y yo veníamos a pescar aquí cuando éramos jóvenes —dijo, señalando un punto indeterminado mar aden-

tro—. Volvíamos a casa con los cubos llenos de pescado. Aún se podía: no había tantas prohibiciones. Todo lo que pillabas era tuyo.
Le daba vueltas al cono mientras lo relamía.
—Me gustaría volver a vivir aquí. ¿Qué opinas?
—Opino que a mamá no le haría mucha gracia.
Se encogió de hombros. Al final del muelle había un tiovivo fuera de servicio, las sillas atadas con una cadena.
—Giovanni conocía al padre de tu amigo.
—¿Cesare?
—No, del otro chico. Bern, ¿verdad?
Me miraba de cerca. ¿Le habría contado algo la abuela? Esperaba que no dijera nada más, pero añadió:
—Lo llamaban «el Alemán», nadie sabe dónde está.
—El padre de Bern murió, me lo ha dicho él mismo.
Mi padre me guiñó el ojo.
—No parece un tío muy sincero.
—¿Por qué no volvemos a casa, papá?
—Espera un poco. ¿No quieres saber por qué lo llamaban «el Alemán»? Es una historia curiosa. ¿Has oído hablar de los ladrones de tumbas etruscas?
Me vino a la memoria un fragmento del libro de historia. No respondí.
—Estas tierras están llenas de restos arqueológicos: puntas de flecha, piezas de obsidiana, trozos de vasijas. Por lo general son objetos de poco valor, pero no siempre. Hace años, yo también recogí alguna que otra cosa. Ya te lo he dicho: antes, si encontrabas algo, era tuyo. Pero para el Alemán y su cuadrilla era diferente. Venían aquí de vacaciones y en lugar de ir a la playa se dedicaban a la arqueología, por así decirlo.
—Se pasó la servilleta del helado por la boca y los dedos pringosos, la estrujó y la tiró al suelo—. Excavaban de noche. Cuando tenía el furgón lleno hasta los topes, el tipo ese se iba a Alemania y lo vendía todo. Ganó mucho dinero. Un año se presentó en Speziale con un Mercedes. La policía fue a buscarlo. ¿Sabes qué hizo? Vació una necrópolis de un tirón y no volvió nunca más. Podrás imaginarte el revuelo que causó

aquello en Speziale. Giovanni dice que estaba en boca de todo el mundo. Las gaviotas no se apartaban a nuestro paso. Graznaban y batían las alas nerviosamente.

—Volvamos a casa, por favor —dije deprisa.

No quería admitirlo, pero había algo en aquel relato que me alarmó; como si al hablarme del Alemán y las tumbas mi padre quisiera alejarme de Bern. La siguiente vez que estuve con él en el cañaveral no pude abandonarme del todo: las raíces me arañaban la espalda y me molestaba la suciedad en los codos. Sentía mil ojos observándonos. Un cazabombardero cruzó el cielo por encima de las cañas. Luego, un chasquido me hizo levantar la mirada de golpe y vi cañas que se balanceaban. Oí pasos alejándose velozmente. Se lo dije a Bern, pero no me hizo mucho caso.

—Habrá sido un gato, o te lo habrás imaginado.

Los demás nos hallaron en la pérgola simulando, como siempre, que los esperábamos para jugar al *skat*. Tommaso apenas me saludó: llevábamos tiempo disputándonos la atención de Bern.

Al cabo de un rato apareció Cesare. Me dedicó una sonrisa distraída y dijo:

—Hay que limpiar la jaula de las gallinas, ¿quién me echa una mano?

Bern y Tommaso intercambiaron una mirada sombría fingiendo que no habían oído nada. Nicola dijo con cierta resignación:

—Voy enseguida.

Cesare esperó unos segundos más, luego asintió con la cabeza y se fue.

Bern cantó un *schneider* y enseñó una mano ganadora. Mientras barajaba el mazo pensé en la manera como pronunciaba *schneider* y las otras palabras alemanas del juego. «Lo habrá aprendido de su padre», pensé. Después me esforcé en alejar aquella sospecha.

· · ·

Mi partida coincidió aquel año con el decimoctavo cumpleaños de Tommaso. La última noche teníamos mucho que festejar, muchas razones para embriagarnos.

Llevamos a la playa una bolsa con ropa y yo me cambié detrás de un murete. Me puse unas sandalias de cuerda, una falda que había comprado en primavera con mi madre y un top. La tela me escocía un poco sobre la piel cubierta de sal. También recuerdo las prendas de ellos: la camiseta de color mostaza de Tommaso, la negra de Bern con la leyenda ZOO SAFARI (que diez años más tarde seguiría teniendo) y la llamativa camisa de Nicola. Y recuerdo la inquietud, más fuerte a cada hora, de saber que a la mañana siguiente me marchaba.

Al llegar al Scalo, el cielo estaba completamente rosa. Les enseñé la hierba que me había dado Violalibera y, aunque Nicola quiso probarla enseguida, acordamos guardarla para más tarde. Él y Bern tenían una sorpresa para Tommaso: llevaban una botella de ginebra y zumo de piña. Hicimos la mezcla en una jarra. El cóctel resultó tan fuerte que al cabo de media hora estábamos arrellanados en las tumbonas. Así nos sorprendió la oscuridad.

Sobre la pantalla montada en el centro del patio pasaban las imágenes de una película en blanco y negro; los actores se movían de forma espasmódica. Comprendí de inmediato que el cumpleaños de Tommaso iba a nublar mi partida y decidí que a lo largo de la noche conseguiría que Bern me besara frente a los demás. ¿Qué otra cosa podía llevarme a Turín?

Nos apartamos para fumar y cada uno expresó un deseo para la mayoría de edad de Tommaso. Yo le deseé que se echara una novia pronto; él me dio las gracias, pero con una mueca sarcástica. Bern fue el último en hablar:

—Ojalá aprendas a zambullirte en el agua desde cualquier altura.

Con respecto a mí, se mantuvo seco, distante. Nicola y él proponían un brindis tras otro en honor de Tommaso, luego lo aupaban por las axilas. Cuando se terminó el zumo de piña, nos quedó la ginebra a palo seco. La botella cayó en manos de Tommaso y de allí no se movió. Bebía largos tragos que lo dejaban sin aliento.

Luego, Bern decidió que debíamos subir a la torre porque quería mostrarme algo. Nicola se echó atrás diciendo que ya había estado y Tommaso se unió con desgana, supuse que para no dejarnos solos.

Nos acercamos a la alambrada de espino que rodeaba el edificio en ruinas. La luz que llegaba de lejos apenas permitía leer el cartel de PROHIBIDO EL PASO. Bern arrancó un palo para abrirnos camino: teníamos que cruzar un terreno de ortigas. Yo llevaba las piernas descubiertas y le dije que me pincharía, pero siguió caminando.

La escalera empezaba a un metro y medio del suelo. Trepamos como pudimos y subimos unos diez escalones empinadísimos hasta llegar al centro de la torre. Había una aspillera que daba al mar, pero sólo encuadraba un rectángulo negro. Bern encendió una linterna.

—Por aquí —dijo.

Enfilamos una rampa, esta vez de bajada. Las paredes estaban repletas de inscripciones y el suelo, de cristales que crujían bajo mis sandalias. Unas gotas de sudor me corrieron por el cuerpo. Le pedí a Bern que volviéramos, pero insistió en llevarme hasta el fondo.

—No quiero, vámonos —dije, lloriqueando.

—Ya casi estamos, tranquila.

Sentía detrás de mí el aliento a alcohol de Tommaso. Me agarré a la camiseta de Bern, di algunos tirones, pero él no se detuvo. La rampa terminó. Estábamos en una habitación cuyo tamaño sólo logré apreciar cuando Bern la iluminó en redondo.

—Aquí es.

Apuntó la linterna hacia un colchón tirado en una esquina; alrededor había botellas vacías y latas dispuestas en orden. Se agachó para coger una y me señaló unos signos desvaídos.

—Mira la fecha: 1971, ¿te lo puedes creer?

Incluso en la penumbra podía notar sus ojos brillando de excitación. Pero a mí no me importaba ni la lata ni todo lo demás. Pensaba en las cucarachas moviéndose en la oscuridad junto a mis pies.

—Vámonos —supliqué.

Él devolvió la lata a su sitio.

—A veces te comportas como una niña mimada.

Aunque no podía verlo, me dio la impresión de que Tommaso sonreía a mi espalda.

Bern desanduvo el camino a toda prisa dejándome atrás. Yo llevaba los brazos extendidos hacia delante para no chocar con los muros que aparecían de golpe. Cuando llegamos afuera vomité la cena sobre las ortigas. Bern no dijo nada ni vino a ayudarme; apagaba y encendía la linterna con el pulgar. Me miraba con frialdad, como si me estuviera juzgando. Sólo me ofreció la mano cuando llegó el momento de pasar bajo la alambrada, pero no la cogí.

Entretanto, el Scalo se había llenado de gente. Nos pusimos a bailar. Cada vez me sentía más descolocada por las emociones de aquella noche, pero procuraba que el desánimo no arruinase mis últimos momentos allí. Sonaba Robert Miles: música sin letra, melancólica y etérea; me hubiera gustado que alguien la cambiase enseguida o que no parara en toda la noche: estaba hecha un lío.

Mientras bailábamos, Tommaso se arrojó sobre Bern, la frente contra su estómago, y empezó a sollozar. Él le cogió la cabeza con las dos manos y se agachó para decirle algo al oído. Tommaso negó vigorosamente sin separarse de él.

—Ven conmigo —dijo Nicola.

Pedimos un par de cervezas. Pensé en el efecto que tendría mezclar la hierba con tanto alcohol y en cómo afrontaría el viaje en coche al día siguiente, pero luego me dije: «¡Al carajo!» Bern y Tommaso seguían en medio de la pista improvisada; Tommaso se había erguido de nuevo y ahora se abrazaban como si bailaran agarrados.

—¿Qué mosca le ha picado? —le pregunté a Nicola.

Me respondió bajando la mirada:

—Ha bebido demasiado.

Faltaba un mes para que Nicola empezara la universidad en Bari. Daba la sensación de que ese proyecto, el año de ventaja sobre los otros dos, lo había mantenido a cierta distancia durante todo el verano.

—Son más de las tres —dijo—, tenemos que volver a casa. Cesare estará furioso, y tu padre también.

Tommaso y Bern caminaron hacia el mar. Los vi sentarse en el espigón y luego tumbarse boca arriba, como si quisieran que se los llevara la marea.

—Los esperamos —dije.

Mi voz ya no parecía mía. Estaba tan desilusionada...

—Olvídate de ellos.

Nicola intentó conducirme cogiéndome del brazo. Me desprendí de él y corrí hacia Bern. Tenía la cabeza muy cerca de la de Tommaso, pero no hablaban, se limitaban a contemplar las sombras del cielo.

Cuando me vio, Bern se levantó con cierta condescendencia, como si pensara que tenía que hacerlo. Nos apartamos un poco hacia la oscuridad.

—Me voy —dije.

No era capaz de dominar la angustia, el cuerpo me temblaba.

—Que tengas un buen viaje mañana.

—¿Eso es todo lo que vas a decirme? ¿«Que tengas un buen viaje mañana»?

Bern le lanzó una mirada a Tommaso, que estaba inmóvil. Respiró profundamente. De pronto tuve la certeza de que era dueño de sí mismo por completo: la hierba y la ginebra no habían mermado su lucidez ni un instante.

—Vuelve a Turín, Teresa; a tu casa, a tus compañeros de colegio, a tu bienestar. Olvida lo que ocurre aquí. El año que viene, cuando regreses, todo seguirá igual.

—¿Por qué nunca me besas delante de los demás?

Bern asintió dos veces con la cabeza; tenía las manos en los bolsillos. Se acercó y me cogió por la cadera.

No fue un beso rápido ni torpe. Al contrario, me atrajo para que mi cuerpo se pegase bien al suyo; con una mano recorrió mi espalda y me agarró del pelo, pero fue como besar a otra persona, a un completo desconocido. Pensé que aquello era la perfecta simulación de un beso.

—Supongo que querías esto —dijo.

Tommaso tenía los ojos cerrados, pero aun así estaba presente entre nosotros. Bern me observaba sin rabia, más bien con pena, como si ya estuviera montada en un coche que se alejaba a toda velocidad, inalcanzable al otro lado de la ventanilla. Retrocedí unos pasos sin dejar de mirarlo antes de volverme y salir corriendo. Lo dejé con las ruinas de la torre a su espalda, los escollos húmedos de espuma, el mar en silencio y, alrededor, la noche brutalmente límpida del sur.

Ya me había acostumbrado a que Turín fuese menos acogedora cada vez que volvía: sus avenidas demasiado amplias, su cielo blanco y oprimente como una lona de plástico. Cesare nos había dicho: «Al final, todo lo que el hombre construye se verá reducido a una fina capa de polvo de menos de un centímetro. Así de insignificantes somos. Sólo la fe en Dios nos dignifica.» Paseando entre los grandes edificios del centro, sus palabras me volvían a la mente y todo me resultaba precario y engañoso. Sabía que mi estado no era menos transitorio; en una o dos semanas, el vórtice que se había formado en mi pecho, a medio camino entre el hambre y las náuseas, se disolvería y todo volvería a la normalidad. Era así siempre. Pero aquel año la tristeza duró mucho más. Llegó la Navidad y yo seguía añorando Speziale.

Mis compañeros de colegio vivían un frenesí constante. Uno a uno fueron alcanzando la mayoría de edad y se consideraba crucial celebrar cada cumpleaños. Umberto Jona fue el primero. Alquiló el Club de Oficiales y las dos únicas limusinas que circulaban por la ciudad. Bebimos prosecco en el coche de camino a la fiesta. Los chicos vestían de esmoquin y las chicas, de largo. Después de bailar un vals con su madre, Umberto fue al balcón donde yo estaba. Dijo que allí, tan apartada, con un cigarrillo y un vaso entre las manos, parecía una princesa deprimida..., y también que tenía algo de éxtasis en el bolsillo.

A la mañana siguiente, la sensación de extrañamiento era insoportable. Si hubiera tenido las almendras de Bern, las habría cogido para hundir las manos en ellas y sentir el calor que quizá todavía emanaban, pero ya hacía tiempo que las habían tirado. No me quedaba nada de él, sólo un recuerdo cada día menos nítido y la vergüenza de haberlo obligado a besarme la última noche.

Cuando llegó junio, el mes de mi cumpleaños, mi padre me preguntó, no sin temor, cómo quería celebrarlo. Respondí que tenía que pensarlo con calma, pero ni él ni yo volvimos a sacar el tema. El día de autos hallé en la almohada un sobre con billetes y una nota con un gran corazón asimétrico dibujado a bolígrafo y un dieciocho en medio. Puse todo el dinero entre las páginas del diccionario de francés y pasé el resto del día aguardando una llamada de Bern que nunca llegó, a pesar de que yo le había dicho la fecha. Incluso se la había escrito en una carta enviada unas semanas antes, a la que nunca respondió.

La abuela, en cambio, sí llamó. Se sorprendió de que le preguntara por Bern, Tommaso y Nicola. Repitió las mismas palabras de la otra vez: «Van y vienen.» Pensé que lo hacía a propósito.

Colgaron los tablones con las notas finales. No hubo sorpresas, pero ni siquiera eso me levantó el ánimo. En julio, mis amigos se fueron de vacaciones a España: llevaban meses preparándolo. Por fin pude dedicarme a contar los días que me separaban de Speziale.

En una sola tarde gasté todo el dinero del diccionario. Compré un bikini en Banana Moon y con el resto le pagué a un chico tunecino una piedra de chocolate. Tal como él me aconsejó, cuando llegué a casa la escondí entre las dos mitades ahuecadas de una pastilla de jabón. Bern había jurado que todo seguiría igual al año siguiente.

• • •

El último tramo de la autovía, después de Bari, bordeaba unos viveros. Tras la verja se recortaban varias hileras de palmas. Era la señal de que estábamos llegando a Speziale. No sabía si las palmeras estaban en venta, pero era difícil imaginarse cómo podían llevárselas a cualquier sitio. Aquel año vi que las habían desmochado: sólo quedaban los troncos alineados como las púas de un rastrillo. Le pregunté a mi padre por qué lo habían hecho, él echó una mirada distraída.

—No lo sé —dijo—, las habrán podado.

Las dos palmeras que había a la entrada de nuestra casa también estaban muertas. Cosimo nos explicó que habían necesitado una excavadora para arrancar las raíces.

—Ven, te enseñaré uno de esos demonios —dijo.

Nos invitó a seguirlo hacia la caseta, pero sólo fui yo. Cogió un frasco de cristal de uno de los estantes donde amontonaba las herramientas. En el fondo había un escarabajo de un rojo venenoso con una larga trompa arqueada.

—El picudo rojo —dijo, agitando el frasco frente a mis ojos—. Se mete en la corteza y pone huevos; de cada uno nacen miles de larvas. Se comen la palmera por dentro y cuando han terminado se mudan a otra. Dicen que estos bichejos vienen de China.

Durante las horas siguientes tuve que esforzarme para no correr en busca de Bern. Por la tarde me entretuve con la abuela y mi padre en la terraza: hablé del año escolar hasta aborrecer mi propia voz. La abuela me escuchaba con atención, algo poco habitual. Estaba de espaldas a la barandilla, pero en cuanto me levanté para ayudar a recoger los platos dirigí la vista hacia la hacienda; más allá de los olivos pude ver un punto luminoso, amarillo y tenue, que parecía brillar a una distancia infinita.

Por la mañana, el cielo estaba blanquecino. Esperaba reencontrarme con Bern en un día hermoso y aquello me disgustó. Le dije a la abuela que iba a dar un paseo y que quizá pasaría a saludar a los chicos. Llevaba el bikini de Banana Moon bajo un vestido blanco; esperaba disimular que temblaba, que mi cabeza estaba ebria de impaciencia. En un bolso de paja llevaba el jabón con el chocolate. Pensaba dárselo a Bern inmediatamente, en parte para asombrarlo y en parte porque guardarlo en casa era demasiado arriesgado, con Rosa fisgando por todos los rincones. Pero la abuela me detuvo.

—Primero el desayuno.

Un cruasán con mermelada de guindas me esperaba sobre la mesa junto al vaso de leche. Vacilé un instante, luego me senté en el borde de la silla; ella, justo enfrente de mí. Cogí un trozo del cruasán con los dedos y me lo llevé a la boca.

—¿Está bueno?

—Sabes que es mi preferido.

Pensé que tendría que volver a casa para cepillarme otra vez los dientes y que perdería más tiempo.

—Me alegro, disfrútalo. No hay cruasanes así en Turín.

En la mesa había un libro de los suyos, le di la vuelta para ver la cubierta: *La calavera bajo la piel.*

—¿Te está gustando? —pregunté por decir algo.

Ella hizo un gesto con la mano.

—Acabo de empezarlo, no está mal.

—¿Siempre adivinas quién es el asesino?

—Casi siempre, pero a veces estos libros te la juegan, ¿sabes?

Debía de haber una chicharra escondida cerca de nosotras; cada vez que me movía, callaba, para luego volver a empezar con aquel canto agotador. Cerca de allí, Cosimo trajinaba con el sistema de riego; se colocó en medio de los aspersores con los brazos cruzados.

Acabé de comer en silencio y me bebí la leche. La abuela nunca se sentaba a hacerme compañía durante el desayuno; solía lanzarme miradas de desaprobación desde lejos porque mis horarios le parecían aberrantes. Sin embargo, tanto la noche anterior como en aquel momento fue muy amable conmigo. Dobló una esquina de la cubierta.

—No lo hallarás en la hacienda —dijo al fin.

—¿Eh?

Tenía unas cuantas migas pringosas pegadas a los dedos, pero no había servilletas. Me limpié en las piernas para no ensuciar el vestido.

—A Bern. No lo encontrarás allí.

Apoyé un codo sobre la mesa. Aunque el cielo estaba cubierto, la luz era intensa; me dolían los ojos. El sabor mantecoso del cruasán me subió por la garganta en un eructo que logré contener. La abuela dejó el libro y me tendió una mano. Yo encogí el brazo.

—¿Recuerdas cuando me preguntaste por él el día de tu cumpleaños?

—Sí.

—Era verdad que desde tiempo atrás no veía a nadie de la hacienda, ni a Bern ni a ese otro chico...

—¿Tommaso?

—No, Tommaso no. Yoan.

—No hay ningún Yoan.

—Puede que no llegaras a conocerlo. Llegó a finales del verano pasado. Bern y él trabajaron aquí en diciembre durante la cosecha de la aceituna. Bern no parece gran cosa a primera vista, pero si supieras cuántas horas se pasaba con el vareador... Hasta Cosimo estaba impresionado. Yoan colocaba las redes y las vaciaba. Salió un aceite buenísimo. Pero eso ya lo sabes, le envié un poco a tu...

—¿Y qué más?

La abuela suspiró.

—Después de la cosecha no había nada que hacer, así que no los volví a llamar. Pero hace unas semanas me picó la curiosidad de saber cómo andaban. Bern me había comentado que tenía problemillas con las matemáticas y yo me había ofrecido a ayudarlo. Me sentía culpable por no haber insistido, así que fui a la hacienda. Era julio, creo. Sólo estaba la señora Floriana; fue ella quien me contó... bueno, lo que había ocurrido.

Mi padre apareció por detrás de la casa. Al vernos allí, se largó enseguida.

—¿Qué pasó, abuela?

—Según parece, Bern se había metido en un lío... —Me miró fijamente—. Con una chica.

Una a una, recogí las migas sobrantes con el índice; sin pensar, me llevaba el dedo a la boca y lo chupaba.

—¿Qué clase de lío?

La abuela esbozó una sonrisa triste.

—El único lío en el que uno puede meterse con una chica, Teresa: dejarla embarazada.

Me levanté de golpe. La silla cayó chocando contra la piedra. La abuela se sobresaltó.

—Voy a echar un vistazo —dije.

Ni siquiera pensé en levantar la silla del suelo.

—Es mejor que no vayas.

—¿Dónde está la bici? ¿Dónde coño está?

Encontré la barra de hierro cerrada con candado. Tiré la bici al suelo y pasé por debajo. A mi derecha vi un árbol cargado de peras amarillas; muchas se habían caído y desprendían un olor a podrido.

No había nadie en la hacienda. Me senté en la mecedora rota sin balancearme. Creo que estuve más de una hora esperando.

«Así que Bern ha dejado embarazada a una chica.»

Miraba los gatos que paseaban junto a las paredes. Varios no estaban allí el año anterior. Uno gigantesco, de pelo rojizo, me escudriñó durante un buen rato.

«Bern ha dejado embarazada a una chica. ¿Por qué no a mí?»

No me moví cuando oí el ruido de un coche que se acercaba. Cesare y Floriana iban vestidos de domingo: él llevaba un traje de algodón azul y corbata; ella, un vestido de fantasía. Tras ellos caminaba un chico con la cabeza gacha, también elegante, pero sin corbata. Cesare se había cortado el pelo. Habría corrido hacia él, pero mantuve la compostura.

—Teresa, cariño —dijo Floriana, cogiéndome los brazos y extendiéndolos como si quisiera verme entera—, estábamos en misa. ¿Llevas mucho rato esperando? Con este bochorno. Ahora mismo te traigo un vaso de té helado.

—No hace falta, gracias.

Tenía el corazón desbocado. Temí que ella lo notara en mis muñecas.

—Te lo traeré de todos modos. Un poco de té helado te refrescará. Lo preparé ayer mismo y usé agave en lugar de azúcar, así no hay que preocuparse por la línea. No conoces a nuestro Yoan, ¿verdad?

Corrió hacia el interior de la casa. Yoan me dedicó una especie de reverencia sin decir palabra y también se fue. Cesare se aflojó la corbata resoplando por el calor. Cogió una de las sillas que había en torno a la mesa y la puso frente a mí.

—Hemos descubierto una parroquia —dijo—. Está un poco lejos, en Locorotondo, pero el cura es el primero que conozco un poco abierto de mente. Don Valerio. No es dogmático y creo que me tiene en gran estima. Está haciendo un gran trabajo con Yoan. Se declara ortodoxo, aunque no sabe exactamente qué significa eso. Pero viene con nosotros encantado. Me gustaría que conocieras a don Valerio. ¿Estás de paso o este año también te quedas un tiempo?

Algo en su forma de hablar agudizó mi sufrimiento. La sorpresa que Cesare y Floriana mostraron al verme allí fue más bien tibia. Por un instante, mientras se acercaban, llegué a pensar que no se alegraban de verme.

—No has tenido suerte con el tiempo —prosiguió Cesare—; hasta ayer era perfecto, pero ahora... Demasiada humedad. Y no parece que vaya a cambiar.

—Venía a saludar a Bern. —Como no quería parecer maleducada, añadí—: Y a Nicola.

Cesare se golpeó las rodillas con las palmas.

—¡Ay, Nicola, bendito hijo mío! Desde que va a la universidad no se deja ver el pelo. Pero le va bien, todo sea dicho: ha aprobado todas las asignaturas menos Derecho Privado. Pero ya se sabe que Derecho Privado es una mala bestia, hay que memorizar cientos y cientos de páginas.

—¿Y Bern?

Cesare fingió no oírme. Intentaba limpiar una mancha de su camisa con un dedo mojado de saliva. Se había afeitado la barba, eso también era nuevo. Su impecable cara redonda le daba un aire infantil.

—Nicola llegará en cuatro días —dijo—. Estará por aquí una semana. Creo que tendrá que estudiar: siempre dice que debe estudiar, pero estoy seguro de que le agradará verte.

Floriana salió al patio con el vaso de té helado. El borde estaba blanco de cal, algo que en otras circunstancias no me hubiese importado, pero en aquel momento decidí que no lo tocaría con los labios. Cada detalle me hería como una nueva traición: el aspecto de Cesare; Floriana, que, en vez de sentarse con nosotros, colgaba la colada de una cuerda tendida entre dos árboles; aquel chico nuevo, Yoan, que entretanto se había cambiado y se había escabullido hacia el campo semidesnudo.

Llevaba tanto tiempo soñando con todos ellos y con la hacienda... Pregunté dónde estaba Tommaso para no preguntar por Bern una tercera vez.

—Tommi también se ha hecho mayor. Ahora hace su vida. Trabaja en Massafra, en un *resort* para ricos. ¿Cómo se llamaba, Floriana? —Alzó la voz para que ella lo oyera.

—Relais dei Saraceni.

—Eso, Relais dei Saraceni. Quien se inventó el nombre seguramente no sabía la que armaron aquí los sarracenos —dijo riendo, y me contagió su risa.

Hubiera bastado con preguntar: «¿Es verdad que Bern ha dejado embarazada a una chica?», pero pensé que la pregunta sería como una bofetada para Cesare. Lo vi apoyarse en el respaldo y respirar profundamente.

—No creo que almorcemos, hace demasiado calor, pero puedes quedarte un rato si quieres.

—Me están esperando en casa.

En algún sitio, Yoan vareaba un almendro para que cayeran los frutos. Se oían los chasquidos de las ramas seguidos de rápidas granizadas. Cesare se frotó la cara con ímpetu.

—En ese caso le diré a Nicola que estás aquí.

No sabría describir los días siguientes, el estado en el que me abismé. Era similar a los miedos nocturnos de la infancia, cuando miraba la lámpara para mosquitos hasta sentir la respiración del cuarto, que se dilataba y contraía. No tenía motivos para quedarme, aparte de la remota posibilidad, la esperanza irracional, de que Bern volviera. Pero decidí esperar a Nicola.

Pasaba muchas horas en la piscina, tendida sobre una colchoneta. Mientras me empujaba de un borde al otro recordaba la noche en que los chicos se bañaron. Después de aquello la habían vaciado y vuelto a llenar en varias ocasiones, y el agua había sido tratada una y otra vez con cloro y antialgas, pero quizá alguna molécula de la piel de Bern había sobrevivido. Sumergía las manos y me las pasaba por la barriga y los hombros.

La abuela seguía tan amable como el primer día. Incluso estaba dispuesta a abandonar el sofá para hacerme compañía leyendo en una de las tumbonas que había junto a la piscina. Se acurrucaba en el cuadrado de sombra que proyectaba la sombrilla y en una ocasión llegó a ponerse el traje de baño. Llevaba años sin ver aquellas piernas desnudas, que estaban fofas, pálidas y salpicadas de manchas marrones. Esa tarde estuvo largo rato ensimismada con el libro cerrado entre las manos, como si reflexionara sobre algo. Luego se volvió hacia mí y dijo:

—¿Sabías que tu padre estuvo a punto de casarse antes de conocer a tu madre? —Me agarré a la escalerilla para dejar de girar—. Tenía tu edad cuando la conoció. Se llamaba Mariangela. Era bastante guapa. —Me bajé de la colchoneta en la parte menos profunda—. Cuando me dijo que quería casarse con ella casi me da algo. No estaba de acuerdo, pero tu padre es muy cabezota, ya lo sabes. Al final hicimos un pacto: cuando acabara la universidad podría casarse con Mariangela.

Intenté imaginarme a la chica, pero no lo conseguí. La abuela se volvió hacia la casa. Parecía que algo la inquietaba. ¿Le preocupaba que mi padre pudiera oírla? ¿O pensaba que tal vez no debía hacer aquella confidencia?

—Se fue a Turín, a estudiar al Politécnico. Cuando volvió a casa por vacaciones fue corriendo a buscarla, pero en cuanto la vio se dio cuenta de que ya no encajaban. Lo dejaron aquella misma tarde. Fue un verano horrible para todos. —Estiró las piernas y encogió los dedos de los pies—. Al cabo de un año conoció a tu madre —añadió en un tono neutro.

—¿Ella lo sabe?

—¿Tu madre? Puede ser, pero supongo que no.

—¿Crees que no se lo ha contado?

—¡Ay, Teresa! No creas que por estar casado uno se lo cuenta todo a su pareja.

De la abuela había heredado las uñas ligeramente abombadas en pies y manos; todavía no sabía si eran un rasgo de belleza o un defecto. Ella se quejaba de que, con la edad, tendían a salirle uñeros.

—Entiende que es estúpido pensar que las diferencias entre dos personas desaparecen sólo porque uno lo desee —agregó—. Todo lo que consiguió tu padre fue malgastar unos años que podría haber aprovechado mucho mejor. Él y Mariangela habrían sido felices, estoy casi segura.

—¿Felices?

—In-felices. He dicho que habrían sido infelices.

—Pensaba que habías dicho «felices».

La abuela sacudió la cabeza y se pasó las manos por los muslos.

—Mira qué feas se me han puesto las rodillas —comentó mientras las estrujaba como si fueran dos naranjas; me miró sonriendo—. Las vidas ajenas siempre guardan sorpresas cuando uno empieza a conocerlas, Teresa; no se acaban nunca..., a veces sería mejor no empezar siquiera.

Nicola se presentó una tarde en casa. Desde la ventana lo vi hablando con Rosa; la diferencia de estatura la volvía minúscula. Me dio la impresión de que ella lo avisaba de algo; Nicola asentía, pero no logré entender lo que decían. De todos modos no me importaba. Hice que esperase un rato mientras me vestía y me ponía rímel en las pestañas.

Comprendí de inmediato que algo había cambiado en él: se comportaba con estudiada discreción. No es que hubiera sido nunca el más lanzado del grupo, pero en ausencia del resto resaltaba su lado más serio. Propuso que diéramos un paseo; yo le pedí que fuéramos lo más lejos posible: después de tantos días encerrada, la finca de la abuela me parecía una prisión.

Cuando llegamos al Scalo había poca gente; nos sentamos a una mesa en el centro de la explanada. El mar estaba encrespado por la tramontana. Nicola fue por un par de cervezas. Parecía orgulloso de poder mostrarme al fin su galantería, contento de estar conmigo a solas. Eso me molestó. Me arrepentí de haberlo convencido para ir hasta allí. Parecíamos incapaces de empezar una conversación.

—Tu padre dice que te va bien en la universidad —solté sin mucho entusiasmo.

—Se lo dice a todo el mundo, pero la verdad es que no paso de aceptable. ¿Te gustaría ir a Bari? Podría llevarte un día de éstos.

—Quizá.

Sus manos me llamaron la atención: eran grandes y extremadamente suaves. Se había excedido con el perfume.

—¿Te has echado novia allí? —pregunté para alejar de su mente cualquier quimera que hubiese imaginado acerca de nosotros dos, incluida la excursión a Bari.

Él se ensombreció.

—No, ninguna.

Las guirnaldas de bombillas, algunas fundidas, se mecían con el viento. Me pregunté si serían las mismas del verano anterior.

—¿Y tú?

—Nada importante. —No quería ponerme en ridículo... todo aquel tiempo esperando a alguien que no volvería a ver... Añadí—: Algún que otro lío.

—Algún que otro lío... —repitió abatido.

—¿Dónde está?

Nicola bebió un trago de cerveza con calma.

—No lo sé. Desapareció.

—¿Desapareció?

—Se fue. Ya debiste de notar que estaba un poco raro el verano pasado.

—Pues no. —No sabía por qué me ponía tan agresiva, como si él tuviera la culpa de todo—. ¿Raro en qué sentido?

—Se había vuelto... no sé. Nervioso. Malo; sobre todo con Cesare.

Me desconcertaba que Nicola hablara de sus padres usando el nombre de pila.

—Cesare es tolerante —dijo—: cree que cada uno puede comportarse como quiera mientras no ofenda a los demás. Pero a Bern... le gustaba provocar. Sobre todo desde que leía esos libros y se los restregaba por las narices.

—¿Qué libros?

—Cualquier libro que atacara a Dios. Casi cada día dejaba uno sobre la mesa. Marcaba con resaltador los pasajes más horribles para que Cesare los leyera. —Había cogido una ramita de su banco y trazaba líneas verticales sobre la superficie clara de la mesa—. No tenía derecho a tratarlo así. —Vaciló antes de proseguir—. ¿Sabes qué me dijo Cesare una vez?

—¿Qué?

—Que el maligno había entrado en el corazón de Bern.

—¿El maligno?

—El diablo, Teresa. Cesare sabía que habitaba en algún rincón de su interior. Cada día rezaba para que no se despertara, y en cambio...

—¿De verdad crees en esas cosas? —pregunté indignada.

La ramita se le partió en dos entre los dedos; Nicola la miró contrariado, luego tiró los dos trozos.

—Si lo conocieras mejor también lo creerías.

Lo conocía mejor que nadie. Habíamos estado juntos en el cañaveral, me había lamido de aquel modo.

—Que lo diga Cesare no significa que sea cierto.

—Bern estaba resentido con él porque Tommaso se había largado. Creía que lo había echado, pero no era verdad: es normal que a cierta edad uno se aleje de la hacienda y vaya a vivir por su cuenta. Así son las cosas. Si no hubiese sido por Cesare, Tommaso seguiría en aquel orfanato cercano a la cárcel. Pero Bern se negaba a perdonarlo. Ellos dos eran como siameses. ¿Recuerdas cómo lloraban la noche del cumpleaños de Tommaso?

Instintivamente me volví hacia el lugar donde Bern y Tommaso se habían tumbado durante la fiesta; no había más que rocas planas y, un poco más allá, el alambre de espino, los matorrales, la torre. Quizá un animal se moviese entre las ortigas.

—¿Qué hay de la chica?

Nicola me examinó como intentando adivinar qué sabía. Si yo no la hubiera mencionado, él no habría sacado el tema. Negó con la cabeza como si no hubiera nada relevante que añadir.

—¿Quién es?

Se acercó el vaso a la boca, pero se dio cuenta de que estaba vacío; parecía confundido. Es posible que se hubiera imaginado otro tipo de noche. Le acerqué mi cerveza, que apenas había tocado. Hizo un gesto de agradecimiento.

—La he visto pocas veces porque paso mucho tiempo en Bari. Tenía algún problemilla de dinero y... no sé, tal vez también con las drogas. Cuando se quedó embarazada, Cesare accedió a acogerla en la hacienda: no tenía otro sitio adonde ir.

Tanteó mi reacción. Me esforcé en parecer impasible mientras recordaba el jabón convertido en cofre para hachís, en lo estúpido que parecía aquello a la luz de los acontecimientos que, llegados a ese punto, me sobrepasaban en todos los sentidos.

Luego Nicola dijo:

—Tenía un nombre extraño... Violalibera.

Me dio la impresión de que me caía hacia atrás; tuve que agarrarme al banco.

—Violalibera —repetí.

—Ella es... —No acabó la frase.

Estaba aturdida y probablemente muy pálida.

—¿Qué es?

Nicola acercó una de sus enormes manos a mi cara, me apartó el pelo de la frente y me acarició la mejilla con una delicadeza que antes no hubiera imaginado.

—Lo siento mucho —dijo.

—Quiero volver a casa.

—¿Ahora mismo?

—Sí.

—Como quieras.

Pasaron unos minutos antes de que nos moviéramos. El Scalo no acababa de llenarse. La chica que servía las bebidas estaba apoyada en el morro de la caravana con aire aburrido.

Nos observamos durante un buen rato por encima del hombro de Nicola hasta que ella abrió los ojos como platos, como preguntándome qué diablos miraba.

A la mañana siguiente le dije a mi padre que tenía intención de volver a Turín. Me preguntó por qué como si no lo barruntara, y yo, como si le creyera, le expliqué que quería preparar el principio del año escolar estudiando con Ludovica, que en realidad estaba en Formentera con su novio. Dijo que ni en broma me dejaría viajar sola en tren durante tantas horas, pero la abuela debió de convencerlo porque esa tarde fuimos juntas a la estación y compramos un billete para el Intercity que salía la noche siguiente.

Hice las maletas. De vez en cuando, las náuseas me obligaban a sentarme y respirar profundamente. La tomé con Rosa porque había puesto a lavar unos vaqueros. En menos de una hora estaban secos y planchados sobre la cama, junto a la maleta.

Por la mañana la vi cogiendo el coche con Cosimo. No recuerdo si lo pensé justo entonces o si había elaborado aquel plan durante la noche. Cogí la copia de las llaves de la caseta, entré y agarré el frasco con el picudo rojo del estante de las herramientas. Luego monté en la bicicleta y pedaleé como una exhalación hasta la hacienda.

Encontré a Cesare arrodillado en el suelo trabajando alrededor de la fosa séptica. Llevaba botas altas y guantes de goma. Yoan estaba de pie a su lado aguantándose en una pala. La fosa desprendía un olor fétido.

Puse el frasco con el parásito en las narices de Cesare.

—¿Qué hay de éste? ¿Deberíamos hacerle un funeral a éste también? —Él me miró estupefacto—. ¿Y bien? —insistí—. Tiene que haber un alma también aquí, ¿no? Hemos de enterrarlo.

Se levantó despacio y se quitó los guantes.

—Claro, Teresa —dijo con un hilo de voz.

Me empeñé en que vinieran todos, incluidos Floriana y Nicola. Cesare excavó un hoyo minúsculo con el índice y allí depositó al picudo rojo. Leyó un salmo en voz alta: «Por tu furor han declinado todos nuestros días; acabamos nuestros años como un suspiro.» Después, Floriana cantó sin guitarra; su voz desamparada hizo que se me saltaran las lágrimas. Taparon el hoyito y yo me prometí que todo había terminado; no permitiría que el recuerdo de Bern me devorase por dentro. Después paseé con Nicola por el campo; estuvimos largo rato en silencio.

—Me voy —dije—. No creo que regrese a Speziale. —Consideré si sería demasiado cruel continuar, pero lo hice de todos modos—: No tengo ningún motivo para volver aquí.

Caminábamos junto a un muro de piedra medio derruido. Me detuve frente a una flor de alcaparra que salía de una grieta; la arranqué, la retorcí con los dedos y la tiré al suelo. Franqueamos un desnivel y de golpe nos encontramos frente al cañaveral.

—¿Por qué hemos venido aquí? —pregunté.

Nicola apoyó la mano en el tronco de un olivo. Tenía la vista clavada en el suelo, no exactamente donde nos tendíamos Bern y yo, sino un poco más a la derecha.

—Te he preguntado por qué hemos venido aquí —repetí; los nervios me cerraban la garganta.

—Bern y Tommaso eran como hermanos para mí. Ellos quizá eran siameses, pero yo era su hermano.

—¿Y qué?

—Lo compartíamos todo. —Fijó sus ojos en los míos—. Todo. Pero Bern nunca quiso compartirte: decía que eras suya y punto.

Se pasó una mano por el pelo. El agua del arroyo corría con su leve gorgoteo; quién sabe de dónde venía, quién sabe adónde iba...

—Tengo que coger el tren —dije.

Me di la vuelta y me dirigí hacia la hacienda con paso veloz. Nicola no hizo ademán de seguirme.

Cuando estuve lejos me volví: lo vi en la misma posición, mirando hacia el cañaveral con un brazo inmóvil en el costado y el otro apoyado en el árbol, como si siguiera espiando mi fantasma y el de Bern abrazados; o quizá los de Bern y Viola-libera, o de quienes fuese que hubiesen retozado en aquella tierra que yo ingenuamente había creído mía.

En el tren veía las farolas desfilando tras la ventanilla manchada con huellas de dedos; luego, los largos tramos negros de la campiña y los letreros que anunciaban estaciones de pueblos cuyos nombres nunca había oído. Debíamos de estar en los Abruzos, tal vez en las Marcas, cuando empezó a caer una lluvia que en poco tiempo empañó el cristal y aumentó la humedad del vagón a niveles asfixiantes. Tenía que orinar, pero no me levanté; estaba paralizada. Nunca había sentido un dolor tan invasivo, como una inyección de veneno masiva. La imagen de Bern y Violalibera volvía una y otra vez a mi cabeza y yo me entregué a ella hasta el amanecer, hasta que un sol opaco se elevó sobre la llanura y me sorprendió despierta, todavía despierta.

Durante el último año de secundaria estudié sin parar porque no sabía qué otra cosa hacer con mi vida: era la única forma de evitar que mi mente se lanzara a recorrer los mil kilómetros que me separaban de Speziale. Nicola y yo nos escribimos en un par de ocasiones, pero eran cartas insulsas y banales, tanto las suyas como las mías. Dejé de responder.

Incluso durmiendo me perseguían las mismas imágenes: los chicos en la piscina; los cuatro sentados en la plaza de Ostuni, bajo las luces; el cañaveral; los agotadores viajes de vuelta con mi padre, él queriendo escuchar por segunda vez *Stella stai* y yo sin saber disimular mi melancolía. Mi madre me encontraba por la mañana con la cabeza apoyada en el escritorio, me despertaba acariciándome la frente y yo pasaba horas con tortícolis.

En tardes alternas iba a la piscina municipal para nadar hasta la extenuación. El primer cigarrillo que encendía nada más salir del agua tenía un sabor raro, como a plástico quemado, que siempre me extrañaba.

Aprobé los exámenes de selectividad con la nota máxima y todo el mundo me felicitó. Nadie veía quién era yo realmente:

una empollona que intentaba olvidar al chico con quien había tenido una aventura dos años antes, un chico que luego había preñado a otra y se había esfumado.

En agosto, mi padre se fue solo a Speziale. La mañana de su partida ni siquiera me levanté para despedirme. Pasé los días siguientes rehuyendo sus llamadas y, al cabo, no hablé con él ni una vez.

Había decidido hacerle preguntas a su regreso, pero entró en mi cuarto dejando tras de sí una estela de sudor fruto de las horas pasadas al volante. Yo estaba viendo el videoclip de *Secretly* en MTV.

—Este año ha hecho un calor insoportable —dijo.

—Algo he oído.

—Una sequía como nadie recuerda otra igual, ni siquiera los viejos. Muy buena para las aceitunas. —Se sentó sobre la cama—. Fui al mar un par de veces. Estaba precioso: en calma, liso, con unos reflejos increíbles. El agua parecía caldo. En la hacienda...

Me volví hacia el televisor y fingí concentrarme en la imagen, pero él no se fue. Los tres protagonistas estaban poniendo patas arriba la habitación de un motel.

—¿Podrías apagar eso un momento? —dijo.

Busqué el mando. En vez de apagar el aparato, bajé el volumen al mínimo.

—Te estaba diciendo que la hacienda está completamente abandonada. Hay un letrero de SE VENDE.

Le pregunté por Cesare en voz baja.

—Se ha ido. Pregunté, pero en el pueblo nadie sabe nada. Esa gente llevaba una vida más bien apartada.

Pronunció «gente» de forma extraña, como si hablara de extraterrestres.

—No les será fácil venderlo: hay que derribar la casa y construirla de nuevo. Aunque, si te digo la verdad, no estoy seguro de que dejen construir allí. Me temo que no tenían permiso para muchas de las cosas que hay. Además, ¿quién querría comprar un terreno así? La abuela dice que han descargado piedras año tras año.

Por fin se levantó y se sacudió el polvo de los pantalones.
—Será mejor que me dé una ducha. Estoy agotado. ¡Ah, se me olvidaba! La abuela te envía esto. Me dio un paquete; en cuanto lo cogí supe que era un libro.
—Le disgustó mucho que no bajaras este año.

Imaginaba la hacienda desierta, las puertas y ventanas cerradas, el letrero de SE VENDE. Miré a mi padre mientras salía. Las imágenes de *Secretly* seguían bailando silenciosas en el televisor; era la escena final. Apagué la pantalla y abrí el paquete de la abuela; dentro había una novela de las suyas: *El collar de esmeraldas*, de Martha Grimes. «Qué estupidez», pensé, y la abandoné sobre un estante sin hojearla siquiera.

2

Al cabo de muchos años, sólo Tommaso y yo quedaríamos para recordar aquellos veranos. Éramos adultos, habíamos rebasado los treinta y yo aún no podía decir si nos considerábamos amigos o todo lo contrario. Pero habíamos pasado juntos parte de nuestra vida, tal vez la más importante, y los muchos recuerdos comunes nos unían en una intimidad mayor de lo que ambos estábamos dispuestos a admitir. Llevaba tiempo sin verlo, a excepción de una tarde en que fui a su casa sin avisar y él me echó sin contemplaciones. Yo, resentida, le eché en cara lo que le había ocurrido a Bern. Pero la Nochebuena de 2012 acabé en su piso de Tarento sentada frente a la cama donde él estaba tendido, tan borracho que los brazos le temblaban un poco. En aquel lamentable estado no podía ocuparse de su hija y por eso me llamó. A mí, la última persona a quien hubiera querido pedirle ayuda, pero aun así la única que, como él sabía perfectamente, también estaría sola una noche como ésa.

Ada se durmió en el sofá hacia las once y yo volví al cuarto cerrado con llave donde estaba Tommaso. Seguía despierto, como si supiera que yo iba a cobrarme el favor que le había hecho: quince años más tarde quería saber, de una vez por todas, la verdad sobre aquella chica, Violalibera.

Miraba resignado el embozo de la sábana, como buscando la forma de empezar. *Medea*, su perra, dormitaba acurrucada en una esquina de la cama. Sólo una de las dos lámparas que había en las mesillas de noche estaba encendida, la del lado opuesto al nuestro, y sería la única luz hasta el amanecer, hasta el momento en que me levanté con la cabeza abrumada por el perverso zumbido de todas las cosas que antes no sabía.

—El instituto era un sitio salvaje —dijo por fin tras un largo silencio.

Masticaba las palabras con dificultad. Tenía la piel grisácea por el alcohol.

—¿Qué instituto?

—El instituto donde me internaron cuando detuvieron a mi padre.

—¿Qué pinta eso ahora?

No había ido allí para oír hablar del instituto. Teníamos pendiente algo mucho más importante: algo relacionado con Bern, Nicola y Cesare, nuestros primeros veranos en la hacienda y Violalibera, ese nombre que de cuando en cuando reaparecía en mi vida.

—Para mí, todo empezó allí.

—Está bien —respondí, tratando de contener mi impaciencia—. Sigue.

Antes de continuar se llevó las manos a las blancas mejillas y apretó dos veces. La consistencia de su propio cuerpo parecía anonadarlo.

—Recuerdo el hedor permanente, sobre todo en el pasillo: sopa, pis o desinfectante, según el momento del día. Por eso, mientras esperaba sentado en un banco, olía mi propia piel en el hueco del antebrazo.

La voz se le aclaraba por momentos como si sus pulmones, su garganta y su paladar también se estuvieran recobrando del aturdimiento.

—Mi madre decía que soy muy sensible a los olores porque soy albino. Todo lo explicaba así: «Eres albino.» Pero entonces ya no podía decírmelo porque estaba muerta.

Buscó mis ojos fugazmente para estudiar mi reacción, pero yo no sentía pena por él. Quizá en algún momento llegué a albergarla, pero había transcurrido tanto tiempo... Sólo quería que siguiera hablando.

—Gracias a mi olfato supe que llegaban antes de verlos. Me refiero a Cesare y Floriana. Jabón, caramelo de menta y el rastro de un pedo. Yo temblaba un poco, creo. Hoy me resulta normal: tienes diez años y esperas a unos desconocidos que te llevarán con ellos. Floriana se sentó y me acarició la mano sin agarrarla; Cesare se quedó de pie. Yo no separaba la nariz del antebrazo y no los miraba directamente. Sólo veía la sombra de él, que se extendía por el suelo hasta la pared. Me cogió de la barbilla y me obligó a levantar la cabeza. Por aquel entonces llevaba un bigote que se atusaba con los dedos cuando sentía alguna emoción; lo hizo después de decirme su nombre, pero yo ya lo conocía: las asistentes sociales me habían hablado de Cesare y Floriana, me habían enseñado una foto donde salían abrazados frente a una pared amarilla. «Una pareja muy devota», comentó una de ellas. «Fíjate», le dijo Cesare a Floriana, «¿no te recuerda al arcángel Miguel en aquel cuadro de Guido Reni?» Luego se dirigió a mí en voz baja: «El arcángel Miguel venció a un dragón terrible. Tengo ganas de contarte toda la historia, Tommaso. Ya tendremos tiempo en el coche. Por lo pronto, recoge tus cosas.»

»En el coche, sin embargo, no siguió con la historia. Sólo añadió que su casa estaba en la línea del arcángel, una línea que une Jerusalén y el Mont Saint-Michel. Puede que aquélla fuera toda la historia. Intenté recordar el trayecto, el camino que conducía a donde estaba mi padre, pero perdí la orientación entre tantos muros y árboles idénticos. Cuando bajamos del coche me sentía ilocalizable. "Yo me encargo de las bolsas", dijo Cesare, "tú ve a buscar a tus hermanos". "No tengo hermanos, señor." "Es verdad; me he precipitado, disculpa. Ya decidirás cómo llamarlos, pero ahora ve, deben de andar por aquí cerca, donde las adelfas." Atravesé unos arbustos y vagué por el olivar; al principio me mantuve cerca de la casa, luego fui alejándome cada vez más. Aún tenía la descabellada esperanza de poder huir, de hallar el instituto a pocos pasos; no estaba habituado al campo. Ya iba a volver cuando oí una voz que decía: "¡Aquí arriba!" Miré a mi alrededor, pero no vi nada más que árboles dispersos. "En la morera", dijo una voz. "No sé cuál es la morera." Hubo un silencio y luego oí unos pasos. Bern salió de la penumbra. "Esto es una morera", dijo, "¿ves?". Me acerqué. A la sombra no hacía tanto calor. Una escalera llevaba a una cabaña construida entre las ramas. Bern me examinaba. Me rozó una mejilla y después dijo aquella frase: "Eres muy blanco. Pareces delicado." Respondí que no era nada delicado. Subió la escalera y lo seguí.

»Dentro de la cabaña, sentado con las piernas cruzadas, estaba Nicola. "¿Has visto qué aspecto?", preguntó Bern, pero él apenas me dedicó un vistazo. "Al menos éste tiene valor para subir." En efecto, la cabaña no parecía muy estable. Pregunté si la habían construido ellos, pero me ignoraron. "¿Sabes jugar al *skat*?", preguntó Nicola. "Sé jugar al póquer." "¿Y eso qué demonios es? Siéntate, te enseñaremos. Nos faltaba uno." Me explicaron las reglas de forma caótica, interrumpiéndose. Durante el resto de la tarde no volvimos a abrir la boca salvo para pronunciar las fórmulas del juego. Luego dijeron que era hora de rezar. Yo rezaba en el instituto, así que no me sorprendió. No podía imaginar que iba a ser tan diferente. Bajamos la escalera uno a uno, cruzamos las adelfas y llegamos a la pérgola iluminada por una bombilla desnuda. Bern me rodeó el cuello con un brazo y yo dejé que lo hiciera: nunca había tenido hermanos y hasta aquel día ni siquiera imaginaba que pudiera desearlo tanto.

Tommaso hizo una pausa. Parecía que la calma se adueñaba de su cuerpo al evocar su primer día en la hacienda. Conocía esa sensación, el peligroso consuelo de cualquier recuerdo que tuviera relación con aquel lugar o con Cesare.

—Su mirada lo llenaba todo de luz —prosiguió—, la hacienda, el terreno que lo rodeaba, pero sobre todo a nosotros. Bastaba con que se te escapara un suspiro durante las clases para que Cesare te agarrara con fuerza del brazo y te dijera: «Ven conmigo, vamos a hablar.»

»Era capaz de esperar media hora bajo la encina hasta que soltabas una frase, cualquier indicio. Con diez años es insoportable pasar tanto tiempo en silencio con un adulto al lado. Pensaba en los demás sentados a la mesa, hambrientos, esperándonos para comer; no entendía qué quería Cesare de mí, pero él esperaba y esperaba, entornaba los párpados, quizá incluso dormitaba, aunque su mano no aflojaba la presión sobre el hombro. De repente, una palabra brotaba de mis labios como una burbuja de saliva y Cesare asentía animándome. Una palabra llevaba a la siguiente y yo acababa por soltarlo todo. Luego llegaba su turno, hablaba largo y tendido como si desde el principio supiera lo que iba a confesarle. Rezábamos juntos para implorar misericordia y sabiduría, después volvíamos a donde los demás y yo me sentía aliviado y limpio durante algunas horas.

»Sólo estábamos a nuestras anchas en la cabaña de la morera; Cesare no podía vernos allí arriba porque el árbol era muy frondoso. Se acercaba al tronco y preguntaba desde abajo: "¿Todo bien?" Intentaba vislumbrar algo entre las tablas, pero habíamos cubierto el suelo con un trapo cogido en el almacén de las herramientas. Acababa perdiendo la paciencia y se marchaba. A veces pienso que fui yo quien llevó la corrupción a la cabaña: fui yo quien les enseñó a Bern y a Nicola las palabrotas que había oído en el comedor del instituto. Las repetían por turnos recreándose en ellas. Un videojuego había pasado inadvertido en la inspección de mi equipaje y ellos lo usaron ávidamente hasta que las pilas se acabaron. Recuerdo que durante un tiempo competimos para ver quién probaba más hojas, raíces, bayas, semillas y flores de la hacienda. Nos electrizaba la incertidumbre de quién sería el primero en envenenarse. Luego nos llenábamos la boca de moras para quitarnos el mal sabor.

»Una tarde, Bern encontró una liebre malherida cerca de la leñera; la llevamos a la cabaña. Nos miraba con ojos vidriosos, brillantes y angustiados. La exaltación se apoderó de nosotros. "¡Matémosla!", dijo Bern. "Eso es pecado", replicó Nicola. "No, no si es un sacrificio para el Señor. Tommi, súbela." Agarré la liebre por las orejas y noté la curiosa textura del cartílago. En los dedos sentía los latidos frenéticos de su corazón, o quizá fuera el mío. Bern abrió unas tijeras y pasó una de las cuchillas por el cuello del animal, pero lo hizo con tanta delicadeza que no rajó la carne. La liebre tuvo un espasmo y casi se me escapa. "¡Corta!", gritó Nicola. Ahora los ojos se le salían de las órbitas. Bern tiró de ella por la pierna sana; así extendida era enorme. Cerró las tijeras y las clavó en el cuello de la liebre como si fueran un puñal. La punta podía adivinarse en el cogote, empujando la piel sin llegar a perforarla. El animal aún se estremecía cuando Bern sacó las tijeras; brotó un chorro de sangre negra. Bern se quedó paralizado con el arma en la mano: la liebre parecía suplicarle que acabara de una vez para siempre. Nicola lo apartó de un codazo, metió las tijeras en el orificio y las abrió de golpe. La sangre me salpicó la cara.

»La enterramos lo más lejos posible de la casa. Bern y yo cavamos con las manos mientras Nicola vigilaba. Cuando al cabo de unas horas volvimos a la sepultura, sobre ella había clavada una cruz hecha con dos maderos. Cesare no dijo nada al respecto, pero aquella noche leyó un pasaje del Levítico haciendo largas pausas elocuentes: "El camello, porque aunque rumia no tiene pezuña hendida, será inmundo para vosotros; el conejo, porque aunque rumia no tiene pezuña hendida, será inmundo para vosotros; y el cerdo, porque aunque tiene pezuña hendida, formando así un casco dividido, no rumia, será inmundo para vosotros. No comeréis de su carne ni tocaréis sus cadáveres; serán inmundos para vosotros."

—Serán inmundos para vosotros —dijo Tommaso; luego repitió susurrando—: Inmundos. —Cerró las manos y se quedó como hechizado por algo—. Pero fue Nicola quien trajo las revistas —prosiguió al fin—. Floriana lo enviaba al pueblo a hacer recados. Bern detestaba aquel favoritismo. Sabía que Nicola solía aprovechar esas ocasiones para comprar un helado con la calderilla que le sobraba, pero sus celos no los causaba el helado, sino aquel tácito acuerdo con Floriana sobre el cual hasta Cesare hacía la vista gorda. Floriana tenía mil formas de mostrarnos que Nicola era su preferido. A mí me daba igual: no sentirme un estorbo era más que suficiente. Además, una vez al mes yo también podía ir al pueblo a visitar a mi padre.

Bern era el único que nunca traspasaba los límites imprecisos de aquel territorio. Cuando Nicola y yo volvíamos de nuestras breves excursiones nos trituraba con la vista, pero luego decía: «¿Fuera? ¿Y qué debería interesarme allí fuera?»

»Un día, Nicola les echó una ojeada a las revistas expuestas en el quiosco. Según él, no fue más que un segundo, pero el quiosquero lo invitó a hojearlas: "Coge dos. Te las regalo." Estaba a punto de batirse en retirada cuando el quiosquero insistió: "Tranquilo, no le diré nada a tu padre." En la cabaña discutimos un rato antes de abrirlas; acordamos no ver más de dos páginas por día, así la culpa sería menor. Entre nosotros hablábamos mucho de la culpa, los mandamientos y los pecados. La fe en la que Cesare nos educaba se fundaba sobre todo en aquello; o tal vez fuera lo único que nosotros podíamos entender de la fe que él intentaba inculcarnos. Sea como fuere, no respetamos el acuerdo: aquella misma tarde escudriñamos las revistas de arriba abajo una y otra vez, turbados y ansiosos, sin sonreír, como si estuviéramos frente a un abismo infernal. Ya entonces sabía que me fijaba en los detalles equivocados: no estudiaba aquellas fotos como mis hermanos, pero ellos no lo advirtieron. Bern y Nicola se bajaron los pantalones. Estábamos a principios de junio, los racimos de moras pringaban de violeta los tablones de madera y también nuestros codos y rodillas. "Tú también", dijo Bern. "No me apetece." "Tú también", repitió Bern. Obedecí. Al cabo de un rato dejamos las revistas: ya no nos servían y sabíamos que no íbamos a conseguir más. Bastaba con mirarnos el uno al otro. Durante la cena, nuestra vergüenza era tanta que nos volvimos inescrutables para Cesare.

»Hubo otros chicos viviendo con nosotros; ni siquiera recuerdo bien sus nombres. Cesare nos obligaba a jugar con ellos, pero les hacíamos el vacío. No dejamos que ninguno de ellos subiera al árbol. De todos modos, no se quedaban mucho tiempo. Una mañana nos despertábamos y ya no estaban allí. La cabaña de la morera se nos quedó pequeña. Los inviernos pudrieron las tablas del suelo y luego las cuerdas que las sujetaban. Nicola fue el último en subir y encontró un nido de abejorros entre las ramas. Retrocedió asustado, tropezó y la madera cedió bajo sus pies; acabó por el suelo con una clavícula rota. Siempre decíamos que construiríamos un nuevo refugio, más grande, tal vez incluso distribuido entre varios árboles conectados por pasarelas, pero el tiempo corría más que nosotros. En septiembre de 1997...

Se puso a contar en silencio con los dedos, muy despacio, como si el cálculo requiriese un esfuerzo sobrehumano para su cerebro empapado de alcohol. Una parte de mí quería apremiarlo, otra quería dejarse llevar por sus recuerdos de los primeros años en la hacienda, sumergirse en aquella cálida sensación que yo también conocía.

—No, todavía era 1996 —continuó por fin—, septiembre de 1996. Nicola entró en el liceo de Bríndisi; era su último año. Para ponerse al día recibió clases particulares de un profesor de Pezze di Greco. Y para estudiar mejor se mudó de la habitación que compartíamos los tres al cuarto donde Cesare guardaba sus óleos. Aquel cuarto siempre estaba cerrado con llave: a Cesare no le gustaba enseñar sus cuadros. Nicola nos contó que antes los vendía en el mercado de Martina Franca, pero no quiso volver a enseñárselos a nadie después de oír los comentarios de un tipo que pasó por allí. Claro que nosotros nos habíamos colado en la habitación muchas veces y sabíamos que el tema de sus cuadros era siempre el mismo: un prado moteado de flores rojas donde crecían olivos y, en primer plano, una flor mucho más alta que las demás. Obviamente, aquella amapola era él, Cesare. Aunque no sé si por aquel entonces yo lo veía tan claro.

»Lo cierto es que Nicola tenía libros de texto nuevos, un diccionario de inglés y otro de latín sólo para él, mientras que Bern y yo seguíamos consultando uno viejo, roto en tres trozos y con las palabras casi ilegibles. Nicola nos prohibió tocar sus libros porque decía que eran muy caros. Por la mañana se subía al Ford con Floriana y volvía en autobús después de la comida. Se libró de los trabajos del campo porque por la tarde tenía que estudiar, así que sus tareas recayeron en Bern y en mí, lo que re-

73

dujo la duración de nuestras clases. Sea como fuere, Cesare parecía menos dispuesto a invertir tiempo en nosotros: solía encargarnos redacciones y dejarnos solos, pero a menudo ni siquiera las leía.

»Entonces llegó el ordenador: dos cajas enormes sobre la mesa de la cocina, misteriosas como tótems. El técnico las abrió con un cúter y fue sacando los componentes cubiertos con poliestireno. Después de tantos años en la hacienda había olvidado la tecnología. No teníamos ni radio. Y de repente, ¡un ordenador! ¡En casa! "En mi habitación", le dijo Nicola al técnico, que señalaba un enchufe en la pared. Bern reaccionó, "¿por qué?", y le cerró el paso al técnico, que no tropezó de milagro. Cuando vio que no podría frenarlo, preguntó: "¿Nosotros podremos usarlo?" Cesare se había puesto las gafas de leer para intentar descifrar la letra pequeña impresa sobre las cajas, pero se notaba que eran incomprensibles para él, a juzgar por las cavilosas curvas de sus cejas. "¿Podremos usarlo o no?" Cesare respiró hondo. Habló dirigiéndose a Bern directamente, sin miedo, aunque, quizá por primera vez desde que lo conocía, percibí un dejo de duda en su voz: "El ordenador es de Nicola. Su profesor...", y se detuvo. "Tened paciencia. Vuestro momento llegará." Floriana se apoyaba en la encimera mirando a su marido con los labios fruncidos y yo entendí que aquella decisión la habían tomado juntos.

»Bern estaba al borde del llanto: colocaban aquel ordenador, ahora objeto de un deseo irrefrenable cuya existencia él mismo ignoraba momentos antes, en el único rincón prohibido de la casa. "¿Por qué razón?", preguntó Bern. Nadie respondió. El técnico desenrollaba los cables y los conectaba. "¿Por qué razón, Cesare?", repitió Bern. Algo se quebró entonces entre ellos, justo en la pausa entre la pregunta y la respuesta. Cesare dijo: "No codiciarás a la mujer de tu prójimo, ni a su siervo, ni a su sierva, ni su buey, ni su asno, ni...", pero lo interrumpió un portazo. Bern se desahogó conmigo en la habitación: "No es justo. Ya tenía un cuarto entero para él." "Nicola es mayor", dije. "Sólo un año." No le di a entender que para mí era incluso mejor. Ahora, cuando me despertaba en medio de la noche acosado por la pesadilla recurrente de mi padre, podía ver dormir a Bern sin miedo a que nadie me observara, podía acercarme a su cama y calmarme con su respiración. "Ni siquiera te importa que Nicola vaya al instituto mientras nosotros seguimos encerrados aquí", me acusó. "No quieres aprender nada, nada te interesa." Pero no era verdad: hablar con él en la oscuridad o quedarnos callados escuchando las gotas que caían desde la cornisa tras la tormenta, eso era lo que me interesaba, y era mucho mejor que cualquier cosa que hubiera tenido antes. ¿Por qué no le bastaba también a él? "¿Cómo crees que pagan las clases particulares de Nicola?", insistió. "No lo sé... ¿con el sueldo de Floriana?" Algo me golpeó en la cara: un calcetín hecho una pelota. Devolví el lanzamiento, pero no di en el blanco. "¿Y cómo crees que han pagado el ordenador, pedazo de bobo?" "¿También con el sueldo de Floriana?" "Mira, Cesare recibe dinero por tenerte aquí." No quería que Bern hablara de aquello. La "compensación", así es como lo llamaban en los papeles de la custodia. La compensación era algo que sentía pegado a mí como la etiqueta con el precio de una camiseta. "¿Y qué?", le dije. "¿Y qué? Pues que también mi madre le envía dinero a Cesare, ¿qué crees? Aunque sean hermanos. Lo envía cada mes, y él se aprovecha." Vi su sombra sentándose en la cama. "Mañana nos declaramos en huelga", anunció. "¿Y eso qué significa?" "Haremos lo mismo que el barón rampante el día en que huye a los árboles." "Estás loco, Cesare nos obligaría a bajar enseguida." En cualquier caso, si me lo hubiese pedido lo habría hecho: estaba dispuesto a hacer cualquier cosa por él, incluso a no poner nunca más un pie en el suelo. "Sí, haremos lo mismo que el barón rampante", continuó como si hablara solo, "seguiremos su ejemplo: a partir de mañana no más clases ni rezos ni misas". Me volví hacia la pared. Años antes, una noche nos quedamos dormidos en la cabaña con la excusa de ver las estrellas fugaces. Al amanecer, el aire era tan frío y húmedo que nos abrazamos fuerte, pero no fue suficiente. Volvimos a casa descalzos y yo pisé una babosa con el pulgar. Cesare nos trajo unas tazas humeantes de manzanilla para que entrásemos en calor. Se portaba muy bien conmigo, mejor que nadie. No merecía mi desobediencia. "Y bien, ¿qué dices?", preguntó Bern. "En huelga", dije en voz baja paladeando el sonido. »A la mañana siguiente nos reunimos bajo la encina para la oración matutina. Cesare sólo nos permitía llevar las túnicas por la mañana. Decía que al despertar éramos más puros. Leyó algo de Ezequiel, pero no presté mucha atención. "Se le ha pasado", me repetía con alivio, "el sueño ha despejado el corazón de Bern". Cesare le pidió que buscara en el Evangelio de Mateo las líneas sobre el huerto de Getsemaní. Floriana le alcanzó la Biblia y Bern la abrió. Era el más rápido de los tres a la hora de buscar versículos, casi más que Cesare. Puso el libro abierto frente a sí y aspiró aire para empezar a leer, pero no articuló palabra. "Adelante", dijo Cesare. Bern alzó un segundo la vista al cielo, luego volvió a mirar el libro y finalmente lo cerró. "No pienso leer", dijo. "¿No vas a leer? ¿Por qué?" Sus mejillas se sonrojaron al instante. Si hubiera salido de nuevo con la historia del ordenador, hasta a mí me habría parecido ridículo, pero Cesare no necesitaba una explicación. Descruzó las piernas y se estiró para quitarle la Biblia y dármela. "Tommaso, esta mañana leerás tú, haz el favor." Los olivos nos abrazaban, realmente parecíamos los discípulos reunidos en el huerto. "¿Lucas?", pregunté, hojeando el libro lentamente. "Habíamos dicho Mateo, 26,36", me corrigió Cesare. Lo encontré. Bern esperaba un gesto de lealtad, pero yo sabía que acabaría perdonándome. Sí, tarde o temprano lo olvidaría. Las pantorrillas, apretadas contra las nalgas, me hormigueaban. De repente exclamó: "¡No leas!" No lo dijo con arrogancia, más bien parecía una súplica. "Tommaso, te escuchamos", me apremió Cesare. "Entonces Jesús llegó con ellos a un lugar que se llama Getsemaní..." "No leas, Tommi", murmuró Bern. Estaba claro que me tenía en un puño. Solté el libro. Cesare lo recogió y se lo entregó pacientemente a Nicola, que empezó a leer a trompicones, las frases quebradas por la vergüenza. No había terminado cuando Bern se puso en pie de un salto. Con las manos cruzadas tras la cabeza, fue levantando la tela de la túnica y se la quitó. La tiró al suelo como si fuera un trapo y se quedó en calzoncillos. Respiraba entrecortadamente: me di cuenta por el movimiento de sus hombros. Parecía tan indefenso, tan irritado... Sólo se oía el murmullo de las hojas movidas por el viento. Me incliné hacia delante para deshacerme también de la túnica, pero fui más torpe que él. Cesare, en cualquier caso, no nos miraba; empezó a cantar el *Aleluya* con los ojos cerrados. Nicola y Floriana se unieron en la segunda estrofa, también con los párpados abatidos, como si se negaran a ver aquella versión cruda e indigna de nosotros. Bern rompió el círculo y se dirigió hacia la casa. Lo seguí acosado por el cántico acusatorio de Nicola y sus padres. A medio camino me volví para verlos allí sentados, bajo el árbol. Me quedé quieto unos segundos, suspendido entre ellos y Bern, dos familias separadas de repente, y en aquel mismo instante comprendí que ninguna de las dos sería jamás mía por completo.

»La huelga duró hasta principios de verano. La primera semana, Cesare no perdió la esperanza de que aquello fuera poco más que una rabieta. Se sentaba bajo la pérgola con sus libros diligentemente apilados y desde allí nos arrojaba miradas que me provocaban ciertas náuseas, pero al cabo de un tiempo se cansó y dejó de aguardar. Lo acometió una tos anómala. Un día, durante un ataque largo y fuerte, le llevé un vaso de agua sin que Bern se enterara. Lo aceptó y acto seguido apretó mi mano contra su pecho: "El amor es imperfecto, Tommaso; entiendes lo que te digo, ¿verdad? Todos los seres humanos son imperfectos. Si pudieras conseguir que entrase de nuevo en razón..." Me solté y lo dejé a solas. Después de aquel episodio dejó de pedirme ayuda y no volvió a molestarnos. Aceptaba que Bern y yo nos sentáramos a la mesa, nos llenaba el vaso de agua y la seguía tiñendo con una gota de vino tinto como era costumbre, pero parecíamos extraños. Ya no hablábamos, ya no cantábamos.

»Una tarde, Nicola perdió los nervios y le propinó a Bern una bofetada, pero Bern no respondió: con una sonrisa burlona, giró lentamente la cara y se la ofreció para que siguiera desahogándose. Cesare detuvo el brazo de Nicola y lo obligó a disculparse. Floriana abandonó la cocina dejando un plato a medias; creo que era la primera vez que la veía hacer algo así. "¿Cuánto tiempo va a durar esto?", le pregunté a Bern cuando estuvimos en la cama. "Todo el que haga falta." No habíamos dejado de rezar; lo hacíamos juntos a escondidas. Él citaba de memoria fragmentos de las Escrituras, sobre todo los salmos, y a veces se entregaba a oraciones gélidas y angustiosas. Pero día tras día fueron surgiendo en él nuevos deseos: más de una vez, al abrir los ojos de noche, pude verlo de pie, frente a la ventana, escuchando el rumor de fiestas lejanas, contemplando los silenciosos fuegos artificiales en el horizonte. Quería estar allí, hubiera lo que hubiese. "No temas", decía sin volverse, "yo te cuidaré".

Tommaso bebió un poco de agua. Al tragar hizo una mueca de dolor: tanto hablar debía de haberle secado la garganta.

—Fue entonces cuando empezaron a morir las palmeras —dijo—. Entre los campesinos corrió la voz de que el parásito pasaría luego a los olivos y que, como medida preventiva, convenía eliminar las palmeras. En la hacienda teníamos una, cada año daba unos dátiles viscosos e incomibles. Cesare pasó días preguntándose qué hacer, dando vueltas alrededor del árbol, escrutándolo. No creía que las plantas tuvieran alma, pero siempre profesó un respeto instintivo por las más grandes. En julio llegó una ola de calor tórrido. El siroco levantaba el polvo formando remolinos. No sé si Cesare lo interpretó como la señal que estaba esperando, si temía que el viento pudiera traer los parásitos desde el sur, pero una mañana oímos el zumbido de la motosierra y desde la pérgola lo vimos subido a una escalera apoyada en la palmera. Iba cortando las palmas una a una. Luego la emprendió con el tronco. La sierra resbalaba sobre la corteza; un par de veces cerré los ojos temiendo que se le escapara de las manos. «No lo conseguirá», dijo Bern con los puños sobre la mesa. Pero Cesare logró penetrar en la corteza y ya le costó poco abrir un tajo. La palmera permaneció un segundo quieta cuan larga era, luego se inclinó hacia el lado contrario de la herida y se desplomó. Cesare pasó una cuerda por debajo del tronco, se la ató a la cintura y tironeó el cadáver. Buscaba un lugar despejado para quemarlo. Arrastró el tronco unos metros hasta que lanzó un grito y cayó de rodillas, exhausto. «Tenemos que ayudarlo», dije. El corazón me latía sin control. Me asustaba que pudiera haberse roto la espalda mientras nosotros lo observábamos impertérritos desde la pérgola. Avancé un paso hacia él, pero Bern me cogió del brazo: «Todavía no.» Cesare se puso de nuevo en pie, pasó la cuerda de las caderas a los hombros y volvió a empujar como un toro. El tronco se movió un poco, pero él volvió a caer atacado por la tos. «¡Se va a hacer daño!» Bern pareció despertar de golpe. Caminamos hacia Cesare. Bern le ofreció la mano para ayudarlo a levantarse, luego se la pasó por la frente sudada. «Nos dejarás ir a la escuela como Nicola», dijo. «¿Qué esperas encontrar allí, Bern?» Cesare jadeaba no sólo a causa del esfuerzo y de los ásperos ataques de tos. «Nos dejarás ir a la escuela», repitió, rozándole la zona del torso que la cuerda había enrojecido. «He rezado tanto por ti... día y noche. Para que el Señor ilumine de nuevo tu corazón. ¿Recuerdas el Eclesiastés, Bern? "Quien aumenta el conocimiento aumenta el dolor."» Bern seguía enjugándole el sudor del cuello, del pecho, con una dulzura que deseé para mí. «¿Lo harás?» Cesare se mordió los labios agrietados por el viento. «Si es lo que quieres...», susurró. Pero Bern no había terminado aún: «Nos dejarás salir con Nicola incluso de noche, siempre que queramos. Y nos darás una parte del dinero que recibes por nosotros.» La cara de Cesare reflejaba pesadumbre: «¿Todo esto es por el dinero?» «¿Lo harás?», insistió Bern, agarrando la cuerda. «Lo haré.» «Tommi, ve al almacén a por otra cuerda.»

»Mientras hurgaba entre las herramientas, me pregunté si Bern lo sabía o era yo el único en advertirlo: si sabía que Cesare, aunque fuese incapaz de admitirlo ante Floriana o ante sí mismo, quizá incluso ante Dios, lo amaba más que a nadie, más que a su propio hijo. Es cierto que sólo compartían una parte de su sangre, pero sus almas eran idénticas: la una un calco perfecto de la otra. No existía un lazo igual entre Cesare y Nicola. ¡Qué culpa tan atroz para un padre amar a alguien más que a su propio hijo! Y qué cruel condena, para el hijo, descubrir que ocupa un lugar secundario en el corazón de su padre.

»A partir de aquel día se instauró una tregua. Se restableció una especie de normalidad, aunque nada volvió a ser como antes. Ahora, durante el rezo, nos cogíamos las manos con cierta reserva. Floriana se volvió muy arisca. Hoy estoy convencido de que le propuso a Cesare que nos echara y que él se negó. Una tarde, mientras recogíamos tomates, vi cómo miraba uno muy maduro y lo chafaba rabiosamente con el puño. Bern y yo desmontamos lo que quedaba de la cabaña construida sobre la morera. Para nosotros, ya sólo había promesas más allá de la barra que cerraba la entrada.

»La primera vez que los tres partimos a la aventura con el coche fuimos hacia el sur, hasta Leuca, para comprobar cuánto podíamos alejarnos. Caminamos en torno al faro y Bern creyó divisar la silueta de Albania. A la vuelta nos perdimos en la maraña de carreteras que rodea Maglie.

»Por las noches salíamos en busca de fiestas: en Speziale nunca pasaba nada, y en cualquier caso no éramos bien recibidos. La música nos condujo una vez hasta Borgo Ajeni, donde había una feria. De los tenderetes llegaba un olor cargado de grasa animal. Bern y Nicola se taparon la nariz; se hubieran ido al momento de no haberse sentido atraídos por la gente, el movimiento, la banda que tocaba. A mí, en cambio, el olor a carne asada me abrió el apetito: la comía cuando estaba con mi padre y el resto del tiempo la añoraba sin que ellos lo supieran. Sin embargo, Bern debió de captar algo en mi mirada. "Voy a probarla", dijo con esa avidez que lo embargaba cada vez más a menudo. "¡No lo hagas!", exclamó Nicola para disuadirlo, pero Bern ya se dirigía hacia la señora que volteaba la carne sobre la plancha. Yo comí un bocadillo y me quedé satisfecho, pero él pidió otro y otro más, como un enajenado. El unto le relucía sobre el mentón y los labios. Nicola, consternado, perdió las ganas de divertirse. "Sois un par de salvajes sanguinarios", nos dijo mientras volvíamos al coche.

Tommaso se dedicó durante un rato a juntar las yemas de los dedos: meñique con meñique, anular con anular..., como si estuviera valorando su propia lucidez.

—Luego descubrimos el Scalo —dijo en tono mortecino.

Chasqueó los dedos. *Medea* se levantó de un brinco, alargó el morro para olisquearle la mano y luego se la lamió. Tommaso se secó distraídamente en la manta.

Le concedí ese tiempo para que recuperase el aliento mientras intentaba imaginarme a Bern, Nicola y Tommaso, en aquellas noches de verano cuando la música los llevaba de un lado a otro como a vagabundos, llegando por primera vez al Scalo... Pero Tommaso no retomó su relato a partir de aquella noche.

—Aparte de las salidas y la carne, la repentina libertad le brindó a Bern la posibilidad de ir siempre que quisiera a la biblioteca municipal de Ostuni, de donde sacaba tantos libros como podía, para nuestra perplejidad. Después de comer se refugiaba en un rincón detrás de la casa y leía con la espalda apoyada contra el muro, sumido en un ensimismamiento hostil. Durante aquellas horas yo me escabullía hasta la habitación de Nicola. No habían comprado el ordenador por los juegos, pero había varios instalados y conseguimos unos cuantos más gracias a conocidos del Scalo. Jugábamos por turnos, sin *joystick*, pulsando las teclas con suavidad para no despertar a Cesare y Floriana, que dormían en la habitación contigua. Había un nivel de *Prince of Persia* que no conseguíamos acabar: un montoncito de huesos se convertía en un esqueleto y nos cortaba el paso. Moríamos siempre. Un día, mientras aguardaba el enésimo fallo de Nicola para jugar yo, un movimiento en la ventana me llamó la atención. Fue entonces cuando os vi.

Tommaso me miró.

—¿Nos viste?

Supe a qué se refería; quizá no el día exacto, eso no, pero hablaba de mis tardes con Bern, de nuestras horas secretas.

—Estabais cruzando el pequeño terreno que separaba la casa de las adelfas —dijo—. Tengo un recuerdo nítido: la espalda bronceada de Bern con los omóplatos marcados y tú, un poco más blanca, con un vestido naranja. Nicola, enfrascado en el juego, no se percató. Estuve a punto de decírselo, pero por alguna razón me contuve. Os vi desaparecer entre los arbustos. No había nada en aquella dirección, sólo olivos y escondrijos. «Vamos», dijo Nicola. «¿Cómo?» «Te toca. A ver si acabas con ese puto esqueleto.» «Dale tú, ya no quiero jugar más.» Volví a mi cuarto y me tendí en la cama, pero si cerraba los ojos veía a Bern caminando contigo sobre la tierra rojiza. Me puse en pie de un salto, bajé la escalera y salí. Eché un vistazo por la ventana: Nicola no se había movido. Una lagartija pasó delante de mí a toda velocidad, luego trepó por el tronco de un árbol. Llegué a la morera convencido de que os encontraría allí y, no sé por qué, me alivió que no fuera así. «Habrán ido a donde las zarzas», me dije. Pasaba de la sombra de un árbol a la siguiente porque quería proteger mi espalda del sol. Ya estaba seguro de que no iba a encontraros cuando vi una figura de pie en el cañaveral. Me acerqué: era Cesare. Estaba contemplando algo entre las cañas y me dio la impresión de que su torso achaparrado se contraía con un escalofrío. Iba en sandalias y calzoncillos, supongo que había salido así de su habitación. Iba a llamarlo cuando se volvió y empezó a correr agitando las cañas.

»Corría hacia donde estaba yo; fue extraño verlo correr porque no lo hacía nunca. Encontrarme allí lo trastornó. Por un momento, una fracción de segundo nada más, estuvimos cara a cara. Bajo aquel sol despiadado, no podía ocultar su excitación. Se cubrió con una mano y me esquivó por la derecha, mi derecha. Yo seguía sin saber qué se ocultaba tras la barrera esmeralda de las cañas hasta que os vi saliendo de aquella pequeña selva, tan cautelosos como me parecisteis desde la ventana de Nicola, pero con otro aspecto, perplejos y cansados, cómplices, como si acabarais de nadar juntos mar adentro. Me escondí tras un olivo antes de que pudierais advertir mi presencia.

La voz de Tommaso se había ido debilitando; cuando enmudeció, pensé que se la había tragado el silencio. ¿Sentíamos ambos vergüenza por algo que había ocurrido cuando apenas éramos unos chiquillos? La sentíamos, sí; yo sólo quería que pasara a lo siguiente, que dejase de hablar de Bern y de mí, del cañaveral. No tenía derecho a inmiscuirse en aquel recuerdo. Se aclaró la garganta.

—Durante las horas siguientes, Cesare y yo evitamos cruzarnos, y cuando ocurría apartábamos la mirada. Todo era traición a mi alrededor: Bern y tú, Cesare escondido entre las cañas, Nicola haciendo una nueva vida en Bari... En la cena, Cesare se explayó con un rezo más largo de lo normal. Sujetaba la mano de Floriana y apretaba los párpados, tanto que cuando abrió los ojos le quedaron unas marcas blancas en las sienes. Rebuscó en el bolsillo del pantalón y sacó una hoja doblada. «Me gustaría leeros esta homilía. La he recordado hoy, después de mucho tiempo.» ¿Me miró justo antes de empezar? Puede ser, no estoy del todo seguro. Leyó: «El Padre no es, ni mucho menos, impasible. Si dirigimos a Él nuestras oraciones, tiene piedad y se compadece, conoce las llamas del amor y siente una ternura que se diría ajena a su soberana majestad.» Durante unos segundos se quedó así, de pie frente a nosotros, indeciso. «Esa ternura que sentimos todos», añadió luego, «todos sin excepción, en ocasiones no somos capaces de afrontarla. Así, querríamos ser como Jesús, pero...»; se detuvo: parecía cada vez más confuso. «Es tarde. Comamos.» Se sentó y olvidó santiguarse; era la primera vez que ocurría y sería la última. Sabía que Cesare había escogido la homilía por mí. ¿Se estaba justificando? ¿Me estaba pidiendo perdón? No podía suponer hasta qué punto me identificaba con él. Tal vez los demás lo amaban porque lo creían infalible, pero yo no. Yo lo amaba y basta.

»Aquella noche, en el Scalo, me escondí tras la caravana y bebí más de la cuenta. No recuerdo la vuelta a casa, sólo que, ya en la cama, Bern se acercó, apoyó una mano sobre mi frente y me preguntó si quería zumo de limón; le dije que me dejara en paz. Por la mañana, Cesare me indicó que lo acompañara bajo la encina. Estaba sentado en el banco con la expresión pletórica de los mejores tiempos. Llevaba la túnica y tamborileó sobre la parte libre del asiento. "Hoy he madrugado mucho", dijo, "todavía era de noche; creo que vosotros acababais de volver a casa. He entrado en la habitación de Nicola y después en la vuestra. Hace mucho tiempo que no lo hacía. Os he observado durante un buen rato mientras dormíais. Hay algo milagroso en contemplar la inocencia dormida. Y vosotros seguís siendo el espejo de esa inocencia, aunque creáis que no. Sí, seguís siéndolo, aunque ahora tengáis barba en las mejillas". No era verdad: mi vello sólo se veía a contraluz, como el de las chicas. "Estaba pensando en cuando Floriana y yo fuimos a buscarte. Recuerdo que le dije: 'Este chico está destinado a lograr grandes cosas'"; alisó con una mano el bajo de la túnica y se sujetó el dobladillo entre las rodillas. Se había establecido que, bajo la encina, los chicos sólo hablábamos cuando nos interpelaban, así que guardé silencio. "Parece que fue ayer..., sin embargo, ya han pasado... ¿cuántos años?" "Ocho." "¡Válgame Dios! ¡Ocho años! En pocos días serás mayor de edad, un adulto a todos los efectos, según nuestra sociedad. Aunque creo que ya hemos hablado de esto." "Creo que sí." "Bueno, Tommaso, como ya sabes ha llegado la hora de que busques tu camino, nuevos horizontes..." Sentí que me derrumbaba. "Pensaba que podría quedarme hasta que acabara el instituto..., hasta la graduación al menos." Cesare me puso un brazo sobre los hombros. "Sin duda era una posibilidad, en el caso de que yo hubiera seguido siendo tu tutor, vuestro tutor, claro. Pero la enseñanza pública os reclama, ¿verdad? No te preocupes, entiendo ese deseo. También el Señor lo entiende; es posible que os lo haya instilado porque tiene un plan concreto para vosotros. ¿Y cómo podríamos oponernos a su voluntad? A tu edad estaba organizando mi primer viaje: no tenía un céntimo, pero llegué al Cáucaso haciendo autostop." No había forma de estar cómodo en aquel banco; seguramente era uno de los motivos por los que nos llevaba allí. Pero él decía que la impaciencia nos tensaba los músculos. "Ahora que irás a una escuela de verdad, de adulto, ya no hay motivos para alargar tu estancia aquí. He hablado con un amigo, Nacci. Tiene una hacienda en Massafra. Es un lugar magnífico, quizá demasiado opulento para mi gusto, pero maravilloso." "Massafra está a más de una hora en autobús." "Pero también hay un instituto cerca, ¿qué pensabas?", respondió Cesare con una sonrisa. De repente se puso serio. Me pareció volver a ver la expresión del día anterior, durante la fracción de segundo en que estuvimos cara a cara. "Ya he hablado con él. Puedes ir allí la semana que viene. Te acogerán encantados y Nacci me ha prometido que el trabajo no será duro. De día ganarás algo de dinero y de noche podrás ir a clase en la ciudad." "¿Floriana lo sabe?", pregunté. Tal vez ella podría convencerlo de que me quedara un poco más. "Fue ella quien tuvo la idea de Massafra, a mí no se me había ocurrido." "¿Y los demás?", pregunté en voz baja. "Se lo diremos más tarde; juntos, si quieres. Ahora dame la mano." Abrí la mano sin fuerza; él la cogió y la apretó. Me pregunté si aquélla sería realmente la última vez que tocaba el sudor de sus dedos. Tenía las palabras justas en la punta de la lengua: "No le diré a nadie lo que vi, ¡te lo prometo!" Pero esas palabras hubieran sido inadmisibles para Cesare bajo las justicieras ramas de la encina. "Oremos por tu próxima aventura", dijo, "que el Señor te acompañe en cada instante"; pero yo fui incapaz de prestar atención. Miraba hacia la casa: Nicola en la mecedora mientras Bern lo fastidiaba empujando el respaldo, las ristras de tomates y cebollas colgadas de la pared, un azadón tirado en el suelo... Me resistía a creer que mi vida pudiera terminar de forma tan brusca, de nuevo, otra vez.

—Fue entonces cuando empezaste a trabajar en el Relais... —dije.

Pero Tommaso no me oyó. Su rostro se había endurecido.

—Me acompañó Floriana. Cuando vi la *tropical pool*, con sus pasarelas y la enorme fuente en el centro, no podía creerlo. Era todo tan ostentoso... —Respiró profundamente antes de seguir—. El primer día, Nacci quiso saber qué había ocurrido en mi familia para que yo acabara bajo la tutela de Cesare. Se lo resumí en pocas palabras y cuando acabé dijo: «¡Jesús! ¿Por qué razón le haría un hombre algo así a su mujer?» Oírle hablar de aquel modo me confirmó lo lejos que estaba de la hacienda: allí nadie blasfemaba. No es que Nacci me tratara mal, no, pero desde el primer momento supe que era muy diferente a Cesare. Nunca llegué a verlo como a un padre. Me matriculé en las clases nocturnas, pero no fui ni una sola vez; él nunca me pidió que asistiera, ni siquiera parecía importarle. Al principio lo llamaba «señor Nacci» y seguí haciéndolo hasta...

«Hasta la noche del incidente», pensé. Estaba segura de que ese mismo pensamiento había interrumpido a Tommaso, aunque quizá no la llamara «noche del incidente». ¡Quién sabe qué palabras usaba en su cabeza!

—Me alojaba en la hospedería —prosiguió—. Durante el verano, por la alta afluencia de huéspedes, y en otoño, por la vendimia, llegábamos a dormir entre siete u ocho personas en la misma habitación, todos en literas. Las ventanas no tenían mosquitera, así que el compás de las noches lo marcaban los manotazos. Después de golpearme los brazos y el cuello, recordaba la hacienda, donde estaba prohibido matar a cualquier animal. Llegaba a sentirme aliviado cuando el zumbido reaparecía en mi oreja. Nacci se percató de que era un inútil: jamás me había ocupado de una piscina, no sabía atender una mesa y de plantas andaba bastante flojo, así que me presentó a Corinne. Me pidió que me pegara a ella el tiempo que hiciera falta. «Todo el que haga falta», dijo, aunque no creo que se refiriera a pegarme tanto.

Tommaso sonrió. Después se cubrió mejor tirando de la sábana. «Para protegerse de su propia ocurrencia», pensé.

—Lo primero que me dijo Corinne fue: «Pareces el replicante chalado de *Blade Runner*.» No era en broma; estaba seria, glacial. Cuando se alejó, Nacci me susurró al oído: «No hagas caso de lo que te diga. Y no te fíes demasiado: es una yonqui.» Corinne me enseñó a tener la espalda bien recta cuando me paseaba entre las mesas y a inclinarme ligeramente cuando ofrecía las bandejas a los invitados. Durante los ensayos ella hacía de huésped, una huésped muy fastidiosa que aprovechaba cualquier ocasión para humillarme. «Tienes que acostumbrarte, Blade. Esa gente da por sentado que por el mero hecho de que les estás ofreciendo una copa ya son mejores que tú.» Me enseñó a descorchar una botella de vino y oler el corcho, a servir agua correctamente... Cuando demostré que podía hacer todo aquello incluso mejor que ella, perdió la paciencia y dio por terminadas las clases. En octubre me puse el uniforme por primera vez. En el Relais se festejaba la boda de una actriz. Yo no la conocía, pero me pareció que no estaba cómoda en medio de tanto alboroto. Advertí que no había comido nada y a escondidas le llevé un plato de fruta cortada: «Coma un poco, le sentará bien.» Ella me lo agradeció con una sonrisa de dientes perfectos. En la cocina, Corinne me sorprendió por detrás. «¿Por qué lo has hecho?» «¿El qué?» «Coma un poco, le sentará bien», me imitó con voz meliflua. «¿He metido la pata?» Ella puso los ojos en blanco y dijo: «¡Mira que eres lerdo, Blade! Te lo tomas todo al pie de la letra.» Luego me dio un puñetazo en la barriga, fuerte, como hubiera hecho un tío para bromear, pero yo sospeché que era una excusa para tocarme. »La fiesta acabó tarde. No fuimos a los vestuarios hasta bien entrada la noche. Corinne ya se había cambiado, pero se sentó en el banco y se quedó mirándome mientras me quitaba la chaqueta; luego, la camisa y por último, los pantalones. "¿Quieres ver un sitio?", preguntó. Miré el reloj de pared. "¿Qué pasa? ¿Estás cansado? Da igual", y se levantó para irse. Siempre el mismo tono agresivo, pero por entonces ya no sabía negarme. "Está bien", dije. La seguí entre las habitaciones en penumbra hasta la puerta que daba acceso a los sótanos. "Ya he estado antes en la bodega. Total, está cerrada...", dije. Corinne rebuscó en el bolsillo del vaquero y sacó una llave. "¡Tachán!" "¿Cómo la has conseguido?" "Me la dio un tipo que trabajaba antes aquí." Giró la llave y entreabrió la puerta sin hacer ruido. "Como se lo cuentes a Nacci te corto el pescuezo, Blade, lo juro." Pasamos al lado de la maquinaria y los tanques de acero. "Siéntate allí", me ordenó. "¿En el suelo?" "No seas tiquismiquis." Buscó a tientas algo detrás de uno de los tanques; sacó un vaso y lo llenó en el grifo de la base; lo vació de un trago y volvió a llenarlo. "Toda la noche sirviendo vino, ¿no te da una sed tremenda?", preguntó. "¿Qué es?", dije, cogiendo el vaso. Al tocarlo me di cuenta de que era el culo de una botella de plástico. "Mosto." Lo probé. "Acábatelo", me apremió, "tenemos todo el que queramos". Bebí de nuevo; sentí su mirada fija en mí a través de la oscuridad. Cuando le devolví el culo de botella, dijo: "Pensaba que los testigos de Jehová lo teníais prohibido." "¿Quién te ha dicho que soy testigo de Jehová?" "Eso dicen." "No soy testigo de Jehová." "Puedes ser lo que quieras, a mí me importa poco»; giró la cabeza para mirarme a los ojos. "También dicen cosas de ti", repliqué. Acercó su cara a la mía, mucho, como si quisiera morderme la nariz; yo no me atreví ni a retroceder ni a apartar la cabeza. Susurró: "¿Te doy miedo, Blade?" Me quedé inmóvil hasta que ella se alejó riendo a carcajadas. "Que digan lo que les parezca, no son más que una panda de cotillas y envidiosos. Vamos, pregunta lo que quieras. ¿Qué quieres saber? ¿Si me chutaba? ¿Si usaba las agujas de otros?" "No me interesa." "Es lo que quieren saber todos: qué agujas usaba y de dónde sacaba el dinero. La gente tiene fantasías extrañas. ¿Tú también las tienes, Blade?" "No." Ya no me atrevía a mirarla, así que el roce de su mano en mi cuello me pilló por sorpresa. Fue una breve caricia. "Ojalá los demás fueran como tú", dijo; luego se levantó para servirse más mosto.

»Durante un rato nos fuimos pasando el vaso en silencio. "¿Has estado en Yakarta?", pregunté por fin. Corinne apretó la barbilla contra el cuello de la sudadera. "No, me las regala mi padre. Una vez le dije que me gustaba el Hard Rock Cafe y desde entonces me trae una de cada ciudad; tengo de los cinco continentes." Hizo una pausa. "Es diplomático", añadió con una pizca de hastío. "Antes de cumplir trece años ya había vivido en... A ver si me acuerdo"; empezó a contar con los dedos, "Rusia, Kenia, Dinamarca... India. Pero sólo durante algunos meses". Vi aquellos países con sus respectivos colores sobre el mapa del mantel de la hacienda. Vi el mantel entero, nítido, como si lo tuviera frente a mis ojos. Corinne acariciaba el cuello amarillo de la sudadera. "Hace tres años le dije que me gustaban y él no deja de traérmelas. Las uso para ir al gimnasio." Bebió el mosto que quedaba y se levantó por enésima vez, pero antes de abrir el grifo vaciló un instante. "Te voy a enseñar una forma de colocarte en un momento", dijo. "Levántate. ¡Vamos! ¡Arriba! Sube aquí." Obedecí: trepé por la escalera del tanque; cuando estuve en lo alto, Corinne me explicó cómo podía abrir la trampilla. "Echa la cabeza atrás. La primera ráfaga te deja ciego si te da en los ojos. Coge aire poco a poco." Aspiré el vapor y fue como un bofetón, casi me caigo de espaldas, algo tan sorprendente como la vez en que Nicola y yo catamos los licores de Floriana, aunque el efecto no era nada en comparación. Me asomé y volví a inhalar, tras lo cual no sé cómo conseguí bajar. Recuerdo que estallé en una carcajada tal que Corinne tuvo que taparme la boca con la mano. Como ni siquiera eso fue suficiente, me cogió la cabeza con las dos manos y la apretó contra su pecho. Caímos al suelo abrazados. "¡Para! ¡Vas a despertar a todo el mundo!" Respiré a través de su sudadera, del áspero logotipo del Hard Rock Cafe; estaba excitado y temí que pudiera darse cuenta, así que me liberé del abrazo. "Estás como una regadera, Blade", dijo, soltándome, "no quiero ni imaginarme de qué de planeta vienes".

»Llegó el invierno con una lluvia incesante. Las hojas de las vides caían al suelo derrotadas por los aguaceros. A veces paseaba solo por los viñedos y cuando estaba lo bastante lejos me ponía a cantar. Con las botas de goma hundidas en la tierra cantaba el *Agnus Dei* o el *Salve Regina* entre los sarmientos chorreantes... y pensaba en Bern. Me enviaba cartas que yo contestaba con dificultad. Le mencioné la boda de la actriz, le hablé de mis nuevas tareas y lo fácil que había sido aprenderlas, pero poco más. Mis palabras resultaban infantiles comparadas con las suyas. Y Bern no se cansaba de escribirme, como si adivinara mis apuros. Si te paras a pensarlo, es ridículo: ya había móviles y nosotros, separados por apenas cincuenta kilómetros, seguíamos carteándonos. Al final de sus cartas se abandonaba siempre a las mismas preguntas; tardé un tiempo en entender que no iban dirigidas a mí. "¿Sigues creyendo, Tommaso? ¿Te sientes obligado a creer? ¿Rezas de noche? ¿Durante cuánto tiempo?" Hasta que un día Dios desapareció de sus cartas sin dejar rastro. Pensé en preguntarle por qué, pero no tuve valor. Me preocupaba. Sabía que no existe en el mundo una soledad más profunda que la del creyente cuando pierde la fe, y yo no había conocido jamás a nadie capaz de creer con la firmeza de Bern; incluso Cesare, a su lado, parecía albergar ciertas dudas.

»Fue por la escuela, por la gente de fuera. En septiembre, Bern se presentó al examen para estudiar el último curso del bachillerato científico en Bríndisi. Según me contó, dejó al tribunal boquiabierto citando de memoria un fragmento de *Las metamorfosis*. Cesare nos machacaba con Ovidio porque, a su juicio, anticipaba la doctrina de la reencarnación; lo analizábamos hasta el agotamiento bajo la encina, pero Bern fue el único capaz de aprenderse páginas enteras, verso a verso. Tenía un modo particular de apropiarse de las cosas: las devoraba con aquel cuerpo nervioso que no parecía saciarse jamás. Pero después del latín llegó el turno de las matemáticas. Bern fue incapaz de transcribir en la pizarra la expresión que le dictaron. ¿Senos y cosenos? Era la primera vez que oía hablar de aquello. "Éste es un bachillerato científico, señor Corianò", dijo la profesora de matemáticas, "¿nadie se lo ha dicho?". Al final lo admitieron en primero de bachillerato. Los dos años que lo separaban del resto de sus compañeros de clase fueron más que suficientes para que destacara entre ellos como un espárrago salvaje. Había un grupo de chicos criados en los suburbios de Bríndisi que manejaban códigos diferentes al suyo. Yo conocía a aquella gente: pasé mi infancia en los mismos barrios, pero Bern no sabía nada. Fueron a por él. Podía ver claramente a Bern intentando apaciguarlos con la palabra, tan incauto como Jesús ante los doctores del templo. "Están llenos de rabia; te parten el alma", me escribió una vez. Todavía usaba frases como "te parten el alma", figúrate ellos. "No te dejes enredar", le rogué, pero no me hizo caso. No llegué a saber exactamente cómo lo maltrataban, si eran dos, cinco o una banda entera... Bern estaba seguro de que con paciencia los vencería, que en algún momento se cansarían de él. En cambio, acabó por rendirse unos meses después; ya fuera por aquellos chicos o porque algunos profesores no le daban tregua; eran muchas las cosas que nunca había estudiado o que había estudiado de una forma distinta. "No estoy hecho para la escuela", me escribió en enero, "mucho mejor estudiar por tu cuenta". Después se empeñaba en hablar de otras historias: el nuevo chico que Cesare había acogido en la hacienda, Yoan, lo taciturno y asustadizo que era. Cosecharon juntos la aceituna en el olivar de tu abuela. "Este año han salido más jugosas que nunca", así las describió; pero la tristeza torcía sus palabras. Al final de aquella carta se abandonó al desconsuelo: "Te añoro mucho. Sigo rezando, pero la mayoría de las veces ya no sé por qué lo hago." "Habla con Cesare", respondí, "sincérate con él, te entenderá y sabrá ayudarte". La respuesta, una única línea, no se hizo esperar: "Cesare te echó. Él y yo ya no tenemos nada que decirnos."

»Para no levantar sospechas seguía saliendo cada mañana a la misma hora, pero, en vez de coger el autobús, caminaba hasta Ostuni atajando por el campo. Se pasaba el día en la biblioteca municipal: quería leer todos los libros en orden alfabético. Ésa era la clase de proyecto que podía emprender, como cuando quería imitar la vida del barón rampante sobre los árboles, o cuando nos indujo a probar las semillas, las raíces y las hojas de todas las plantas que crecían en la hacienda, o cuando me arrastró a la huelga por el ordenador. Perseveró en aquel proyecto tres meses, durante los cuales me escribió poco y sólo a propósito de los libros. Fue capaz de llegar hasta la ge, o más, pero acabó por trabar amistad con el bibliotecario, que lo disuadió de continuar con aquel plan y le propuso uno nuevo. "Me da a conocer autores de los que jamás había oído hablar. ¡Cuántas cosas nos estábamos perdiendo, Tommaso! ¡Ahora lo pongo todo en tela de juicio! ¡Todo! Desde los cimientos. Es como renacer." Según me contó, el bibliotecario era anarquista, aunque ese hecho significaba poco o nada para mí. "Estamos leyendo a Max Stirner; cada página es una revelación. Vivíamos en las tinieblas, hermano." Reinterpretaba todo lo que le pasaba por la cabeza a partir de aquel libro. Lo llamaba *El único*, y sólo más tarde averiguaría yo que aquél no era el título completo, pero Bern ya no era consciente de lo que yo sabía o dejaba de saber y, de todos modos, le importaba muy poco. Empezó a firmar como "el Gran Egoísta" y escribía con letras mayúsculas, en medio de la página: "¡NUESTRA META ES ASALTAR EL CIELO!"; y añadía: "¡TENEMOS QUE CONQUISTAR EL CIELO!" Ya no hablaba conmigo. Cuando lo noté me sentí más solo que nunca. En su última carta, antes de un prolongado silencio, escribió algo que parecía la conclusión de aquellos estudios: "No es que yo fuera incapaz de rezar, Tommaso, ahora lo he entendido. No era yo quien estaba equivocado. Dios es un invento trivial: únicamente quien vive tiene razón."

—Sigue aquí —dijo Tommaso, enderezando la cabeza—, su ejemplar del libro. —Señaló un lugar a mi derecha—. Allí, en aquel estante.

Me levanté tan bruscamente que sentí un mareo. *Medea* alzó el morro al instante, alerta. Al verme caminar hacia la balda volvió a echarse. Los libros estaban amontonados.

—Tiene el lomo...

—Ya lo veo.

El título era *El único y su propiedad*. Me transmitió el calor que percibía en cualquier objeto que hubiese pertenecido a Bern; se lo di a Tommaso y él lo hojeó.

—Fíjate cuánto subrayaba..., prácticamente cada línea.

Lo tocaba con cuidado, como si fuera una reliquia; luego lo cerró y lo apoyó de lado en una esquina de la mesilla.

—Me va a estallar la cabeza —dijo.

—¿Quieres que te traiga una pastilla?

—Creo que no he dejado ni una. ¿Tú tienes?

—No.

—Pues me aguanto.

Se masajeó la frente. Cuando retiró la mano quedaron unas marcas rojas. Luego prosiguió su relato, cada vez más inmerso en el pasado, como si hablara solo.

—Lo de bajar a la bodega con Corinne se convirtió en un hábito. Íbamos cuando acababa el turno. Primero charlábamos mientras nos íbamos pasando aquella especie de vaso, luego trepábamos a los tanques y todo se volvía bastante confuso. Yo intentaba subir de nuevo y Corinne tenía que agarrarme del talón. «¡Basta, Blade! ¿Quieres matarte?», pero yo no me dejaba convencer. Respiraba varias veces con la garganta en llamas hasta sentirme liviano, tan etéreo como aquellas vaharadas de vapor alcohólico. Al final, ella siempre repetía lo mismo: «Estás como una regadera.» Era una señal: significaba que había llegado el momento de separarnos porque de lo contrario nos veríamos obligados a ir más allá, a hacer algo que no estaba seguro de poder hacer. Yo iba delante al subir la escalera del sótano y durante unos días nos evitábamos mutuamente.

»Una tarde, Nacci me llamó a su despacho. "Tus compañeros me cuentan que juegas a las cartas", dijo. Sus manos reposaban juntas sobre el escritorio; yo tenía las mías cruzadas en la espalda. "No es verdad." "No me mientas, Tommaso. Comprendo que todos necesitamos distracciones." Sacó una baraja del cajón. "¿A qué sabes jugar?" "*Skat*, *bridge*, canasta... también a la escoba italiana, aunque no tan bien." "Tus compañeros dicen que jugáis al póquer." "Sí, al póquer también." "Te he dicho que no me mientas, Tommaso. ¿Conoces el *blackjack*?" Vacilé. "¿Lo conoces o no?" "¿Se refiere a la veintiuna?" Mi padre me lo había enseñado. Todos los juegos de cartas los conocía por él, excepto el *skat*: aquello era cosa de Bern y de la cabaña sobre la morera. "Veintiuna, llámalo como quieras", dijo Nacci. "Entonces, sí, lo conozco." Deslizó el mazo hacia mí; cartas nuevas, brillantes y elásticas. "Baraja." Lo hice de la forma clásica. Nacci escrutaba mis manos. "Así no", dijo, "a la americana". Corté el mazo por el medio, apoyé los naipes sobre el escritorio y se lo mostré. "¿Sabes dejar una encima?" "Eso es trampa." "¿Sabes o no?" Le enseñé de qué era capaz, pero se me cayó una carta al suelo. "Disculpe", murmuré. "Eres torpe", dijo, "y lento, pero tienes madera. Los viernes por la noche vienen a verme unos amigos y nos gusta jugar un rato. Te pagaré una jornada extra y puedes quedarte el diez por ciento de lo que se lleve la banca. ¿Trato hecho?". Acepté. Empecé aquella misma semana y a partir de entonces cada viernes. Si querían jugar al póquer y les faltaba un cuarto jugador, Nacci me prestaba el dinero para sentarme a la mesa, pero, en general, sus amigos y él preferían el *blackjack*. Hablaban poco, fumaban como carreteros y bebían Jameson en vasos de agua. Me gustaba aquel trabajo, me gustaba verlos temerosos cuando los frenaba si se aventuraban a alargar una mano en dirección a las cartas. Hacia el amanecer se incrementaba la peregrinación al baño. Meaban sin tener ya el decoro de cerrar la puerta. Yo no tenía sueño, quizá porque no bebía, quizá porque los juegos de cartas siempre habían despertado en mí una alegría particular. Cuando por fin se marchaban del salón, descompuestos y a rastras, lo guardaba todo: el tapete verde doblado en el cajón, las fichas en su caja; vaciaba los ceniceros y lavaba los vasos. Antes de volver a mi dormitorio paseaba por el viñedo. Sólo los animales salvajes estaban despiertos a esa hora.

»Entre las noches de póquer y lo que conseguí ahorrar de mi sueldo junté algo de dinero. Un día, con los billetes apelotonados en el bolsillo, fui a la zona comercial de Massafra. Allí encontré un taller que tenía varias motos expuestas en la acera. No tenían muy buena pinta, pero me daba lo mismo. Le enseñé al dueño cuánto llevaba y le pregunté qué podía comprar con aquello. "Al menos tendrás carnet de conducir", respondió con escepticismo. Volví a enseñarle el dinero. Si no lo hubiese aceptado habría buscado a otra persona. "Tienes razón, no es asunto mío", dijo entonces. Agarró los billetes y los contó. Eran pequeños, de cinco y diez mil liras, como si hubiera atracado un estanco. Eso mismo pensó él, creo. "Puedo darte esto", dijo. "Es una Atala Master. Tiene todo en regla."

»Me estaba acostumbrando a mi nueva vida: los turnos de trabajo, las partidas de cartas, las noches con Corinne y ahora una Atala para corretear por los alrededores cuando me apeteciese. Podía vivir así, podría haber vivido así, pero un día apareció Bern en el patio. Se plantó allí de improviso con sus botas de agua negras y los pantalones manchados de barro, como si acabara de cruzar una ciénaga. Apreté el asa de la cesta que llevaba: "¿Qué haces aquí?" Dejé la cesta en el suelo. Quería abrazar a mi hermano, pero esperé a que lo hiciera él; no se movió. "He venido a liberarte", dijo, "coge tus cosas, nos vamos". "¿Nos vamos? ¿Adónde?" "Ya lo verás. Ahora date prisa." Nacci llegó justo entonces. Le conté que Bern era un amigo y él echó un vistazo a la explanada; al no ver ningún coche, preguntó: "¿Cómo has venido?" "A pie." "¿Desde dónde?" "Desde la estación de Taranto." Nacci se echó a reír, pero paró cuando vio que lo decía en serio. "Ahora caigo", dijo, "eres el sobrino de Cesare y Floriana. Siempre hablan de ti como un tipo original". Insistió en que se quedara a cenar. Fue la única vez que comí en su casa y durante toda la velada se dirigió únicamente a Bern. "Llévate al chico", me dijo, levantándose al fin, "ya no se aguanta de pie. Y tú, saluda de mi parte a Cesare y Floriana". En cuanto se oyó el televisor encendido en la habitación de al lado, Bern se puso en pie de un salto. Colocó el pan que había sobrado en una servilleta junto a los restos de comida de su plato y con una mirada me urgió a hacer lo mismo. Abrió la nevera, cogió unas cuantas latas de Coca-Cola y un *pack* de yogures y lo escondió todo bajo la sudadera. "¿Se puede saber qué haces?" "Sólo esto, y esto", añadió, cogiendo una huevera. "¡No podemos hacer algo así, Bern!" "No se darán cuenta, tienen un montón de cosas." Salimos de la casa y fuimos a la hospedería; Bern se detuvo en el umbral para observar la habitación. "Mi cama es esa de allá." La señalé, pero a él no pareció importarle. "Date prisa", dijo. "No puedo regresar a la hacienda; Cesare lo dejó bien claro." "No iremos a la hacienda." Dio un paso y pareció que iba a caer de rodillas; se apoyó en la jamba de la puerta. "¿Qué te pasa?" "Sólo es un pinchazo en la espalda. Me sentaré un momento." Se tendió a lo ancho sobre dos camas juntas. Miraba al techo, resollando. Llevaba la camiseta un poco remangada, me di cuenta de lo flaco que estaba. "¿Qué ha pasado, Bern?", pregunté. "Ha destruido todos mis libros." "¿Quién?" "Cesare." Hizo una pausa. Esperé a que prosiguiera. "Una noche entró en nuestro cuarto y los tiró al suelo gritando: '¡Deja de enfangar esta casa!' Luego cogió uno y empezó a arrancar las páginas. Al principio no lo detuve, estaba como hipnotizado, o quizá quería ver hasta dónde era capaz de llegar. Partía los libros por el medio, uno tras otro, pero no eran míos, eran de la biblioteca. Entonces reaccioné e intenté quitarle el que tenía en las manos, pero se resistió. '¡Lo hago por ti, Bern! ¡Permite que el Señor te salve!', y me arreó un guantazo. Luego se quedó mirándome con el libro medio destrozado entre las manos y cara de estupefacción." Una lágrima brotó en la comisura de su ojo izquierdo. Me tumbé junto a mi hermano con la cabeza cerca de la suya. Él se volvió hacia mí. Cuando habló de nuevo, pude sentir su aliento amargo: "Desde aquella noche no hemos vuelto a hablar. Y me he prometido a mí mismo que no lo volveré a hacer." No dijimos nada más; nos cogimos de la mano en silencio.

»En la moto se abrazó a mi cintura y luego apoyó una oreja contra mi espalda; estiró un brazo y abrió la mano como si quisiera frenar el flujo de aire que nos embestía. La bolsa de plástico que habíamos llenado con las sobras de comida revoloteaba al viento. Nunca había conducido tanto rato; cuando llegamos a los alrededores de Speziale me dolían los brazos. Bern dijo: "Sigue hacia el mar, vamos al Scalo." "Es primavera, no habrá nadie." "Vamos allí." Tomamos la circunvalación que rodea el cerro de Ostuni. La vista de la ciudad me sorprendió como si la hubiese olvidado por completo. Solté el freno y dejé que la pendiente nos llevara hacia la costa. Llegamos hasta la linde del matorral y desde allí seguimos a pie.

»El sendero apenas se veía, pero Bern avanzaba con seguridad. Se desvió hacia la torre, abrió el pestillo de la cerca y caminó entre las ortigas. Encendió una linterna de bolsillo y trazó un garabato en la pared. "¿Recuerdas cómo se hace?" Subió él primero, luego iluminó hacia abajo para que pudiera trepar yo también. Me arañé la rodilla con un saliente. Todo estaba como lo recordaba desde el verano, aunque sin el reconfortante ruido de la música a lo lejos. En el interior de la torre reinaba un silencio espectral. Cuando llegábamos al fondo vimos un resplandor. "Aquí estamos", dijo Bern. Iba a responderle cuando me di cuenta de que no hablaba conmigo. En la habitación, iluminados por un farol a pilas, estaban Nicola y una chica sentados sobre el colchón: ella con las piernas cruzadas, él con las piernas extendidas. "Hola, Tommaso", dijo Nicola como si encontrarnos allí abajo no fuera algo insólito. "¿Es el tercero?", preguntó la chica, pero no hizo ademán de levantarse ni de darme la mano. En cambio, alargó un brazo hacia la bolsa de plástico y dijo: "¿Qué habéis traído?" Bern tiró la bolsa al colchón y ella se puso a hurgar en su interior como una posesa. "¿No has cogido Snickers?" "Es todo lo que había", respondió Bern sin prestar mucha atención; luego se dirigió hacia mí y dijo: "A Violalibera le encantan los Snickers. La próxima vez trae unos cuantos si puedes." "Entonces ¿no se

96

queda con nosotros?", preguntó Nicola. "No. Le gusta el sitio donde está, con todos esos olivos podados que parecen de adorno." "¿Es verdad que allí van actrices de la tele?" Asentí, pero seguía aturdido. "¿Y cómo son? ¿Tienen tetas enormes?" Oí la risita de Nicola. "Son normales." "¿Qué pasa? ¿No te gustan las actrices?", preguntó Violalibera. Llevaba una diadema que le formaba una corona de rizos. Tenía un montón de pelo. "¿Son mucho más guapas que yo?" "Violalibera llegó aquí hace un mes", dijo Bern. "Uno se mete en un lugar así esperando no encontrar a nadie, como mucho una rata, y ya ves..." "Bueno, un par de ratas sí que había...", puntualizó la chica. Bern no le hizo caso. "Entré y por poco me muero de miedo. Violalibera dormía en un rincón oscuro y la iluminé con la linterna. Al despertar y verme ni siquiera se asustó. Nada." Mientras hablaba se sentó en el colchón junto a ella. Yo era el único que seguía de pie. Violalibera engulló uno de los yogures y relamió asquerosamente el envase. El refugio olía a moho. Bern había puesto una mano sobre su pierna a la altura del muslo. Si hubiese estirado un poco los dedos le habría rozado la ingle. Ella abrió otro yogur, sorbió un poco y se lo pasó a Nicola. "No hay sitio para uno más", dijo. Es posible que Bern apretara un poco la mano contra su pierna. "Ya te he dicho que no se queda." Sentí vértigo. Necesitaba sentarme, pero no quedaba sitio en el colchón y no quería hacerlo en el suelo. "¿Duermes aquí?", le pregunté a Bern. "A veces", respondió. "Podemos vivir como queramos." Nicola sonrió; sus dientes centellearon a la luz del farol. Había algo diferente en él, una especie de agitación. "¿Eres igual de blanco ahí abajo?", preguntó Violalibera. "Incluso más", respondió Nicola. "Así que es el tercero...", repitió ella. Bern desdobló uno de los envoltorios con las sobras de comida; la grasa había impregnado el papel. "Tomad, repartíos éstos", dijo, y los demás se lanzaron a comer con las manos. "Y tú, ¿duermes aquí?", le pregunté a Nicola. "Sólo si no tengo clase al día siguiente." "Podemos vivir como queramos", volvió a decir Bern. Luego sacó una casetera de una montaña de cachivaches. "¡Ponla desde el principio!", exclamó Violalibera. Bern rebobinó la cinta. La música sonó un poco distorsionada porque el casete estaba desgastado y el altavoz era minúsculo. Violalibera se puso en pie de un salto, extendió una mano hacia Bern y la otra hacia Nicola, que se levantaron obedientes y empezaron a contonearse a su lado, pegados a ella. Nicola hundió la nariz en sus rizos, detrás de la oreja, y puede que le diera un beso; ella se encogió por las cosquillas. Con la punta de un pie me acarició la rodilla rasguñada. "¿A qué esperas?" Bern tenía una mano sobre su vientre y movía la otra por encima de la cabeza. Me acerqué a Violalibera y ella me atrajo hacia sí con fuerza. Nicola y Bern nos dejaron espacio. Aspiré el olor de su pelo y el agrio residuo de yogur que venía de su boca. Los otros dos estrecharon el cerco. "Tengo que...", murmuré, pero no tuve fuerzas para añadir nada más. Bern me susurró al oído: "Nadie nos puede dar órdenes." Luego, alguien empezó a desnudarme, o tal vez lo hice yo mismo; nos desvestíamos los unos a los otros mientras la música arañaba las paredes. Nos desplomamos sobre el colchón como un ovillo.

»Me encontré con la cara pegada al pecho de Violalibera. Nicola la besaba justamente allí y sentí que yo debía hacer lo mismo. Bern se introdujo entre nosotros; su cuerpo estaba junto al mío; creo que me quedé paralizado unos segundos. Nos amorramos por turno a los pezones de Violalibera como si bebiéramos de una fuente. Alguien, quizá ella misma, me cogió la mano y la llevó hacia abajo; sólo entonces me di cuenta de que los cuatro estábamos allí, desnudos y excitados. Me dejé llevar; luego, la mano que me conducía se perdió y seguí moviéndome a ciegas hasta que hallé a Bern. Estaba aterrorizado cuando agarré su parte prohibida: había soñado tantas veces con ello y estaba tan convencido de que no ocurriría nunca... Pero él no lo advirtió, de tal modo se confundían nuestros cuerpos, o quizá sí se dio cuenta y me dejó hacer. Sabía que no lo habría permitido si hubiéramos estado solos, pero allí, dentro de la torre, todo estaba tolerado. Antes de soltarse me sonrió y recobré el aliento. De Nicola sólo veía su espalda ancha y lisa, azulada bajo la luz del farol; su rostro seguía hundido en Violalibera, que cada vez jadeaba con más fuerza, con los brazos extendidos y los ojos abiertos como platos mirando hacia el techo. Parecía agotada, como si no pudiera oponerse y nosotros tres fuéramos un único animal informe, con muchas cabezas, brazos y piernas, que se movía encima y dentro de ella haciéndola gemir. Por un instante miré hacia donde ella miraba, pero no vi más que un techo gris y opresivo. Pensé en lo que había más allá de los muros, las ortigas, los escollos pulidos por el oleaje, la noche en todas partes... Pero nada de aquello importaba allí dentro: estábamos solos y a cubierto, inalcanzables. Deseaba que no acabase nunca.

Durante unos segundos volvimos al presente: dos adultos en Nochebuena, su hija dormida al otro lado de la pared. Dejó caer la cabeza hacia atrás. Instintivamente miré hacia el mismo punto en el techo, pero no había nada salvo la aureola que proyectaba la lámpara. Sin duda, no era lo que él estaba viendo.

Me moví en la silla. Sentía una especie de náuseas, náuseas e incredulidad, además de algo menos confesable: ¿tal vez envidia por no haber estado con ellos en la torre? Pensé en decirle a Tommaso que ya tenía bastante, que se guardara el resto. ¿De qué me servía enterarme a esas alturas de todo aquello? Pero él irguió la cabeza lentamente y yo dejé que siguiera.

—«Es un error», me decía, «lo que hacemos es un error, es inmoral». Pero regresaba siempre que podía. De todas formas, no ocurrió muchas veces: cuatro en total, quizá cinco. Sí, como mucho cinco —repitió—. Quizá seis. Cuando terminaba mi turno en el Relais me montaba en la Atala, atajaba por Marina Franca y me lanzaba a toda velocidad por la costa. Quería llegar lo antes posible a la torre. «Te has echado una novia», dijo Nacci cuando pedí el enésimo permiso para ausentarme. No respondí. Al fin y al cabo, no era del todo mentira. «¡Qué edad maravillosa la vuestra!», y añadió: «Irrepetible.» Sacó cincuenta mil liras del bolsillo. «Llévatela a un restaurante.» Con aquel dinero compré pasta y panceta, Snickers y dos botellas de tinto. Cocinamos en el hornillo de *camping*, cerca de la rampa para que al menos saliera una parte del humo. Las jornadas se alargaban fuera de la torre, las vivía con exasperación; prefería la noche perenne de la torre, la luz fría del farol. Aquel día fumamos de un narguilé, que Nicola había comprado en un mercadillo de Bari, tabaco de manzana; nos echábamos el humo unos a otros. Luego hicimos sombras chinas en la pared: Nicola era un perro de perfil; Bern, un ratón; yo, un murciélago y Violalibera un pavo real. Nuestras sombras animalescas se frotaban, se provocaban sobre el muro, pero nosotros éramos peores que los animales.

»Un día, durante una recepción, Corinne me tiró de la manga, y a punto estuve de volcar la bandeja con los aperitivos. "¿Qué pasa? ¿Ya no tienes ganas de colocarte?", preguntó. "No. Bueno, sí. ¿Por qué?" "Ya no bajas al sótano." "Estoy algo cansado." "¿Adónde vas siempre?" "A ningún sitio." Los invitados se habían descalzado y paseaban por el prado entre las palmeras cicas. "Dicen que te has echado una novia en Pezze di Greco", insistió ella. "¿Y tú te lo crees?" "¿Por qué? ¿No debería?" Era incapaz de disimular su rencor. "No es verdad", dije con un hilo de voz. "De todos modo, a mí qué más me da, ¿verdad?", susurró. Me miró fijamente a los ojos: "¿Verdad, Blade?" Aplastó el cigarrillo en una hendidura abierta entre dos piedras del muro. "Tú sabrás...", y pasó a mi lado golpeándome el hombro. Esta vez, la bandeja cayó al suelo. Las copitas con gambas en salsa rosa se esparcieron por todas partes. Repuse las que no se habían estropeado del todo y las repartí entre los invitados. Luego envolví las sobras de la fiesta: albóndigas, dados de berenjena a la parmesana y verduras rebozadas que se echarían a perder en la servilleta de papel, pero que nos comeríamos igual blanduzcas y frías.

»Era junio, la temporada del Scalo estaba a punto de empezar. Las mesas y los bancos ya estaban apilados en la explanada rocosa, la caravana rosa del bar se recortaba sobre el mar. Entonces ya podía trepar por la torre y bajar la escalera sin encender la linterna, tentando las paredes harinosas. "Traigo fritanga", dije, quitándome la mochila del hombro. Volví a repetirlo porque nadie contestó. Primero vi a Nicola sentado en el colchón con la cabeza entre las manos. No se volvió hacia mí. Una polilla revoloteaba alrededor del farol. Quién sabe cómo había llegado hasta allí abajo. Bern estaba tendido en el suelo boca arriba, las manos cruzadas sobre el pecho. Saqué de la mochila la bolsa con las sobras y la meneé ante sus ojos. "Déjalo", dijo Nicola, "le duele la espalda". Bern no se inmutó, tenía los ojos cerrados. Si no hubiese sabido que llevaba tiempo sin hacerlo, habría jurado que rezaba. Ahora pienso que tal vez lo estaba haciendo por última vez. "¿Y Violalibera?", pregunté. Nadie respondió. En realidad, para mí era un alivio no verla allí: por una vez estaríamos los tres solos, como en los viejos tiempos. Miré a Bern, que se palpaba el pecho con los dedos. "Será la humedad", dije, "se te habrá metido en los huesos". "¿Cuánto dinero tienes?", preguntó Nicola. Me saqué el billetero del pantalón y lo abrí a la luz del farol. "Quince. ¿Para qué lo quieres?" "¿Cuánto tienes ahorrado?" "Siempre traigo comida." Nadie contribuía: Nicola usaba lo que le daban sus padres para vivir en Bari y comprar gasolina, Bern y Violalibera no tenían nada. "¿Ese tío no te paga por jugar a las cartas?" "Yo no juego, soy el crupier." En aquel momento me di cuenta de que Nicola tenía los ojos húmedos. Cuando le dije cuánto tenía (no la cifra real, más o menos la mitad), volvió a agarrarse la cabeza con las manos. "¿Para qué lo queréis?" Nadie respondió. La polilla se había posado sobre el punto más luminoso y parecía palpitar. Bern habló por fin, con voz cansada, sin apartar la vista del techo: "Venga, Nicola, díselo." "¿Por qué no se lo dices tú?" "Y bien, ¿para qué lo queréis?" "Nos hemos metido en un lío", dijo Nicola. Su risa, totalmente inesperada, resonó en el refugio. "Un buen lío, sí." Dejó de reír y empezó a temblar. La polilla reemprendió el vuelo: daba vueltas nerviosas y me rozó la cara. "Está embarazada", anunció Bern desde el suelo. Nicola, ya calmado, clavó sus ojos en los míos. "¿Habrás sido tú? Puede que salga con unas cejas tan blancas como la nieve", y se dejó llevar por una nueva andanada de risa histérica.

»Bern se incorporó despacio y, con las piernas cruzadas, intentó mover los hombros. Aquellas punzadas, decía, empezaban en las sienes y se unían como dos ramas para bajar por la espina dorsal hasta la ingle. Podían durar una semana. Pero esto ya lo sabes. "Salgamos", dijo. Lo ayudé a levantarse y luego a subir la escalera; resbaló varias veces donde no había peldaños. Cruzamos la maleza y nos sentamos, los tres, en el enganche de la caravana. Bern desgranó lentamente sus palabras: "En Bríndisi hay un médico que lo hace de forma discreta, pero, según dicen, pide un millón." Pregunté de nuevo dónde estaba Violalibera. Nicola se puso a llorar. Bern lo miró impasible. "De momento tenemos doscientas mil liras", prosiguió; sólo movía media boca. "Floriana le dará otras doscientas a Nicola la semana que viene. Si sumamos lo tuyo, son casi quinientas mil." Nicola era presa del pánico. "¿Os acordáis de lo que decía Cesare? ¿Eh? ¿Os acordáis?" Me daba miedo que alguien nos oyera si seguía hablando tan alto, aunque no había nadie en kilómetros a la redonda, sólo las salamanquesas agazapadas bajo los arbustos y los cangrejos escondidos en las grietas de la roca. Bern le apretó un brazo, pero él se desprendió: "Lo que les ocurre a los niños muertos antes de nacer, ¿os acordáis de eso?" "Te comportas de forma irracional: no existe la reencarnación, ni el castigo, ni ningún ente divino. Ya lo hemos hablado. Si hubieras leído *El único...*" "¡Cállate! Todo esto es por culpa de ese maldito libro." "Los peces...", murmuré. Según Cesare, ciertas tribus arrojaban a los neonatos muertos a los ríos porque aún no tenían alma y sin ella no podían reencarnarse: los echaban como alimento de los peces para que el alma los encontrara allí. "Estamos condenados", lloriqueó Nicola. "Quien no acoja al forastero se reencarnará en una tortuga", decía Cesare; "quien mate a un animal grande renacerá demente; quien coma carne será de color rojo: una mariquita, o tal vez un zorro; quien robe reptará; quien mate a otro ser humano renacerá como la más abominable de las criaturas", eso decía Cesare. Y luego añadía: "Rezad por que el Señor se apiade de vosotros, implorad sin descanso su perdón." "Tengo doscientas mil, antes os he mentido. Tengo doscientas mil en el Relais", dije. "Entonces, tenemos unas seiscientas; nos faltan cuatrocientas." "Puede que doscientas cuarenta, no lo sé. Tengo que contar el dinero." Nicola se puso en pie de un salto: "¿Es que no me habéis oído? ¿No recordáis nada? ¡Dios nos odiará por esto! ¡Dios ya nos odia!" Bern respondió nuevamente con serenidad: "Hay una alternativa si esta solución no te convence." Nicola miró, confuso, a su alrededor. Caminó unos pasos y se detuvo. "¡Qué inmenso vacío!" "¿Lo ves? No hay nadie aparte de nosotros: los grandes egoístas. No hay ningún dios que pueda odiarnos", dijo Bern. Su calma era casi más aterradora que la desesperación de Nicola, aunque quizá fuera la rigidez de su espalda lo que le daba aquel aspecto imperturbable. Con un esfuerzo añadió: "Todo lo que nos ha contado Cesare eran patrañas, la vida humana no es más que..." Pero Nicola se abalanzó sobre él y empezó a zarandearlo con rabia: "¡Cesare es mi padre! ¡Mi padre! ¿Te enteras, bastardo? ¡Tú eres el mentiroso! ¡Mira cómo hemos acabado por tu culpa!" Lo agarré del cuello hasta que se vio obligado a soltar a Bern para librarse de mí; cuando dejé de apretar se puso a toser. "Conseguiremos el dinero que falta", dijo Bern.

»El cansancio se apoderó súbitamente de nosotros. Eché un vistazo a la explanada rocosa y sólo entonces reparé en una figura que estaba de pie en la orilla, lejos, una sombra un poco más oscura que las otras: era Violalibera. Nos separaban de ella las zonas de arena donde bailábamos el verano anterior, pero ¿quién lo recordaba entonces? Ya no era tiempo de bailes; la juventud, la magia se habían perdido de golpe. "La noche es para dormir", así nos hablaba Cesare antes de apagar la luz del cuarto, antes de impartir la última bendición del día con un murmullo en la penumbra. La noche es para dormir, pero nosotros no queríamos dormir. Lo oíamos alejarse por el pasillo, encendíamos una linterna e íbamos a la cama de Bern. En aquella balsa proseguían nuestros juegos hasta tarde; juegos infantiles, juegos inocentes, aunque cada vez más audaces, cada noche un poco más peligrosos. De repente vi cómo saltaba la figura de los escollos; el ruido de la zambullida apenas se oyó. Dije: "Se ha tirado al agua", pero no conseguí moverme. Bern y Nicola se pusieron en pie de golpe y corrieron hacia la orilla gritando el nombre de Violalibera; fui tras ellos. Nos detuvimos al borde de las rocas, todos gritábamos. Las olas batían contra la piedra levantando espuma. Por suerte brillaba un poco por la luna. Nicola señaló un punto en el agua: "¡Allí! ¡Está allí!" Pero no tuvo el valor de lanzarse; Bern lo hizo en su lugar: se tiró de pie sin mirar hacia abajo. "¡Joder!", gritó Nicola.

»Yo también salté. El agua estaba tan fría que me cortó la respiración. Me golpeé contra algo en el fondo, salí a flote y nadé hacia Bern, que mientras tanto había cogido a Violalibera y le aguantaba la cabeza fuera del agua. Luego llegó Nicola. Los tres nos pegamos a ella hasta que exclamó: "¡Está bien, dejadme! ¡Dejadme!" Nadamos hacia la orilla y nos ayudamos mutuamente a trepar por las rocas. La corriente me arrastró un par de veces antes de que lograra subir. Temblaba de frío. Violalibera dijo que nos quitáramos la ropa si no queríamos pillar una pulmonía. Le hicimos caso, nos lo quitamos todo. Luego dijo que nos acercáramos a ella para darle calor y obedecimos de nuevo. Se echó a reír. "Os he dado un buen susto, ¿eh?", dijo mientras nos enjugaba las gotas con los dedos, con los labios, con el pelo... Me vi arrodillado sobre las afiladas rocas; luego, tendido de espaldas. El miedo nos había excitado. Miré hacia arriba antes de que alguien me tapase la cara. Se veían muchísimas estrellas a pesar de la luna.

»Al día siguiente, Nicola me esperaba en la catedral de Bríndisi. "Deja la moto aquí", dijo, "vamos a pie". "¿Por qué no montas?" Observó la Atala con desdén. "No pienso montarme en eso." "Si la dejo aquí me la robarán", pero él ya había empezado a andar. Lo seguí empujando la Atala con el motor apagado. Enfilamos el paseo marítimo. Era extraño caminar por allí él y yo solos, a pleno día. Nicola dijo de pronto: "He estado pensando. Bern ha pasado más tiempo en el refugio que nosotros. Mucho más tiempo." "¿Y eso qué significa?" "Nada, sólo que ha pasado más tiempo con Violalibera. Es un hecho. ¿Qué sabemos de lo que hacen cuando no estamos?" "Nosotros también estábamos, Nicola." "Estoy seguro de que yo no tengo nada que ver." "No puedes saberlo." Me miró de reojo. "Siempre lo defiendes. Eres incapaz de ver en qué se ha convertido." "¿Y en qué se ha convertido, si se puede saber?" "En un fanático, ni más ni menos. Y todo para provocar a Cesare." "Sí, pero Cesare...", Nicola se detuvo de repente, por poco chocamos. "¿Cesare qué? La tomáis con él a la mínima oportunidad. Os acogió y cuidó de vosotros. Si no fuera por Cesare, ahora no seríais más que..." No acabó la frase. "Destruyó todos sus libros." "¿Todos? ¿Eso es lo que te ha contado? Dos libros. Sólo dos." "Dos", repetí para mis adentros. Intenté recordar los detalles de la conversación con Bern en el dormitorio del Relais. De todos modos, ¿qué diferencia hay entre dos y cien? Nicola dijo: "No tienes ni idea de cómo lo trataba. Se pasaba el día blasfemando en su cara, riéndose de él. Bern debería pagar por esto, él lo empezó todo." Entretanto llegamos a la dirección que buscábamos, una calle del casco antiguo. De un balcón sobresalían las ramas de una planta crasa que se aferraban a la barandilla como tentáculos. Nicola comprobó el número en el papel que llevaba doblado en el bolsillo. "Es aquí, llama tú." "¿Por qué yo?" "¡Llama, coño!"

»Acudió una anciana. No dijo nada y se hizo a un lado entreabriendo la puerta. Nos indicó un sofá con gesto cansino, se sentó en el sillón de al lado y siguió viendo la televisión, un programa de variedades vespertino. Yo le había contado a Nacci no sé qué historia acerca de mi novia inexistente. Al ver a las actrices en la pantalla pensé por primera vez en el Relais con melancolía, en Corinne. "Venid conmigo", dijo una voz de hombre a nuestras espaldas. Llevaba una barba frondosa y bien cuidada y unas gafas de montura transparente. Nos llevó a la cocina. "¿Dónde está la chica?" "No ha venido." "¿Así que debo examinaros a vosotros?" "No pensábamos que...", empezó a decir Nicola, pero calló avergonzado. "¿De cuántas semanas está?" "Suponemos que de no muchas", respondí como un estúpido. "¿Quién de vosotros es el padre?" Esta vez enmudecimos los dos. El doctor se volvió hacia el fregadero, llenó un vaso con agua del grifo, lo vació de un trago y lo dejó en el escurreplatos sin enjuagarlo. No nos ofreció nada. "Entiendo", masculló, "es menor, ¿verdad?" "Dieciséis años." "Tenéis que traérmela cuanto antes, ¿está claro?"; parecía fatigado y molesto. Se oía el parloteo del televisor en el otro cuarto. La casa rezumaba el olor típico de la vejez. "La operación cuesta un millón y medio", añadió. "Nos habían dicho un millón", dijo Nicola, súbitamente inquieto. El médico esbozó algo próximo a una sonrisa. "No sabéis quién es el padre ni sabéis de cuántas semanas está, pero conocéis el precio, ¿no? Pues el precio ha subido. Si no puede hacerse os devolveré un millón trescientos mil, sólo os cobraré la visita." "¿Cómo que si no puede hacerse?" "Doctor...", dije. "Dime." "¿Cómo es la cosa?" Me miró un instante. Luego se volvió, abrió un cajón y sacó un cuchillo. Lo dejó en el aire para que pudiera verlo bien. Apoyó la hoja serrada sobre la superficie de la mesa y la deslizó como si rascara una costra o algo así. "¿Te ha quedado claro?" Nicola palideció. "Vosotros lo habéis querido, no yo", dijo el médico.

»Ya en el Scalo nos olvidamos de comer; desde fuera llegaba una música mitigada. Violalibera cogió un trozo de papel, lo prendió con un mechero y dejó que se quemara entre sus dedos. La llama, que se consumió velozmente, fue lo más luminoso que había visto allí abajo, y durante unos segundos iluminó nuestros desconcertados rostros. Volvimos a contar el dinero: novecientos mil. Yo ya había quemado mi último cartucho. "No lo conseguiremos nunca", dijo Nicola. Temí que lo acometiera otra crisis nerviosa. "Podrías pedir prestado", dijo Bern. "Ah, ¿sí? ¿A quién?" "A tus compañeros de universidad; seguro que esa gente tiene dinero." "¿Y por qué no colaboras tú también? Te pasas el día aquí dando órdenes sin hacer una mierda." Bern sonrió: "Veo que esos estudios jurídicos han mejorado tu estilo." Violalibera soltó una risotada. Aquella noche llevaba una camiseta que dejaba su ombligo al aire. Alargó el pie desnudo hacia el centro de la habitación, hacia Nicola, y lo restregó primero contra su muslo; luego, sobre la entrepierna. Nicola le agarró el pie como si quisiera triturarlo y lo apartó: "¡Estás loca!"

»Bern se volvió hacia mí. Su espalda no había mejorado, pero ya no se quejaba. En ese momento su atención recaía enteramente en Violalibera: procuraba que tuviera agua, que estuviera cómoda... No había vuelto a la hacienda para no dejarla sola. Yo no sabía qué pensaban Cesare y Floriana al respecto, tal vez estuvieran muertos de preocupación. Él no hablaba del tema; había convertido el lastimoso interior de la torre en su nuevo hogar. En vez de dormir en el colchón con Violalibera, para que ella tuviera más espacio se acostaba con la espalda medio rota contra el suelo. "Tienes que conseguir lo que falta", me dijo. "¿Cómo?" "En el Relais deben de tener dinero guardado." "¿Quieres que robe?" Estaba sentado frente a mí, flaco, pálido. "Cógelo de la caja una noche en que haya muchos clientes; no demasiado, deja lo suficiente para no levantar sospechas. Sé prudente. Si es necesario, tendrás que hacerlo más de una vez." "Bern, no", murmuré, "por favor...". Deslizó el trasero hacia el colchón. Se sentó a mi lado, apoyó mi cabeza en su hombro y me acarició por detrás de la oreja: "Pobre Tommaso, todos te agradecemos lo que haces." "Bern..." Golpeteó con los dedos en mi nuca: "Lo sabes, ¿verdad?" Creo que lloré inmóvil unos instantes, aunque no vertí ni una sola lágrima: aquel naufragio ocurrió secretamente dentro de mí.

»Bajo la encina, durante una época que parecía no tener nada en común con ésta, Cesare impartió una lección sobre los mandamientos. "'No tendrás otros dioses': ésa fue la primera ley que Dios le dictó a Moisés. ¿Por qué?", preguntó él. "¿Por qué justo esa ley antes que otras en apariencia más importantes como, por ejemplo, 'no matarás'?" Nos miraba de uno en uno y nosotros callábamos, así que él respondió, como siempre: "Porque cuando el Señor es desterrado de nuestro corazón, lo que sigue es una caída infinita: nos despeñamos sin tregua y vulneramos las otras leyes. Cuando el Señor es desterrado de nuestro corazón llegamos siempre, inexorablemente, al asesinato."

»Recuerdo que por aquel entonces visité a mi padre en la cárcel. Dentro del locutorio no había nadie aparte de nosotros y el guarda. Él estaba sentado al otro lado de una mesa idéntica a las otras mesas de la habitación. Nos corría el sudor aun sin movernos. No nos tocábamos, tampoco antes de que lo encerraran. A veces me daba la impresión de que mi padre hubiera querido tocarme, que le habría gustado alargar el brazo, pero se contenía. Yo no me hubiera opuesto; en otro tiempo quizá sí, pero en ese momento le habría dejado cogerme las manos y tenerlas entre las suyas. "¿Has aprendido a llevar los platos en equilibrio?", me preguntó. "Tres juntos, incluso cuatro si alguien me ayuda a cargarlos." "Cuatro..., a mí se me caerían enseguida." Siempre que iba a visitarlo se ponía la mis-

107

ma camisa de cuadros con los dos primeros botones abiertos; una fina cruz plateada le colgaba del cuello. "Estás triste", dijo. "Estoy bien." "¿Es por una chica? ¿Una de Massafra?" Agaché la cabeza. Sus puños se abrieron ligeramente; la sangre fluyó a los dedos blancos, pero luego volvió a apretarlos. "Está embarazada, papá; puede que fuera yo o puede que no, pero yo estaba allí. Yo deseaba a los otros más que a ella, pero estaba allí abajo", pensé. Como si se oliera algo, dijo: "No te preocupes, Tommaso. No cometerás los mismos errores que yo." Luego, el guarda se acercó a la mesa. Ni anunció que el tiempo había acabado ni señaló el reloj de pared: los tres conocíamos el procedimiento. Yo me levanté primero. Mi padre estaba emocionado, pero por las razones equivocadas.

»Al día siguiente, el jardín del Relais estaba completamente engalanado, un alarde de rosa y blanco por doquier. Ayudé a los jardineros a igualar los arbustos de boj e hice la última inspección de las mesas: bajoplatos y cubiertos de plata, manteles hasta el suelo y centros de flores frescas. Me aseguré de que por cada comensal hubiera una servilleta doblada en forma de cisne. Algunas de las cosas que nos había enseñado Floriana resultaban inesperadamente útiles: las servilletas en forma de cisne entusiasmaban a Nacci. La fiesta empezó a degenerar hacia las cuatro de la tarde. Los niños correteaban por el patio, aumentó el volumen de la música y los invitados se dividieron entre la carpa de baile y el bar. Los licores no estaban incluidos en el precio y Nacci tenía con ellos más margen de beneficio. Corinne y yo nos alternábamos en la barra. No nos hablábamos desde el día de la riña. En un momento de confusión abrí la caja registradora, cogí un puñado de billetes y me los metí en el bolsillo del pantalón.

»La festejada, una niña de ocho años que esa mañana había hecho la primera comunión, empezó a desenvolver los regalos. Todo el mundo la rodeó y yo aproveché para echar el guante a la caja registradora por segunda vez. Miré a mi alrededor y vi que Corinne me estaba observando desde el otro lado de la vidriera. No hizo ningún gesto, pero mantuvo la vista dirigida a mí el tiempo suficiente para darme a entender que sí, que había visto lo que acababa de hacer. Luego se alejó por el patio.

»En la hospedería saqué el dinero del bolsillo: estaba húmedo de sudor. No lo conté hasta que me sentí seguro en la torre junto a mis hermanos, aquella misma noche. Resultó que cogiendo los billetes a bulto había robado menos de lo que creía, pero Nicola se había decidido a pedirles un préstamo a unos amigos. Teníamos un millón doscientas mil liras. Las pilas del farol estaban casi agotadas y la luz parpadeaba. Bern preguntó: "¿Cuándo será la próxima fiesta?" "Dentro de una semana, creo." "¿No podrías haber pillado más?", me espetó Nicola. "Se habrían dado cuenta." "El médico dijo que si no nos dábamos prisa no lo haría." Violalibera tenía un aspecto horrible. Creo que de cuando en cuando vomitaba, aunque no comía prácticamente nada de lo que yo llevaba. No sé cuánto hacía que no se lavaba. "Venid aquí", dijo Bern. "Todos, más cerca." Me acerqué obediente, como siempre. Él estaba tieso, con la espalda dolorida pegada a la pared; Violalibera se enganchó a su cuerpo por el otro costado y le dijo a Nicola: "Tú también." "No", replicó él, "¿es que estáis ciegos o qué pasa?". "Aquí", insistió Violalibera. Nicola se acercó y, como si claudicara de repente, se derrumbó poniendo la cabeza sobre las piernas de ella. "Hemos pasado demasiado tiempo distanciados", dijo Bern. Era como si nos tuviera a todos unidos con el mismo abrazo.

»Entonces dije: "Iré a ver a Cesare." "¿Y qué le dirás?", preguntó. "Iré a ver a Cesare", repetí. Acogieron aquella promesa en silencio. Violalibera buscó mi mano entre los cuerpos. Ahora todos estábamos en contacto. ¿Acaso no era aquél nuestro juego: entrelazarnos con todos nuestros músculos y nervios para luego recorrer cada centímetro de ella, cada centímetro de cada superficie dentro y fuera de ella? Podía percibir la rítmica palpitación de la sangre en su pulso debilísimo. Me pregunté si sería también el latido de la cosa que llevaba dentro. "En verdad os digo que en cuanto lo hicisteis a uno de estos hermanos míos, aun a los más pequeños..." Pero no había ningún dios y, por lo tanto, no habría juicio. La luz del farol seguía temblando con las pilas agonizantes.

»Cuando desperté seguíamos juntos. El farol se había apagado. El aliento de Violalibera me acariciaba el antebrazo, pero el ruido provenía de la ronca respiración de Nicola. Separé la mejilla del muslo de Bern, húmedo de sudor, tal vez de mi sudor. Me desprendí con cuidado de la maraña de piernas y brazos y gateé hasta la rampa. Cuando salí al aire libre me sobrevino el mismo estupor de siempre: el mundo seguía existiendo más allá de la torre.

»En los últimos días había pasado muchas horas conduciendo, yendo y viniendo de una costa a la otra; quizá las marcas que el manillar recalentado había dejado en mis manos no podrían borrarse. Pero el aire matutino del campo era fresco y tonificante aquel domingo. Llegué a la hacienda antes de las ocho. Había dejado aquel lugar sólo diez meses antes y ya me recibía como a un extraño. Las pilas de leña desordenadas, las copas salvajes de los árboles, los pepinos invadiendo los otros bancales del huerto en todas las direcciones... Ya me había hecho al jardín domesticado del Relais. Esperaba que sólo Cesare estuviera despierto, pero no fue así. Estaba desayunando bajo la pérgola con Floriana y el chico búlgaro. "¡Tommaso, por el amor de Dios! ¡Qué sorpresa! A estas horas... Ven, siéntate con nosotros, come algo. Yoan, trae una silla, haz el favor. ¿Se puede saber de dónde sales, querido muchacho?" Me estrechó entre sus brazos. Sentí de nuevo su cuerpo, aquella calidez única, el reconfortante olor a *aftershave*. Me senté. Floriana me acarició la mano y me alcanzó un plato con rebanadas de pan. "Prueba la mantequilla", sugirió Cesare. "La compramos en una granja que está apenas pasada la finca de los Apruzzi, a poco menos de un kilómetro, e ignorábamos su existencia. Yoan la descubrió por casualidad. ¡Cuántas cosas no vemos aunque las tengamos delante de las narices! Hay allí animales espléndidos, vacas blancas y gordas..." Hundí el cuchillo en la barra de mantequilla reblandecida por el calor, que aumentaba por momentos, y la unté en el pan. No lo había advertido, pero me estaba muriendo de hambre. "Ponte más y échale azúcar por encima. El azúcar y la mantequilla no son malos a tu edad. Soy yo quien debería ir con cuidado, pero ¿qué le voy a hacer?, siempre he sido un glotón." Me miró mientras le hincaba el diente al pan y masticaba. Luego le dio por sonreír. "Claro que quién sabe a qué exquisiteces te habrán acostumbrado en el Relais. ¿Tienes buenas noticias de Nacci? Creo que no hablamos desde el verano pasado." "No falta el trabajo", dije, "con tanta boda y todo eso…". "Hoy en día se lleva celebrarlas así, a lo grande. Floriana y yo la organizamos nosotros mismos, aquí. En aquellos tiempos, el novio no se hacía la manicura antes de la ceremonia precisamente, no sé si me explico", añadió, guiñándome un ojo. "Tengo que hablar contigo", dije; mi voz sonó más severa de lo que quería. "Aquí estoy, Tommaso, te escucho. Aún tenemos media hora antes de ir a misa." Miré a Floriana, tenía los labios encogidos. A mi derecha, Yoan seguía masticando pan con mantequilla con una voracidad asombrosa. "Tengo que hablar contigo a solas." Cesare se puso de pie. "¡Cómo no! Podemos ir a nuestro sitio, si te parece."

»Caminamos hacia la encina; yo iba unos pasos por detrás. Tenía la esperanza de que no me llevara justo allí, pero me concentré en lo que decía Bern: nada de lo que Cesare nos había contado era cierto, sólo eran delirios, condicionamientos. No hay nada más allá de nosotros. Me senté sobre la superficie descolorida del banco como si se tratara de una tabla cualquiera. "¿Quieres que antes recemos juntos?" Mi cabeza asintió sin que pudiera evitarlo. Él empezó a recitar de memoria el salmo ciento treinta y nueve con los ojos entornados y aquella voz envolvente que tan bien conocía. "Señor, tú me has escudriñado y conocido. Tú conoces mi sentarme y mi levantarme; desde lejos comprendes mis pensamientos. Tú escudriñas mi senda y mi descanso, y conoces bien todos mis caminos." Los versos del salmo infundieron en mí una exaltación insólita; no estaba preparado y procuré tenerla a raya. Durante años me había avergonzado de ser el único en la hacienda impermeable a la palabra de Dios: presumía que no llegaba a sentirla con la misma fuerza que mis hermanos, y en varias ocasiones, sentado a la sombra de la encina, le confesé a Cesare aquella duda. Él siempre la acogía con la misma respuesta: "Nadie nace sabiendo rezar, Tommaso; tu mismo deseo es ya una oración." "¿Qué te inquieta tanto para presentarte aquí a estas horas?", preguntó al fin. Respiré hondo: "Necesito dinero." Cesare se enderezó y arqueó las cejas. "He de admitir que esto no me lo esperaba. Para nada. Pensaba que Nacci te pagaba un sueldo. ¿No es suficiente? Puedo hablar con él si quieres." "Necesito seiscientas mil liras." No sé por qué dije aquella cifra cuando la mitad habría bastado. De pronto afloró el recuerdo de nuestra última conversación en aquel mismo lugar, el día en que me echó. Él infló las mejillas y contuvo el aire un momento. "Vaya, esto sí que no me lo esperaba", repitió. "¿Te has metido en algún lío?" "Eso no es asunto tuyo." Nunca había osado dirigirme a él en ese tono, ni siquiera me creía capaz de hacerlo. Cesare no se alteró. "Sois realmente imprevisibles, chicos", dijo, "todo un misterio para mí. ¿Nuestro querido Bern tiene algo que ver con esto? Hace días que no aparece por aquí. Cuanto mayor se hace menos lo entiendo." Si en aquel momento lo hubiese mirado a los ojos, él habría leído toda la verdad en los míos, por eso me obstiné en no desviarlos de una piedra y una mata de hierba. Recalqué cada sílaba de mi amenaza: "Si no me lo das, se lo contaré todo a Floriana." Hubo un instante de silencio roto por el gorjeo de un pájaro oculto arriba entre el follaje. "¿Qué le contarás a Floriana, Tommaso?", preguntó Cesare en voz baja. "Ya sabes de qué hablo." "No, no lo sé." Respiré de nuevo: "De cuando espiabas a Bern y Teresa en el cañaveral." "No lo mires", pensé, "mantén los ojos en la piedra y la hierba". "Siento una gran pena por ti, Tommaso." "Seiscientas mil liras. Vendré a recogerlas el jueves por la tarde." Tenía intención de levantarme nada más decirlo, pero los músculos de las piernas me flaquearon. Me quedé allí, igual que años antes, a la espera de la absolución. "Así que me estás chantajeando. ¿Ésa es la persona en que te has convertido?" "El jueves por la tarde", repetí, y al fin conseguí moverme. Caminé hacia la Atala sin volverme. El caballete se me resistió. Lo levanté con torpeza, di media vuelta para embocar el sendero y entonces miré a Cesare por el retrovisor. Seguía allí, bajo la encina, con los ojos atónitos abiertos como platos. Tal como decía Bern, parecía un hombre derrotado. Sin embargo, durante todo el camino de vuelta, cuanto más aceleraba para alejarme de allí, más vergüenza estampaba el viento contra mi cuerpo.

»Llovía cuando llegué al Relais, era casi de noche en pleno día. Entré en el dormitorio y lo primero que vi fue el vaso de Corinne, el culo de la botella de plástico, sobre mi cama. Lo cogí sin comprender qué ocurría. Dentro brillaba la llave de la bodega. Salí a toda prisa, crucé el salón de ceremonias sin importarme las huellas de los zapatos sobre el mármol. En el vestuario abrí la taquilla de Corinne: vacía. Desvanecida su bolsa Reebok, desvanecido su uniforme, desvanecida su reserva de caramelos. Entré en el despacho de Nacci sin llamar; me dirigió una mirada inquisitiva. "Al parecer alguien ha salido sin paraguas", comentó con una risita. "¿Dónde está Corinne?" Nacci hizo un gesto de desprecio con la mano. "Se ha ido." "¿Qué quiere decir 'se ha ido'?" "Es una yonqui, ya te lo dije. No hay esperanza para la gente como ella. No cambian jamás." La camiseta empapada adherida a la espalda me provocó un escalofrío. Nacci suspiró. "Se le ocurrió robar dinero de la caja. No sé cuántas veces lo habrá hecho antes, pero ayer faltaba tanto que no cabía ninguna duda." "¿Te lo ha contado ella?" Nacci volvió a mirarme con asombro. "¿Alguna vez has visto que un toxicómano reconozca sus delitos? Se lo pregunté y ella no lo negó. Le dije que podía devolverme el dinero o marcharse inmediatamente. Es obvio que ha elegido marcharse." "Corinne ha dejado de hacerlo...", dije con un hilo de voz, pero Nacci había vuelto a los papeles que estaba examinando. "Lo que haga o deje de hacer ya no es de mi incumbencia desde hace...", consultó su reloj, "dos horas. Contratarla fue un favor que me pidió su padre. Más o menos igual que en tu caso". Los hombros le brincaron como si la coincidencia le resultara graciosa. "Ahora ve a secarte, con la tierra así no podemos trasplantar las lantanas. Bueno, espera. Ya que estás mojado podrías desinfectar el prado, esos putos mosquitos no paran de poner huevos en cuanto cae agua." La tormenta cesó, pero seguía descargando a lo lejos. Los primeros rayos de sol que atravesaron las nubes eran abrasadores. La correa del bidón me arañaba el hombro y el líquido oscilaba haciéndome perder el equilibrio. Rocié de veneno cada arbusto, cada flor, cada tallo de hierba. No pensaba en la pequeña matanza que estaba perpetrando, sólo veía el rostro de Cesare preguntándome una y otra vez: "¿Ésa es la persona en que te has convertido?" Por la noche, ya en la cama, recorrí con los labios el borde del regalo que Corinne había dejado a modo de despedida. Al final de aquel día repleto de agua y errores, me vi pensando en ella con una nostalgia nueva.

»Durante la semana siguiente, cuando no estaba trabajando me quedaba tendido en la cama contemplando las puntas rosadas de las ramas de albaricoque que había tras la ventana. Me preguntaba si Cesare pasaría aquellas horas rezando, invocando auxilio, y si yo sería realmente capaz de contarle a Floriana lo que había amenazado con decirle. ¿Qué palabras usaría? "Si el plan no funciona", me decía, "tendré que robarle más dinero a Nacci y acabaré en la cárcel como mi padre". Me abandonaba a esas fantasías de heroísmo, luego me invadían las náuseas.

»El jueves me encaminé hacia la hacienda con el corazón extrañamente ligero. Dejé la Atala en la barra de la entrada y seguí a pie. Las peras ya estaban maduras. Era a la caída de la tarde, la hora que durante años me había hecho creer que era imposible vivir en un lugar distinto a aquel preciso rectángulo de tierra. Llamé a la puerta y la voz de Cesare me invitó a pasar. Una vez más confiaba en hallarlo solo y una vez más Floriana estaba sentada a la mesa junto a él. Me ofreció asiento y un vaso de vino que rechacé. Floriana ni siquiera se dignó a saludar. "Así que has vuelto a por el dinero", dijo Cesare. En vista de que yo no respondía, añadió: "¿No es así?" "¿Por qué no salimos?" Él desoyó mi propuesta. "Lo lamento, Tommaso, pero no puedo darte ese dinero. He hablado con Floriana, se lo he contado todo. ¿Sabes? Tengo que darte las gracias. Sin tu intervención tal vez no hubiese tenido el valor suficiente y habría arrastrado esa culpa durante años. La vergüenza despierta lo peor en nosotros." "¡Eres un cabroncete avaricioso!", exclamó Floriana. Cesare le acarició un brazo para calmarla. Cerró los ojos y murmuró una frase para redimir inmediatamente aquellas palabras. Luego dijo: "Ahora tú también tienes una oportunidad, Tommaso:

cuéntanos qué ha pasado. Tal vez podamos ayudarte." Fui incapaz de quedarme. Escapé de la habitación, crucé el patio, corrí por el sendero, monté en la Atala y me fui.

»Cuando llegué al Scalo no tomé ninguna precaución antes de entrar en la torre. Dentro encontré a Bern y Violalibera dormidos. Pasaban así la mayor parte del tiempo, tantas horas allí abajo los dejaban exhaustos. El farol estaba encendido, es posible que Nicola consiguiera pilas nuevas. Sacudí a Bern tirando de su camiseta mugrienta. Abrió los ojos con dificultad. "Tommi", dijo. "No nos va a dar el dinero." Tenía los labios resecos y un aliento fétido. Le puse la mano en la frente. "Tienes fiebre, Bern." "No es nada. Ayúdame a levantarme. Hoy la espalda no quiere obedecerme." Violalibera aún dormía tumbada de costado en el colchón. "¿Llevas algo suelto para un par de cervezas?", preguntó Bern. "Me apetece, necesito salir." Pero seguimos allí un buen rato antes de decidirnos, hablando en voz baja o quizá en silencio. Lo cierto es que no fue poco tiempo, porque cuando por fin lo estaba ayudando a levantarse, con su cuerpo ardiendo por la fiebre, apareció Cesare en el cuarto como si lo hubiesen fabricado las sombras. "Bern", dijo. Él intentó separarse de mí y casi cae al suelo; lo sujeté. "¿Por qué lo has traído aquí?", me preguntó con la voz llena de tristeza. "Yo no lo he traído", respondí. "Deja que te ayude, Bern", dijo Cesare, avanzando hacia nosotros. Puso los brazos en torno a la cintura de mi hermano y él se entregó a aquel abrazo con tal abandono que pensé que se había desmayado. "Te pido perdón", le susurró Cesare al oído. Seguramente, Yoan se había escondido para seguirme cuando salí huyendo. Una vez en el Scalo debió de llamar a Cesare: ahora él estaba allí y Bern sollozaba en su pecho. No hizo falta explicar la presencia de Violalibera, que mientras tanto se había despertado. Cesare no hizo preguntas, sólo dijo: "Venid conmigo, me ocuparé de vosotros." Se inclinó hacia ella y acarició aquel rostro azorado: "De ti también, no temas." Caminamos mansamente tras él, subimos la primera rampa y bajamos la segunda. Entre las ortigas, Cesare sostenía a Bern por un lado y a Violalibera por el otro. Antes de abandonar el refugio me guardé en el bolsillo el dinero que habíamos reunido. Pasamos junto a los chicos y chicas del Scalo, alguno incluso nos saludó. Subimos al Ford y Cesare condujo hasta la hacienda sin pronunciar palabra. No, sí dijo algo, una frase dirigida a Violalibera: "Te va a gustar el sitio al que vamos." Entonces pensé: "Lo sabe".

»Como si el plan fuera incluso más amplio de lo que me había figurado, en la hacienda estaba Nicola esperándonos con Floriana. Ahora sospecho que fue él mismo quien le dijo a Cesare dónde debía buscarnos. Es extraño..., nunca lo había visto así. Si había alguien a quien Cesare podía arrancarle la verdad, ése era Nicola. Sea como fuere, desde la pérgola me lanzó una mirada elocuente, una mirada que recuerdo muy bien. Floriana llamó al médico de Speziale para que examinase a Violalibera: "Inmediatamente. Sí, a estas horas." Bern, Nicola y yo la dejamos en sus manos y salimos de la casa. Caminamos hasta el centro del olivar, donde todo el pánico de Nicola estalló contra mí: "¿Qué le has contado? ¿Cómo cojones se te ocurre?" "No le ha contado nada", respondió Bern por mí, "lo de Violalibera lo habrá captado él solito". "No me metáis en esto, chicos, por favor, os lo suplico. Os daré lo que queráis", imploraba Nicola; el pavor le desencajaba la cara. Bern le ordenó que se callara y su voz sonó tan firme que Nicola enmudeció al instante. Bern añadió: "Tenemos que decidir quién es el padre. Cuando venga, el médico querrá saberlo; Cesare y Floriana también." "Yo no", dijo Nicola, gimoteando. Bern miraba aquí y allá en busca de algo. "Haremos lo siguiente: cada uno cogerá una piedra como ésta y la lanzará hacia aquellos árboles. Quien haga el lanzamiento más corto se declarará padre de la criatura." "¡Estás completamente loco!", chilló Nicola. "Si tienes una propuesta mejor, soy todo oídos. ¿No? Lo presentía. Pues coged una piedra e intentad que sean más o menos del mismo tamaño, como ésta." Encontré una y con el pulgar le quité la tierra de encima: "¿Y si no fuese verdad? ¿Y si el padre no fuera realmente el perdedor?" "La verdad es una cosa muerta", me contesto Bern, impávido, "es una letra, una palabra, un material que yo puedo emplear". "¿Y si Violalibera no está de acuerdo?" "Ella está de acuerdo, pero tenemos

116

que hacer un juramento." "¿Qué clase de juramento?" "Cuando la prueba decida quién es el padre, ninguno de los tres hablará de este momento ni de la torre. De esto no hablaremos con nadie ni entre nosotros. Nunca." "Está bien", dije. "Decidlo conmigo: 'Hasta la muerte'." "Hasta la muerte", dijo Nicola. "Hasta la muerte", juré yo también. "Nicola, empieza tú." Expulsó del aire de los pulmones, los volvió a llenar, dobló la espalda y lanzó la piedra muy arriba y muy lejos: cayó más allá de la tercera o cuarta hilera de árboles, no logré ver el punto exacto. La piedra dio un bote y desapareció. "Ahora tú, Tommaso. Espera, coge ésta." Me puso en la mano una piedra más lisa. "¡Eh, no vale ayudarse!", protestó Nicola, pero enseguida calló. De todos modos sabía que yo no conseguiría igualar su lanzamiento. Cuando vi cómo mi piedra caía a unos veinte metros, me pregunté si aquella prueba no sería una trampa: yo siempre tenía las de perder en esas competiciones. Pero también era la persona que nunca se rebelaba contra la voluntad de Bern. Ahora nos enfrentábamos y quería que fallase por primera vez desde la tarde en que lo conocí bajo la copa de la morera.

»No estoy seguro de que lo hiciera aposta; si fue a causa de la espalda o de la fiebre o que simplemente se equivocó. No lo sé. Y nuestro juramento me habría impedido preguntárselo en todos los días de mi vida. Bern levantó el brazo por encima de la cabeza y un calambre pareció agarrotarlo en aquella postura hasta que la mano soltó la piedra. Aterrizó poco más allá del primer olivo. Los tres callamos. Nos quedamos mirando aquel punto como habíamos hecho años atrás con la cruz de madera que apareció sobre la tumba de la liebre. Luego, Bern dijo: "Por lo visto me ha tocado." Cuando volvimos a la hacienda se acercó a Violalibera, que escrutaba el plato vacío colocado frente a ella, y apoyó una mano en su hombro. Ella no reaccionó al contacto, pero aquel gesto bastó para que incluso Floriana y Cesare entendieran cómo estaban las cosas, quién de nosotros asumía la culpa. Cesare colocó una silla para Bern al lado de Violalibera. Acto seguido hizo algo que ninguno de nosotros esperaba: salió de casa y volvió al cabo de unos segundos con un barreño, el mismo donde antes refrescábamos los melones.

Lo llenó en el fregadero y lo puso en el suelo frente a Bern y Violalibera. Les quitó las zapatillas deportivas y los calcetines y hundió sus pies desnudos en el agua. "¿Qué hace? ¡Mucho cuidado, que apestan!", bromeó Violalibera, pero la seriedad de Cesare la enmudeció de inmediato. Lavó los cuatro pies con esmero hasta que estuvieron bien limpios, uno al lado del otro, relucientes como los de dos cónyuges. Violalibera los meneó en el barreño salpicando por aquí y por allá. Todos sonreímos y la tensión se diluyó como la porquería en el agua. Alguien tomaba de nuevo las riendas de nuestras vidas.

»Cesare secó los pies con un paño. Había estado tanto tiempo de rodillas que se levantó agarrándose a la mesa. "Sé lo que pensabais, pero esas ideas eran fruto del miedo", nos dijo. "Ahora se han ido, ese niño nacerá. Cogeos de la mano, así, rezad conmigo." Al cabo de media hora llegó el doctor, que examinó a Violalibera en nuestra habitación. Consideró que estaba desnutrida y le prescribió reposo absoluto y varios medicamentos. Al día siguiente, Cesare y Bern tendrían que llevarla a un especialista para que le hiciera una ecografía. Nicola y yo seguíamos allí, en la cocina, pero ya sólo éramos simples espectadores. En pocas horas debía cortar el césped en el Relais dei Saraceni, así que me despedí. La hacienda se fue haciendo cada vez más chica en el retrovisor de la Atala, luego desapareció.

La voz de Tommaso delataba la fatiga del esfuerzo, o tal vez de los recuerdos.

Durante el interminable tramo de la noche en que él habló y yo escuché, él ocupando media cama de matrimonio y yo una silla cada vez más incómoda, durante todo ese lapso nuestros ojos se encontraron pocas veces. Preferíamos mirar un punto de la colcha, la ropa que desbordaba el armario abierto o el morro húmedo de *Medea*. Pero entonces no conseguía apartar la vista de él, me preguntaba cómo había podido enterrar tanto y a lo largo de tanto tiempo bajo aquella blancura. Y Bern, ¿cómo lo había logrado? Pero las palabras se me atascaron en la garganta. Bebí el último sorbo de agua de su vaso para tragármela junto con la estampa de los cuatro pies en el barreño y el tácito asentimiento por el que Bern aceptaba ser padre de aquel niño, el hijo de ambos. Luego imaginaba a Bern y Violalibera en la torre, a Cesare entre los olivos, las orgías...

Aquellas orgías...

—Lo que ocurrió a continuación me lo contó Nicola por teléfono —prosiguió Tommaso—. Una camarera me llamó cuando estaba recogiendo judías. —Suspiró—. Violalibera seguramente pensó que con una docena de hojas tendría suficiente: mortal para el niño, pero no para ella. Según Nicola, azucaró la infusión de adelfa antes de bebérsela. Luego caminó hasta el cañaveral. Yoan la encontró varias horas después. Todavía respiraba cuando llegaron los de urgencias, incluso en el hospital seguía respirando, pero murió aquella noche. Bern huyó a la torre en cuanto lo supo, pero Cesare y Floriana no fueron a buscarlo.

»Tú llegaste un par de semanas después. La tarde en que Nicola te llevó al Scalo yo estaba allí con Bern, en un rincón oscuro junto a la torre. Nos dabas la espalda, pero en un momento dado te volviste hacia nosotros. Parecías mirarnos, mirar el sitio donde nos encontrábamos. Recuerdo que pensé: "Es como si hubiera olido algo en el aire." Habría bastado con mover una mano para que nos vieras. De hecho, Bern dio un paso adelante, hacia la luz, pero lo retuve. ¿Acaso no teníamos suficientes problemas? Tras aquellos instantes miraste de nuevo a Nicola. Cesare y Floriana dejaron la hacienda en otoño. Partieron sin tocar nada: llenaron el maletero del Ford y se marcharon. Ni siquiera echaron la barra que cerraba la entrada. Era como si aquella muerte hubiese condenado para siempre la tierra y los infinitos rezos de Cesare fueran incapaces de purgar la culpa. En cuanto a Yoan, nunca supe cómo acabó.

Tommaso guardó un breve silencio, como si quisiera darme tiempo para asimilar también aquella información. Luego añadió:

—Se ató las muñecas con una soga, la misma que habíamos usado Bern y yo para arrastrar el tronco de la palmera.

119

Temía que el instinto la empujara a correr en busca de ayuda antes de que el aborto se consumara. Ignoro cómo aprendió a hacer aquel nudo, no es una destreza muy común. Se vomitó encima así amarrada. Dicen que después de beber una poción de adelfa los espasmos aparecen enseguida, pero que el veneno tarda horas en llegar al corazón. El pulso se debilita casi hasta detenerse y luego se acelera frenéticamente. Yoan le contó a Nicola (y éste a mí) que el cuerpo de Violalibera era tan liviano que pudo levantarlo sin el menor esfuerzo. Corrió hasta la casa llevándola en brazos y la depositó en la mecedora. Cuando Floriana le abrió los párpados, los ojos estaban en blanco. Bern contempló la escena, pero se hallaba solo con su egoísmo. Tommaso cogió el libro de Stirner que reposaba sobre la mesilla.

—Lo he leído hace poco. Es terriblemente aburrido, aburrido y confuso. O quizá yo no sea lo bastante listo para entenderlo. En cualquier caso, he hallado la frase que Bern citó antes de que lanzáramos las piedras en el olivar.

Hojeó el libro hasta encontrar la página que buscaba.

—«La verdad ha muerto, es una letra del alfabeto, una palabra, un material que utilizo.» Esto es lo que dijo Bern, pero escucha la conclusión: «Las verdades son como la buena hierba y la cizaña: que sean beneficiosas o dañinas sólo yo puedo decidirlo.» La buena hierba y la cizaña... ¿No te parece una premonición? Me he quedado de piedra.

—Sólo es una frase como tantas otras —dije a duras penas.

Me costaba hablar.

—Sí, seguro que tienes razón.

Devolvió el libro a la mesilla y lo miró durante unos segundos.

—Los tres mantuvimos la promesa que nos hicimos: no volvimos a hablar de Violalibera, ni siquiera entre nosotros. Al menos hasta esta noche.

SEGUNDA PARTE

El cuartel

3

Tenía veintitrés años cuando murió la abuela. Tras el último verano del bachillerato sólo la vi una vez: fue a Turín para una exploración de garganta, o de oído, y pasó dos noches en un hotel. Una de aquellas noches cenó en casa; mamá y ella conversaron de nimiedades con extraordinaria cordialidad. Al irse me preguntó si me gustaba el libro que me había hecho llegar a través de mi padre. Casi no lo recordaba, pero contesté que sí para no disgustarla.

—Pues te enviaré más —prometió, pero luego debió de olvidarse.

Nadie sabía cuándo había adquirido la costumbre de nadar en el mar por las mañanas, ni siquiera mi padre.

—¡Nadar en pleno febrero! —aulló—. ¿Sabéis lo fría que está el agua en febrero?

Mi madre le acariciaba la manga de la chaqueta mientras él temblaba de forma convulsiva.

Un pescador avistó el cadáver, que golpeaba los escollos en la cala dei Ginepri. Yo conocía aquella ensenada y durante toda la tarde me imaginé el cuerpo de la abuela chocando atrozmente contra las rocas. Cuando la sacaron llevaba horas en el agua: la piel de su cara y sus dedos era una arruga, las rodillas de las que tanto se avergonzaba estaban mordisqueadas por los peces.

Mi padre decidió que partiéramos ese mismo día. En el coche nadie se animaba a hablar, así que aproveché para dormitar en el asiento trasero. Cuando llegamos a Speziale estaba amaneciendo y un manto de niebla cubría la campiña. Deambulé aturdida por el patio de la casa notando un sabor repugnante en la boca. Me acerqué a la piscina cubierta por la lona; en el centro brillaba una mancha de cal. Pisé uno de los cojines empapados que había junto a los bordes. Cada objeto irradiaba abandono.

El trasiego de personas fue constante hasta la cena. Reconocí a antiguos alumnos de la abuela; llegaban escoltados por sus madres a pesar de ser ya adolescentes. Se referían a ella como «la maestra». Se iban sentando en el sofá que había sido su guarida y le daban el pésame a mi padre en voz baja.

Las ventanas estaban abiertas de par en par, y rachas de aire helado barrían la habitación. No me acerqué al ataúd, abierto en el centro del cuarto; me bastó con ver cómo asomaban las puntas de los pies. Rosa ofrecía a los presentes copitas de licor y dulces de mazapán. Cosimo se apoyaba en la pared con las manos juntas y aire abatido. Mi madre estaba muy cerca de él y le hablaba. De repente lo dejó y se dirigió hacia mí.

—Ven —dijo, agarrándome del brazo.

Me condujo hasta mi cuarto, donde nada, absolutamente nada, había cambiado desde el último verano.

—¿Sabías lo del testamento?

—¿Qué testamento?

—No mientas, Teresa, ni se te ocurra. Tú y ella teníais una relación especial.

—Pero si nunca la llamaba.

—Te ha dejado la casa, los muebles, el terreno. Incluso la caseta donde viven Cosimo y su mujer, que, por cierto, es insoportable.

Tardé un momento en comprender el alcance de lo que me decía: el testamento, Cosimo, los muebles... Ver aquella cama como recién hecha me causaba una fuerte impresión.

—Escúchame bien, Teresa. Venderás esta casa inmediatamente. No le hagas caso a tu padre. El edificio se cae a pedazos, está lleno de goteras y Cosimo quiere comprarlo. Deja que me encargue yo.

. . .

El funeral se celebró al día siguiente. La iglesia de Speziale era demasiado pequeña para acoger a todo el mundo. Muchos se apelotonaban a la entrada bloqueando la luz. Acabada la ceremonia, el párroco se acercó a nuestro banco y me cogió las manos.

—Tú debes de ser Teresa. Tu abuela hablaba mucho de ti.

—¿De verdad?

—¿Te sorprende? —preguntó él con una sonrisa; luego me acarició.

Seguimos el féretro hasta el cementerio. Habían abierto un nicho junto al del abuelo y los de otros antepasados para mí desconocidos. Cuando el sepulturero empezó a manejar la paleta y el elevador subió el ataúd, mi padre volvió a sollozar. Desvié la mirada. Fue entonces cuando lo vi.

Estaba apartado, escondido tras una columna. Su atuendo me impactó porque era el signo más evidente de cuánto habíamos crecido. Vestía un abrigo oscuro bajo el cual podía adivinarse el nudo de una corbata. Bern. Cuando coincidieron nuestras miradas se pasó un índice por la ceja. No supe si era un gesto de rubor o más bien el signo de un código secreto que yo ya no era capaz de descifrar. Rápidamente se encaminó hacia uno de los panteones familiares y desapareció dentro. Cuando me volví hacia el ataúd, que ya empujaban hacia el interior del nicho con roces y chirridos, estaba tan atolondrada, tan distraída, que fui incapaz de dedicarle un último pensamiento a la abuela.

La gente empezó a dispersarse y le dije a mi madre que luego la alcanzaría en casa, que antes quería saludar a algunas personas. Recorrí lentamente el cementerio. Cuando llegué a la verja no quedaba nadie y volví adentro. El sepulturero, ya solo, terminaba de sellar la losa de mármol. Exploré el panteón, pero Bern ya no estaba allí. Entonces se apoderó de mí una ansiedad incontenible.

Regresé al pueblo casi a la carrera y, en vez de girar hacia la finca de la abuela, continué hasta la hacienda. La entrada estaba abierta. Caminar de nuevo por el sendero que conducía a la casa fue como abismarme por entero en un recuerdo de la infancia, un recuerdo que permanecía al acecho. Reconocía cada objeto, cada árbol, cada grieta en cada una de las piedras. Divisé a Bern sentado con otros bajo la pérgola y me asaltó una última duda porque, al verme, ni siquiera me invitó a acercarme, pero poco después estaba allí con ellos. Bern, Tommaso, Corinne, Danco y Giuliana, las personas con quienes iba a compartir los siguientes años de mi vida, los mejores, sin duda, y el preludio entonces ignorado de los peores.

Bern me presentó fríamente diciendo que era la nieta de la profesora, que vivía en Turín y que antes pasaba allí las vacaciones. Nada más, nada que pudiese revelar cuánta intimidad había habido entre nosotros. Se levantó y me ofreció una silla. Tommaso murmuró sus condolencias por la muerte de la abuela sin mirarme a los ojos. Un gorro de lana cubría su cabello plateado, tenía las mejillas rojas por el frío y el movimiento nervioso de su pierna me devolvió la antigua sensación de que no me quería ver allí.

Aparecieron cervezas, y Giuliana volcó sobre la mesa una bolsa de plástico llena de pistachos. Cada uno cogió un puñado.

—Sabía que la hacienda estaba en venta —dije para romper el silencio—, pero no que la hubierais comprado vosotros.

—¿Comprado? ¿Eso le has contado, Bern? —preguntó Danco.

—No le he contado nada.

—Siento decepcionarte, Teresa, pero no la hemos comprado. Ninguno de nosotros podría pagarla.

—Bueno, excepto Corinne —señaló Giuliana—. Una llamadita a papá y todo arreglado, ¿verdad?

Corinne le mostró el dedo corazón.

—¿Así que estáis de alquiler?

Esta vez rieron con ganas, sólo Tommaso se quedó serio.

—Veo que tienes una idea bastante canónica de la propiedad privada —dijo Danco.

Bern me miró fugazmente. Estaba sumergido en la butaca con las manos en los bolsillos del abrigo.

—Supongo que se nos podría describir como okupas —explicó con cierta desgana—, aunque Cesare probablemente sabe que estamos aquí. Pero a él ya no le importa este lugar, ahora vive en Monopoli.

—Somos okupas, así que no tenemos electricidad —dijo Corinne—, una verdadera putada.

—Pero tenemos un generador —replicó Danco.

—¡Sólo lo encendemos una hora al día! —Thoreau vivía junto a un lago helado sin electricidad —prosiguió él—, aquí la temperatura nunca baja de diez grados.

—Lástima que a Thoreau no le llegara la melena hasta el culo, como a esta servidora. —Corinne se levantó para acercarse a Tommaso, él echó la silla hacia atrás y la sentó en sus rodillas—. Me muero de frío, frótame con fuerza —dijo, acurrucándose en su pecho—. No como a una gatita de mierda, ¡más fuerte!

Giuliana intervino procurando quitarse con la uña algo que se le había pegado al jersey.

—Sólo necesitamos un cable largo para engancharlo al poste de la luz.

—Ya lo hablamos —dijo Danco—, y si no recuerdo mal lo sometimos a votación. Si averiguan que pinchamos la electricidad nos echarán a patadas. Y, créeme, antes o después lo sabrán.

Corinne le arrojó una mirada displicente.

—¿Puedes dejar de tirar las cáscaras al suelo?

—Son bio-de-gra-da-bles —dijo Danco con una sonrisa burlona mientras lanzaba hacia atrás otra cáscara de pistacho.

Notaba los ojos de Giuliana clavados en mí, pero no me atreví a mirarla. Me llevé la botella de cerveza a los labios tratando de vencer la timidez.

—Bueno, ¿a qué te dedicas en Turín?

—Estudio. En la universidad.

—¿Qué estudias?

—Ciencias naturales. Me gustaría ser bióloga marina.

Danco se echó a reír. Corinne le golpeó el pecho con la mano enfundada en la manga del jersey.

—Teresa, que en otro tiempo vivió bajo el agua... —comentó Tommaso a media voz.

Corinne puso los ojos en blanco.

—¡No, por favor! Ni se te ocurra empezar con ese estúpido juego de las vidas pasadas.

—¿Por casualidad te interesan los caballos? —preguntó Danco con repentina seriedad.

—Me interesan todos los animales.

Observé un intercambio de miradas entre ellos, pero nadie habló. Luego, Danco dijo «excelente» como si yo hubiese superado una prueba.

Pasamos unos minutos bebiendo en completo silencio. Corinne incordiaba a Tommaso haciéndole cosquillas detrás de la oreja.

—¿Y Nicola? —pregunté al fin.

Bern se terminó la cerveza de un trago y dejó bruscamente la botella sobre la mesa.

—Disfruta de la vida en Bari.

—Supongo que ya habrá terminado la carrera.

—Dejó la universidad —dijo en tono sombrío—, prefirió entrar en la pasma. Al parecer, eso es más acorde con su personalidad.

—¿La pasma?

—La policía —intervino Giuliana—. ¿Cómo la llamáis en Turín?

—Ya lleva dos años —añadió Tommaso.

—¡Izquierda, derecha, izquierda! —exclamó Danco, moviendo los brazos rígidamente—. ¡Presenten porras! ¡Zurrad a lo bestia!

—No creo que la policía desfile —dijo Corinne.

—Pero porras llevan seguro.

Giuliana encendió un cigarrillo y dejó el paquete sobre la mesa.

—¿Otro? —preguntó Danco, indignado.

—Sólo es el segundo.

—Bien, así que sólo son otros diez años de residuos químicos —insistió él.

Giuliana dio una buena calada al cigarrillo y le echó el humo a Danco con malicia. Él sostuvo su mirada, impasible. Luego se dirigió a mí:

—¿Sabes cuánto tarda un cigarrillo en descomponerse? Unos diez años. Lo peor es el filtro. Desmenuzarlo al final, como hace Giuliana, no sirve de nada.

Le pregunté a ella si podía coger uno.

—Primera regla de la hacienda —dijo, acercando el paquete al centro de la mesa—: aquí no se pide permiso para nada.

—Olvida tu concepto de propiedad —apostilló Danco.

—Si puedes —concluyó ella.

—Tengo hambre. Os lo advierto: no pienso comer otra vez a base pistachos. Hoy te toca, Danco, ¡date prisa! —dijo Corinne.

Empezaron a hablar entre ellos como si me hubiesen relegado al olvido. Me incliné hacia Bern y le pregunté en voz baja si le apetecía acompañarme a casa. Reflexionó un instante antes de levantarse. Nos marchamos entre la indiferencia de los demás.

Y así nos vimos en el camino que solíamos recorrer de muchachos. El paisaje era diferente en invierno, más melancólico, menos familiar. El suelo, polvoriento y rojo en agosto, estaba forrado con una hierba alta y brillante. Bern no hablaba.

—Te sienta bien esta ropa —le dije yo.

—Es de Danco. Me queda un poco grande, mira.

Me mostró el interior del puño del abrigo: el dobladillo estaba sujeto con un imperdible para que la manga pareciera más corta. Sonreí.

—¿Por qué no me has esperado después del funeral?

—Es mejor que no me vean mucho.

—¿Quiénes?

No respondió, se obstinaba en mirar el suelo.

—Había tanta gente... —dije—. Nunca lo hubiera imaginado, la abuela estaba siempre sola...

—Era una mujer generosa.

—¿Y tú qué sabes?

Bern se alzó el cuello del abrigo y enseguida volvió a doblarlo. Aquella prenda parecía absorber buena parte de su energía.

—Me echó una mano con los estudios.

—¿La abuela?

Asintió sin retirar la vista de la vereda.

—No lo entiendo.

—Quería hacer el examen de entrada al bachillerato, pero al final lo dejé correr. —Iba cada vez más deprisa, suspiró—. A cambio de las clases, yo ayudaba a Cosimo en el campo.

—¿Y dónde vivías?

—Aquí.

—¿Aquí?

Sentí vértigo, pero Bern no se percató.

—Cuando me enteré de que Cesare y Floriana se habían ido decidí volver. Antes pasé una temporada en el Scalo, en la torre. Fuimos juntos una vez.

Había vivido allí, en la hacienda, justo donde yo lo había imaginado durante todo aquel tiempo, con Violalibera y su hijo. Probablemente pensé en eso y enseguida me pregunté dónde estarían Violalibera y el niño en aquel momento («Bern se había metido en un lío»), pero fui incapaz de decirlo.

—No tenía ni idea —susurré—. La abuela no me contó nada.

Bern me miró.

—¿De verdad?

Asentí casi desfallecida.

—¡Qué extraño! Pensaba que te lo había contado y que ya no te apetecía venir. —Después de una pausa, añadió—: Puede que fuera mejor así. Mejor para ti, quiero decir.

—¡¿Por qué coño no me lo dijo?!

—Cálmate, Teresa —pidió, pero era imposible: me estaba dando un ataque.

Seguí repitiendo «por qué, por qué, por qué» hasta que Bern me cogió del hombro.

—Cálmate, Teresa. Siéntate un momento.

Me apoyé en un muro de piedra respirando con dificultad. Él aguardó a mi lado con paciencia. Luego se agachó, le arrancó una hoja a una mata, la estrujó entre las manos hasta machacarla y me la acercó a la nariz.

—Huele.

Inhalé con fuerza, pero el olor que reconocí no era el de la flor, sino el de su piel.

—Malva —dijo, oliendo a su vez—. Ayuda a relajar los nervios.

Estuvimos un rato apoyados contra el muro contemplando el campo verde y silencioso. Estaba más tranquila, pero la calma trajo consigo un agotamiento infinito y cierto pesar.

—¿Ya nadaba entonces?

—Alguna vez la acompañé. Me quedaba sentado en la arena. Se adentraba en el mar hasta que sólo se distinguía la punta rosa del gorro. Cuando volvía a la playa yo la esperaba con la toalla abierta y ella me decía: «No sabes lo que te pierdes.» Siempre lo decía.

De pronto necesitaba mirarlo, tocarlo ávidamente; un irrefrenable deseo se revolvía en mi interior. Pasé mi brazo por debajo del suyo y me recliné sobre él.

—Me estás aplastando —dijo.

Retiré las manos y las metí en los bolsillos del chaquetón. ¿Con qué derecho me aferraba a él de aquel modo?

—No he dicho que pares, sólo que aflojes un poco.

Dejé las manos en los bolsillos. Me enderecé y me puse a caminar más rápido que antes, como eludiendo aquel arrebato de debilidad.

El paisaje cambió de repente: estábamos frente a un terreno con unos árboles más bajos que los olivos, sin hojas, y en sus ramas despuntaban unas florecillas blancas.

—Aquí es —anunció Bern, como si desde el principio su intención hubiera sido llevarme allí.

—¿Qué son?

—Almendros. Supongo que no los habrás visto nunca así. Este año han florecido pronto. Ahora el frío amenaza con estropearlo todo.

Paseamos por el almendral. Los tacones de mis zapatos se hundían en los terrones más blandos.

—Si quieres te cojo una flor.

—Déjalo, me gustan más vistas desde aquí.

—¿Recuerdas cuando me dejaste el *walkman* entre las cáscaras de almendra? Cuando me sentía solo en la torre escuchaba aquella cinta, la escuchaba de principio a fin hasta que se desgastó.

—Era una música horrible.

Bern me miró sin comprender.

—Era una música maravillosa.

Al cabo de pocos minutos llegamos por sorpresa a la verja de la finca. Estaba desorientada, tal vez debido a las conmociones, los descubrimientos o, sencillamente, porque aquel lugar me removía las entrañas.

—¿Cuándo te vas?

—Hoy mismo, dentro de un rato.

Asintió con la cabeza. Pensé que mil kilómetros de autopista serían suficientes. Había tantas cosas esperándome en Turín: las clases de la universidad, los exámenes, otros cursos y una tesina aún en el aire. Todo volvería a su lugar. Pero Bern levantó la vista y su leve estrabismo me causó entonces el mismo efecto que cuando era una chiquilla, el día en que nos conocimos, cada uno a un lado del umbral. Estoy casi segura de que fui yo quien besó sus labios.

—¿Por qué? —preguntó candorosamente tras colaborar con el beso.

Su triste sonrisa me turbó aún más. ¿Por qué? Porque no pensaba en otra cosa desde el día en que fui a buscarlo a la hacienda y no estaba allí, como si todo hubiera quedado en suspenso desde entonces. Que en algún punto yo hubiese arrumbado aquel deseo no significaba que no siguiera allí, vivo, indemne. Pero en vez de confesárselo, dije:

—Bern, ¿tienes un hijo?

Él se echó atrás y miró hacia un lado.

—No, no tengo un hijo.

—¿Y la chica?

Me faltó el ánimo para pronunciar su nombre.

—No hay ninguna chica, Teresa.

Lo creí, cada fibra de mi cuerpo quería creerlo. Nunca más volveríamos a mencionar el tema.

—¿Dónde te has metido? —preguntó mi madre cuando llegué a casa—. Papá quiere salir enseguida. No ha dormido nada, pobrecito. Me va a tocar conducir a mí. Rosa nos ha preparado unos bocadillos, comeremos en el coche.

Algunos objetos habían desaparecido de la sala: los marcos de plata con fotos, una jarra, el reloj sujeto por dos trompas de elefante; en una de las bolsas abiertas cerca de la entrada vi relucir el latón. Mi madre interceptó esa mirada.

—Quizá quieras coger alguna otra cosa.

Fui a mi cuarto y llené la maleta con los pocos vestidos que había llevado. Desde la ventana observé a mis padres, que hablaban con Cosimo y Rosa en el patio; las puertas del coche ya estaban abiertas. Mi padre alzó la vista, pero supongo que no me vio. Me costaba respirar. Me senté en la cama junto a la maleta cerrada y permanecí quieta unos minutos. En esos instantes me decidí sin decidirme realmente. Al bajar la escalera tuve la sensación de que flotaba, como si mis pies apenas rozaran los peldaños.

—¿Y tus cosas? —preguntó mi madre.

—Arriba.

—¿No las has cogido? ¡Espabila!

—Me quedo.

Mi padre se volvió de golpe, pero de nuevo habló ella:

—¿Qué estás diciendo? Date prisa, anda.

—Me quedo un par de noches. Rosa y Cosimo pueden hospedarme, ¿verdad?

Los guardeses asintieron con la incredulidad pintada en sus caras.

—¿Y qué piensas hacer aquí, si puede saberse? —atacó mi madre—. Cosimo ya ha apagado la calefacción.

—Has estado con él —dijo entonces mi padre.

En su voz no había trazas de enfado, sólo un cansancio infinito: la abuela había muerto y llevaba horas sin dormir.

—¿De quién habláis? —preguntó mi madre—. Me estás sacando de quicio, Teresa, te lo advierto.

Ya no la escuchaba: ella no conocía aquel lugar, no lo entendía y no iba a entenderlo. Mi padre, en cambio, sí, porque los dos estábamos infectados de igual modo por aquella tierra.

—¿Has estado con él?

No fui capaz de mirarlo a los ojos.

—Sube al coche, Teresa.

—Sólo dos noches. Volveré a Turín en tren.

—¡Nos vamos ahora!

Los guardeses nos contemplaban. Mi padre se apoyó con una mano en la puerta del coche. Tenía los párpados violáceos.

—Tú lo sabías —musité.

Alzó la vista. Por un momento abrió los ojos como platos.

—Sabías que estaba aquí y no me dijiste nada.

—No sabía nada —replicó, pero había un atisbo de inseguridad en su voz.

—¿Cómo has podido?

—Vámonos, Mavi —le dijo entonces a mi madre.

—¿Vas a dejarla aquí? ¿Te has vuelto loco?

—Te he dicho que subas al coche.

Estrechó apresuradamente las manos de Cosimo y Rosa, murmuró un par de instrucciones y se sentó al volante.

—Te espero en casa. Dos días, no más.

Arrancó, pero antes de partir reparó en algo: removiéndose sobre el asiento agarró la cartera que llevaba en un bolsillo del pantalón, sacó unos cuantos billetes y me los dio sin contarlos.

Unos segundos después se habían ido y yo seguía con los guardeses en el patio, los tres envueltos por el silencio del campo.

«Mejor esperar a mañana», me decía, «no vuelvas ahora o pensará que te has quedado por él». Pero en casa de la abuela no había nada que pudiera retenerme, sólo impaciencia, así que al cabo de dos horas me hallaba de nuevo en la hacienda.

Estaban fuera, reunidos en torno a un extraño artefacto, una especie de paraguas invertido recubierto de aluminio.

—A ver si ella sabe qué es —dijo Danco sin mostrar la más mínima sorpresa por mi presencia.

—¿Una antena parabólica? —pregunté a tientas.

—¡Te lo he dicho! —exclamó Corinne—. Es imposible.

—Venga, prueba otra vez —me acució Danco.

—¿Una sartén gigante?

Giuliana hizo un gesto de desdén.

—Caliente, caliente —dijo Tommaso.

Corinne perdió la paciencia.

—¡Venga, díselo!

—Esto es el futuro, Teresa. La innovación unida al respeto por el medio ambiente. Es un concentrador solar parabólico: si pones un huevo ahí, en el centro, puedes cocerlo usando únicamente la luz del sol. En verano, claro.

—Es una pena que estemos en febrero —comentó Corinne; luego, aprovechó mi escaso entusiasmo para picarlo más todavía—: ¿Has visto? Le parece una chorrada. Danco lo ha comprado con el dinero de la caja común sin consultarnos.

—No me parece una chorrada —dije vacilante.

—Quizá todavía se pueda devolver —señaló Tommaso.

—¡Ni se te ocurra! —respondió Danco en tono amenazante.

Bern no me miraba igual que esa mañana, como si de repente hubiera recordado algo.

—Así que te has quedado —dijo en voz baja.

Danco anunció que era la hora de volver al trabajo e hizo un gesto con los brazos para que nos dispersáramos.

—¿Me echas una mano en el *food forest*? —me preguntó Bern.

Respondí que sí, aunque no sabía de qué hablaba.

—¿No había adelfas por aquí? —pregunté mientras nos alejábamos de la casa.

—Dejamos que se secaran hace dos veranos —dijo—. Necesitan demasiada agua. Cesare era demasiado simple respecto a ciertas cosas, pensaba que para salvarnos basta con no matar.

—¿Salvarnos de qué?

Bern me dirigió una mirada grave.

—Estamos a punto de agotar nuestras reservas hídricas. ¿Sabes qué pasará si seguimos bombeando agua de los pozos artesianos que hay por aquí? —Obviamente no tenía ni idea—. Pues que el acuífero se vaciará y el mar llenará la capa freática. Si seguimos así, nuestra tierra se convertirá en un desierto. Hay que regenerar.

Silabeó la última palabra. Se me ocurrió que sin electricidad tampoco podían usar el pozo: cada vez que saltaban los plomos en casa de la abuela no salía agua por el grifo. Le pregunté cómo se las arreglaban y él giró todo el cuerpo para responderme sin dejar de caminar.

—Si no puedes robarle el agua a la tierra, ¿de dónde la tomas? —preguntó, señalando el cielo.

—¿Así que lo hacéis todo con agua de lluvia?

Asintió.

—¿También os la bebéis? ¿No está llena de gérmenes?

—La filtramos con estopa. Luego te lo enseño si quieres.

Entretanto llegamos a la morera. Estaba tan desnuda de hojas que me costó reconocerla. Alrededor había crecido una vegetación que, a primera vista, parecía totalmente asilvestrada: plantas de alcachofa, calabaza o coliflor, arbustos, hierbajos...

—Hemos de trabajar con las manos —dijo Bern, arrodillándose—. Arranquemos todo esto. —Agarró un manojo de hojas mustias y lo colocó detrás de él—. De momento hagamos un montón aquí, luego vendré con la carretilla.

—¿Por qué lo tenéis tan abandonado? —pregunté, agachándome a su lado, un poco reacia porque aquéllos eran mis únicos vaqueros.

—¿Abandonado?

—El huerto. Está todo manga por hombro.

—Te equivocas: cada cosa tiene un lugar asignado. Danco tardó un par de meses en proyectar el *food forest*.

—¿Quieres decir que habéis plantado así adrede?

—No dejes de arrancar la hojarasca mientras hablas —dijo Bern, mirándome las manos; respiró hondo—. La morera da buena sombra en verano y la hemos podado para asegurarnos de que crezca el máximo posible. Alrededor hemos puesto los frutales y debajo, las legumbres, que regulan el nitrógeno.

—Pareces un experto.

Se encogió de hombros.

—Es todo mérito de Danco.

La tierra estaba tibia bajo las hojas. Como ya me había manchado las rodillas, me puse cómoda. Cogía manojos cada vez más grandes y los echaba al montón.

—Somos casi autosuficientes —dijo Bern—, y pronto podremos vender parte de la cosecha. Ahora se ve el campo pelado, pero en verano la producción es copiosa.

—Copiosa —repetí lentamente.

—Copiosa, sí, ¿por qué?

—Nada, que no me acordaba.

—¿De qué?

—De las palabras que usas a veces.

Asintió como si no acabara de entenderlo.

—¿Y por qué estamos quitando estas hojas? —pregunté. Por algún extraño motivo tenía ganas de reír.

—Conviene retirar la hojarasca antes de que llegue la primavera, así el calor llega mejor a la tierra.

—Según Danco, claro.

Quería tomarle el pelo, pero él respondió con absoluta seriedad:

—Según Danco, en efecto.

Pasó media hora sin que apenas dijéramos nada. Empecé a intuir que, igual que hacía de muchacho, Bern no iba a preguntarme acerca de mi vida durante los años que habíamos estado separados. Era como si todo lo que ocurría lejos de él, lejos de aquella morera, no existiese o, en cualquier caso, careciese de importancia. Pero me daba igual: para mí era suficiente con estar a su lado hurgando entre las plantas y aspirando juntos aquel aire cargado de humedad.

Me quedé en la hacienda hasta el atardecer; luego, hasta la hora de cenar, y cada dos por tres me prometía que me iría enseguida. Comimos una empanada de huevo y calabacín que preparó Corinne. Estaba sosa, pero no me atreví a comentar nada porque a todo el mundo pareció gustarle. Me quedé con hambre, pero no había nada más, así que picoteé algo de pan con la sensación de que Giuliana iba contando cada pedazo que me llevaba a la boca.

Con la cena terminó también la única hora de suministro eléctrico, así que nos reunimos frente a la chimenea encendida. Sólo había unas pocas velas para iluminar la habitación, algunas medio derretidas por el suelo. Aunque estábamos muy pegados los unos a los otros y llevábamos mantas sobre los hombros, hacía frío. Sin embargo, ni siquiera entonces consideré la posibilidad de marcharme, de decir adiós a Bern y a los otros, al fuego reflejado en sus ojos.

Hacia las ocho, Danco tiró la manta y dijo que había llegado la hora de moverse. Todos obedecieron y por un momento fui la única que siguió sentada en el suelo. Mirándome desde arriba, Danco dijo:

—¿Vienes con nosotros?

Antes de que pudiera preguntar adónde, Giuliana indicó que no cabríamos en el todoterreno, pero él la ignoró.

—Has llegado en una semana especial, Teresa —prosiguió Danco—: Esta noche tenemos una acción.

—¿Qué acción?

—Te lo explicaremos en el coche. Necesitas ropa negra.

Minutos antes estaban abotargados, casi dormidos, pero en ese momento una energía salvaje se había apoderado de ellos.

—Sólo tengo el vestido del funeral —dije cada vez más confundida—, pero está en la finca.

—¡Lo que faltaba, ahora nos viene con eso! —exclamó Giuliana—. Quédate aquí, Teresa, créeme, es lo mejor.

Me acarició la mejilla, pero Danco la hizo callar de una vez.

—¡Basta, Giuli, ya lo hemos hablado!

Corinne me cogió del brazo.

—Ven, arriba tenemos un armario lleno.

Subí con las chicas y Corinne empezó a rebuscar en un caótico montón de prendas apelotonadas mientras Giuliana se desvestía.

—¿De quién es esta ropa? —pregunté.

—Nuestra. Bueno, de todos. Aquí está la de mujer.

—¿La tenéis toda junta?

Giuliana soltó una risita mordaz.

—Pues sí, toda junta. Pero no te preocupes, está limpia. Corinne, entretanto, había dado con unas mallas negras.

—Pruébate esto —dijo, tirándomelas encima—. Y esto —añadió, entresacando una sudadera parecida a la suya. No dejó de mirarme mientras me quitaba el jersey.

—¡Menudo par de tetas! ¿Has visto, Giuli? Te bastaría con un cuarto de esa delantera para no parecer un hombre.

No me atreví a comentar que las mallas me quedaban fatal, que, de acuerdo con mi madre, no tenía una buena figura para la ropa ajustada y que probablemente me moriría de frío.

—Deja ya de mirarte —dijo Giuliana—, no vamos a un desfile de modelos.

Nos apretujamos cuatro en el asiento trasero del todoterreno: las tres chicas y Tommaso, que contemplaba obstinadamente los campos oscuros atravesados por la autopista.

—¿Adónde vamos? —pregunté

—A Foggia —respondió Danco.

—Pero eso está a unas tres horas.

—Más o menos —dijo impertérrito—. Más vale que duermas un rato.

Pero no podía dormir. Seguí preguntando hasta que Danco decidió contarme en qué consistía eso que llamaban «acción». Habló en voz muy baja, obligándome a estar atentísima. Había un matadero en San Severo adonde llevaban caballos de toda Europa después de viajar miles de kilómetros sin agua ni comida. Y, una vez allí, los métodos para matarlos eran atroces.

—Un tiro en la nuca antes de descuartizarlos —puntualizó—. Puede parecer una muerte rápida, pero los que esperan turno asisten a la carnicería y se ponen muy nerviosos, así que los golpean con mazas para atontarlos. A ese lugar vamos, Teresa: a un infierno.

—Y una vez allí, ¿qué hacemos?

Danco me sonrió por el espejo retrovisor.

—Liberar a los caballos, ¿no?

Llegamos a altas horas de la noche. La tensión me había mantenido despierta mientras la radio del coche emitía un jazz monótono. Ya no estaba segura de que acompañarlos hasta allí hubiera sido una buena idea. Dejamos el todoterreno oculto en una arboleda y caminamos por la linde de un campo. Había algo de luna, la suficiente para no tropezar a cada paso.

—¿Y si nos ven? —le pregunté a Bern en voz baja.

—Nunca nos han visto.

—¿Y si pasa?

—No pasará.

La nave se recortaba a lo lejos. Un reflector iluminaba la explanada de acceso.

—Están allí dentro —dijo Danco.

Bern posó una mano en mi cuello.

—Estás temblando —dijo.

Reventar el candado de la verja fue fácil. Avanzamos pegados a la tapia. Notaba el relente a través de la fina tela de las mallas. Por un momento me vi con los ojos de mis amigos turineses: ¿qué demonios estaba haciendo allí? Pero de aquella perplejidad brotó una alegría irrefrenable. A Giuliana y a mí nos encargaron vigilar la casa de los dueños. No se veía luz en ninguna ventana.

—Así que Bern y tú estabais juntos, ¿no? —preguntó ella en cuanto nos quedamos solas.

—Sí —respondí, aunque no estaba segura de que fuese cierto.

—¿Y cuánto llevabais sin veros?

—Mucho.

Oíamos a los demás afanándose con la cizalla a nuestra espalda, maldiciendo porque el candado era más resistente que el de la verja.

—¿Tú estás con Danco?

Giuliana enarcó las cejas.

—A ratos.

Luego se oyó un tac diferente, seco, seguido del sonido de una cadena cayendo sobre el cemento. Nos volvimos en el momento exacto en que el portón se abría y la alarma comenzaba a ulular.

Acto seguido se encendieron las luces de la casa: una, dos, tres... Bern y los demás habían desaparecido.

—¡Vamos, coño! —chilló Giuliana, tirándome del brazo.

Me vi dentro de la nave, en la penumbra. Danco, Bern, Tommaso y Corinne abrían las puertas de las caballerizas y les gritaban a los caballos dándoles manotazos en los costados para que escapasen. Como si al fin despertara, me puse a hacer lo mismo que ellos, pero los animales no se movían: inquietos por el estrépito de la alarma, batían el suelo con las pezuñas.

—¡Ya vienen! —aulló Corinne.

Tommaso tuvo entonces una idea. «He pellizcado a un caballo con la cizalla», contaría más tarde, en el coche, cuando volvíamos derrapando por la autopista con un subidón de adrenalina y hablando todos a la vez.

El caballo en cuestión empezó a galopar hacia el exterior y desató el caos. Los demás lo siguieron en imparable estampida. Me arrimé a una columna para que no me aplastaran y entonces apareció Bern junto a mí desde quién sabe dónde en aquella masa frenética de crines y patas.

Corrimos detrás de los últimos. En la entrada había varios hombres, pero dudaban entre detener a las bestias o abalanzarse sobre nosotros. Aprovechamos su indecisión para huir a campo través. Danco iba en cabeza con Corinne.

Sonaron disparos y los caballos se agitaron aún más. Daban vueltas dispersos frente a la nave porque no habíamos tenido tiempo para llevarlos al otro lado de la tapia, sólo unos pocos lo habían entendido.

Los hombres renunciaron a perseguirnos. Uno de ellos cerraba la verja mientras otro intentaba atrapar a los animales en fuga. Gozamos con aquel espectáculo de libertad durante unos segundos.

—¡Lo hemos conseguido, joder! —gritó Tommaso.

Nunca lo había visto así.

En el camino de regreso, el entusiasmo se fue calmando y los ojos empezaron a cerrarse. Las cabezas sudadas se apoyaban sobre el hombro más próximo: la mía sobre el de Bern, que no movió un músculo para no despertarme.

Soñé que los caballos libres formaban una gran manada y trotaban por un prado junto a un bosque levantando una nube de polvo tan densa que parecían flotar en el aire. Eran negros y yo no me limitaba a observarlos, ni siquiera era uno de ellos, era algo más: era aquella muchedumbre.

Por la mañana me despertó una mano acariciándome la cara. En el aire aún había restos del ardor que había electrizado la noche. Recordaba vagamente el rato que pasamos en la cocina bebiendo vino, a Tommaso y Corinne yéndose, a Danco y Giuliana, más tarde (o quizá fue al revés), cómo me quedé a solas con Bern y cómo el pasmo nos empujó escaleras arriba hasta su habitación, hasta su gélida cama.

Pero recordaba a la perfección lo que ocurrió más tarde, lo que nos hicimos el uno al otro, el ímpetu con que me poseyó y la excitación... tan intensa que dolía. Después me buscó otra vez, con calma, casi metódicamente, y repetimos todos y cada uno de los gestos secretos del cañaveral. La memoria de nuestros cuerpos era prodigiosa.

Ahora me arreglaba el pelo de la frente separándolo por el medio, como si intentara recomponer el peinado de nuestro último verano juntos.

—Los otros ya están abajo —dijo.

Tenía tanto sueño que me costaba hablar, y me avergonzaba el extraño sabor de mi boca, que quizá él también notaba.

—¿Qué hora es?

—Las siete. Aquí nos ponemos en marcha en cuanto clarea.

—Me colocó un mechón detrás de la oreja y sonrió como si por fin hubiese logrado lo que pretendía—. Sólo hay agua fría para ducharse, lo siento. Puedo calentar un poco en una olla si quieres.

Lo observé con atención: era brutal tenerlo tan cerca.

—Tengo que irme —dije.

Bern se deslizó fuera de las sábanas y se plantó frente a la ventana dándome la espalda totalmente desnudo. Su delgadez seguía siendo preocupante.

—Y bien, ¿a qué esperas?

—Te vas a resfriar, vuelve a la cama.

—Espero que el pasatiempo haya sido de tu agrado.

Cogió la ropa apilada en el suelo, se la puso bajo el brazo y salió del cuarto.

Al cabo de un momento oí su voz y la de Giuliana. Busqué a tientas el móvil en la mesita; lo había apagado la tarde anterior para ahorrar batería. No tenía mucha cobertura, pero sí la suficiente para que la pantalla se llenara de avisos: diez mensajes, todos de mi padre. En los primeros preguntaba dónde estaba, luego parecía cada vez más inquieto y al final colérico. En el último sms me decía que era una ingrata. Respondí presa del pánico: «Perdón no tenía batería me quedo aquí hasta mañana luego vuelvo a casa te lo juro.» Lo envié y un segundo después el teléfono se apagó.

De nuevo me acogieron sin sorpresa, como si fuera una más del grupo. La leña ardía en la chimenea, pero la casa estaba incluso más fría que la noche anterior. Corinne me alcanzó una taza de café. Reconocí la vajilla de Floriana.

—Bien, por fin ha llegado Teresa. Tal vez ella pueda hacer de árbitro —dijo Danco.

—Lo dudo —gruñó Tommaso.

—Tommi afirma que hoy no es un buen día para plantar escarola porque, dice, estamos en cuarto creciente. He intentado explicarle que no hay ni una sola prueba científica que acredite la influencia de la luna en la agricultura...

—Durante milenios, los campesinos han esperado al cuarto menguante para plantar escarola —lo interrumpió Tommaso—. Milenios. ¿Y tú te crees más listo que ellos?

—¡Ahí lo tienes! ¡Lo sabía! Estaba convencido de que saldría antes o después: la tradición. —Danco se puso de pie visiblemente enardecido—. En nombre de la tradición y hasta hace pocos decenios, la gente de estas tierras se echaba aceite en la cabeza para conjurar el mal de ojo. En nombre de la tradición, los hombres no han hecho otra cosa que destriparse unos a los otros.

Nos miraba a Tommaso y a mí alternativamente.

—Me alegra que te divierta el asunto —me dijo—, yo también reiría si no fuera la enésima vez que lo discutimos.

—Llámalo «experiencia» si lo prefieres —replicó Tommaso.

—Escucha: en primer lugar, ninguno de los honrados labradores a los que te refieres tiene una licenciatura en Física como yo.

—¡No acabaste la carrera! —intervino Corinne.

—Sólo me falta la tesina.

—¡Anda que no conozco a sujetos a quienes «sólo les falta la tesina»!

—En segundo lugar —prosiguió Danco, elevando la voz—, todavía estoy esperando que traigas una migaja de evidencia científica. Ahora, por suerte, tenemos a Teresa, ¿no? Tal vez en ciencias naturales le hayan hablado de alguna propiedad lunar que olvidaron mencionar en mi carrera.

Me encogí de hombros. No pensaba que esperaran realmente una respuesta, más bien parecían invitarme a participar en un juego. Puse la barbilla sobre el vapor del café.

—¿Y bien? —me apremió.

Tommaso me miraba como si estuviera recordando algo.

—Si no me equivoco, se dice que la luz de la luna penetra mejor en la tierra que la del sol y que eso ayuda a la germinación, pero no estoy del todo segura —dije.

—¡Ajá! —Tommaso se levantó de un brinco apuntando con el índice a su adversario.

Danco se retorció sobre la silla como si tuviera convulsiones.

—¿Penetra mejor? ¿Se puede saber qué mierda es esa penetración? ¡He ido a caer en un nido de brujos, joder! Si seguimos así acabaremos haciendo la danza de la lluvia. Teresa, tenía algunas esperanzas puestas en tu llegada. «Por fin una aliada», pensaba. Y resulta que ahora defiendes las fases lunares. ¡Penetración...!

—Al parecer es su especialidad —señaló Giuliana, provocando un silencio inmenso e inmediato.

Pensé que me desmayaba de vergüenza, no me atrevía a mirar a nadie, tampoco a Bern. Luego, ella misma añadió:

—¿Qué pasa? ¿No podemos gastar bromas?

Después de desayunar ayudamos a Tommaso a plantar las escarolas en el invernadero. La técnica me resultó tan pintoresca como ineficaz: formábamos bolas de arcilla con los dedos y las esparcíamos a voleo en las macetas.

—Para imitar el viento —me explicó Bern muy seriamente.

No parecía enfadado, sólo un poco triste. Al acabar, Tommaso se limpió las manos en los pantalones y dijo:

—No crecerán, ya lo veréis. Así la próxima vez me haréis más caso.

Se equivocaba: la escarola creció y yo seguía en la hacienda cuando tuvimos que trasplantarla al *food forest*; y también a principios de verano, cuando brotaron sus gruesos y carnosos cogollos. En su última llamada, mi padre juró no volver a dirigirme la palabra hasta que volviera a casa.

Excepto a él, no añoraba nada de mi vida anterior en Turín, pero no intentaba explicárselo a mi madre o a quien me buscara pidiendo motivos para justificar aquella espantada porque, sencillamente, no lo entenderían. Lo único que me importaba era acostarme cada noche con Bern, despertarme y hallarlo junto a mí, mirar sus párpados aún aletargados en aquel cuarto tan nuestro desde donde veíamos los árboles y el cielo. Y el sexo, sobre todo el sexo, deslumbrante y turbador: durante los primeros meses se adueñó de nosotros como una fiebre.

También estaba la dicha de contar por primera vez con amigos de verdad, casi hermanos y hermanas. Tardé un tiempo en habituarme al retrete seco exterior, a la falta de intimidad que comportaba, a la electricidad racionada, al asqueroso sabor del agua y a los turnos para limpiar, cocinar o quemar la basura, pero no consigo recordar las molestias. En cambio, recuerdo muy bien los largos ratos sentados bajo la pérgola bebiendo cerveza y jugando a las cartas.

Por otro lado, la nuestra era una horticultura del «no hacer»: no hacer aquello que la naturaleza podía suministrar por sí misma. Queríamos comprender y explotar al máximo su sabiduría y, sobre todo, queríamos regenerar, regenerar todo lo que le habían arrebatado a aquella tierra.

Danco era nuestro guía y además estudiaba nuestras personalidades una a una. En cierta ocasión hizo un complejísimo análisis de Tommaso basándose en su manía de abrir un nuevo tarro de mermelada antes de que el otro se hubiese acabado. Yo apenas entendí lo que dijo, pero Tommaso se quedó trastornado. Corinne salió a defenderlo.

—¿Ahora te fijas en lo que hacemos con los tarros? Eres un canalla.

Uniendo fragmentos de los diversos relatos reconstruí la historia de su llegada a la hacienda con Giuliana.

Bern estuvo cerca de un año viviendo allí solo, el período en que trabajó de forma intermitente para la abuela a cambio de clases particulares. Luego, Tommaso decidió unirse a él y llevó consigo a Corinne. «Nos aburríamos como ostras —decían cuando hablaban de aquellos meses—. Por suerte, llegaron Danco y Giuli.»

Los conocieron en la zona comercial de Bríndisi, donde Bern y los demás iban a hacer la compra porque en el supermercado de allí todo era más barato. Cada uno tenía su versión de lo ocurrido aquella tarde, y durante las primeras semanas en la hacienda pude oírlas todas. El encuentro en el aparcamiento del supermercado era ya legendario y, en cierto modo, lo fue también para mí. «Amor a primera vista», así lo describía Giuliana.

Ella, Danco y otros tíos cuyos nombres se mencionaron de pasada formaban un piquete en la puerta del establecimiento. Pararon a Bern cuando salía. «¿Puedo ver qué llevas ahí?», preguntó Danco. Tommaso y Corinne querían marcharse, pero él se dejó abordar y abrió la bolsa dócilmente. Mientras hurgaba en su interior, Danco preguntó: «¿Por qué compras todo esto? Pareces un buen tipo. ¿Puedo preguntarte a qué te dedicas?» «Me dedico a mí mismo», respondió Bern. «¿Y a qué más?» «A mí mismo y punto.» La respuesta sorprendió a Danco. Éste le explicó a Bern por qué el queso en envase de plástico era veneno, por qué el envase mismo era una abominación y cómo aquellos tomates cultivados en Marruecos, a miles de kilómetros, llevarían el planeta entero a la ruina. «¡Sólo eran unos putos tomates!», exclamaba siempre Corinne, un poco soliviantada.

«Te propongo algo —le dijo Danco a Bern—. Si he despertado tu curiosidad, pásate mañana por aquí, aunque sólo sea para decirme que lo mío no son más que pavadas y prefieres seguir ocupándote exclusivamente de ti. Si vienes, te traigo una cosa.»

Aquella tarde, en la hacienda, Bern no tocó la comida. Cuando regresó a Bríndisi, Danco lo esperaba solo en el aparcamiento con un ejemplar de *La revolución de una brizna de paja*; no el suyo, sino otro comprado esa misma mañana.

Volvieron a verse y Bern invitó a Danco a la hacienda. Éste aún no tenía un proyecto preciso, pero lo buscaba. Estaba en contacto con personas que practicaban nuevas formas de agricultura, en su mayoría desertores de la universidad como él. En cuanto vio el huertecillo de Tommaso lo tuvo claro. Así empezó todo. Yo llegué bastante tiempo después.

Danco nos leía cada noche fragmentos de aquel libro: «Esta paja, que parece pequeña y ligera, podría dar origen a una revolución humana tan profunda que transformaría el país y el mundo.»

Cuando acababa el libro le rogábamos que volviera a empezar desde el principio. Preferíamos los primeros capítulos, cuando Fukuoka descubre su misión tras una noche en vela, y le pedíamos que se saltara la tediosa sección sobre el cultivo del arroz porque ¿quién iba a plantar arroz en Apulia? Pero él se negaba, quería leer el texto entero, pues de lo contrario prescindiríamos de ideas muy valiosas. Lo que en realidad quería era poner a prueba nuestra adhesión a la causa.

Cuando llegaba el apartado de los Cuatro Principios recitábamos éstos a coro, riéndonos de nuestro fervor, aunque en el fondo creyéramos ciegamente en aquello.

—¡No arar! ¡No utilizar abonos artificiales! ¡No desherbar! ¡No depender de productos químicos! Nos veíamos como el origen de algo, el inicio de un cambio: cada instante poseía el halo de un nuevo despertar. Llevamos a cabo otras dos acciones. La primera, apostándonos en un vertedero ilegal durante la noche disfrazados con sábanas oscuras y aterrorizando a quienes llegaban con basura. Pero lo que más nos indignaba eran los impecables jardines con césped a la inglesa que había frente a las casas de alquiler, tan exquisitos como aberrantes. En la hacienda aprovechábamos cada centilitro de agua: incluso en los tórridos días de junio nuestras hortalizas debían medrar únicamente con la humedad del suelo; las llevábamos al límite, hasta permitir que se secasen si era necesario, porque lo considerábamos justo; aquella hierba ornamental, por el contrario, se regaba constantemente con el agua de la capa freática.

Llevábamos varios días vigilando una multipropiedad de Carovigno y sabíamos que aún no había inquilinos, sólo un campesino que iba dos veces por semana a comprobar que todo seguía en orden. El cuarto de mantenimiento no estaba cerrado con llave. Destrozar el cuadro eléctrico del riego nos pareció demasiado violento (aunque Giuliana insistía en ello), por eso Danco lo desmontó meticulosamente con un destornillador: sacamos la placa base, la rompimos y luego volvimos a montar el resto. Al final, el aparato parecía intacto.

Unos días después volvimos a echar un vistazo. El césped amarilleaba, otras cuarenta y ocho horas y se habría agostado por completo, pero el campesino debió de darse cuenta y solucionó la avería, porque en nuestra siguiente visita los aspersores funcionaban a toda máquina. La hierba había recuperado su color.

Las acciones se fueron espaciando con el transcurso de las semanas, tal vez porque no habíamos obtenido grandes éxitos, tal vez porque estábamos más interesados en nuestro propio proyecto dentro de la hacienda y menos en lo que ocurría más allá de sus confines. Si fuera éramos impotentes, al menos allí podíamos cambiar el mundo.

Giuliana consiguió semillas de Super Skunk y Tommaso las plantó al abrigo de la casa, rodeadas de toronjiles. La marihuana crecía espléndidamente cargada de flores viscosas que poníamos a secar a la sombra para luego mezclarlas con tabaco. Ganamos algo vendiendo parte a una conocida de Bríndisi. No era un gran negocio, pero nuestro objetivo no era hacernos ricos. «No necesitamos más dinero, sino más conocimiento», decía siempre Danco.

El dinero, sin embargo, era una obsesión: cuanto más lo despreciábamos, más tiempo pasábamos hablando de él. Cuando reducíamos nuestras exigencias (pasando a una cerveza más barata, por ejemplo), la batería del todoterreno nos dejaba tirados por segunda vez en pocos meses.

—Es una chatarra —decía Corinne.

—Mide tus palabras: este Willys combatió en la Segunda Guerra Mundial —respondía Danco.

Justo una semana después de cambiar la batería, a Giuliana se le cayó un empaste de las muelas y debíamos encontrar un dentista dispuesto a fraccionar el pago.

El único que tenía un empleo fijo era Tommaso: cada mañana iba en su moto al Relais dei Saraceni y a menudo no volvía hasta bien entrada la tarde. En ciertas épocas estaba tan agotado que prefería dormir allí. Ponía a nuestra disposición todo el sueldo, que le entregaba a Danco el mismo día del cobro. Jamás le oí una queja.

Agosto. Montañas de algas secas cubrían la playa de Torre Guaceto y cangrejos diminutos asomaban en la arena para luego desaparecer. Nos habíamos colado en una de las calas vedadas a los turistas porque ni éramos turistas ni las prohibiciones nos afectaban.

Danco propuso un ejercicio.

—Nos desnudaremos frente a los demás. Todos a la vez no, sería demasiado fácil. Uno a uno.

—Ni loca voy a desnudarme delante de ti —dijo Corinne.

Danco respondió con calma:

149

—¿Qué crees que esconde tu traje de baño? ¿Un misterio? Todos podemos imaginar lo que hay debajo: pura anatomía, nada más.

—Perfecto, pues sigue imaginándolo.

—Sólo es la percepción que tienes de tu propio cuerpo, Corinne. Te han hecho pensar que bajo esos centímetros de tela sintética se oculta algo absolutamente privado. Es el símbolo de tu estrechez mental: no existe la privacidad absoluta.

—¡Corta el rollo, Danco! Lo que tú quieres es verme las tetas.

—No, quiero que te liberes de prejuicios, que todos os liberéis.

Mientras hablaba se bajó el bañador hasta los tobillos. Quedó desnudo por completo, a contraluz, el tiempo suficiente para que nos familiarizásemos con su rojizo vello púbico.

—Mírame, Corinne —imploró luego—; miradme todos, ¡venga! No tengo nada que esconder. Si pudiera abrirme en canal y mostraros las tripas, lo haría.

Lo imitamos uno a uno; primero los chicos, luego las chicas. Los dedos me temblaban cuando buscaba el lazo en mi espalda; Bern vino a ayudarme. Dejamos nuestros bañadores sobre el manto de algas como jirones de una antigua piel. Pero conforme pasaban los minutos el rubor no disminuía, al contrario. Al final nos zambullimos en el agua turquesa.

—¡Corramos desnudos por la playa grande! —exclamó Giuliana, visiblemente eufórica.

—Llamarán a la policía.

—Si corremos no nos pasará nada —dijo Danco—. Pero tenemos que ir todos juntos, sin dejar a nadie atrás.

Cogimos los trajes de baño y trepamos por las rocas, luego nos precipitamos como salvajes a la larguísima playa llena de sombrillas. Pensé que no tendría fuerzas para llegar al extremo opuesto.

Los bañistas se apoyaban sobre los codos para vernos mejor, los niños reían escandalizados y hubo incluso algún silbido de aprobación. Corríamos a toda velocidad, Corinne y Giuliana a la cabeza, garbosas como avestruces. Me rezagué un poco y pude oír el comentario de un hombre a quien no distinguí entre la gente. Pronunció unas palabras que recordaría al cabo de varios meses cuando todo estaba ya desmoronándose:

—Pobrecitos, quién sabe qué pretenden demostrar.

Cosimo se presentó en septiembre y bajó del tractor dos bidones llenos de un líquido transparente. Bern lo invitó a sentarse y le ofreció vino. El trato era cordial pero distante, como si la simpatía mutua no bastara para borrar de la memoria su primer encuentro: la persecución por el campo, la piedra que arrojó mi padre...

Cosimo rechazó el vino con un ademán.

—Os he traído dimetoato —dijo—. Un verano como éste traerá millones de moscas. Los olivos que tenéis junto a la valla ya tienen las aceitunas agujereadas.

—Es usted muy amable —dijo Danco, levantándose—, pero puede llevarse esos bidones, no los necesitamos.

Cosimo se quedó atónito.

—¿Ya lo habéis echado?

Danco se cruzó de brazos.

—No, señor, no hemos fumigado nuestros olivos con dimetoato. En esta finca no somos partidarios de los insecticidas, los herbicidas ni los fungicidas de ninguna clase.

—Pero si no usáis dimetoato las moscas arruinarán vuestras aceitunas y luego irán a por las mías. Estropean el sabor del aceite. —Luego, incapaz de ocultar su rubor, añadió—: Todo el mundo lo emplea.

Bern debió de advertir mi propia incomodidad porque se acercó a Cosimo, cogió los bidones por las asas y dijo:

—Muchas gracias por tu amabilidad.

La voz firme de Danco lo hirió por la espalda como una flecha.

—Ni tocarlos, Bern. No quiero que esa porquería entre en nuestra casa.

Bern buscó los ojos de su amigo como queriendo decir que era sólo por cortesía, que no costaba nada, que bastaba con meter los recipientes en casa y luego no utilizarlos, pero Danco seguía firme. Se retiró murmurando:

—Gracias de todos modos.

Era una humillación. Cosimo, un campesino de cabello blanco y piel áspera, desairado, menospreciado por una banda de chiquillos presuntuosos. Corinne se quitaba algo de las uñas. Giuliana torturaba la piedra del mechero, minúsculas chispas saltaban de su mano ahuecada.

—Deja que te ayude —dijo Bern, agachándose de nuevo sobre los bidones, pero esta vez fue Cosimo quien lo detuvo con un movimiento brusco.

—Puedo apañarme solo.

Después de reponer los bidones sobre el tractor dio media vuelta y se marchó por el sendero salpicando barro con las ruedas, pero antes me disparó una mirada cargada de reproches.

—No hacía falta tratarlo de esa forma —dije en cuanto se perdió de vista; aún se oía el ronroneo hiposo del tractor.

—¿De verdad quieres aliñar tu ensalada con eso? —dijo Danco—. Su mejor propiedad organoléptica es ser cancerígeno, ¡que lo vierta en su pozo! ¡Que se lo beban él y su mujer!

—Sólo intentaba ayudarnos.

—Que tengas más suerte la próxima vez, Cosimo —dijo Danco alegremente.

Esperaba que alguien lo secundara, pero sólo Giuliana esbozó una sonrisa. Retomó la severidad y dijo:

—La gente como él seguiría utilizando DDT si lo vendieran en el súper. Lo impregnan todo de sustancias químicas sin saber qué clase de veneno llevan. ¿Os habéis fijado en su cara cuando he dicho «fungicidas»? ¡Ni siquiera conoce la palabra!

—¿Qué hacemos con las moscas? —preguntó Tommaso, depositando sobre la mesa un racimo de aceitunas aún pequeñas que había arrancado del olivo más próximo—. Se están agusanando.

Danco probó una aceituna.

—Preparemos una mezcla con nueve partes de miel y una de vinagre; en los cultivos biológicos llevan años haciéndolo.

Las moscas son atraídas por la miel y el vinagre las mata. Una trampa, básicamente.

Aquella misma tarde nos pusimos manos a la obra. Llenamos unas cincuenta botellas de plástico y las colgamos a diferentes alturas de las ramas de los olivos. Al acabar, el terreno parecía decorado para una fiesta. La luz lateral del atardecer prendió los cilindros como si fueran farolillos.

Después de cenar, Danco nos apremió para que recogiéramos la mesa y colocó en medio un rectángulo de cartón y una lata de pintura que había sobrado tras las últimas obras.

—Escríbelo tú —me dijo, alcanzándome un pincel—: LA HACIENDA: TIERRA LIBRE DE VENENO.

Quitamos el cartel de SE VENDE y con alambre enganchamos el nuevo letrero en la barra de hierro que cerraba el acceso. Allí aguantaría durante años, lentamente desvaído a causa del sol y la lluvia, cada vez menos legible con el paso de las estaciones, cada vez más incongruente, más falso.

Las moscas acudieron a las trampas. Vaciamos y rellenamos las botellas varias veces a lo largo del otoño. Habría aceite en abundancia, y cuando acabó nuestra cosecha de olivas trabajamos para otros. Íbamos a la plaza y batíamos a la competencia de las cooperativas con precios tirados: la mitad de lo que ellos pedían. Llegamos hasta Monopoli por el norte y más allá de Mesagne por el sur. Danco se hizo con un remolque gracias a unos viejos amigos y Tommaso consiguió reparar la deshojadora mecánica de Cesare. Debíamos de tener un aspecto más bien desaliñado y estrafalario cuando aparecíamos a las siete de la mañana para la faena. En la expresión de los propietarios siempre podía leerse la misma pregunta: «Y éstos, ¿de dónde habrán salido?» Éramos jóvenes, enérgicos, y estábamos bien compenetrados; al acabar la jornada solía caernos una buena propina.

A la hora del almuerzo, si no llovía, nos sentábamos bajo un árbol a comer los bocadillos que llevábamos de casa. Si el propietario no andaba cerca, Giuliana sacaba un porro y cuando reemprendíamos la tarea nos sentíamos livianos y estúpidos; reíamos sin cesar. Danco calculó que al final de la temporada habríamos recogido unas cien toneladas de aceituna.

Con el dinero ganado (al final, menos de lo que esperábamos) compramos unas colmenas de segunda mano y las abejas para poblarlas. Tras mucho debatir acordamos instalarlas cerca del cañaveral porque era un lugar alejado de la casa y protegido de la tramontana que, además, permitía aprovechar la fuente de agua para plantar flores. Pero la primera generación de abejas murió en menos de una semana. Por un atavismo espontáneo, Tommaso y Bern cavaron un hoyo y enterraron los cadáveres veteados ante la mirada glacial de Danco. No hubo oraciones, pero siguieron nuevas y muy acaloradas disputas en torno a los errores cometidos.

Bern tomó prestado un manual de apicultura sostenible de la biblioteca de Ostuni y lo estudió a conciencia para luego instruir a los demás en las técnicas de crianza. Funcionó. Danco subrayaba el éxito cada mañana cuando, con patente satisfacción, hundía la cuchara en el tarro de miel marrón. Giuliana pasó un tiempo llamándome sarcásticamente «la hadita de las abejas».

En febrero celebramos el primer aniversario de mi llegada. Se estableció como día fundacional aquel en que aparecí raspando el sendero con las ruedas de plástico de mi maleta. Mientras Danco pronunciaba su sentido discurso, a mí me costaba creer que ya había transcurrido un año.

Aquella noche bebimos mucho y Bern no pudo reprimir una confidencia. Habló de la época en que dormía solo en la torre del Scalo y cómo algunas noches el fragor del mar era tal que no lograba conciliar el sueño. Entonces se ponía los auriculares del *walkman* que yo le había regalado, subía el volumen a tope y se sentía seguro de nuevo.

«No lo cuentes —pensé mientras hablaba—, deja este secreto, sólo éste, para nosotros.» Pero él no se detuvo porque en la hacienda también se había abolido la propiedad privada de los recuerdos.

—Consumí cada centímetro de aquella cinta —dijo con voz pastosa y los labios teñidos de negro por el vino.

—¿Qué cinta? —preguntó Danco, receloso.

No le gustaba que alguien monopolizase la atención durante tanto tiempo.

—Una cinta de muchos artistas. Nunca supe el título. ¿Cuál era, Teresa?

—No lo sé —mentí—, era una miscelánea.

Bern continuó, embargado por las emociones.

—Había una canción que me gustaba especialmente. La escuchaba, rebobinaba la cinta y la volvía a escuchar. Llegué a saber cuántos segundos tenía que apretar el botón para llegar al principio.

Con los ojos entornados y una beatitud inerme dibujada en su rostro, entonó la melodía. No lo oía cantar desde los primeros veranos en la hacienda y me hubiese gustado que siguiera, pero Corinne lo interrumpió.

—¡La conozco! Es de la tía esa... ¿cómo se llama? ¿Cómo era, Teresa?

—No me acuerdo.

Danco prorrumpió en una de sus estridentes carcajadas.

—¡Sí, hombre, la pelirroja del piano!

Notaba los ojos de Tommaso observándome mientras yo miraba a Bern suplicando para mis adentros que no se callara ahora, que dijera algo antes de que los demás triturasen aquel recuerdo.

Guardó silencio, era incapaz de devolverme la mirada. Luego, Danco dijo:

—¡Que historia tan patética!

Bern tragó el vino y le dedicó a aquel hermano reciente, su nuevo y supremo guía, una modesta sonrisa cargada de sumisión.

En primavera regresé a Turín por primera y única vez. Bern se opuso al viaje, pero tenía que hacerlo: llevaba meses sin ver a mis padres. Cuando se dio cuenta de que no podría disuadirme, me hizo una advertencia:

—Vuelve, que no te convenzan de lo contrario. Contaré cada minuto.

En el tren me sobrevino el miedo. Llegué a Turín con la certeza de que mi padre usaría la fuerza, me maltrataría y me encerraría en casa, aislada como una yonqui, el mismo procedimiento cruel que los padres de Corinne habían empleado con ella. Avancé por el andén y crucé los resonantes vestíbulos de la estación ya deshabituada a las multitudes. Las piernas me temblaban sólo de pensar en verlo. Pero nada de esto ocurrió: sencillamente no estaba. Mi madre me dijo que lo había preferido así.

—¿Qué esperabas, Teresa? ¿Una fiesta de bienvenida?

Almorzamos juntas y fue muy extraño. Vi detrás de ella la caja de galletas para el desayuno, la caja de lata que llevaba toda la vida en aquella repisa y que seguramente seguía conteniendo las rosquillas favoritas de mi padre. Cuando yo era niña las apilaba de tres en tres en sus meñiques y luego las mordisqueaba haciendo unas muecas que me parecían graciosísimas.

En un par de ocasiones intenté desviar la conversación hacia la hacienda. Me hubiese gustado decirle que habíamos comprado gallinas y ahora teníamos huevos frescos cada mañana; tal vez la próxima vez pudiera traer algunos y además mermelada de moras. Quería contarle que habíamos ahorrado dinero para adquirir paneles solares y que a partir de la semana siguiente contaríamos con electricidad durante todo el día, energía limpia y gratuita, toda la que necesitáramos. Quería hablarle de todo aquello y también confesarle que las peroratas de Danco a veces me abrumaban, me volvían insignificante, como si careciese de una opinión propia.

Y quería hablarle de Bern, sobre todo de él. Si me escuchase, aunque fuera sólo un segundo, se dejaría cautivar por él y después lograría que mi padre entrara en razón y cediese en su absurdo mutismo resentido. La situación que ahora le parecía extravagante sería de lo más normal, como lo era para mí. Pero nada de esto salió de mi boca: comí deprisa y me batí en retirada para refugiarme en mi cuarto.

Mi cuarto, tan acogedor e infantil. La pared cubierta de fotos ya sin sentido, los libros de la universidad amontonados sobre el escritorio. ¿De verdad los había dejado así o eran otra añagaza de mis padres? La casa estaba plagada de trampas sentimentales: miel para atraer las moscas, vinagre para matarlas. Me regalé un largo baño acosada por la voz de Danco, que me censuraba el derroche. Cada vez más a menudo hablaba en mi cabeza como una nueva conciencia severísima e implacable. Pero el agua estaba templada, olía a lavanda y mi cuerpo se fundía dulcemente en el calor. Me entregué a aquella sensación.

Descalza y con el pelo recogido en una toalla cogí del estante el libro de Martha Grimes que la abuela me había enviado años antes a través de mi padre; me senté en el suelo con la espalda contra el armario y lo hojeé de cabo a rabo. Encontré una nota en el centro. Reconocí la letra de la abuela, la misma con que comentaba en los márgenes los ejercicios de sus alumnos. Decía: «Querida Teresa: Llevo un tiempo dándole vueltas al asunto. Tenías razón: aquel día en la piscina confundí la palabra "infeliz" con su contrario.» El mensaje continuaba en el dorso: «A lo largo de mi vida he visto cómo muchas personas cometían el mismo error y no me perdonaría que tú también lo hicieras, al menos por mi culpa. He visto a tu Bern en la hacienda. Pensé que te gustaría saberlo. Ni una palabra a nadie, ¿vale? Con cariño, la abuela.»

Lloré un rato tras leer la nota, de rabia sobre todo. ¿Por qué había escogido una forma tan complicada de comunicarse conmigo? ¿Había leído tantas novelas policiacas que creía ser uno de aquellos personajes? Pero también lloré por el inesperado alivio de saber que la abuela no me había traicionado; porque con aquellas palabras descubiertas al cabo de tanto tiempo aprobaba la vida que yo había elegido.

De repente me pareció estúpido hallarme en aquel lugar. ¿Qué estaba haciendo en una habitación que exudaba todo mi antiguo egoísmo? Era una persona distinta de la que habían criado en aquel sitio, tenía que volver a la hacienda lo antes posible.

Le pedí a mi madre la maleta más grande que tuviera y prometí devolvérsela. «Por correo», añadí, para que no fantaseara con un posible retorno. Metí toda la ropa que no pudiera avergonzarme ante Corinne y los demás, descarté las prendas de marca. Al día siguiente estaba de nuevo en el tren con el ánimo recobrado: mi vida pertenecía a Speziale, sólo mi fantasma se había alejado de la hacienda para regresar al norte. Y poco me importaba no haber visto a mi padre: él lo había querido. Intenté distraerme leyendo el libro de la abuela, pero tenía demasiadas cosas bullendo en la cabeza. Al final me rendí y contemplé el paisaje por la ventanilla hasta que cayó la noche.

Por fin contábamos con electricidad. Construimos un gallinero portátil para llevar las gallinas a los terrenos que queríamos abonar. Disponíamos de hortalizas todo el año y éramos casi autosuficientes desde el punto de vista hídrico. Teníamos una sartén solar para preparar huevos revueltos y unos pequeños cilindros de cerámica para purificar el agua de lluvia, un invento japonés descubierto por Danco.

Y, aun así, tendría que haber percibido las hostilidades que se gestaban sordamente bajo la superficie. Giuliana y yo apenas nos dirigíamos la palabra. La instintiva antipatía del primer momento no se había atemperado, al contrario, se reforzaba día tras día: un año después de mi llegada seguía tratándome como a una intrusa. Danco consolidaba su papel de líder y muchos de nosotros (o sea, todos excepto Bern) oscilábamos entre la adoración y el hastío ante su poder.

Pero los más preocupantes eran Corinne y Tommaso, que vivían transitando de la rabia mutua al apego enfermizo. Cada vez más a menudo, Tommaso pasaba la noche en el Relais dei Saraceni y Corinne se negaba a cenar con nosotros: se encerraba en su habitación a solas y en ayunas hasta el alba. Un día, a finales de agosto, me abordó por sorpresa. Estábamos fregando las tazas del desayuno.

—¿Cuántas veces lo hacéis Bern y tú? —preguntó de repente.

La entendí perfectamente, pero quise ganar tiempo.

—¿El qué?

—¿Más de una vez a la semana o menos?

Tenía la vista adherida a la pila de tazas.

—Más o menos, sí.

—¿Más o menos cuánto? ¿Una vez a la semana?

Estuve a punto de decirle que mucho más, pero presentí que le haría daño.

—Sí.

Corinne se dio la vuelta de golpe, juntó las cucharillas de la mesa en un mazo y las arrojó contra las tazas. Con cautela añadí:

—Tommaso trabaja mucho...

—¿De qué vas? ¿Me estás consolando? ¿Quién cojones te crees que eres? —Agarraba con las dos manos el borde del fregadero—. Y podríais hacer un poco menos de ruido vosotros dos. ¡Es repugnante! —Abrió el grifo al máximo, pero lo cerró un segundo después—. ¡Y esa imbécil de Giuliana! ¡Que se lave ella su taza! Le he dicho mil veces que no apague las colillas dentro. ¡Sois un hatajo de guarros!

Desayunábamos bajo la pérgola, como de costumbre; sólo faltaba Tommaso. De pronto oímos los gritos, tres, muy seguidos. El primero en levantarse fue Bern: corrió hacia la parte trasera de la casa y cruzó el olivar a toda velocidad. Tenía un objetivo claro, como si supiera perfectamente qué había sucedido, como si lo hubiera visto. Danco saltó de inmediato y yo fui tras ellos. Corinne tenía los ojos como platos. Un vacío absoluto se dibujó en su rostro y durante unos instantes quedó paralizada; luego también se levantó y corrió en la misma dirección que nosotros, detrás de Bern. Giuliana, en cambio, no se movió hasta que llegamos sujetando el cuerpo desfigurado de Tommaso. Corinne lloraba histérica y Bern todavía llevaba el mono de apicultor, blanco de los pies a la cabeza.

Lo hallamos de rodillas, la cabeza rodeada por nubes de abejas que zumbaban frenéticas y que él intentaba espantar con los brazos segundos antes de caer desmayado. Llevaba una camisa de manga corta a cuadros rojos y azules con los botones abiertos hasta el ombligo. Las abejas no le daban cuartel, estaban desorientadas, como si les costara creer que habían abatido a un animal tan grande.

159

Bern impidió que nos acercásemos. Corrió al cobertizo y volvió con el mono puesto. Apartó con la mano las abejas pegadas al pelo, la ropa y el cuerpo de Tommaso. A su espalda, como un telón de fondo, se perfilaban las vistosas colmenas y la espesura sibilante del cañaveral. Me hubiera gustado taparle la boca a Corinne para que dejara de gritar.

Bern arrastró a Tommaso hasta nosotros sujetándolo por las axilas. La piel se le inflamaba por momentos, como si las abejas se hubieran alojado dentro y ahora empujasen para salir. Tenía una doble nariz, diez párpados, los labios deformados y un pezón irreconocible entre otros bultos. Cuando lo tuvo delante, Giuliana, aún inmóvil, puso una cara que avivó en los demás un horror no del todo asumido.

Conduje hasta el hospital de Ostuni haciendo caso omiso de los semáforos o las prioridades del tráfico. A mi lado, Corinne miraba hacia delante sin pestañear; ya no lloraba, pero era incapaz de articular palabra. Bern y Danco habían colocado a Tommaso en medio del asiento trasero. Antes de que saliéramos escopetados, una meteórica Giuliana les dio el cuchillo usado para cortar el pan. «¡Ajo! ¡Trae ajo!», exclamó Bern, y ella, después de buscarlo inútilmente, también lo consiguió. Ahora, Bern raspaba la piel de Tommaso con la parte lisa de la hoja para extraer los aguijones. Después de pelar un diente de ajo, Danco dijo:

—¿Estás seguro? Me parece una tontería de campesinos.

—¡Frota y calla!

¿Cuántas picaduras? ¿Veinte? ¿Treinta? «Cincuenta y ocho», nos dijeron en el hospital. Lo habían picado incluso en el cuero cabelludo y dentro de las orejas. Dentro de los calzoncillos estaban atrapadas varias abejas que escaparon volando cuando lo desvistieron sobre la camilla. Todo esto nos lo contaría Bern más tarde, porque fue el único que traspasó las puertas batientes de urgencias. Seguía con el mono puesto.

Los demás, mientras tanto, nos esmerábamos en mentir sobre el accidente: «No, no tenemos un colmenar, se necesita un permiso, claro que lo sabemos... Tommaso ha caído sobre un panal cuando limpiaba un canalón... Un buen nido, sí, señor, nosotros tampoco habíamos visto uno tan enorme...»

Al cabo de unas horas nos dijeron que estaba fuera de peligro, pero sedado, y que iban a dejarlo en observación. Pasamos todo el día y gran parte de la noche en la sala de espera, sentados en las sillas de plástico atornilladas al suelo, bajo los neones. Cuando todo acabó y volvimos a estar juntos bajo la pérgola, Danco arremetió contra Tommaso.

—¿Se puede saber qué coño hacías?

—Salieron de repente.

—¡Y un cuerno! No nos tomes el pelo, Tom. ¿Metiste la mano en la colmena? ¿Qué te proponías?

—No metí la mano en la colmena.

—¡Tenías la camisa desabrochada!

—¡Basta, Danco, déjalo en paz! —interrumpió Bern. Había recuperado la voz inflexible de antaño, esa voz que, siendo él todavía un chiquillo, desafió a mi padre en el umbral de casa. Danco obedeció.

Había más olivas que recoger, quintales y quintales. No paraba de llover, las redes estaban enfangadas, las botas estaban enfangadas, incluso mi pelo estaba enfangado. El interior de la casa apestaba a huevo podrido y nadie supo averiguar por qué. El obligado enclaustramiento nos volvía intransigentes y agresivos; además, estábamos cansados, muy cansados.

Bern pasó diez días en cama con la espalda agarrotada. Se dejó crecer la barba.

—¿Es para emular a Danco? —pregunté, asustada.

—No, es para retener el olor que te sale de ahí abajo.

No entendí si hablaba en serio o si me estaba tomando el pelo.

Las trampas de Danco fallaron aquel año; quizá las moscas habían corrido la voz. Tras una virulenta discusión votamos a favor de comprar dimetoato, pero ya era tarde. La cosecha fue pobre y el aceite, pésimo: no vendimos más de treinta litros e incluso a nosotros nos desagradaba usarlo.

La plaga fue una calamidad, pero no podía decirse lo mismo de los paneles fotovoltaicos. Una mañana nos despertamos sin electricidad. Cuando fue a echar un vistazo a la instalación, Danco descubrió que alguien había embadurnado las placas con un amasijo de tierra y pegamento. Pasamos horas pensando en quién podría ser el responsable del sabotaje: nos habíamos ganado muchos enemigos acaparando el trabajo en el campo, vendiendo aquí y allá nuestros productos. El viejo generador no funcionaba y tampoco nos esforzamos mucho en arreglarlo. Por primera vez nos dominaba un terrible malestar.

Corinne tuvo un ataque de nervios. Tommaso tardó casi una hora en tranquilizarla mientras ella le repetía sin cesar:

—¿Te harás cargo de esto? ¿Me vas a dejar así, con el pelo mojado y el frío que hace? ¿Precisamente ahora?

Bern me llevó esa noche a nuestro cuarto y me dijo:

—Tenemos que pedirle ayuda a Cosimo. Habla con él. Pregúntale si podemos conectarnos a su cuadro eléctrico hasta que hayamos resuelto todo esto. Dile que le pagaremos el consumo extra.

—No aceptará, ¿no recuerdas cómo lo tratamos?

—A ti no te negará nada: sentía un gran afecto por tu abuela.

—No, Bern. No me hagas ir, por favor —le supliqué.

—Tommaso te acompañará —dijo, acariciándome el cuello con una cierta rudeza, como si fuera el de un animal—. Más vale que Danco no sepa nada.

Decidí que era mejor ir sola. En algún sitio debía de arder una hoguera, porque el aire olía a quemado. Llamé a Cosimo y Rosa. Desde donde me hallaba apenas se veía la caseta, pero estaba segura de que me oían. En noches tan silenciosas hasta podían oírse los brincos de los sapos en el prado. No hubo respuesta.

El muro era demasiado alto para trepar, así que volví a la hacienda y caminé por la linde entre ambos terrenos hasta el punto exacto donde se habían colado los chicos muchos años atrás. Metí los pies en dos huecos de alambrada y ésta se dobló por el peso. Crucé al otro lado con la linterna en el bolsillo trasero del pantalón apuntando vanamente hacia el cielo.

Llamé a la puerta de la caseta y Rosa la abrió. Se ciñó los bajos de la bata, echó un vistazo por encima de mi hombro y luego me invitó a pasar. Cosimo veía la televisión sentado en una poltrona. En cuanto me vio intentó arreglarse el escaso cabello que conservaba y que el respaldo había despeinado.

Le conté el percance de las placas solares sin mencionar que alguien las había estropeado a propósito. ¿Sería posible conectarnos a su corriente durante un tiempo? Sólo el necesario para resolver el problema...

—Esto es tuyo —dijo con gravedad—, pero necesitas cientos de metros de alargador.

—Creo que con los cables de los paneles tendremos bastante; si no, los empalmaremos con otros.

Alzó los ojos con una benevolencia que yo no esperaba.

—Ya eres toda una mujer —dijo—. Creo que tenemos unos cuantos metros de cable en el sótano.

—Gracias, te pagaremos.

Estaba ya a punto de irme cuando Cosimo me cogió de la mano.

—Teresa, ha llegado la hora de decidir qué se hace con la finca. Rosa y yo nos encargamos del mantenimiento, pero acabará deteriorándose si continúa deshabitada. Y nosotros no podemos seguir haciéndolo gratis.

—Está bien —respondí, pero sólo porque quería volver cuanto antes con mis compañeros.

Rosa había llenado una cesta con tarros de conserva.

—Hechas a mi manera —dijo—, espero que os gusten.

Cosimo me acompañó hasta la verja.

—Esos muchachos —dijo cuando llegamos a la entrada—, sobre todo el del pelo rizado...

—Danco.

—No es asunto mío, pero tú eres una chica como Dios manda, Teresa. Ellos son diferentes, se han criado con raíces demasiado cortas... Más pronto o más tarde, un golpe de viento los arrancará del suelo y se los llevará volando.

Pero Cosimo no sabía lo que nosotros sabíamos: que las plantas cuidadas en macetas no se adaptan a la nueva tierra si tienen largas raíces enroscadas; las de raíces libres, en cambio, sí arraigan cuando las trasplantas jóvenes en invierno. Como nosotros.

—Mañana por la mañana traeremos el cable —dije—, no tienes que preocuparte de nada.

Asintió. En la penumbra parecía más viejo.

—Buenas noches, Teresa.

Al cabo de unos días confesé a los demás que era la dueña de la finca. No los invadió la ira, como yo suponía, sino más bien una extraña sorpresa. Reflexionaron durante un rato hasta que habló Danco:

—¿Cuánto ofrece Cosimo?

—Ciento cincuenta mil euros.

—Esa casa vale mucho más.

—Creo que no tiene más.

—Ése es su problema.

—¿Qué quieres decir?

Giuliana abortó mi pregunta:

—¿Cuánto más, Danco?

—Por lo menos el doble a ojo de buen cubero.

—¿Ahora también eres experto en bienes inmuebles? —dijo Corinne para provocarlo.

Danco no le hizo caso.

—Está deteriorada, pero es antigua. Además, ¿cuánto terreno tiene?, ¿unas tres hectáreas?

Sacudí la cabeza: no tenía ni idea.

—Nos ha dado electricidad —dije, adivinando adónde quería llegar.

—Pero se la hemos pagado.

—Se lo he prometido.

—¿Te parece el tipo de asunto en que las promesas tienen valor?

Miré a Bern en busca de ayuda, pero él dijo:

—Si tu abuela hubiera querido dejarle la casa, lo habría hecho.

—¿Y toda esa bonita historia de abolir la propiedad privada? Danco me dedicó una sonrisa compasiva.

—Puede que hayas malinterpretado algunas nociones, Teresa. Hay una diferencia fundamental entre vivir de forma sostenible y actuar como necios. No somos una cuadrilla de pánfilos de quienes la gente puede aprovecharse.

La agitación se difundía por el grupo, lo notaba.

—¡Mira qué calladito se tenía Teresa su tesoro! —dijo Giuliana en voz baja.

Hoy no sabría explicar exactamente cómo me arrastraron a todo lo que siguió, estaba tan indefensa, tan confusa... Nos pusimos en contacto con una inmobiliaria de Ostuni y un agente fue a visitar la finca. Mientras lo fotografiaba todo y me hacía preguntas a las que no sabía responder, Rosa observaba la escena plantada en el umbral como si de repente se le negara el acceso a la casa que llevaba cuarenta años cuidando. Cosimo no se dejó ver. El agente me preguntó qué pensaba hacer con los muebles: no estaban en perfecto estado, pero podía valorarse la opción de venderlos en bloque. Luego inspeccionó la caseta.

La agencia recibió una oferta de Cosimo: ciento sesenta mil euros. Mientras discutíamos si la aceptábamos llegó la propuesta de un arquitecto milanés: ciento noventa mil.

—¿Lo sometemos a votación? —preguntó Bern.

Todos me miraron, así que dije:

—Claro, desde luego...

Unas semanas después me reuní con el arquitecto en el despacho del notario. Mientras me tendía el contrato para que lo refrendara, dijo:

—La finca de su abuela es magnífica, seguro que le cuesta desprenderse de ella. Le prometo que la restauraré respetando su esencia.

—Se lo agradezco —murmuré.

Bern me acompañó al encuentro, pero no quiso entrar; me esperaba en un bar.

165

—Esta tierra es una bendición —dijo el arquitecto; luego, alzando la vista, añadió—: ¿Qué me dice de los guardeses? ¿Son de fiar? Había pensado en mantenerlos.

Pero Cosimo y Rosa se marcharon al cabo de pocos días. La policía apareció en la hacienda una semana más tarde. No me extrañó cuando la agente, una joven poco mayor que nosotros con una coleta que le asomaba por debajo de la gorra, nos informó de que se había notificado nuestra presencia irregular en aquel sitio. ¿Qué otra cosa cabía esperar? Tommaso y yo vimos cómo hojeaba un cuaderno extraído del bolsillo interior de la chaqueta.

—Son seis en total, ¿verdad? Les agradecería que llamaran a los demás.

Ya reunidos bajo la pérgola nos pidió los documentos de identidad.

—¿Y si nos negamos?

—Tendrían que acompañarnos a la comisaría para las averiguaciones pertinentes.

Así que cada pareja subió a su cuarto en busca de los documentos que, pese a todo, certificaban nuestra pertenencia a la sociedad.

—¿Nos van a detener? —le pregunté a Bern en el poco tiempo que estuvimos a solas.

Me dio un beso en la sien.

—No digas bobadas.

La agente apuntó los datos de cada uno. Su compañero, más viejo y más circunspecto, se alejó. Giuliana lo escoltaba inventándose excusas para apartarlo del rincón donde crecía la marihuana; con tal de distraerlo, lo invitó a probar un rábano que arrancó de la tierra y que acabó por comerse ella misma, tal vez para mostrar que no había nada pintoresco en su oferta.

Pero más exasperante que la espera fue advertir la absoluta indiferencia que suscitaba en los visitantes aquel lugar, un lugar que para nosotros era portentoso. La agente preguntó si alguien podía aducir algún derecho a ocupar la hacienda. Bern dio un paso al frente.

—Tenemos la autorización de su propietario.

Ella volvió a hojear el cuaderno.

—¿Se refiere al señor Belpanno?

—Es mi tío.

Era la primera vez desde mi llegada que oía a Bern reconocer el lazo de sangre que lo unía a Cesare.

—Esta misma mañana he hablado con el señor Belpanno por teléfono: no sabía que hubiera gente viviendo aquí. Según ha declarado, la propiedad está en venta y debería estar vacía. ¿Ustedes quitaron el letrero?

—No había ningún letrero —mintió Danco.

La policía anotó aquello en el cuaderno. Pensé que lo emplearía en el atestado instruido contra nosotros. Súbitamente me cayeron encima las admoniciones de mis padres, que llegaron volando desde Turín.

—¿Traen al menos una orden judicial? —preguntó Giuliana en tono agrio.

—Esto no es un registro, señorita —replicó la agente con calma—. En cualquier caso, si hubiera una orden no tendríamos la obligación de enseñársela a usted tal y como están las cosas.

—Hay un malentendido —intervino Bern con su voz más cristalina—; déjeme hablar con mi tío y se lo demostraré.

—El señor Belpanno ha pedido que se desaloje la propiedad en el plazo de una semana, de lo contrario presentará una denuncia. —Dejó el cuaderno sobre la mesa.

A partir de aquel momento su voz se volvió más amable, como si quisiera manifestar que, en cierto modo, estaba de nuestra parte.

—Tenemos fotos. Hay pruebas de una toma ilegal de corriente eléctrica desde un poste de alta tensión, una instalación también ilegal de placas fotovoltaicas que probablemente podría ver yo misma si me diera una vuelta por ahí —señaló en la dirección correcta—, un colmenar no declarado y además una plantación de marihuana.

—«Plantación» me parece excesivo —la corrigió el incauto Tommaso.

Todos nos volvimos hacia él.

Ella fingió no haber captado aquella admisión de culpa.

—Les aconsejo que no quede nadie cuando regresemos dentro de una semana.

Observó a Bern furtivamente y algo pareció sorprenderla. Corinne, entretanto, se había escabullido hasta el interior de la casa. Salió con dos tarros de miel y los dejó sobre la mesa frente a los policías.

—Total, si ya lo saben... Son de una mil flores de cosecha propia.

—¿Ahora intentas sobornarlos con miel? —le preguntó Danco, irritado—. Hace falta ser idiota...

—Estoy segura de que es estupenda, pero no podemos aceptarla —dijo la agente, que entonces miró a Bern—. Me acuerdo de usted —dijo—. Estuvimos hablando de aquella chica. Éste es el sitio, ¿verdad?

Lo dijo, pero yo estaba sorda, deliberada y obstinadamente sorda.

—Se equivoca —respondió él con la mirada fija—, nunca antes nos habíamos visto.

Al cabo de unos minutos volvíamos a estar solos, los seis, bajo nuestra pérgola, frente a los muros de nuestro hogar, rodeados por nuestra tierra, por todo lo que era nuestro y en un santiamén había dejado de pertenecernos.

Bern puso seis cervezas sobre la mesa, pero nadie se molestó en coger la suya.

—Vamos, que no es para tanto.

—Parece que todo esto te resbale —le espetó Danco.

—Tenemos el dinero que ha obtenido Teresa por la venta de la finca. Podemos comprarle la hacienda a Cesare. Está en venta, ¿no? Se han terminado las argucias.

—¿Y cuánto pide ese Cesare? —preguntó Danco con escepticismo.

—Aceptará lo que le ofrezcamos, sobre todo tratándose de nosotros.

—Pues a mí no me parece que tu tío te tenga precisamente mucho cariño...

Después de firmar el contrato anuncié que el dinero era para todo el grupo, noticia que acogieron con una ovación afectuosa. Más tarde, Bern, con la cara apoyada en mi nuca, dijo: «Estoy orgulloso de ti.» Desde aquel día, el dinero se gastaba con una parsimonia aún mayor que antes, como si poseer una gran cantidad lo sacralizara, como si cada uno de nosotros estuviera íntimamente asustado por lo que aquella inmerecida fortuna podía cambiar entre nosotros.

Bern propuso someter a votación la compra de la hacienda.

—Que levante la mano quien esté a favor de poseer de verdad esta tierra, para siempre.

Levanté la mano, pero fui la única aparte de Bern.

—¿Y bien? —preguntó él—. ¿Qué significa esto?

Corinne se decidió a agarrar una cerveza, la abrió nerviosamente con el mechero, bebió un trago y la sujetó con las dos manos.

—Nosotros tenemos algo que anunciar —dijo—. Pensábamos hacerlo en otro momento, pero visto lo visto qué más da. Tom y yo nos vamos. Estoy embarazada.

Levantó la botella como proponiendo un brindis lastimoso. Tommaso estaba lívido.

—¿Cómo que embarazada? —preguntó Bern, anonadado.

—¿Hace falta que te lo explique?

Bern no prestó atención al sarcasmo porque lo asaltó la ternura.

—¡Embarazada! ¡Qué gran noticia! ¿Os dais cuenta? Empieza una nueva época. Vendrán más niños. Teresa, Danco, Giuliana..., ¿os dais cuenta? Tenemos que darnos prisa. Crecerán todos aquí, juntos.

El bucólico edén que estaba imaginando le sacudía todo el cuerpo. Se puso detrás de Tommaso y de Corinne y los abrazó, luego los besó en las mejillas.

—¡Embarazada! —dijo de nuevo sin advertir que Tommaso estaba al borde del llanto.

—¿De cuánto estás? —preguntó Danco.

—De cinco meses —respondió Corinne, mirándonos uno a uno.

Bern estaba fuera de sí.

—¿Y a qué esperabais para decírnoslo? Ya no hace falta votar. Compraremos el terreno, lo convertiremos en el sitio ideal para los niños. Tendrán muchos tíos, tías y hermanos.

Corinne se lo quitó de encima.

—¿No me has oído? He dicho que nos vamos, Bern. Nos vamos. ¿Crees que voy a criar a mi hijo aquí? ¿Para qué? ¿Para que pille la tuberculosis?

Bern necesitó unos segundos para procesar la información que nosotros habíamos captado desde el principio y que los hombros lánguidos de Tommaso seguían reiterando.

—Os vais —dijo.

Corinne se toqueteaba el pendiente.

—Mis padres han encontrado un apartamento en Tarento, así estaremos cerca de ellos y nos podrán echar una mano. No es muy grande, pero está en el centro —dijo.

—¿Y nosotros? —preguntó Bern.

Corinne perdió la paciencia.

—¡Dios mío, Bern! A ti te falta un tornillo, ¿no?

Pero él ya no la oía, escrutaba a su hermano esperando que éste le devolviera la mirada. Sin embargo, cuando pronunció su nombre, primero en voz baja, luego un poco más alto, Tommaso ni se inmutó.

Bern volvió a sentarse a mi lado. Se bebió la cerveza en silencio, luego se dirigió a Danco.

—Todo indica que la decisión está en nuestras manos.

Danco resopló.

—No tiene sentido comprar esta casa. Está en mal estado, ¿no lo ves? La tierra no es buena, hay que partirse el lomo para trabajarla.

—¿Qué dices? Parece que hayáis perdido el juicio. Tenemos el *food forest*, las gallinas, las abejas, todo...

Danco sacudió la cabeza como si estuviera librando una batalla en su interior.

—La policía, Bern. No quiero tratos con esa gente. Además, ya has visto cómo está la cosa con los panales y el cabronazo de Cosimo. Aquí nadie nos quiere.

—¿Y desde cuándo importa eso?

Cogí una mano de Bern: estaba fría y los dedos le temblaban. La apreté.

Danco se limpió las palmas en los tejanos.

—¿Tú qué opinas, Giuli? —dijo—. Creo que ha llegado el momento de largarse.

Ella respondió con un chasquido de lengua que dejó clara su total conformidad. Bern asistía impasible al motín. Pero Danco tenía algo que añadir:

—Creo que no sería justo repartir el dinero de la finca a partes iguales, al fin y al cabo era de Teresa. Pero todos deberíamos llevarnos algo, ¿no? Una especie de finiquito. Todos hemos trabajado e invertido aquí. ¿Qué opinas, Teresa? Tú propusiste que ese dinero fuera a la caja común. Obviamente, a la luz de los acontecimientos podrías echarte atrás y cambiar de opinión, pero... Todos hemos aportado algo, vaya.

Por mucho que se esforzara no lograba expresarse con su lucidez habitual, esa objetividad que le habían proporcionado los estudios científicos.

—Propongo que quien se marche reciba veinte mil euros y se conforme con esa cantidad. Veinte mil por barba —se apresuró a precisar—. El resto será para Bern y Teresa. Unos cien mil. Debería ser suficiente para comprar la hacienda.

—¿Se te acaba de ocurrir? —preguntó Bern con una dureza que nunca había usado con él.

—¿Eso cambia algo?

—¿Lo acabas de pensar o ya tenías el cálculo hecho?

Danco suspiró.

—Bern, las personas tampoco son una propiedad.

—No me vengas con discursitos morales.

Danco resopló.

—Como quieras. Bueno, Teresa, ¿tú qué dices? ¿Estás de acuerdo?

—Teresa está de acuerdo —dijo Bern por mí; yo seguía apretando su mano.

—Bien. ¿Qué os parece si brindamos por este aumento de la población mundial? Con un buen vino, eso sí.

Bern se calmó durante el resto del día. Chocó su vaso con los de todos los demás, incluido el de Danco. Fingimos festejar un nuevo principio, la forja de algo y no sé qué más; sin embargo, en el fondo todos sabíamos que aquel brindis sellaba el final de una época, el final de las noches reunidos bajo la pérgola, tal vez incluso el de una amistad; el fin de un sueño opaco que para ninguno de nosotros, con la única excepción de Bern, podía cumplirse de veras y luego durar.

Aquellos días... una venenosa desazón se apoderó de Bern. Pasaba mucho tiempo con Tommaso, tan afectado por la inminente separación como lo había estado años antes en el Scalo, aunque esta vez algo había cambiado entre ellos. Paseaban juntos. Sólo en una ocasión los sorprendí abrazándose entre las gruesas matas de col que moteaban el *food forest*, pero esta vez no sentí envidia, sólo una enorme pena por ambos.

El reparto de la ropa entre las chicas se efectuó sin querellas: cada una recuperó lo que en un principio era suyo como si durante todo aquel tiempo sólo hubiéramos mezclado nuestros juguetes a la manera de las niñas en una fiesta. Nos intercambiamos prendas y bromeamos sobre cuáles no podría ponerse Corinne.

Los primeros en irse fueron Danco y Giuliana. Iban al sur, no sabían exactamente adónde. Frente al todoterreno cargado hasta los topes, Danco le propuso por última vez a Bern que lo acompañara. Contuve la respiración antes de la respuesta temiendo que el desconsuelo del momento lo indujera a aceptar. Pero estrechó la mano de su amigo y dijo:

—Si me voy de este lugar moriré. Ahora lo tengo claro.

Nos quedamos él y yo solos cuando sólo quedaban dos días para que se agotara el plazo dado por la policía. Nos sentamos en el banco bajo la encina. Nadie lo había usado en mucho tiempo porque sólo cabían dos personas. Bern me abrazó con fuerza. El campo estaba tan mudo y quieto que parecíamos los dos últimos seres humanos sobre la faz de la Tierra, o los dos primeros. Él debió de pensar algo parecido porque entonces dijo:

—Adán y Eva.

—Falta el manzano.

—Según Cesare, en realidad era un granado.

—Entonces, lo tenemos.

Su pecho se hinchaba y deshinchaba. Sus dedos gatearon delicadamente sobre los míos y se abrieron paso por dentro de la manga hasta que la tela los detuvo.

—Mañana iremos a verlo —dijo—. Le haremos una oferta por la hacienda.

—Nos quedaremos sin dinero.

—¿Y eso qué más da?

Miré el terreno. La perspectiva del trabajo que a partir de aquel momento recaería únicamente sobre nosotros me desmoralizó. Si en alguna esquina de mi mente todavía albergaba la esperanza de reemprender los estudios, de entretejer mi antigua vida con la actual como un injerto entre dos ramas, entonces me di cuenta de que sería imposible. Ahora éramos Bern, yo, la hacienda y nada más. Tenía veinticinco años y no sabía si eran muchos o pocos para vivir de aquel modo, tampoco me importaba. Amaba a Bern más que nunca, como si nuestra repentina soledad hubiera permitido que ese sentimiento se expandiera y lo ocupase todo.

Por eso, cuando me dijo: «Debemos tener un hijo, como Tommaso y Corinne», no dijo: «Me gustaría» o «Podríamos», sino: «Debemos», parecía la única alternativa. En cuanto lo oí supe que tenía razón y respondí:

—Lo tendremos.

—¿Esta noche?

—Ahora.

Pasaron unos minutos antes de que nos decidiéramos a movernos, a entrar en la casa y subir al primer piso. Durante aquel interludio silencioso bajo la encina vimos frente a nosotros la imagen de una hija, nuestra hija, quién sabe por qué una niña, que bailaba a pocos pasos, tomaba un diente de león entre la hierba efímera y nos lo traía. Fue una visión que ni siquiera luego nos confesamos, pero ahora como entonces estoy segura de que ambos la contemplamos viva ante nosotros, idéntica. Porque en aquellos años esto es lo que ocurría cada vez más a menudo entre Bern y yo: hablábamos menos, pero éramos capaces de reconocer juntos lo visible e inventar, en tácito acuerdo, también lo invisible.

4

Encontré a Bern pintando sobre la pared de la hacienda que miraba al norte: las pinceladas oscuras, hechas con la pintura parda que había sobrado tras la reparación de las puertas, resaltaban sobre la cal rugosa y blanca. Las mañanas eran frías y el rocío, abundante. Me llevé el cuello del jersey al mentón.

—Sí, es un falo —confirmó sin volverse.

—Ya veo. —Procuré no mostrarme sorprendida—. Un pene enorme en el muro de casa, a los vecinos les va a encantar.

—En el Tíbet lo consideran propiciatorio.

Reparé en el libro ilustrado del suelo, sin duda procedente de la biblioteca de Ostuni donde Bern se refugiaba algunos días. Copiaba la figura de allí.

Me acerqué para comparar la foto con el dibujo: éste era muy esquemático; más que parecerse al original, semejaba el garabato obsceno de un chiquillo.

—O sea, ¿que hemos vuelto al pensamiento mágico? —pregunté, poniendo una mano sobre su hombro.

Sonrió levemente.

—He pensado que no perdemos nada intentándolo. Tal vez esto atraiga a un espíritu benigno favorable a nuestra causa.

Nuestra causa: la hija fantasmal que se había adueñado de cada conversación, cada pensamiento y cada deseo. Habían transcurrido dos años desde la tarde en que la fantaseamos por vez primera, cuando seguimos aquella alucinación escaleras arriba para hacerla realidad en nuestra cama.

Teníamos preparado su espacio en el cuarto del primer piso que había pertenecido a Tommaso y Corinne y antes aún a Cesare y Floriana. Bern había tallado una cuna en un tronco de olivo, pero ésta seguía vacía en el centro de una habitación no menos deshabitada.

—Podrías ayudarme —dijo—, el dibujo se te da bastante mejor que a mí.

Cogí el bote de pintura y el pincel y empecé a corregir los contornos. Bern me observaba desde atrás.

—Así está mucho mejor —dijo al fin.

—¿Qué pensará la gente?

—Qué más da lo que piensen. Además, ¿qué gente? Ya no viene nadie.

Era verdad, ya ni siquiera Tommaso y Corinne nos visitaban. Desde que tenían a Ada se habían atrincherado en el ático que el abuelo costeaba, agotados por el trajín nocturno, pero satisfechos como nadie. Íbamos a verlos con frecuencia, aunque cada vez con menos ganas desde que nuestro fracaso se había convertido en una especie de padecimiento crónico. Si decidíamos no conducir hasta Tarento para ahorrarnos aquellos latigazos de envidia, las proezas de Ada nos llegaban por teléfono: Ada poniéndose de pie agarrada a las barras de la cuna, Ada saludando con la mano, Ada tocándose los dientes de leche...

Tampoco Danco y Giuliana se prodigaban por la hacienda, así que allí estábamos Bern y yo, dos terratenientes jóvenes e increíblemente desanimados adorando a un tótem pagano.

—A lo mejor funciona —comenté.

—Ojalá...

—Aunque tal vez haya llegado el momento de ver a un médico, Bern.

Se volvió de golpe hacia mí.

—¿Un médico?

—Puede que haya algún problema... en mí.

—No hay ningún problema, sólo tenemos que seguir intentándolo.

Me cogió de la mano, entramos en casa y preparé el desayuno. Era noviembre y los estorninos rapiñaban las aceitunas.

Se oyó el lejano disparo de un cazador. A través de la ventana vi el negro enjambre de pájaros ensancharse por un segundo a causa del sobresalto y luego encogerse de nuevo como si no hubiera pasado nada.

La figura mural no sirvió de nada: mis menstruaciones seguían presentándose con feroz puntualidad y Bern estaba cada vez más decepcionado y nervioso. Llegué a esconder las compresas, pero él acababa por descubrirlo cuando de noche pegaba el torso a mi espalda para una nueva embestida. «No se puede», decía yo sin volverme. Entonces él se dejaba caer sobre la cama y calculaba los días que faltaban para la siguiente incursión. El sexo fue lo que más cambió. Antes éramos dos fieras; ahora, Bern arremetía con una cadencia marcial, como si buscara un punto exacto dentro de mí. Antes, después de correrse no separaba sus dedos de mí hasta que mi vientre empezaba a estremecerse desbocado; ahora, en cambio, se apartaba enseguida como si no quisiera perturbar la operación biológica en curso. Antes nos quedábamos tendidos uno junto a otro, agotados y huecos; ahora me obligaba a levantar la pelvis durante diez minutos cronometrados con el reloj. «No tan arriba —me corregía—, así, perfecto, formando una recta entre las rodillas y el cuello.» El vientre desnudo expuesto al frío de la habitación me daba escalofríos. Habría querido que me tapase con una sábana, pero no se lo pedía por miedo a parecerle una quejica.

No conocíamos ningún especialista que pudiera ayudarnos, ni médicos de ningún tipo, así que fuimos al bar de Speziale para consultar la guía telefónica. Apuntamos cuatro o cinco números de ginecólogos que ejercían en la provincia de Bríndisi. Al hacerlo, mirábamos a nuestro alrededor como si todo el bar sospechara lo que estábamos haciendo.

Volvimos a la hacienda para hacer la llamada. Bern dejó que yo escogiera entre los nombres. Caminando en círculos entre la encina y la casa le expliqué la situación al médico, le hablé de los meses de inútiles intentos. Al exponerlos en voz alta, los miedos, hasta entonces borrosos, se hicieron nítidos. El médico formuló preguntas que serían obvias durante las semanas siguientes, pero que en aquella primera entrevista sonaron a acusaciones específicas: edades (veintisiete y veintiocho), patologías previas (ninguna), características de mi ciclo menstrual (regular, abundante), sangrados anómalos (ninguno), tiempo transcurrido desde la interrupción de los métodos anticonceptivos (unos dos años), razón por la que habíamos esperado tanto para llamar (incomprensible). Al final dijo que la fertilidad no era su campo. Me dictó el número de un colega suyo, el doctor Sanfelice, que no estaba en Bríndisi, sino en Francavilla Fontana, y dijo que nos presentáramos de su parte.

En esa nueva llamada respondí con más soltura, pero menos coraje, a las mismas preguntas planteadas casi en el mismo orden. Iba y venía entre la encina y la casa, pivotando alrededor de Bern, que escuchaba atentamente y me animaba en silencio.

Al día siguiente estábamos en la sala de espera del doctor Sanfelice, trajeados como si el éxito de la empresa dependiera de la impresión que pudiéramos causarle. En la pared colgaba una estampa del aparato genital femenino; líneas negras unían cada órgano con su nombre: trompas de Falopio, cérvix, labios mayores y menores... Había otras dos parejas, una de ellas con bombo. Ambas mujeres me dedicaron una sonrisa comprensiva: seguramente notaron que era mi primera visita.

Sanfelice me pidió que me tumbara en la camilla, se puso un guante de látex, me dijo que me relajara y me dio un golpecito en la nalga.

—¿Hace cuánto que no va al ginecólogo, señora?

—Un par de años, no lo recuerdo...

Hablaba sin parar mientras movía la sonda. El único dato nuestro que consignó, o quizá el único que despertó su interés, era que vivíamos en el campo. Él también tenía una finca, nueve hectáreas en la zona noble del valle de Itria. Cavar el pozo artesiano había sido peliagudo a causa de la altitud: sólo al tercer intento consiguió agua limpia. En total unos quince mil euros, un dineral. Deseé que Bern no hiciera comentarios sobre pozos o capas freáticas y lo vi morderse la lengua. Sanfelice, por suerte, empezó a platicar sobre la molienda de la aceituna recalcando que la supervisaba personalmente. Se interesó por la acidez de nuestro aceite y comentó que la del suyo era menor.

—¿Con qué frecuencia tienen relaciones sexuales? —preguntó cuando estuvimos de nuevo sentados frente al escritorio—. No saben cuántas parejas se presentan aquí diciendo: «Doctor, llevamos un año intentándolo», y cuando pregunto cuántas veces al año responden: «¡Por lo menos cinco o seis!» —Rió como si acabara de contar un chiste, pero enseguida recobró la compostura, al ver que nosotros seguíamos serios—. Pregunto porque a primera vista no observo dolencias en la señora.

—Cada día —dijo Bern.

—¿Cada día? —dijo, abriendo los ojos como platos—. ¿Durante más de un año?

—Sí.

Sanfelice hizo una mueca, jugueteó con una lupa y volvió a dejarla en su sitio. Luego se dirigió a mí:

—Entonces habrá que indagar a fondo.

—¿Qué puede ser? —preguntó Bern.

—Espermatozoides lentos o escasos, o lentos y escasos; los ovarios de la señora, aunque no se aprecian fibromas; una endometriosis en el peor de los casos. Pero no vale la pena entrar en ello sin antes realizar unos cuantos exámenes.

Se puso a rellenar volantes y así estuvo un buen rato. Bern le miraba las manos.

—Vuelvan cuando lo tengan todo —dijo, alcanzándome las hojas—. No he apuntado el espermograma porque se puede hacer aquí. La recogida es cada martes, aquí están las instrucciones. —Añadió una fotocopia—. Cuesta ciento veinte euros. Puede comparar por ahí, pero no encontrará un precio mejor.

—¿Tiene solución, doctor? —preguntó Bern cuando nos levantamos.

—Claro que la tiene. Estamos en el tercer milenio, no hay casi nada que la medicina no pueda resolver.

En las calles iluminadas del centro de Francavilla la gente entraba y salía de las tiendas o se metía en cualquier bar a tomar

179

el aperitivo. En un tenderete vendían naranjas confitadas y le propuse a Bern que compráramos una bolsita, pero él dijo:

—¡Vamos a un restaurante!

Nunca habíamos ido él y yo solos a un restaurante. Una extraña comezón se apoderó de mí, como si no estuviera preparada.

—Pero tenemos esos análisis que pagar...

—¿No has oído a Sanfelice? No hay nada imposible. Pronto tendremos a nuestra niñita. ¡Hay que celebrarlo! Debería haberte hecho caso antes y acceder a venir. Escoge un sitio.

Giré sobre mí misma en el centro de la plaza, maravillada como una chiquilla que viera por primera vez la ciudad, las farolas encendidas y los palacios barrocos.

—Allí. —Señalé.

Me colgué de su brazo extasiada, como si aquélla fuera la primera cita que nunca tuvimos, y me dejé arrastrar hasta el restaurante. Éramos una pareja de enamorados como cualquier otra, al menos durante una noche.

El resultado de todas las pruebas, carísimas y en ciertos aspectos penosas (como ver a Bern entrando en el baño para entregarse al placer solitario y saliendo al cabo de unos minutos con una muestra de esperma opalino), fue nada de nada: no se detectaron anomalías en sus espermatozoides, que eran muchos e impetuosos; y, aparentemente, tampoco había ningún problema con mis niveles de progesterona, prolactina y estradiol, y tampoco con el LH, el TSH, el FSH o con cualquiera de las siglas cuyo significado ignorábamos. Pero seguía sin quedarme preñada. Era como si lo anómalo (algo que el doctor Sanfelice pensaba, pero no se atrevía a insinuar) fuésemos Bern y yo como pareja.

—Haremos lo siguiente —dijo el doctor, contemplando la ristra de informes depositada sobre el escritorio—: un ciclo de inseminación y asunto arreglado.

Pero antes era necesario un período de estimulación ovárica: un régimen severo de horarios y tomas. También para aquello tenía el doctor una hoja fotocopiada que me alargó con una sonrisa alentadora.

En aquella época, Bern decidió reconstruir la cabaña de la morera exactamente donde se hallaba antes; dijo que a la niña le iba a gustar. Hablaba del proyecto como si fuese la máxima prioridad. De nada valía intentar que entrase en razón, recordarle que nuestra hija no subiría a aquel árbol hasta los cuatro o cinco años como muy pronto. Bern se presentó en la hacienda cargado de tablas y deambuló por el campo durante horas buscando ramas flexibles para hacer el techo.

En realidad, no soportaba la idea de quedarse cruzado de brazos mientras yo forzaba a mis ovarios a producir más y más, casi hasta el colapso. Mientras él se encaramaba a las alturas de su afanosa paternidad, yo estaba cada día más chafada por el peso de mi vientre, mis pechos endurecidos, las marcas de celulitis que de la noche a la mañana aparecieron en mis muslos.

—No me mires —decía por la noche al quitarme la ropa.

—¿Por qué no? Siempre lo hago.

Yo sabía, sin embargo, que él no lograba evitar que sus ojos examinaran y registraran cada uno de aquellos desperfectos.

—No lo hagas y ya está.

Él se encargaba de las inyecciones y lo hacía con una habilidad procedente de alguna remota enseñanza de Floriana. Luego aparecía con las píldoras en la palma de una mano y un vaso de agua en la otra. Aquella solicitud me desquiciaba tanto como podía consolarme: me sentía aún más varada y menos deseable.

—Ojalá pudiera hacer el tratamiento en tu lugar —decía, intuyendo la complejidad de aquel cóctel emotivo.

—Pues no. —Luego, arrepentida, añadía—: Confórmate con tus vitaminas.

Sanfelice se las había recetado para mejorar la calidad del semen. Yo dudaba de que sirvieran para algo, pero Bern las ingería religiosamente, como si de ello dependiera el éxito de nuestro empeño.

• • •

Nicola se presentó un día en la hacienda. Llevábamos mucho tiempo sin saber de él: lo poco que conocíamos de su vida era gracias al breve encuentro con Floriana para la compra del terreno, un par de años antes. Fue lacónica: «Está bien», dijo, y yo no me atreví a insistir. Llegó una espléndida mañana dominical de mayo, en plena estimulación ovárica. Bajó de un flamante coche deportivo.

Él también estaba flamante: llevaba unos zapatos de cuero y una camisa blanca inmaculada ligeramente abierta sobre un pecho bronceado. Estaba más robusto que en el pasado; «Robusto para bien», pensé. Ya no mostraba el aire descompuesto ni la aureola de infelicidad que lo envolvían de niño. Ahora se parecía más a Cesare, tenía la misma presencia física, incluso desprendía una luz similar.

Repasé mentalmente los desaliños que a sus ojos me convertirían en una astrosa: el pelo recogido y un poco sucio, los pantaloncitos de Bern que usaba para trabajar en el huerto, el sudor goteando en la frente y bien visible bajo las axilas... Toda mi piel transpiraba gonadotropinas.

—Espero no llegar en mal momento —dijo—. Pasaba por aquí.

—Estoy sola —respondí, dando por sentado que venía para ver a Bern.

Nicola echó un vistazo a su alrededor, con los brazos en jarras y una expresión complacida.

—Cesare me dijo que lo encontraría todo un poco cambiado, pero no lo veo tan distinto. La mecedora sigue en su sitio.

—No te sientes, puede venirse abajo. Hemos hecho alguna reforma dentro, y el huerto también es nuevo. ¿Quieres un poco de limonada?

Cuando volví afuera, Nicola estaba sentado junto a la mesa tecleando algo en el teléfono. Lo guardó y se bebió la limonada de un trago. Le serví otro vaso.

Señaló un costado de la casa con una expresión jocosa. El mural de la fertilidad llevaba tanto tiempo allí que ya ni lo notaba. Lo cubrimos con una mano de blanco, pero la silueta oscura afloró en cuanto se secó la pintura.

—Una apuesta —expliqué, sin duda ruborizándome.

—Una apuesta perdida, supongo —dijo Nicola.

Era la primera ocasión en que me sentía cohibida en su presencia; normalmente sucedía al revés, pero con la madurez se producían avances invisibles, vuelcos. Pasaban los años y el reencuentro con los viejos conocidos se revelaba siempre como un suplicio.

—¿Sigues en la policía? —pregunté con tal de frenar aquella cadena de pensamientos.

—Subinspector Belpanno, para servirla —dijo, mostrando una minúscula insignia dorada que llevaba en la camisa.

Si lo hubiera visto, Danco lo habría triturado con su sarcasmo.

—¿Y te gusta?

Nicola le dio media vuelta al vaso con un gesto que me recordó cómo era de niño.

—Creo que siempre he estado un poco obsesionado con el orden. Sin duda soy el más rígido o el más disciplinado de los tres, quizá porque soy el mayor.

Habló como si el vínculo con Bern y Tommaso siguiera incólume. ¿Era consciente de que ellos no hablaban nunca de él? Él y yo nos parecíamos en eso: seguíamos siendo leales cuando ya era demasiado tarde.

—A Cesare no le hizo mucha gracia al principio; por aquello de las armas, ya sabes, pero luego entendió que las armas son secundarias: se trata más bien de un cierto ideal. —Hizo una pausa, como si meditara sobre lo que acababa de decir, luego negó con la cabeza—. No estoy hecho para el tipo de libertad que él concibe. ¿Qué hay de ti? ¿Te gusta la vida que llevas aquí?

Me crucé de brazos.

—Es muy arduo cuidar el campo y vender los productos siendo sólo dos, pero no me imagino otra vida. A veces tengo la extraña sensación de que soy un elemento más del paisaje, como las plantas y los animales. Más o menos lo mismo que decía tu padre.

¿Por qué le estaba contando aquello?

—Tendrías que venir a la ciudad. Tengo un cuarto para invitados, me gustaría presentarte a Stella.

—¿Es tu novia?

—Desde hace dos años, pero no vivimos juntos.

Esperó a que aceptara o rechazara la invitación, cualquier cosa. Bern y yo visitando su casa de Bari...

—¿Te molesta? —preguntó.

—¿Qué?

—Stella, que estemos juntos.

Enderecé la silla.

—¿Por qué iba a molestarme?

—No tendría nada de raro: a mí me molestó lo tuyo con Bern.

—Me alegro por ti —dije—. ¿Quieres unas galletas? Estoy probando la harina de almendras. No son nada del otro mundo, pero tampoco están mal.

Nicola esperó sentado a que las llevara. Cogió una del plato y la despedazó al primer mordisco.

—Son muy quebradizas, lo sé.

Él sonrió.

—Sólo hay que pillarle el truco.

Después de todo aquel tiempo sin vernos ya no sabíamos qué decirnos. No tenía por qué ser así. Podíamos hablar de los viejos tiempos, de cuando jugábamos a las cartas en aquella misma mesa, del complejo entramado de afectos que nos unía cuando éramos niños, de cuando me regaló una pulsera de coral que nunca me puse pero seguía guardando, del motivo por el cual dejé de responder a sus cartas...; pero era demasiado peligroso, ambos lo sabíamos.

—Bern y yo queremos tener un hijo. —La frase salió de golpe, sin cálculo ni premeditación, seguida por una estela de vergüenza—. Estoy haciendo un tratamiento, tengo que tomar hormonas.

—Lo siento —murmuró Nicola.

Algo se me revolvió de improviso, las lágrimas asomaron a mis ojos.

—Los análisis están bien, pero no lo conseguimos.

Lo había abochornado, entristecido y, seguramente, irritado.

—Un colega tenía varicocele y por eso...

—Aquí está Bern —lo interrumpí.

Nicola se volvió sobre la silla. Levantó la mano hacia Bern, que no respondió al saludo. Lo vimos caminar solemnemente por el sendero. Las lágrimas seguían empujando para salir, era incapaz de frenarlas y por alguna razón tampoco quería hacerlo. Me limité a enjugarlas con la muñeca.

—¿Qué haces aquí? ¿Lo has invitado tú, Teresa? ¿A qué has venido?

Me levanté y cogí la mano de Bern.

—Pasaba por aquí y ha entrado a saludarnos. Llevábamos mucho tiempo sin vernos. Le he ofrecido limonada.

Nicola nos observaba con un semblante indescifrable. Bern estaba fuera de sí.

—¿Por qué lloras? ¿De qué hablabais? —Miró a Nicola—. ¿De qué, eh?

—De nada —respondió él, sosteniéndole la mirada.

Bern jamás me perdonaría que le hubiera contado lo del tratamiento.

—Tienes que irte —dijo amenazante—. Ésta ya no es tu casa, la hemos comprado. ¿Queda claro? ¡Largo de aquí!

Nicola se levantó despacio, colocó la silla bajo la mesa y echó otro vistazo a su alrededor como si quisiera absorber por última vez el esplendor de la hacienda.

—Ha sido un placer verte —me dijo finalmente.

Cogió a Bern de los hombros en una especie de abrazo y acercó su mejilla a la suya. Rozó con delicadeza su barba, que probablemente nunca había visto tan larga. Bern ni se inmutó, lo dejó hacer. Luego, Nicola montó en el coche, arrancó y se fue emitiendo dos bocinazos. Aferré la jarra de limonada, pero no supe qué hacer con ella y volví a dejarla en su sitio.

—¿Por qué lo has tratado así?

—No tiene derecho a venir —dijo Bern, que entretanto se había sentado y tenía la vista clavada en el centro vacío de la mesa.

—Erais igual que hermanos. Ahora Tommaso y tú os comportáis como si nunca hubiera existido.

Hincó la uña del pulgar en el hule.

—Es un poli, aquí no se le ha perdido nada.

—Lo has echado como si fuera un criminal. ¡Tú sí que parecías un poli!

Bern agachó la cabeza.

—No estés airada conmigo, te lo ruego.

Su voz sonaba tan desvalida, tan dulce... y usó aquella palabra, «airada»... Mi rabia se disipó enseguida y fue reemplazada por el habitual océano de devoción. Me senté, apoyé el brazo sobre la mesa y la cabeza encima. Los dedos de Bern se hundieron en mi pelo.

—Estamos muy cansados —dijo—, pero todo volverá a estar en su sitio.

Sus dedos masajeaban la raíz de mi cabello rítmicamente. Los ojos cerrados, el sol de finales de mayo contra las pestañas, el silencio del campo...; dejé que todas aquellas cosas me amparasen como una nueva promesa.

En primero de secundaria, el médico de cabecera me quemó una verruga en el pulgar de un pie. Antes de empezar, dijo: «Vamos a hacerle una buena soldadura a esta jovencita.» Mi padre me apretaba la mano y decía que no mirase hacia abajo, que siguiera hablando con él. Era el único procedimiento clínico al que me había sometido. Por eso, el día de la extracción de los ovocitos, mientras me desnudaba al otro lado del biombo y me ponía el camisón de papel, áspero y deprimente, mientras oía las voces de Bern y Sanfelice, mi cuerpo temblaba como si un frío repentino hubiera irrumpido en el ambulatorio.

Fue breve. El doctor comentó paso a paso su pesca milagrosa en mis cavidades anestesiadas. Era su forma de tranquilizarme, pero habría preferido que no dijera nada. Yo veía a su enfermera sonreír con afecto tras la mascarilla: una chica de mi edad que seguramente nunca se vería obligada a padecer un tratamiento de aquel tipo. Había empezado a dividir a las mujeres en dos clases: las que podían concebir con facilidad y las demás, las que eran como yo.

—¡Nueve! —exclamó Sanfelice pasándole la sonda.

—¿Nueve qué? —preguntó Bern, asombrado por la destreza de Sanfelice para quitarse los guantes, desentumecerse los dedos y garabatear algo en el historial médico.

—Nueve folículos. Tenemos ovocitos para una cuantiosa prole. ¡Gran trabajo, Teresa!

A través de la sábana volvió a darme un golpecito en la nalga, igual que la primera vez. Desde antes de la extracción había empezado a llamarme por mi nombre porque ahora éramos aliados; él y yo, juntos, en la primera línea de batalla. La fase siguiente tendría lugar en el laboratorio, bajo un microscopio. Allí, lejos de nuestros ojos, se produciría un coito silencioso en un entorno perfectamente esterilizado: los gametos de Bern se unirían a los míos. Luego, todo quedaría a merced de la naturaleza, aunque yo ya no utilizaba esa palabra, «naturaleza», al menos delante de Sanfelice, después de que, en medio de la dilatación, me leyera la cartilla: «¿Natural? ¿Qué significa "natural" para usted, Teresa? ¿La ropa que lleva es natural? ¿Los alimentos que come son naturales? ¡Ah, claro! Sé muy bien que cultivan sus propias hortalizas: las que me trajeron estaban buenísimas. Es probable que no usen pesticidas ni nada por el estilo, pero si cree que por eso sus tomates son naturales, y disculpe la franqueza, es una ingenua. Desde hace siglos no hay nada natural en esta tierra: todo ha sido manipulado por el hombre. Todo. ¿Y sabe qué le digo? Por ello hay que darle gracias a Dios, aunque no exista, pues de lo contrario seguiríamos muriendo de viruela, de malaria, de peste bubónica o de parto.»

Bern no impugnó aquella andanada, ni siquiera después. Me pregunté si recordaba las opiniones de Fukuoka sobre la medicina y los médicos. Mas Fukuoka ya no existía: lo habían barrido el deseo y la confianza ciega en Sanfelice y sus métodos.

Cuando salimos del ambulatorio tras la extracción tuve un desvanecimiento. No comía nada desde la noche anterior, ni siquiera la tacita de té con azúcar que me había recomendado el doctor. Bern me sujetó antes de que cayera.

—Son todas esas pastillas... —dije sollozando.

187

Me dio un beso en medio de la acera, entre toda aquella gente que pasaba a nuestro lado y nada sabía de nosotros.

—Se acabó —prometió.

En efecto: por la noche me sentía más ligera, la anestesia se evaporaba, las piernas volvían a pertenecerme, el cansancio de las jornadas anteriores se diluía aunque no hubiera dejado de tomar hormonas. Pensar en la niña me confortaba. Puede que ya existiera bajo algún microscopio y pronto estaría dentro de mí.

La enfermera de Sanfelice llamó al día siguiente para que fuésemos a la consulta. No dijo el motivo. Dejamos a medias la cocción de la mermelada de albaricoque, la fruta medio deshecha aflorando en el líquido. Durante el camino hacia Francavilla estábamos tan consternados por lo que presagiaba aquella llamada que no nos dirigimos la palabra.

Encontramos a Sanfelice muy animoso, de buen humor incluso cuando nos contaba que los nueve folículos que tanto le habían complacido menos de veinticuatro horas antes, tan prometedores ellos, estaban vacíos. No había ni un ovocito en su interior. Una vez más tropezaba con el sentido exacto de sus palabras.

—¿Cómo puede ser? —pregunté mientras sentía el vacío del que hablaba Sanfelice dilatándose en mi abdomen, mi pecho y mi garganta.

—Todo es posible.

Tenía un tic nervioso que le hacía guiñar los ojos para luego abrirlos con una especie de estupefacción. Lo hizo dos veces antes de añadir:

—Estamos en el reino de la estadística, Teresa. Pero he pensado cambiar el tratamiento. En lugar del Decapeptyl, que además, según me ha dicho, no le sienta bien, probaremos con Gonal-F y Luveris. ¿Ya le había recetado Luveris? No, claro. Y aumentaremos un poco la dosis.

—¿Otra estimulación? —pregunté al borde del llanto.

En aquella época lloraba con una facilidad escandalosa. Era normal según un prospecto que había leído y releído mil veces.

—¡No se dé por vencida, señora! —exclamó el doctor; noté un deje de nerviosismo en su voz—. A veces hay que aceptar un poco de sacrificio en aras de un gran resultado, ¿me equivoco? ¿Me equivoco? —repitió.

Bern asintió por mí.

Estábamos de nuevo en la calle, aquella esquina de Francavilla que se convertiría en el marco de todos los recuerdos ligados a aquel período. Había una frutería frente a la entrada del ambulatorio. El dueño pasaba el día apoyado en el quicio de la puerta contemplando el vaivén de la gente. Quién sabe si estaba al tanto de todo lo que ocurría allí dentro.

—No sé si podré con esto —le dije a Bern.

—Claro que podrás.

Me llevaba a la farmacia porque necesitábamos nuevas medicinas, nuevas formas de obligar a la naturaleza, fuera ésta lo que fuese, a ejecutar algo que no parecía en absoluto dispuesta a ejecutar.

El segundo ciclo de estimulaciones fue una escabechina: el abdomen, los costados, la espalda, las pantorrillas...; me dolía cada músculo. Apenas podía levantarme de la cama, me encerraba en la habitación, convertida en una enfermería improvisada: cajas de medicamentos por doquier, viejos y nuevos, paquetes de jeringuillas desechables, vasos acumulados en cada rincón con restos del polvo soluble que Sanfelice me había prescrito telefónicamente contra el dolor de cabeza.

Bern era incapaz de afrontar aquel desorden. Durante el día se dedicaba a las faenas del campo y yo temía que le diera uno de sus tirones de espalda porque entonces sí que estaríamos bien fastidiados. Entre una tarea y otra asomaba la cabeza por la puerta para preguntarme si iba mejor. Nunca me preguntaba qué tal estaba, sólo si me encontraba mejor, y luego desaparecía asustado por la respuesta. De noche caía rendido al borde de la cama para cederme todo el espacio posible.

Una noche, los calambres fueron tan fuertes que lo desperté. No sabía qué hacer. Bajó a la cocina y volvió con una olla de agua hirviendo como si yo estuviera a punto de parir. Le grité algo y desapareció para reaparecer luego con una palangana de agua fría. Sumergió el borde de su camiseta y me frotó la frente.

—No rechines los dientes —me suplicaba.

Le dije que quizá me estaba muriendo y él sacudió la cabeza presa del pánico.

—Tú no —repetía—, tú no.

Quería llamar una ambulancia, pero en ese caso hubiera tenido que caminar hasta el final del sendero y más allá, hasta el cruce con la carretera, dejándome sola todo ese tiempo, porque de lo contrario la ambulancia no nos habría hallado. Se martilleó el muslo con el puño, como si intentara transferir el dolor hacia él. Le pedí que parase. De pronto me invadió una gran calma y algo parecido a la piedad, no por mí, sino por él, por su rostro desgarrado por el miedo.

Al final me dormí. Cuando abrí los ojos, la luz del sol bañaba el cuarto. Bern seguía a mi lado. Sobre la mesilla había un tarro con flores de perifollo y un ramillete de laurel. Me acarició la cabeza y me arrimé a él.

—He hablado con Sanfelice —dijo—. Tienes que detener el tratamiento inmediatamente.

Era incapaz de mirarme.

—Faltan sólo seis días.

—Tienes que detenerlo —repitió.

—Lo de esta noche no era para tanto, lo siento. Ahora estaré mejor, seguro.

Bern meneó la cabeza. El universo entero se había derrumbado sobre él. Miré sus párpados enrojecidos por la falta de sueño, la barba tan crecida que empezaba a rizarse y el peso de una derrota que parecía agobiar todo su cuerpo. Del calvario nocturno únicamente me quedó aquella extraña claridad. Tal vez había soñado algo, aunque sólo pudiera recordarlo de forma vaga.

—Tú no eres el problema —dije; no se volvió, pero sus hombros se agarrotaron por un instante—. Tú no tienes que...

—Hay otra solución —me interrumpió—. Sanfelice quiere explicárnosla en persona. Vístete, vamos a verlo.

. . .

—Llevo años trabajando con esa clínica —nos dijo el doctor—. Se halla en Kiev. ¿Habéis estado allí? Una ciudad maravillosa donde todo es baratísimo. Esperó a que moviéramos la cabeza. Kiev... —Mi colega el doctor Fedečko, una eminencia en el campo de la fertilidad, y yo nos ocupamos allí de, cómo decirlo..., las situaciones que la inseminación tradicional no puede resolver. Y llegados a este punto puedo afirmar que éste es nuestro caso a pesar de su juventud. Es posible que la señora padezca el síndrome del folículo vacío. Es poco habitual, pero no rarísimo. De todos modos, no podemos estar seguros porque no parece tolerar la estimulación ovárica, ¿me equivoco? —Me miró intensamente como si esperara un desmentido, la admisión de que mi dolor había sido un aspaviento, una farsa—. En efecto —prosiguió—, no podemos correr el riesgo de una hiperestimulación. Sólo nos queda una vía: la heteróloga.

—O sea, que el hijo no será mío —dije muy despacio.

Bern no entendía. Me miraba a mí; luego, a Sanfelice; luego, de nuevo a mí. Durante las semanas anteriores no leyó lo que yo leía. Aún albergaba la ilusión de que aquel proceso no fuera sino una forma de acelerar algo que antes o después acabaría ocurriendo. Algo tan inocuo como sus vitaminas.

—Déjese de simplezas, Teresa —dijo Sanfelice, juntando las manos—. Eso es lo que piensan todos al principio. ¿Tiene idea de cuántos niños se han concebido así? Pregúnteles a sus madres si los consideran hijos suyos. —Se inclinó hacia mí—. Los hijos son de quien los lleva en el útero, de quien los pare y los cría. ¿Sabe qué dicen los últimos estudios? Me refiero a estudios americanos publicados en *Lancet*. Dicen que el feto adopta un número inimaginable de rasgos de la gestante aunque no comparta su acervo genético. Inimaginable.

—¿Y por qué no compartiría el acervo genético? —preguntó Bern, cada vez más desnortado.

Ni Sanfelice ni yo respondimos: seguía atrapada por la palabra «gestante».

191

—¿Sabe qué? Las mujeres vuelven aquí después de unos años para decirme: «Doctor, mi hijo se parece a mí, se parece más a mí que a su padre.» Y yo les pregunto: «¿Por qué se sorprende? ¿Acaso no se lo había prometido?» Respecto a las donantes, somos muy escrupulosos con los parámetros fundamentales: altura, color de los ojos y el pelo... La chica será probablemente un calco de usted, aunque nunca lleguen a conocerse. Si, por el contrario, prefieren un niño pelirrojo, o muy alto, no hay problema: buscaremos a la donante adecuada. Una de mis pacientes insistió en tener una hija mulata e hicimos lo que deseaba. Si usted viera qué niñita... con esa piel de color café con leche. Ya va a la escuela.

«Hijos a la carta», pensé. Eso era lo inimaginable, en realidad.

Sanfelice se dirigió a Bern.

—Las ucranianas, además, son un deleite para la vista. La gente piensa automáticamente en las rusas, pero se equivoca. No tienen facciones tan eslavas, son mucho más parecidas a nosotros.

Se recostó en la silla a la espera de nuestras preguntas, pero los dos estábamos demasiado trastornados para hablar, así que él mismo rompió el silencio.

—Espero que no se trate de un obstáculo religioso, porque tengo excelentes argumentos también para eso. A la clínica de Fedečko acuden judíos ortodoxos de Israel, por ejemplo. Y musulmanes. Ni imaginan los problemas de fertilidad que tienen allá abajo.

—¿Es ilegal? —pregunté.

Sanfelice frunció el ceño.

—¿Qué quiere que le diga? Hace falta tiempo para cambiar la mentalidad de la gente, sobre todo en este país. Si lo que me está preguntando es qué puede suceder una vez que tenga usted un embrión sano y hermoso implantado en su matriz, si alguien podría venir a reclamarlo, la respuesta es «no»: todo lo que crezca en su vientre es suyo. Y entonces ya habrá olvidado la excursión a Kiev, salvo que decida volver a mi consulta para tener otro hijo. —Se movió de un lado a otro con la silla giratoria y extendió los brazos—. ¡Hubo un tiempo en que todo esto no existía! ¡Vivimos una época de incontables posibilidades!

Luego nos explicó detalladamente el procedimiento y sus etapas, la nueva terapia hormonal, mucho más suave que la anterior, «pan comido». La gran ventaja era que ahora sólo debía prepararme para ser un «recipiente».

Un recipiente.

Volví a perder el hilo. ¿Qué sabía yo de Ucrania? Sólo algunas nociones sobre el desastre de Chernóbil, las historias de mi madre, que dejó de comprar leche fresca porque se decía que el ganado era radiactivo. Imaginaba pueblos abandonados y grises, inmensos campos de cereales bajo un cielo plomizo.

Bern estaba sentado en el borde de la silla, totalmente inclinado hacia Sanfelice, atraído por el imán de su ciencia. Ingería cada frase como una fórmula mágica.

—Procuramos mantener el precio lo más bajo posible —dijo finalmente el médico—. Con ocho mil euros se cubren todos los gastos. Sólo hay que sumar el precio de los vuelos y el alojamiento, claro.

Eso era mucho más de lo que teníamos. Nuestros ahorros se habían evaporado con el intento fallido de inseminación; ahora no llegábamos a los mil euros. Bern y yo nos miramos por primera vez desde el inicio de la visita. En ese preciso instante, el eje de nuestros desvelos se desplazó una vez más hacia el dinero, como si la decisión misma (hacerlo o no hacerlo, si era justo, aceptable o abyecto) careciese de importancia. No valía la pena darle más vueltas: a fin de cuentas, ¿qué alternativa teníamos?

Ocho mil euros. Sumando los billetes de avión, el hotel y las comidas en Kiev (casi una semana de estancia para respetar los tiempos biológicos y técnicos, la recogida del semen, la congelación y otras actividades brumosas en el laboratorio, la maduración del embrión y su posterior traslado a mi cuerpo), el coste total rondaría los diez mil euros. Era imposible reunir esa cantidad en poco tiempo. Con los estrechos márgenes de venta en el mercado podíamos tardar dos o tres años, sin contar los imprevistos: el continuo deterioro de la hacienda, las cosechas devastadas por una noche de granizo, las heladas o los topos...

El doctor decía que estábamos en el tercer milenio, la era de las posibilidades infinitas, cuando hombres y mujeres con batas y guantes esterilizados, en silenciosas estancias ucranianas, podían encargarse de aquello que nosotros no éramos capaces de conseguir. Pero Bern y yo aún vivíamos en el milenio anterior, en un tiempo remoto: dependíamos del sol, la lluvia y las estaciones.

Conocíamos a un prestamista en Pezze di Greco, pero tenía fama de usurero y descartamos la idea. Telefoneé a mi padre sin avisar a Bern. Siempre llamaba yo, aunque no a menudo. Habíamos retomado el contacto, pero él seguía actuando como si yo residiera en un paraje inalcanzable del planeta. Noté una chispa de estupor en su voz, luego se refugió en su habitual laconismo.

—Si pudieras hacerme un préstamo... —le dije sin rodeos—. Tras la cosecha de aceituna podré devolvértelo todo.

—¿De cuánto estamos hablando?

—Diez mil euros. Tenemos que arreglar el tejado.

Me sorprendió mi facilidad para mentirle. Se oyó un suspiro al otro lado de la línea.

—Todavía tengo que pagar tu matrícula de la universidad —dijo—. Ha llegado la factura a casa.

—No hace falta pagarla. —Empecé a sentirme angustiada: mi cuerpo no se había recuperado aún de los tratamientos hormonales—. Ahora necesitamos el dinero para el tejado, papá.

—La casa de tu abuela tenía un buen tejado.

—Lo siento, ya te lo he dicho.

—No pienso darte ni un céntimo. Y ni se te ocurra pedírselo a tu madre: de todas formas me enteraría.

Colgó. Me quedé inmóvil unos segundos con la mano aguantando inútilmente el auricular pegado a la oreja. Tenía la extraña sensación de que, en torno a la hacienda, la tierra se había expandido de golpe en todas las direcciones, cientos de kilómetros, dejándonos a Bern y a mí en medio de una llanura desolada.

La frustración me llevó a confesar aquel intento fallido. Estábamos en la cama. Bern no se enfadó, como yo temía, ni despotricó contra mi padre, como yo esperaba; se quedó en silencio con los ojos apretados para aislar un plan cada vez más concreto. Luego sonrió complacido. En cierto modo, fui yo quien le dio la idea.

—Tus padres son personas decentes, respetuosas de las normas sociales. —No había visos de malicia o escarnio en su voz—. Hemos de ponerlos en un compromiso que les impida echarse atrás, por dignidad.

—¿Lo hay?

—Claro que lo hay. ¿No lo ves?

—No.

—Cásate conmigo, Teresa.

Pese a lo grotesco de la situación, pese a la apatía con que Bern pronunció aquellas palabras cruciales, como si no calibrase su significado, sino algo más importante que vendría luego, sentí un hormigueo en las mejillas que se propagó rápidamente por todo mi cuerpo.

—Siempre hemos dicho que el matrimonio es un vínculo artificial, Bern. Lo hemos hablado con Danco.

Temía que la chica convencional que en el fondo era aflorase tras mi impavidez, como si el mismísimo Danco estuviera en la habitación examinando los signos evidentes de aquella flaqueza infantil sobre mi rostro.

Bern se desprendió de la sábana y se arrodilló sobre la cama semidesnudo y con el pelo encrespado.

—Si nos casamos, tendrán que hacernos regalos.

—¿Quieres convertir nuestro casamiento en una recaudación de fondos?

—¡Será una fiesta, Teresa! Aquí mismo. Todos los árboles decorados con cintas blancas. Y luego iremos a Kiev. ¡Levanta! ¡Vamos, arriba!

Aparté la sábana y me puse de pie sobre el colchón. Bern estaba de hinojos frente a mí. Sus ojos, tan cerca el uno del otro, vistos desde arriba eran aún más impactantes; pensé que habían sido creados precisamente para enunciar aquella fórmula, para repetirla, aunque con un matiz sincero esta vez, con todo el miedo y la esperanza propios de los muchachos que, a fin de cuentas, seguíamos siendo:

—Teresa Gasparro, ¿quieres ser mi esposa?

Cogí su cabeza y la apreté contra mí, la oreja sobre el ombligo, para que allí escuchara la respuesta que llevaba años taponada, para que la oyera manar desde la gruta donde llevaba años agazapada:

—Sí, más que nada en el mundo.

Daba igual que fuese una treta, un fraude, una estafa: volqué toda mi ilusión en aquella boda. La promesa que intercambiamos bastó para difuminar incluso la terrible espera del viaje a Kiev, que pasó a un segundo plano. No pensaba en ello, hacía cualquier cosa con tal de ignorarlo. Por primera vez en meses volvía a ser feliz.

La primera lista de invitados no llegaba a cincuenta personas. Era insuficiente aun suponiendo una generosidad descomunal por su parte. Empezamos a ampliarla incluyendo primero a amistades decaídas, luego incluso a conocidos prácticamente olvidados. Pero aún se quedaba corta. El elenco fue creciendo sobre todo por mi lado. Me estrujaba el cerebro para extraer un nombre y se lo proponía a Bern:

—Los Varetto.

—¿Quiénes?

—Amigos de mis padres. Venían de cuando en cuando a cenar. Una vez fui de colonias con su hija Ginevra. O quizá Benedetta.

—Pues a la lista. ¿Tendrá pareja?

—Pongamos «y acompañante».

No creía que pudiera funcionar, pero Bern parecía muy seguro.

—A todo el mundo le gustan las fiestas, sobre todo las bodas.

Y, tal como predijo, la acogida fue clamorosa: de las casi doscientas personas convidadas, unas ciento cincuenta confirmaron su asistencia a pesar de que la ceremonia se celebraría lejos de sus domicilios y la anunciábamos con muy poca antelación. ¿Septiembre? Sí, nos habíamos dejado llevar por el entusiasmo. Algunos no ocultaban su sorpresa: «Hace tanto que no nos vemos..., pero he pensado en ti muchas veces.» Y al decirlo casi me convencía de que era cierto. Estaban emocionados. «¿Será por la Iglesia?» «No, lo haremos por lo civil. Bern y yo somos más bien incrédulos en lo tocante a la religión.»

Luego dejaba caer el tema más delicado: «Hemos optado por renunciar a los regalos, ya tenemos de todo. Pero nos encantaría hacer un viaje, lejos, aún no hemos decidido exactamente adónde. Habrá un cántaro donde podréis poner lo que creáis oportuno.»

Ensalzábamos la belleza del paisaje, la luz y el mar de septiembre. Por lo menos en algo no faltábamos a la verdad. Bern no puso pegas en invitar a Cesare, Floriana y Nicola, como si el resentimiento se hubiera esfumado de un plumazo.

—¿Qué hay del vecino? —preguntó cuando nos quedamos sin ideas—. El tío que compró la finca.

—¿El arquitecto? No lo he vuelto a ver.

—Pues hazle una visita.

Recogí algunas hortalizas y con una cesta llena me dirigí a la finca. La zona pavimentada se había ampliado y dentro de ella cada árbol tenía su alcorque. La caseta, irreconocible, estaba rodeada por una cristalera que reflejaba la cegadora luz del sol a mediodía. Ni una huella de humedad, ni una pared desconchada. Me pregunté si a la abuela le habría gustado. En torno al patio se alzaba un muro de unos dos metros, una especie de fortificación que cercaba la piscina y separaba la casa del campo.

—De noche paso un poco de miedo —dijo el arquitecto, que me recibió en el patio—, soy un poco aprensivo.

—Espero no molestar.

—Al contrario. Esperaba que antes o después pasara a ver lo que he hecho con todo esto. Teresa, ¿verdad? Yo soy Riccardo.

—Lo recuerdo.

Le ofrecí la cesta con las hortalizas. Como presente parecía ingenuo y superfluo para alguien que viviera allí, pero Riccardo lo observó maravillado. Colocó la cesta en un punto preciso del suelo y la fotografió con el móvil buscando el ángulo perfecto.

—Es una composición cromática preciosa —dijo—, la utilizaré en mi blog.

—Luego puede comérsela si quiere.

—Tiene razón, claro.

Para romper el hielo se ofreció a enseñarme la casa por dentro. Las habitaciones seguían siendo las mismas, pero donde antes había un cúmulo de muebles y objetos viejos, ahora reinaba sobre todo el vacío. Lo que más me impresionó fue la ausencia del sofá floreado desde donde la abuela imponía su quietud al resto del mundo.

—He venido para invitarte a mi boda —dije cuando volvimos al patio; habíamos empezado a tutearnos sin darnos cuenta.

—¿Tu boda? ¿De verdad?

—Al fin y al cabo eres nuestro vecino.

Dijo que lo pensaría, pero enseguida se corrigió: se sentía halagado y haría todo lo posible por asistir. Caminé por el patio. No le había hablado del regalo, del viaje a un destino impreciso, del cántaro. Por ello, en cierto modo, mi misión había fracasado. Pero Riccardo tenía un aire tan honrado, tan agradecido por mi visita, que me faltó valor para engañarlo.

Una vez fuera arranqué tres tallos de hierba y en el trayecto hacia la hacienda quise trenzarlos para hacer una pequeña corona convocando a mi memoria la secuencia de acciones que Floriana y los chicos me habían enseñado. Me aburrí antes de lograrlo.

Bern predijo certeramente la reacción de mis padres: si por teléfono no se mostraron muy contentos, al cabo de un rato debieron de advertir que, una vez más, no podían oponerse. Mi madre llamó media hora después de la primera conversación y pareció incluso conmovida.

—Iremos juntas a elegir el vestido —dijo—. No aceptaré un no por respuesta y de ninguna manera lo compraremos allá abajo: papá acaba de salir para sacarte un billete de avión.

Aquellas palabras reafirmaban el rechazo a la vida que había escogido, al lugar que ella detestaba mucho antes de que yo me mudara allí, pero en aquel momento su voz, aquel tono autoritario, me consoló. Guardé silencio para que no percibiera mi fragilidad. Luego agregó:

—Él también puede venir si quiere, pero obviamente no podrá ver el vestido: da mala suerte.

«¡Ay, mamá! ¡Si supieras la mala suerte que arrastramos! ¡Precisamente la mala suerte nos ha traído hasta aquí!» El pecho me latía con fuerza, quería contárselo todo, pero la primera decisión que tomamos Bern y yo con respecto al viaje a Kiev era justamente mantenerlo en secreto. Bastaba con que una persona, aparte de nosotros y Sanfelice, descubriera la verdad para que nuestra hija fuera sólo medio nuestra por siempre jamás.

No le pedí a Bern que me acompañara a Turín. Estaba convencida de que no vendría y temía que, de haberlo hecho, yo no fuera capaz de soportar su presencia junto a mis padres.

La tela del vestido era tan fina y delicada que al ponérmelo intentaba no rozarlo con los dedos por miedo a mancharlo. Sobre el delantero tenía varias bandas cruzadas que se unían formando un lazo en el lado opuesto. Sin el chal, mi espalda quedaba casi descubierta. «Eres joven, puedes permitírtelo», dijo mi madre. La dependienta añadió que tenía unos omóplatos preciosos.

La tarde con mi madre transcurrió velozmente, fue casi inaprensible, igual que la cena en casa y la noche en mi cama de niña.

El vestido llegaría por correo a Speziale en veinte días. Me propuse no decirle nada a Bern o mentirle si me preguntaba por el precio. El costo del vestido y los zapatos nos habría acercado unos mil kilómetros a Kiev.

Al cabo de unas semanas lo acompañé a escoger su traje. Tuve que convencerlo de que lo necesitaba, pues estaba emperrado en arreglárselas con lo que tenía: el traje de Danco que llevó al funeral de mi abuela; si era necesario, decía, le pediría algo a Tommaso. Recurrí a toda la firmeza de que era capaz, le juré que no pensaba casarme si vestía el traje que había llevado a un funeral o el uniforme de un camarero.

Dentro de la tienda, en un centro comercial a las afueras de Mesagne rodeado por naves industriales, se empecinó como un niño. Cogía una chaqueta de las manos del vendedor, examinaba hoscamente la etiqueta con el precio, sacudía la cabeza y la devolvía sin siquiera probársela. El sainete continuó así hasta que el chico no supo qué proponernos.

—No encontrará un traje de novio más barato —dijo en tono lastimero.

—¡Doscientos euros! —replicó esforzándose por no gritar.

—Algo tendrás que ponerte, Bern.

—Tú no quieres vestirme. ¡Tú quieres emperifollarme!

De repente sentí un gran cansancio y me dejé caer sobre una silla. El calor era infernal incluso con el aire acondicionado. El dependiente me trajo agua.

Verme así, pálida, abatida, extraña, debió de provocar una reacción en Bern porque, sin decir nada, cogió del mostrador el traje azul de doscientos euros, entró en el probador y salió tras un par de minutos arrastrando los pantalones y con la chaqueta abierta sobre el pecho desnudo. Entreví sus pezones marrones cuando extendió los brazos y dio una vuelta sobre sí mismo.

Dejó que el dependiente escogiera una camisa blanca, unos mocasines y una corbata. Ésta era de lo más chillona, pero no dije nada para no romper el hechizo. Bern pagó, salimos de la tienda y luego del centro comercial hasta alcanzar aquel estacionamiento infinito achicharrado por el sol de julio.

Danco y Bern se agenciaron las luces de una fiesta de pueblo: tres arcos blancos e imponentes adornados con figuras estramboticas y cientos de bombillas redondas atornilladas en fila que al prenderlas incendiaban la noche de la hacienda. Los montaron juntos, como retablos de altar. Hicieron falta cuerdas para izarlos y algunos refuerzos para mantenerlos en pie.

No pregunté de dónde habían sacado las luces; tampoco quise saber de dónde venían las mesas de madera, los bancos, los manteles y las decenas de velas, también blancas, que alumbrarían los ramos colocados en tarros. Gran parte del mérito debía atribuirse a Danco: tenía amigos por toda Apulia, gente a la que pedir favores.

Los preparativos me entretuvieron hasta el día de la boda casi sin darme cuenta. Una tarde me vi bajando la escalinata del ayuntamiento de Ostuni engarzada al brazo de Bern, ya su mujer, bajo una lluvia de arroz. Los granos se pegaban al pelo depositando un fino polvo sobre el peinado que mi madre me había hecho esa mañana.

Bern y yo recorrimos a pie el sendero de la hacienda mientras el sol se ponía en el horizonte alargando nuestras sombras fundidas, tanto que llegaban a rozar las de los primeros frutales. El campo y nosotros dos, por fin, una única cosa.

Los invitados nos seguían divididos en grupos, de vez en cuando alguno nos adelantaba para sacarnos una foto. Tommaso fue el único que se quedó en la hacienda para organizar a los chicos de una cooperativa agrícola convertidos en cocineros y camareros improvisados. La noche devoró después los últimos rayos de sol y nos sumergimos en la luz de las innumerables bombillas.

—Nunca había visto tanta gente aquí —dijo Cesare, acariciándome la mejilla.

—Espero que no te disguste.

—¿Por qué habría de disgustarme?

—Siempre lo has visto como un remanso de paz.

Deslizó la mano de la cara al cuello, un contacto tan íntimo que, viniendo de cualquier otro, me hubiera sobresaltado, pero con él era distinto. En un día así, su presencia me infundía confianza.

—Siempre lo he visto como un lugar sagrado —me corrigió—, y no imagino una forma mejor de festejarlo. —Sonrió escrutando mi rostro en busca de algo—. Una vez te dije que antes fuiste un anfibio, ¿lo recuerdas? —Claro que lo recordaba, pero me sorprendió que él también—. Pues bien, hoy estoy convencido de ello: eres capaz de adaptarte a muchos mundos, Teresa. Puedes respirar en el agua y en la tierra.

Habría bastado un suspiro para confesarle aquello que, incluso entre tanto alboroto, me pesaba en el corazón: «Queremos robar una niña. Queremos robar a nuestra niña.» Presentía que él adivinaba la existencia del secreto. Me animó con los ojos, pero yo desvié la mirada hacia otro sitio.

—Gracias por haber venido —dije.

—No te vayas, quiero presentarte a alguien.

Lo seguí hasta la pérgola. Cesare tocó el hombro de una mujer de melena negra y suelta cuyo vestido azul dejaba al descubierto unas piernas esbeltas.

—Es mi hermana, Marina, la madre de Bern. Creo que no os conocéis.

No me hizo falta oírlo, lo noté en cuanto sus ojos juntos se clavaron en los míos como estupefactos, unos ojos idénticos a los de mi marido. Si no lo hubiera sabido, habría jurado que era su hermana mayor. Un niño se enganchó a su pierna. Marina se ruborizó.

—Bern me pidió que no lo trajera, pero no sabía dónde dejarlo.

—Ha hecho bien —dije sin atreverme a mirar de nuevo al niño, reconstruyendo mentalmente una porción de la vida que Bern ocultaba: la nueva familia de aquella madre-hermana sobre la que nunca hablaba y que había sido incluida y excluida de la lista de invitados varias veces para luego quedar tachada con una raya que la eliminaba sólo a medias, presente y ausente al mismo tiempo; una nueva familia que incluía a aquel medio hermano que habría sido poco mayor que nuestra hija si la suerte nos hubiese favorecido desde el principio.

—Marina está muy contenta de conocerte —dijo Cesare.

Ella se había inclinado hacia el niño y le decía muy bajito que se portara mejor delante de aquella desconocida.

—¿Ha estado aquí antes? —pregunté por decir algo.

Recordaba los montones de almendras, la espera inútil de Bern, su espalda machacada por el esfuerzo.

Marina asintió.

—Me gustan las flores que llevas en el pelo —dijo. Deseé que me dedicara otro cumplido. Acababa de conocerla y ya era la persona más importante de la fiesta. Pero parecía azorada, cohibida.

—¿Cuándo nos vamos, Cesare? —preguntó

—Después de la tarta —respondió él con dulzura.

El niño salió corriendo y se perdió entre la selva de piernas como si huyera de nuestra conversación. Marina salió tras él mascullando una disculpa. Cesare respondió a mi mirada esbozando una sonrisa, después se alejó también.

Participaba en fragmentos de charla, me reía de bromas sin entenderlas, deambulaba asegurándome de que todos estuvieran a gusto y hubiesen comido lo suficiente. De vez en cuando buscaba a Bern con los ojos y lo veía a lo lejos con otros invitados. Pero no dejaba que aquella distancia me doliera: me había propuesto gozar de cada segundo. Corinne me arrancó de un grupo formado por antiguos compañeros de escuela que hacían preguntas insidiosas sobre mi vida en la hacienda.

—Tu padre está montando un numerito —dijo con el rostro contraído por la rabia—. Se queja del vino. Vale que no es una maravilla, pero no hace falta despellejar a Tommaso. Lo acusa de servirlo frío para disimular el sabor.

Llegamos a la mesa de las bebidas, donde mi padre se encaraba con Tommaso. Me cogió de los hombros.

—Aquí estás por fin. Hay que traer otro vino, Teresa. Éste es veneno. Tamponi lo ha escupido entre las flores.

Tamponi era su jefe. Las atenciones de mi padre recayeron sobre él desde el primer instante, desde el ayuntamiento.

—¿No hay otro vino? —pregunté a Tommaso.

Él negó con la cabeza.

—¡Pero cómo se os ocurre servir esta basura!

—Será la botella, papá...

—Es la tercera que pruebo. ¡La tercera! ¡Y éste no hace más que mirarme con esa cara de idiota!

—¿Lo ves? —saltó Corinne como si la culpa fuese mía.

—¿Y qué quiere que yo le haga, señor Gasparro? —preguntó Tommaso—. Pero tengo una idea: alcánceme ese cántaro. —Señaló la vasija del viaje—. Tal vez consiga transformar el agua en un vino decente, y si no lo consigo puede lapidarme como en los viejos tiempos.

Mi padre saltó sobre la mesa para abofetearlo, lo vi con la parte más ardiente de mi imaginación, pero por fortuna llegaron los músicos, también amigos de Danco, reclutados quién sabe dónde y a cambio de quién sabe qué: su regalo de boda (aunque Bern y yo esperábamos que no renunciara a echar algo de dinero en la estrecha boca del cántaro). Los invitados se desplazaron en masa hacia ellos y alguien me arrastró hasta el centro del círculo que se había formado.

El chico de la pandereta me hizo una reverencia y, un segundo después, Bern se materializó frente a mí, tan desconcertado como yo. Fue el primero en atender las peticiones que nos llegaban a coro moviendo los brazos y las piernas, dando vueltas a mi alrededor. La *tarantella* se le daba mejor que a mí, pero no importaba. Lo miré: era mi marido. Me dejé llevar.

—¡Fuera zapatos! —gritó alguien.

Él se agachó y desenlazó los míos. Puse el pie desnudo sobre la tierra. Tal vez aquélla era la señal que esperaban los invitados, porque el círculo se rompió y todos empezaron a bailar.

Bern me susurró al oído que era el hombre más feliz de la Tierra. Luego, como si no fuese suficiente con decírmelo a mí, gritó:

—¡Soy el hombre más feliz de la Tierra!

Algunos invitados se interpusieron entre nosotros, lo perdí de vista y me vi bailando con otras personas, incluso con mi padre, empujado por alguien al barullo. Bailé mucho tiempo medio aturdida. Al final me daba vueltas la cabeza y estuve a punto de tropezar; cogí entonces los zapatos, que todos habían esquivado con suma diligencia, y atravesé el gentío en dirección a la pérgola.

En la cocina se apilaban las fuentes, las bandejas con restos de comida, los cubiertos sucios... Los chicos de la cooperativa se ajetreaban en aquel maremágnum y, pese a ello, me dedicaron tímidas sonrisas.

Entré en el baño. El espejo me devolvió la imagen de un peinado en ruinas, los capullos que Marina había elogiado caídos por un lado y unas mejillas coloradas. Me apenó haber perdido la compostura del principio y ver asomar bajo el maquillaje a la tosca campesina en que me había convertido. Humedecí una toalla y la usé para masajearme el rostro. De golpe se abrió la puerta. En el espejo vi al gigantesco Nicola, también despeinado, con el nudo de la corbata medio deshecho. En vez de retroceder, cerró la puerta a su espalda.

—Enseguida salgo —dije, pero él no se movió.

Jadeaba. Avanzó hacia mí, me agarró por los codos e inclinó su cara sobre mi cuello como si fuera a morderme. Subió hacia mi rostro besándome con ímpetu, hasta la oreja, antes de que consiguiera soltarme. Al empujarlo me golpeé la muñeca contra el borde del lavabo.

—¡Vete! —grité, pero no me hizo caso; sus ojos desorbitados no se dirigían a mí, sino a mi imagen reflejada en el espejo—. ¡Vete, Nicola!

Se sentó en el borde de la bañera y miró en torno a él, como retomando el contacto con el cuarto, con cada uno de los objetos. Luego se cubrió el rostro con las manos. Sus hombros daban bruscas sacudidas, tal vez por el llanto, aunque más bien parecían espasmos nerviosos. Me sentí un poco culpable viéndolo así, postrado, pero me daba miedo lo que pudiera hacer si me acercaba.

—¿Qué te pasa?

No respondió.

—Has bebido demasiado. ¿Por qué no ha venido Stella? Podrías haberla traído.

Negó con la cabeza. Se levantó, abrió el grifo y se quedó embobado frente al chorro de agua.

—Tus sentimientos son siempre así de simples, ¿verdad? —dijo entre dientes—. Así de pulcros. No has entendido nada, Teresa. Ni de mí ni de este lugar, ni siquiera del hombre con quien te acabas de casar.

Dejé la toalla húmeda en el lavabo para que pudiera usarla.

—Nos vemos fuera, Nicola.

Abrí la puerta. Lancé una mirada a ambos lados del pasillo para asegurarme de que nadie nos hubiese visto, que no hubiera testigos de aquella traición en la que yo no había colaborado.

Llegó la hora de la tarta y yo seguía trastornada. La vi pasar a hombros de dos chicos, redonda y decorada con frutas de todos los colores, resplandeciente bajo una capa de jalea. La llevaron hasta la encina, donde había una mesa preparada. No sabía que Bern tuviera previsto servirla allí. Una vez más me sentí arrastrada involuntariamente y una vez más se formó un círculo a mi alrededor.

Bern se encaramó al banco y me tendió la mano para que me uniera a él. Hubo aplausos y silbidos. Danco era de los más exaltados, reclamaba un discurso, y los demás se unieron a la moción. Pero yo era incapaz de pronunciar una sola frase y Bern escondió la cabeza detrás de mi espalda. Los invitados se fueron calmando, aunque al parecer esperaban que uno de nosotros tomara la palabra. Entonces, Cesare dio un paso al frente.

—Si la emoción impide hablar a los novios, me gustaría decir algo en su lugar. Con su permiso, naturalmente.

—Gracias, Cesare, sácanos del apuro —dije antes de que a Bern se le ocurriera pararle los pies.

Cesare se tomó un momento para ordenar sus ideas.

—Teresa y Bern han preferido no unirse en matrimonio al amparo de nuestro Señor —dijo al fin—, pero eso no significa que Dios no esté presente, encima de ellos, de todos nosotros, en este preciso instante. Aunque no haya sido invitado, nos rodea con sus brazos cálidos y poderosos. ¿Lo sentís? —Se volvió hacia los invitados con el índice señalando algo en el cielo—. ¿Podéis sentir la grata densidad del aire? Yo la siento: es el tacto de sus brazos.

Escudriñé con alarma el rostro de los invitados, pero sólo Danco cruzaba agriamente los brazos desplegando una sonrisa sardónica. Los demás parecían encandilados por el sermón de Cesare, por sus pausas grandilocuentes. Busqué la mano de Bern: estaba sereno.

—Me gustaría contaros una historia —prosiguió Cesare—, una historia que quizá algunos conozcáis: la historia de los vigilantes.

Habló de los ángeles observadores y su rebelión, cómo descendieron a la Tierra atraídos por la belleza de las mujeres, cómo se unieron a ellas y engendraron unos gigantes monstruosos, cómo esos gigantes se alzaron contra los hombres y la Tierra se llenó de sangre y sufrimiento, cómo los vigilantes adiestraron a los hombres para que se defendieran de aquello que los monstruos mismos habían creado enseñándoles encantamientos, las propiedades de las plantas y la fabricación de armas. Les habló de todo esto a nuestros invitados, que estaban allí para divertirse y tal vez para husmear en nuestro peculiar estilo de vida. Ellos lo escucharon por curiosidad o por educación. Luego dijo:

—Veo que algunos os habéis acongojado. «¿A qué viene esto? ¿Por qué nos cuenta un relato tan lúgubre?», os preguntaréis. «¿Pretende amargarnos la fiesta? ¿Qué rayos quiere decirnos?» —Alguien soltó una risita y Cesare sonrió; estaba pletórico—. Que toda la gloria del hombre nace del delito y el pecado, eso os quiero decir; que toda unión entre seres humanos es una unión entre la luz y las tinieblas, incluso este matrimonio. No os indignéis, os lo ruego. Conozco a los novios desde que eran niños; son como hijos para mí. Conozco la pureza de su corazón, pero el profeta Enoc quiere ponerlos en guardia frente a la sombra que habita en ellos y que quizá ignoran. Teresa, Bern, recordad esto: nos casamos con la virtud, pero también con el pecado. Si aún no podéis verlo, deslumbrados como estáis por la pasión, lo advertiréis más tarde. Antes o después tendréis que hacerlo. Será entonces cuando habréis de recordar la promesa de esta noche.

Buscó a Floriana con los ojos. La miró un momento, como si también hablara de ellos mismos acentuando algo importante. Luego les dio la espalda a los invitados y se dirigió a nosotros, a Bern y a mí, aún de pie en el banco, quizá ya un poco ridículos sobre aquel podio.

—Sólo erais unos críos cuando os conocisteis, aunque puede que ya estuvierais enamorados. Floriana y yo lo comentábamos a veces, ¿verdad? «Esos dos», decíamos, «se traen algo entre manos». Esta noche habéis prometido velar el uno por el otro. Pues bien, no dejéis de hacerlo jamás.

Retrocedió unos pasos para retirarse del centro. Alguien batió palmas sin excesiva convicción y el aplauso murió enseguida. Bern bajó del banco en medio de la perplejidad general, dejó atrás la mesa, se acercó a Cesare y apoyó la cabeza en su pecho. Por encima de su pelo negro, Cesare me hizo una seña para que yo también acudiera. Bajé con precaución y nos vimos ambos entre sus brazos, bajo el paraguas de la bendición que tanto habíamos añorado aunque segundos antes no lo supiéramos.

Corinne y Tommaso fueron de los últimos en irse. Él estaba tan borracho y pasado de rosca que fue necesario acompañarlo al coche y calmar el arrebato de ira con que reivindicaba su derecho a conducir. Cuando por fin nos quedamos solos, Bern y yo nos sentamos en la mecedora sin preocuparnos de que se desplomara con nuestro peso. Marido y mujer. Varias de las cintas que habíamos colgado en los árboles yacían embarradas sobre la tierra.

En la mesa quedaban algunos confites. Me levanté, cogí uno y volví a la mecedora. Lo partí con los dientes y le ofrecí la mitad a Bern, pero él empezó a sollozar. Le pregunté qué ocurría, pero lloraba tanto que era incapaz de responderme. Puse su cabeza entre mis manos.

—Para, por favor, me das miedo.

Tenía el rostro descompuesto, los pómulos enrojecidos, le costaba respirar. Balbució:

—Ha sido maravilloso..., el mejor día de mi vida. Estaba todo el mundo..., ¿te das cuenta? Todos.

Lo dijo como si adivinara que no volvería a ocurrir algo parecido. En aquel momento, y por primera vez, comprendí la fuerza de su nostalgia y cuánto extrañaba a algunas personas: su madre y su padre, Cesare y Floriana, Tommaso y Danco, tal vez incluso Nicola. Me levanté.

—¿Adónde vas? —preguntó, asustado, como si temiera que yo también pudiese desaparecer.

—A preparar un poco de té.

—No quiero.

—Te sentará bien.

Dentro de casa apoyé las manos sobre la mesa. El vestido estaba manchado por delante y me apretaba. Subí a la habitación, me lo quité y me puse unos vaqueros y una camiseta. Estuve a punto de dejarlo allí, tirado por el suelo, pero al final lo extendí sobre la cama.

Bern, ya tranquilo, se balanceaba en la mecedora con la mirada perdida. Cogió la taza de té y sopló. Volví a sentarme a su lado. Nos quedamos así un rato. No hizo ningún comentario sobre el cambio de ropa, tal vez ni siquiera se dio cuenta. Parecía haber olvidado los diez minutos de llanto, así como a las personas que habían abarrotado la hacienda y a las cuales, momentos antes, creía necesitar más que a nada. De repente se levantó, cogió el cántaro con el dinero y lo estampó contra el cemento del patio, tan fuerte que el impacto ahuyentó brevemente a las moscas.

De rodillas separamos los billetes de las cartas, los cheques de los cascos. Luego, abrimos los sobres para separar el dinero de las felicitaciones, que no leímos. Al final, media mesa estaba cubierta de billetes, un soplo de tramontana los hizo vibrar y arrojó algunos al suelo.

Empezamos a contar. Cesare nunca había querido que se manejara dinero en la hacienda y ahora Bern y yo manoseábamos los billetes con ansia. ¡Si nuestros invitados supieran qué poco se parecía nuestra noche de bodas a lo que ellos imaginaban! Bajo el mantel blanco seguía el hule de Floriana, el mapa dañado por las quemaduras circulares de los platos ardientes.

—Nueve mil trescientos cincuenta —dijo Bern cuando le pasé los últimos billetes; se inclinó hacia mí y finalmente me besó—. Lo hemos conseguido.

Una alegría histérica se adueñó de nosotros. ¡Cuánto dinero! ¡Y era nuestro!

Entramos en casa y nos turnamos para ir al baño. Aún mojado tras la ducha, Bern se echó sobre mí y me penetró abriéndose paso sin contemplaciones con su boca pegada a la mía. El sexo se había vuelto mecánico, desbravado por el miedo al fracaso y las toneladas de hormonas artificiales, pero aquella noche de septiembre fue distinta. Aunque retozábamos con más soltura que a los diecisiete años, cuando nos tendíamos sobre la tierra húmeda del cañaveral, aunque ya no me asombraba la lengua de Bern enredada con la mía ni mi orgasmo súbito ni la manera como apretaba los dientes rindiéndose al suyo, el imprevisto frenesí de nuestros cuerpos fue una nueva revelación y por un momento aparcamos el futuro. Durante aquel trozo de noche sólo existimos él y yo, pero fue la última vez.

Pocos días después le llevamos a Sanfelice unos confites que engulló vorazmente uno tras otro. Con los dedos aún pringados de azúcar hizo correr las páginas del calendario y anunció que deberíamos esperar hasta enero para el viaje. Octubre no coincidía con mi ciclo menstrual, noviembre estaba copado y en diciembre se iba de vacaciones con su familia.

Leyó la decepción en nuestro rostro y para neutralizarla incrementó su entusiasmo. ¡Enero era perfecto! Habría nieve en Kiev, montañas de nieve. La nieve era, además, un buen augurio, los éxitos aumentaban de forma extraordinaria. Nos quedamos en silencio mientras él buscaba los datos en el ordenador. Giró la pantalla hacia nosotros.

—Aquí están: febrero de 2008, cien por cien de embarazos.

Ni Bern ni yo osamos preguntarle si la nieve daba buena suerte en general o se trataba de un fenómeno que sólo le ocurría a él. ¿Había motivos, pruebas científicas? Estábamos confusos, temerosos y esperanzados por igual. El galeno prometía un cien por cien rotundo, decía que la nieve era un buen agüero y nosotros lo creímos. Llegados a aquel punto, estábamos dispuestos a creer cualquier cosa.

—¿Han reservado ya alojamiento? Tenemos unos convenios excelentes. Yo suelo ir al Premier Palace, pero hay quien lo considera un poco caro. Tiene *spa*, y un buen masaje antes de la transferencia embrionaria ayuda a relajar los tejidos. Para usted, en cambio —dijo dirigiéndose a Bern—, nada de masajes: tendrá que apretar los puños. ¡Ánimo, pues! ¡Y ojalá nieve de lo lindo!

De los meses que siguieron apenas tengo recuerdos, sólo que me sometí a un nuevo tratamiento hormonal, éste menos agotador. La secretaria del médico nos llamó para ayudarnos con la compra de los pasajes: ella se encargaría de todo. ¿Elegíamos el otro hotel? La diferencia de precio no era excesiva y en el Premier Palace se alojaba el doctor, lo cual podía ser reconfortante. ¿Estábamos interesados en la visita guiada por la ciudad? Desde el martes (día de la recogida espermática) hasta el sábado por la mañana (día de la transferencia embrionaria) no había mucho que hacer. El doctor recomendaba el *tour*, sus clientes a menudo subestimaban los atractivos de Kiev.

Pasamos la Nochevieja en casa de Corinne y Tommaso, pero estaban raros, siempre pendientes de la niña, que poco antes había sido ingresada por un pequeño accidente doméstico. Cuando el menor gorgoteo del vigilabebés llegaba a sus aguzadas orejas, salían disparados para asegurarse de que todo estaba en orden.

Danco acaparó la conversación, y cuando por fin calló nadie fue capaz de rellenar el hueco. Giuliana bostezaba descaradamente antes incluso de la medianoche y los demás nos dejamos contagiar por el sueño. Poco después del brindis, Bern y yo estábamos en el coche, ceñudos y envidiosos. «Tienen una trituradora de hielo —me dijo—: ¿sabes cuánta electricidad debe de gastar eso?»

Por fin llegó el día de hacer las maletas y luego el de partir. En el aeropuerto, Bern vagaba asombrado: todo aquello era nuevo para él. Prácticamente tuve que llevarlo de la mano hasta el mostrador de facturación y luego a la cola que serpenteaba desde el control de seguridad. Contempló cómo la cinta se tragaba nuestras maletas. Cuando llegamos a nuestra puerta llamó mi atención sobre la maniobra de un Boeing en la pista. Lo observó mientras aceleraba y despegaba ágilmente, luego sonrió como un niño. «¿Quién coge su primer avión a los veintinueve años?», me pregunté. Dejé que se sentara junto a la ventanilla y no paró de mirar el esponjoso manto de nubes.

—Imagínate caminar por encima —dijo, señalándolas con el dedo.

Para ahorrar habíamos reservado una combinación horrible: casi nueve horas de espera en el aeropuerto de Fráncfort. Bern se negó a pisar cualquier establecimiento de comida rápida porque seguramente la carne procedía de granjas intensivas. Los otros restaurantes eran demasiado caros. Comimos un poco de chocolate; luego, algo de pan con un mísero complemento de mostaza y pepinillos. Cuando por fin subimos al segundo avión estaba tan famélica que me comí de un bocado el sándwich servido por la azafata y después le hinqué el diente al que descansaba sobre la mesita de Bern, que dormía como un tronco.

Me atormentaba imaginando la cánula. Sanfelice había hecho una prueba pocos días antes: «Un ensayo sobre el terreno», así describió el asunto. Seguía el avance del tubo en la pantalla del ecógrafo mientras hablaba de cualquier cosa. En un momento dado me indicó que mirara, pero yo cerré los ojos. Aunque no dolía, era una sensación que a una le hacía agarrar el papel sobre el que estaba tumbada. «Con este cuello uterino es una carrera de obstáculos», comentó. Luego, victorioso, exclamó: «¡Eureka! ¡Aquí plantamos al condenado!»

¿Lograrían hacerlo de nuevo con la misma facilidad? Habíamos decidido implantar el máximo número de embriones posibles, tres juntos. Y si al final nacían gemelos, mejor que mejor.

Me desperté de golpe antes del aterrizaje. Me sentía indigesta y un acre regusto a mostaza me subió por el esófago.

—¿Estás lista? —preguntó Bern.

Tenía un aspecto grave, como si al despertar hubiese pasado largo rato dándole vueltas a algo. Disimulé el dolor que me causaba la punzada en la barriga.

—Claro, estoy lista.

Fuera de Borýspil, el viento levantaba torbellinos de polvo helado, cristales que se clavaban en la cara como cuchillos. Tenía los dedos tan ateridos que me costó ponerme los guantes. Nuestra acompañante, Nastja, iba unos pasos por delante de nosotros, pero ella no agachaba la cabeza para protegerse de la tormenta.

—Son las horas más cálidas del día —dijo con un acento vagamente marcial; llevaba el pelo muy corto teñido de rojo sintético, un largo y único mechón le caía hacia un lado; soltó una risotada—. Ayer menos veinte. Primera vez en Ucrania, ¿eh?

Bern caminó como hipnotizado por el aparcamiento hasta una rotonda donde se acumulaban unos diez centímetros nieve. Ni rastro de las montañas que había prometido Sanfelice, sólo una capa endurecida. Bern la tocó con una mano desnuda.

—No la recordaba —dijo.

Yo no tenía muchas ganas de secundar su admiración por la nieve, no mientras se me congelaban las piernas y la cara, no mientras aquella mujer nos esperaba junto al coche y alguien me retorcía los intestinos con unas tenazas. En el coche, Nastja se puso de costado para hablarnos.

—¿Sabéis quiénes eran los húsares? —Desmochaba las eses—. Eran los oficiales de caballería, unos borrachines. Pues escuchad esto: el coronel de los húsares invita a los soldados de su regimiento al cumpleaños de su hija y, antes de la fiesta, los alecciona: «No bebáis como caballos, no os atiborréis como cerdos y no digáis palabrotas.» Así que los húsares se sientan a la mesa donde se sirve la cena tensos y cabreados porque no pueden ni comer ni beber ni maldecir. —Buscó la aprobación de Bern, que asintió con la cabeza—. Llega la mujer del coronel, que tiene una vocecita muy delicada. Saluda a los húsares, cada vez más cabreados, y les dice: «He comprado estas magníficas velas de cera belga y estos preciosos candelabros de Venecia, pero ahora tengo un problema, queridos invitados, por-

213

que hay diecinueve velas y sólo dieciocho agujeros en los candelabros. Así que decidme vosotros: ¿qué hago con la vela sobrante?» Entonces, el coronel se levanta y grita: «Señores oficiales, ¡ni una palabra!» Bern sonrió. Parecía embelesado por aquella mujer, por su desagradable forma de hablar.

—Estáis preocupados —dijo Nastja, mudando la expresión de su rostro.

—No.

—Sí, sí. Tenéis carita de miedo. Mirad —dijo, hurgando en su bolso y sacando el teléfono; nos enseñó una foto de dos niños—. Los dos con el doctor Fedečko. Mi marido, Tarás, tiene espermatozoides beodos. —Infló los carrillos para remedar los espermatozoides de su marido; los radiantes niños de la foto sostenían una bandeja llena de billetes—. ¡Mil trescientos dólares, en el casino! —exclamó Nastja—. Tarás siempre quiere niños, niños, sólo niños. ¿Habéis decidido ya el sexo?

Fuera comenzaba la procesión de los colosales edificios periféricos. ¿Serían las habitantes de aquellos monolitos de cemento quienes ofrecían sus óvulos a cambio de dinero? Bern se emocionó al ver el río Dniéper congelado.

—¡Mira! ¡Allí! —dijo, rozándome la muñeca.

Sobre una colina se veían unas cúpulas doradas.

—Pecherska Lavra —intervino Nastja—, iremos mañana. Y aquello de allá arriba es la dama de hierro, última estatua soviética. La encargó Nikita Jrushchov. ¿Veis esas tetas tan grandes? Tetas de rusa. —Hizo un gesto grosero con las manos.

El dolor se me iba extendiendo por la parte inferior de la espalda. Si no me metía en la bañera en breve, la cosa podía acabar fatal.

—¿Qué te pasa? —preguntó Bern.

—¿Cuánto falta para llegar al hotel?

Nastja señaló hacia delante, hacia un lugar indefinido.

—Después del puente empieza el centro. ¿Otro chiste de húsares?

—Mejor en otro momento —respondió Bern amablemente mientras me miraba con aprensión.

Nastja dijo para sí:

—Caritas de miedo, sí, sí.

Las columnas del vestíbulo del hotel estaban revestidas de un plástico que imitaba las vetas del mármol. Una moqueta roja cubría el suelo. Los hombres del personal, todos de librea, estaban sentados en las esquinas con aire soñoliento. Nos siguieron con la mirada mientras entregábamos los pasaportes, llenábamos el formulario de registro y oíamos las últimas instrucciones de Nastja.

—A las cinco aquí abajo con un buen bote de esperma. Consejo de Nastja: antes un chupito de vodka, sólo uno, y una loncha de *salo*, nuestra panceta. Hace el semen más fuerte. Secreto de Tarás.

Arrastramos las maletas hasta el ascensor. Me daba la impresión de que todos sabían por qué estábamos allí. La habitación, en el segundo piso, tenía una única ventana que daba a un aparcamiento repleto de escombros. Más allá había un edificio destripado por un derrumbe o tal vez sin terminar.

Me encerré en el baño mientras Bern se dejaba caer de espaldas sobre la colcha de terciopelo. Llené la bañera y me quedé allí sintiendo que mi cuerpo se derretía, aunque sospechaba que el agua de aquellas tuberías estaba tan contaminada como todo lo demás. Pero al menos estaba caliente y consiguió calmarme los escalofríos.

Bern se tomó al pie de la letra la recomendación de Nastja. Yo quería quedarme en la habitación, meterme debajo de las sábanas y esperar, pero él me obligó a vestirme de nuevo: teníamos que encontrar aquel embutido.

Salimos a Khreschatyk y se nos echó encima una ventolera siberiana gélida y tenaz. Anduvimos casi media hora, primero bordeando un parque, luego bajando por la calle que conducía a la estación ferroviaria. La plaza de enfrente era una enorme y traicionera placa de hielo, y la humanidad que la poblaba, únicamente hombres con gorros calados hasta las cejas, me hizo suplicarle a Bern que nos alejáramos de aquel lugar.

Subimos por la misma calle y entramos en un café que parecía anclado en otro siglo: visillos de encaje, paneles de madera en las paredes, luces navideñas intermitentes. Bern consiguió pedir la panceta mediante gestos. La señora se la trajo cortada en gruesas lonchas y acompañada de pepinos en salmuera.

—Tiene mala pinta... —dije.

—Es por la causa —respondió él, divertido.

Cogió una loncha de grasa entre el índice y el pulgar y la dejó caer en su boca. El estómago volvió a darme un vuelco. Bern despachó todo el tocino que había en el plato.

Teníamos tiempo, quería caminar. Estaba enfebrecido, era su primer viaje al extranjero, lejos de Speziale, con la única excepción del misterioso año que había pasado con su padre en Alemania, demasiado joven para guardar algo más que recuerdos confusos, y del que, por otro lado, no hablaba nunca. Hasta el espeso vaho que despedíamos por la boca le parecía sensacional. Me dejé llevar por su frenesí. Después de todo, era nuestra luna de miel. Excéntrica y preocupante, pero luna de miel al fin y al cabo. Para Danco y los demás estábamos haciendo turismo en Budapest. Como mínimo podía fingir que así era.

Cuando volvimos al hotel, las otras parejas estaban reunidas alrededor de Nastja en una salita del vestíbulo. Ella alargó los brazos hacia nosotros y dijo en un tono vergonzosamente alto:

—Aquí están los que faltan. ¡Rápido, el bote!

Preguntó a Bern si necesitaba revistas o fotos, al parecer llevaba de todo en el bolso. Él las rehusó, aunque lo fascinaba tanto descaro. Me pidió que esperara allí.

Nastja me acompañó a las butacas y prácticamente me obligó a sentarme en la única que quedaba libre. La señora que estaba a mi lado se volvió hacia mí.

—Ayer tenía un grosor endometrial de catorce milímetros. Sanfelice dice que es lo ideal.

Ni mencionó su nombre, ni me tendió la mano, ni empleó una frase trillada para encauzar la conversación...; sencillamente me comunicó el grosor de su endometrio. Luego añadió:

—Es la séptima vez que venimos, pero era muy fino. Además, ¿has visto qué cantidad de nieve hay en la calle?

Volvió a darme la espalda para escuchar a Nastja, de pie en el centro, que volvía a contar el chiste sobre los húsares que no me había arrancado ni una sonrisa unas horas antes. Me quedé mirando hacia las puertas del ascensor, al fondo del vestíbulo, hasta que apareció Bern. Cruzó el recibidor vacío y le entregó la muestra a Nastja delante de todo el mundo, sin cortarse un pelo.

—El rezagado —dijo ella, examinando el bote a contraluz—. Bien, bien, hay mucho. ¿Sabéis lo que se dice aquí en Kiev? Que conviene abastecerse para los días oscuros porque antes o después llegan. Siempre llegan. *Čornij deń*, los días oscuros.

A la mañana siguiente, algunas parejas volvieron a Italia, aquellas que tenían suficiente dinero para otro pasaje de ida y vuelta en avión. Las demás paseaban por el hotel como nosotros, atolondradas y esperanzadas como nosotros. Casi no hablábamos los unos con los otros: parecía haberse instaurado una competición muda.

Una tormenta de nieve nos confinó en el cuarto durante dos días. Las ráfagas eran tan fuertes que las ventanas crujían. El viento se llamaba *buran*; cada remolino de nieve, *purga*. A Bern le pareció muy gracioso y no dejaba de repetirlo: *buran, purga, buran, purga.*

Yo apenas podía moverme. Me quedaba tendida en la cama mirando las humedades de las tapicerías, tratando de adivinar los colores originales. A mi lado, él estudiaba la guía turística con el mismo celo que aplicaba a los libros. A veces leía algo en voz alta, buscaba un lápiz y subrayaba los pasajes que le interesaban.

Al tercer día, el anterior al de la transferencia, el sol resplandecía en el cielo. No irradiaba calor alguno, pero deslumbraba a causa de la nieve. Nastja aguardaba en el vestíbulo para la visita guiada por la ciudad. A mí no me apetecía, pero Bern no entendía por qué: estábamos allí, teníamos toda una ciudad por ver y el día era fabuloso.

—Muy valientes —dijo Nastja al vernos—. Vamos.

La ciudad me pareció tan pavorosa y hostil como al principio: los pasos subterráneos con sus tienduchas mortecinas, los vagabundos exánimes quebrantados por el alcohol, las escaleras mecánicas que descendían hacia el metro, tan largas y empinadas que parecían llevar al centro de la Tierra; los nombres de las estaciones escritos en un alfabeto incomprensible. Bern y Nastja iban siempre unos pasos por delante, enfrascados en conversaciones que no tenía ni fuerzas ni ganas de seguir. Dentro de los edificios hacía un calor sofocante; fuera, un frío inclemente. Me tapaba la boca y la nariz con la bufanda. En la cuesta de Andriivskiy perdí el equilibrio un par de veces. Bern se volvió para mirarme con una extraña indiferencia, casi molesto. Lo atraían los tenderetes y se emperró en comprar una máscara antigás de los tiempos de la guerra fría que Nastja lo ayudó a colocarse.

—A Danco le gustaría —dijo.

Pero no nos quedaba mucho dinero y no estábamos seguros de que en Budapest hubiera máscaras como aquélla, así que la dejó en su sitio.

Me fijaba en las chicas que pasaban. Eran hermosas, como había dicho Sanfelice, esbeltas, con el pelo oscuro y la piel clara. «Podría ser ella —me decía al intercambiar una mirada con una viandante—. ¿Cómo se llamará? ¿Natalija? ¿Solomija? ¿Ljudmyla? ¿Tendrá hijos?» No lograba detener aquel tren de pensamientos, pero tampoco me atrevía a compartirlos con Bern; seguramente me diría que me dejase de tonterías y citaría sentencias de Sanfelice igual que tiempo atrás citaba los salmos.

Conseguí convencerlo de que cogiéramos un taxi para volver al hotel. Nastja coincidió conmigo: era mejor descansar para la jornada siguiente. Cuando circulábamos por la gran avenida arbolada, la radio del coche emitió una canción que conocía. Canturreé una estrofa a media voz.

—¿Qué es? —preguntó Bern.

—*Joyride*, de Roxette. La escuchaba de pequeña.

El conductor debió de oír algo porque dijo:

—*Roxette, yeah! You like music nineties?*

Le respondí que sí, que me gustaba, sobre todo para no aguarle la fiesta.

—*I also* —dijo, mirándome con sus ojos transparentes a través del espejo retrovisor—. *Listen.*

Durante el resto del trayecto, hasta que llegamos de nuevo a Khreschatyk, no paró de seleccionar canciones para mí, y cada vez me preguntaba con un gesto si eran de mi agrado. Primero *Don't Speak*, luego *Killing Me Softly*, después *Wonderwall.* Yo miraba por la ventanilla: el sol se había puesto hacía rato, las partes de la acera más alejadas de las farolas estaban a oscuras. Frente a la entrada del hotel, Nastja dijo:

—Mañana el dinero, acordaos. En metálico, euros.

Sobre la puerta corredera de la clínica había una cigüeña acurrucada. De piedra, pero estaba tan bien hecha que al principio pensé que era de verdad. Sanfelice había optado por proceder en orden alfabético según el apellido de las mujeres. Éramos los terceros.

Atravesada la puerta nos encontramos en un espacio moderno, un trozo de futuro en medio de un barrio donde todo lo demás parecía viejo y deteriorado. Nastja me cogía del brazo como si temiera una huida. Antes de rebasar el felpudo me dio dos bolsitas de nailon.

—Para los zapatos. Tú también —le dijo a Bern, que nos seguía en silencio.

Lo trataba con más aspereza que el día anterior, como si llegados a ese punto fuera casi un estorbo. Cubrí mis zapatos con el plástico azul. Aquella prudencia higiénica tendría que haberme serenado, pero la tensión se fue adueñando de mí cuando subíamos la reluciente escalera, cuando desviaron a Bern hacia otro pasillo sin que tuviéramos tiempo para despedirnos, cuando rellené unas hojas fotocopiadas (escritas en un inglés lleno de faltas) donde autorizaba la congelación de los embriones y su posterior eliminación transcurridos diez años. Las enfermeras hablaban entre ellas en ucraniano o tal vez en ruso. Si por error se topaban con mis desorientados ojos, sonreían de manera tan afable, tan impersonal, que llegué a preguntarme si me consideraban un miembro de otra especie.

Luego, me vi tumbada en un quirófano perfectamente equipado e iluminado, un recinto revestido de azulejos hasta el techo. A un lado estaba el altísimo doctor Fedečko con sus bigotes rubios; al otro, Sanfelice con su característico aire risueño, aunque más circunspecto de lo habitual, como si allí estuviera supeditado a la autoridad de su colega.

—He aquí unos blastocitos de campeonato —dijo—, todos 3AA. La primera señora sólo tenía del tipo B, no le digo más.

Entretanto, Fedečko introducía la cánula buscando dentro de mí una vía expedita con más delicadeza que Sanfelice el día de la prueba. Fue cosa de un momento. Los médicos me felicitaron, aunque no entendí por qué: me había limitado a estar quieta, sólo eso, y todo lo ocurrido parecía concernirme fortuitamente o no concernirme en absoluto.

Me llevaron a una habitación más pequeña con una gran ventana. Estuve esperando un tiempo que me pareció eterno. Desde allí se veía el cerro nevado y, en el centro de aquella blancura, las cúpulas doradas de Pecherska Lavra. A pesar de haberla visto de cerca el día antes, era más bonita desde allí, a lo lejos, como un espejismo.

Sentí frío. ¿Dónde estaba Bern? De repente me dio por pensar que ya no se hallaba en el edificio, tal vez ni siquiera en la ciudad, y sentí que todo se alejaba y se volvía inalcanzable, como la miniatura de la Lavra sobre la colina. La puerta se abrió de golpe. Entraron Sanfelice, el doctor Fedečko, dos enfermeras y, tras ellos, como encogido, él. No se atrevió a acercarse a la cama hasta que nos quedamos solos. Entonces me ayudó a levantarme y a vestirme con la ropa que una mano fantasma había transportado desde la antesala donde me había desvestido hasta el armario de aquel cuarto.

Caminamos por varios corredores sin que nadie nos escoltara. Bern se había aprendido el camino durante mi ausencia, como si se hubiese dedicado a explorar los meandros de la clínica de la cigüeña. Bajamos por una escalera y aparecimos en el vestíbulo. Nastja se agachó para quitarme los cubrezapatos que volvía a llevar en los pies e indicó el coche que nos esperaba en la puerta.

La vegetación de la hacienda dormitaba durante el invierno. La savia fluía perezosamente por el interior de las plantas. Bern y yo vivíamos en suspenso, como la naturaleza que nos envolvía. Me escrutaba en silencio, atento al mínimo cambio que pudiera producirse en mi cuerpo, en mi metabolismo, en mi sueño. Reñíamos por minucias. Por ejemplo, por qué no había barrido las hojas del patio que ahora obturaban el desagüe. En realidad, hubiera querido gritarle que dejara de seguirme, de preguntarme cómo me encontraba, de torturarme con su mirada allí adonde iba. Total, la vida se crea sigilosamente en las honduras del vientre, no hay forma de espiarla. Y, aun así, estaba convencida de que tenía los nervios tan crispados, los sentidos tan alerta, que habría captado la más mínima variación. Lo cierto es que me sentía igual que antes, idéntica; tal vez un poco más irascible y bastante más apática.

De modo que no me sorprendió cuando Sanfelice, después de darle vueltas a la sonda intrauterina e interrogar a las sombras confusas del monitor, anunció que no había nada, ni un leve movimiento.

—Una lástima. Esos blastocitos eran tan prometedores... En fin, el próximo viaje es en marzo.

Bern no me había acompañado a la visita. «Finjamos que es un día como otro cualquiera», dijo.

Lo llamé, estaba en el mercado de Martina Franca. Esperé mientras atendía a una clienta. Oí cómo bromeaban y luego lo imaginé arrodillándose, escondiéndose bajo la mesa para procurarse algo de intimidad. La conspiración se había convertido en un hábito entre nosotros.

—¿Y bien? —preguntó en voz baja.

Le comuniqué los resultados sin rodeos, casi con brutalidad. Me arrepentí enseguida y añadí:

—Lo siento mucho por ti.

—No pasa nada —dijo, pero parecía alterado.

—Lo siento por ti —repetí.

221

—¿Por qué dices eso? ¿Por qué lo sientes por mí?

—Acabo de darme cuenta, pero es así: siento más pena por ti que por mí misma.

—No es verdad, Teresa, estás confusa. No piensas eso.

—Tendrías que buscarte a otra chica, Bern, una que funcione mejor.

Durante el intervalo de silencio, antes de que Bern respondiera que no era cierto, que no debía hablar así, que no eran más que sandeces mías, comprendí que llevaba razón. Fue una pausa breve, una duda fugaz, el tiempo justo para respirar a fondo. Estaba valorando la opción que le había ofrecido, por un instante puso en una balanza dos pesos incompatibles: el deseo que lo unía a mí y el lacerante anhelo de tener un hijo. Estas cosas pasan. Puede suceder que una persona albergue afanes contrapuestos. No es justo, pero es inevitable, y nos había sucedido a nosotros.

Su indecisión me dejó claro cuál de los dos deseos había prevalecido, aunque entonces él lo negara con todo el énfasis que una conversación telefónica en medio del mercado le permitía. No estaba enfadada con él. Al contrario, me sentía tranquila, tan lúcida como la noche de los calambres. De hecho, no sentía nada.

—Tal vez ahora no te des cuenta —le dije—, pero dentro de cinco años, o diez o veinte, no importa cuántos, antes o después repararás en lo que te he arrebatado y me odiarás por ello, por haber destrozado tu vida.

—Desvarías, Teresa, el desengaño habla por ti. Vuelve a casa, vuelve a casa y descansa. Haremos otro viaje, lo intentaremos de nuevo.

—No, Bern, no habrá más viajes. Hemos ido demasiado lejos. No serviría de nada. No me preguntes cómo lo sé, pero lo sé.

Oía la bulla del mercado y podía ver a Bern cada vez más encogido bajo la mesa.

—Estamos casados, Teresa.

Lo afirmó con severidad, como si la constatación bastara para poner fin a la controversia. Pero era inútil, aquél no era el camino. Bern seguiría insistiendo, imploraría si fuese necesario. Luego nos veríamos en casa y él remendaría el desgarro con frases precisas, palabra por palabra. Los destellos de sus iris negros me habrían vencido y empezaríamos de nuevo, una vez más: otra absurda colecta de dinero, otro tratamiento, otro viaje baldío al lugar más inhóspito del mundo, otra decepción y así erre que erre hasta destruirnos el uno al otro.

Recordé el rostro inexpresivo de aquella mujer en la butaca del hotel de Kiev, cruelmente desfigurado por años de cerrazón. No quería acabar así, aún éramos jóvenes.

—Hemos cometido un error —le dije.

—¡Basta!

¡Qué extraña inversión de papeles! No la había previsto. No había previsto nada de todo aquello. Desde el principio era yo quien se resignaba al abandono, era yo quien había amado a cientos de kilómetros como una idiota mientras él la liaba con otra. Tal vez fuera el recuerdo reprimido y silenciado de aquel verano lo que me sugirió qué debía hacer, cómo interrumpir la espiral en que nos hallábamos inmersos, la espiral en la que entramos cuando Tommaso y Corinne nos contaron lo de su hija y nosotros empezamos a fantasear con la nuestra. Sí, sólo había una forma de devolverle a Bern su libertad y reconquistar la mía.

—Hay otra persona —le dije.

—¿Otra persona? —repitió casi susurrando.

Lo conocía lo suficiente para saber que aquél era el único camino. Me sentía firme, lúcida, dueña de mí misma. Estaba agotada, llena de rabia y tenía el corazón roto. No me detendría.

—Sí, otro. Para mí.

—Mientes.

No respondí porque de lo contrario se hubiera percatado del engaño.

Su voz cambió de repente. Bern se transformó en pocos segundos, se convirtió en algo que nunca había visto, una verdadera furia.

—Es él, ¿verdad? ¡¿Es él, Teresa?! —gritaba.

—Eso no importa.

Fueron las últimas palabras que nos diríamos en mucho tiempo. «Eso no importa.» De hecho, aquéllas fueron casi las últimas palabras de nuestro efímero, insensato, desdichado y, a pesar de todo, insuperable matrimonio.

No volví a la hacienda. Vagué con el coche durante horas, hasta la caída de la tarde. Después sería incapaz de reconstruir mi recorrido por las afueras de Francavilla y luego por las carreteras sin asfaltar del campo, algunas de las cuales terminaban abruptamente frente a una verja a la que acudían perros guardianes ladrando como posesos.

Regresé a Speziale, pero no podía ir a casa, presentía que Bern estaría allí a la espera de comprobar con sus propios ojos si lo que había dicho por teléfono era cierto, decidido a investigar mi cuerpo en lugar de mis palabras. La falsa traición que había confesado sólo sería palpable si pasaba la noche fuera. «Es él, ¿verdad? ¡¿Es él?!»

Antes de alcanzar el sendero de la hacienda giré hacia la finca de la abuela. Llamé al timbre y esperé a que el portón eléctrico se abriera. Un foco montado sobre el dispositivo alumbraba el paisaje de forma intermitente.

Riccardo salió a recibirme vestido con un chándal. Le pregunté si podía pasar allí la noche, alojarme en la caseta. Era una desfachatez casi ridícula, pero debió de verme tan descompuesta que dijo:

—Claro que sí, pero en la caseta hace un frío del carajo.

—Me da igual.

—La habitación de invitados está libre. Entra, voy a por unas sábanas.

La habitación de invitados era la mía. Después de darme sábanas y toallas, después que yo me negara a comer algo, Riccardo cerró la puerta dándome las buenas noches, intuyendo que un segundo después su presencia se me haría insoportable.

De repente me vi en el punto de partida, en el cuarto de mi infancia, la finca a oscuras desde hacía horas y yo aún despierta, acostada en la cama donde todo empezó, sin asomo de sueño, sólo un cansancio trepidante que anulaba cualquier posibilidad de dormir.

Un resplandor rasgó la penumbra. «La luna que sale», pensé, pero no podía ser la luna porque la luz se movía. Salté de la cama y abrí la ventana al embate del frío. Entonces vi el fuego, los fulgores danzantes de las llamas y la columna de humo subiendo en línea recta por la ausencia de viento hasta perderse en el cielo negro, justo donde estaba la hacienda. Hasta mí no llegaban ni el ruido ni el olor del incendio, sólo aquella fogarada entre las copas de los árboles.

Mi primer impulso fue correr hacia allí, pero enseguida comprendí que aquello era una señal, un último reclamo lanzado por Bern contra la noche para que acudiera junto a él y desmintiese lo que le había dicho por teléfono. Era una declaración incandescente: «Mientras esta hoguera arda esperaré aquí, dispuesto a creer de nuevo en tus palabras, dispuesto a olvidar. Pero cuando el fuego se extinga y la brasa se enfríe, ya no estaré y lo que has dicho será verdad para siempre.»

Me pregunté a qué le había prendido fuego: al almacén de las herramientas, al invernadero o a la casa misma con todos nuestros enseres dentro. Al día siguiente averiguaría que había quemado la leña, toda la reserva de madera, pero en la habitación de la finca no lo sabía. Entonces sólo podía contemplar el espectáculo con los pies inmóviles en el suelo de piedra helada, incapaz de coger la manta de la cama para taparme con ella. Miré hasta que las llamas menguaron y, ya al alba, se apagaron del todo.

Volví a Turín dos días después de aquella separación repentina y traumática. Sentía que mi tiempo en Speziale había concluido. Ahora, ya demasiado mayor, proseguiría lo que había abandonado cuando era demasiado joven.

No aguanté ni un mes. La mecánica y gélida eficiencia de la ciudad, la lluvia y luego las mañanas de marzo, luminosas pero abrumadoras, y, sobre todo, la condescendencia de mis padres, aquella implícita satisfacción por mi fracaso, me crispaban los nervios. Mi presente estaba ya en Apulia, de modo que volví. No con la ansiedad de mi infancia ni con el sosiego de los últimos años, sino con una tenue resignación, como si no hubiera alternativas. Estaba segura de que no encontraría a Bern. Y así fue. A veces el miedo no me dejaba dormir, me rondaban la cabeza todas las historias truculentas que durante años había oído sobre aquella tierra: un hombre agredido en su casa, atado de pies y manos y torturado durante horas con un hierro candente. Sin duda eran leyendas, pero la muda oscuridad me amedrentaba. Una noche oí un ruido metálico muy cerca de la casa. Abrí la puerta temblando. Un perro hozaba la basura del cubo volcado. Me miró fijamente durante unos segundos antes de marcharse.

Al final me acostumbré. En cierto modo, desde que Danco y los demás se fueron todo había sido un paulatino adiestramiento para la soledad que ahora experimentaba. Aceptaba el agreste consuelo que podía brindarme la naturaleza. Para mitigar la sensación de aislamiento compré una cabra que triscaba a sus anchas por la hacienda. Empecé a dejarme caer por el pueblo, me apunté al centro cívico, a un equipo de voleibol para principiantes y al coro de la iglesia. Mandé instalar una línea telefónica e internet en la hacienda. El técnico de la compañía, un chico con el pelo recogido en una coleta, reconoció el terreno con una vara metálica, como un zahorí, en busca de la mejor cobertura. Montó la antena y se asombró de mi ineptitud con el ordenador. Me dio unas cuantas instrucciones y su tarjeta por si necesitaba algo.

Una antigua alumna de la abuela, ahora maestra de primaria, tuvo la idea de organizar visitas guiadas a la hacienda. Dijo que la idea que habíamos puesto allí en marcha era maravillosa, que yo era capaz de transmitir el respeto por la tierra y la tradición. Al principio me mostré escéptica: no tenía experiencia con escolares y no me sentía autorizada a hablar de los principios que defendíamos en la hacienda; eran patrimonio de Bern y Danco, yo sólo los había emulado. Pero fue más fácil de lo que esperaba. Les expliqué a los niños por qué el acolchado permite ahorrar hasta un noventa por ciento de agua, por qué es tan importante el abono orgánico, por qué los huertos en espiral son más productivos que los rectangulares por todos conocidos; inventé juegos en los que se vendaban los ojos para identificar hierbas aromáticas con sólo tocarlas y olerlas; los hice sembrar y regar, y cuando quería despertar su indignación les enseñaba cómo funcionaba el baño seco y cómo ayudaba a fertilizar la tierra. Sólo los más valientes se atrevían a asomarse al hediondo foso del compost.

En cuanto a Bern, sabía que había estado vagabundeando y que vivía en un piso de Tarento con Tommaso desde que éste se separó de Corinne. Danco me lo contó; yo había perdido toda relación con ellos. Se personó un día en la hacienda, enviado por Bern, con una lista de cosas para llevarse.

—Podría haber venido él mismo —dije sin pensarlo.

—¿Después de lo que le hiciste? —Tal vez se dio cuenta de su falta de delicadeza, porque añadió—: De todas formas, no es asunto mío.

Se movía con desenvoltura por las habitaciones, como si aquel lugar todavía le perteneciera. De vez en cuando consultaba la hoja escrita por Bern.

—¿Cómo está? —pregunté.

—Bien.

Saberlo tendría que haberme alegrado, pero no me veía capaz de tanta generosidad. Me senté junto a la mesa de la cocina súbitamente cansada y observé a Danco revolviendo en los cajones.

—Bern está llamado a grandes empresas —dijo de improviso—. Ninguno de nosotros tiene derecho a coartarlo.

—¿Eso crees que hice? ¿Coartarlo?

Se encogió de hombros.

—Sólo digo que antes de que llegaras a la hacienda teníamos planes en mente. Ahora podremos retomarlos.

—Qué clase de planes, cuéntame. ¿Liberar unas vacas o unas ovejas?

Se volvió hacia mí.

—Hay realidades más importantes que nosotros, Teresa. Siempre te ha esclavizado tu idea de la felicidad.

No estaba de humor para tragarme sus homilías, ya no.

—¿Y cómo pagáis esos planes?, ¿con el dinero que saqué por la casa de mi abuela? Deja esa cafetera, ¡suéltala! La compré yo, es mía. Si Bern la ha puesto en la lista, se equivoca. La dejó en su sitio.

—Como quieras.

Esperé a que terminara su cometido. Me quedé sentada, presa de un rencor que me hizo sentir estúpida. Danco me saludó con la mano antes de salir. Bajo la pérgola, sobre la mesa, encontré la lista con la nueva dirección de Tommaso anotada en el dorso.

No supe nada de Bern hasta un año después, cuando una mañana me despertó el rumor de unos neumáticos en el sendero. Acababa de amanecer. Llegué a la puerta un segundo después de que alguien la golpeara ruidosamente. No pregunté quién era antes de abrir. Cogí el abrigo del perchero y me lo puse sobre el camisón.

Uno de los policías se presentó. No retuve su nombre, puede que ni siquiera lo oyera.

—¿Es usted la señora Corianò? —preguntó.

—Sí.

—¿La esposa de Bernardo Corianò?

Asentí de nuevo, pero resultó extraño que alguien desempolvara mi matrimonio con aquel frío matinal.

—¿Está su marido en casa?

—Ya no vive aquí.

—¿No ha estado aquí en las últimas horas?

—Se lo he dicho, ya no vive aquí.

—¿Sabe dónde podríamos encontrarlo?

Algo me llevó a responder que no, un vago instinto de protección. En algún lugar guardaba la nota de Danco con la dirección apuntada, y en cualquier caso me la sabía de memoria de tanto mirarla, pero respondí que no.

«Habéis prometido velar el uno por el otro. No dejéis de hacerlo jamás.»

—¿Prefiere que entremos y nos sentemos, señora?

—No, prefiero estar de pie, aquí mismo.

—Como quiera. Imagino que no está al corriente de lo que ha ocurrido esta noche. —El policía se acarició el mentón, parecía incómodo—. Todo indica que su marido está implicado en un homicidio.

La costura interna del abrigo me rozaba el cuello. Era molesto si no llevabas una camiseta de cuello alto o una bufanda.

—Debe de tratarse de un error —dije mientras se me escapaba una risa nerviosa.

—Ha habido enfrentamientos por la tala de unos olivos. Él estaba entre los manifestantes.

Un momento inverosímil..., una luz blanquecina y opaca bañaba los campos.

—¿Qué homicidio? —pregunté.

—Un agente de policía. Se llamaba Nicola Belpanno.

5

Tommaso seguía con las manos sobre la colcha. Se las miraba sin inclinar la cabeza, moviendo únicamente los ojos, como si pudiera ver a través de ellas y completar el estampado de rombos rojos y azules. Sus dedos separados parecían decir: «Esto es todo, no hay nada más que saber y esta vez no he omitido un solo detalle.»

Así que por un lado estaba la historia que yo conocía y por otro, la historia secreta. En esta última morían una chica y su hijo. Pero Bern nunca me había contado nada de aquello: se había mantenido fiel a su palabra. No había una historia, sino dos, me repetía, y ambas eran ciertas, tan ciertas como que Tommaso y yo nos encontrábamos, en carne y hueso, en aquel cuarto cuyos radiadores llevaban horas apagados; dos versiones como las dos esquinas opuestas de una caja, que sólo pueden verse al mismo tiempo con la imaginación, una facultad que, en lo tocante a Bern y a Violalibera, a su hijo y a los demás, me había negado a emplear, ciega, sorda y, lo que es más grave, terca, obcecada.

Sin embargo, guardé silencio. Ni siquiera dije algo como: «O sea, que esto es lo que pasó.» No hablaba desde que Tommaso describió a Violalibera amarrada al olivo. Y ahora él también callaba. Puede que hubieran pasado cinco minutos, tal vez más.

Finalmente dijo:

—¿Te importaría echarle un vistazo a Ada?

Casi sentí alivio al levantarme.

Me acerqué al sofá para observar la manta que cubría el pecho de Ada subir y bajar lenta y cadenciosamente. Aquella respiración plasmaba toda la calma del mundo. Dejé pasar un instante para contagiarme de ella y luego volví junto a Tommaso, indecisa entre regresar a la silla de tortura o quedarme de pie.

—Está tranquila —dije.

Había retirado las manos, sus exangües manos de niña, y las tenía cruzadas sobre el embozo de la sábana.

—Un último favor —dijo—. ¿Puedes pasear a *Medea*?

Miré la perra enroscada al fondo de la cama, quizá sobre los pies de Tommaso. .

—Me parece que duerme como un tronco.

—Ya voy yo, puedo hacerlo.

Apartó las mantas de golpe y puso un pie en el suelo. Sólo llevaba unos calzoncillos blancos bajo la camiseta. La inesperada visión de sus piernas desnudas me paralizó un instante. Consiguió levantarse, pero perdió el equilibrio enseguida.

—Mejor no —dijo, tumbándose de nuevo—. En cuanto cambio de posición todo me da vueltas.

A regañadientes cogí la correa que colgaba de la mesilla. *Medea* se irguió al oír el tintineo de la anilla. Saltó al suelo y ladró dos veces antes de que Tommaso la mandara callar.

—Si te cruzas con otros perros, cógela lo más fuerte que puedas aunque estén al otro lado de una verja. No sabes los saltos que pega.

Caminé en dirección al puerto. *Medea* olisqueaba el borde de la acera atraída por el rastro de otros perros o por el olor del pescado que descargaban a diario. Sin duda era la Navidad más extraña de mi vida.

Tiró de la correa y yo hice lo mismo, aunque con demasiada fuerza, ahogándola momentáneamente con el collar. Me lanzó una mirada de inquina. ¿Y si Violalibera hubiese querido tener el niño? Si no se hubiera quedado sola aquella mañana, si el primer sorbo de la infusión de adelfa la hubiera asqueado lo suficiente para verter el resto por el desagüe...; ¡qué extraño advertir que tu destino puede depender de una elección ajena, de una vacilación! Me sentía estafada. «De pensamiento, palabra, obra y omisión», decía la plegaria, pero nadie se fijaba en las omisiones, ni siquiera Bern y yo lo habíamos hecho.

Aquélla, no obstante, fue la primera vez que no me sentí sola en meses: paseando por el puerto con *Medea*, sin un alma a mi alrededor. Como si ahora que ya conocía los hechos mi vida se prolongara a lo largo y a lo ancho, en todas las direcciones, invadiendo la de Violalibera, la de Bern y la de los otros; como si al final sí me hubiera zambullido con ellos mientras se bañaban a escondidas en la piscina aquella primera noche. Bern habría descrito ese pensamiento mejor que yo.

Miré el zurullo marrón que *Medea* había dejado en medio de la acera y por fin me decidí a agacharme y usar una de las bolsitas que colgaban de la correa.

Al volver, Tommaso dormitaba sentado. Al principio de aquella absurda noche me había explicado que sólo de esa manera lograba que los muebles no se le echaran encima cuando cerraba los ojos. Acaricié su brazo, pero no se despertó, así que lo sacudí con más fuerza.

—¿Qué pasa?

—Así que no estabais seguros.

—¿Sabes que ni en Guantánamo tendrían despierto a alguien en mi estado?

—No estabais seguros de quién era.

—Cada uno estaba convencido de que era suyo y de que no lo era. Me temo que no podría explicarlo mejor.

—Conque decidisteis jugaros la paternidad al tiro de piedra. —Tommaso no se inmutó y yo volví a la carga, ensañándome—. Y Bern decidió perder: quería quedarse con el niño.

O con ella, aunque ninguno de los dos lo dijo.

Medea se había acurrucado en la cama como si nunca se hubiese movido de allí.

—¿Y Violalibera no dijo nada? ¿Ella no tenía derecho a opinar?

—Bern ya lo había hablado con ella, creo. Debía de haberlo hecho.

—Tal vez se las habría apañado con cualquiera de los tres.

¿Y si te hubiera tocado?

Tommaso se volvió hacia mí. Durante la larga conversación no me había mirado tan fijamente a los ojos. Me pilló por sorpresa. Luego volvió la vista hacia la colcha, lentamente, tal vez porque aquel movimiento tan brusco había hecho que le doliera la cabeza.

—Supongo que le había comunicado su intención a Violalibera: debió de prometerle que haría el lanzamiento más corto. De esa forma acabarían juntos lo que habían empezado juntos, como si fuese una especie de pacto entre ellos. No lo sé, entonces no lo pensé mucho. Hoy creo que Violalibera vio demasiado tarde que no quería estar con ninguno de los tres. Era un bicho raro. Podías esperar cualquier cosa de ella.

Tommaso se restregó la cara y luego se apretó los ojos con las palmas.

—Háblame del cuartel, de aquella noche —dije.

—Yo no estaba.

—Pero Bern vivía aquí, ¿verdad? Contigo. Fueron a buscarlo a la hacienda, pero él salió de esta casa.

—Son las dos.

Ni me inmuté. Tommaso comprendió que no me daría por vencida y claudicó tras un silencio particularmente largo.

—Está bien, pero ve a buscar un poco de vino. Debe de quedar una botella abierta bajo el fregadero, a no ser que ya me la haya bebido.

—¿Bromeas?

—Me sentará bien. Créeme, sé lo que me hago. Además, ¿es o no es Nochebuena?

Encontré la botella, serví una copa y volví a la habitación: la puerta entornada; la lámpara encendida sobre la mesilla; su labio inferior reseco, antes pálido, ahora teñido de rojo.

—¿Recuerdas el día de las abejas?

—¿Qué pintan las abejas?

—Corinne me contó la noche anterior lo del embarazo. Lo de Ada, vamos. Solía contarme las cosas a toro pasado. Hizo lo mismo cuando decidió cargar con la culpa del robo ante Nacci, cuando estableció aquella deuda encubierta entre nosotros. Porque, de lo contrario, yo no habría ido tras ella. Ahora ya no me avergüenza admitirlo: jamás la habría buscado en el hostal adonde se mudó temporalmente y no la habría llevado a la hacienda ni se la habría presentado a Bern como «mi novia». Todo fue cosa suya. El primer día, cuando llegamos, fue Corinne quien cogió mi cabeza y apretó sus labios contra los míos. «Ahora soy tu novia», eso quiso decir. «Recuerda que tienes una deuda.»

—Creía que estabas enamorado de Corinne.

Tommaso respiró profundamente.

—Supongo que ciertas cuestiones son más complejas para algunos. Corinne, en cualquier caso, decidió dejar la píldora sin consultarlo conmigo, con la misma resolución ciega y egocéntrica de siempre. Pero la niña, Ada, no era su objetivo. Eso también era típico de Corinne. Se puede tardar tanto en conocer de verdad a una persona... Demasiado.

—Nos casamos con la luz y la sombra.

—Ya, me imagino que Cesare tenía razón en eso, como en tantas otras cosas. Por otro lado, Corinne nunca había fantaseado con tener críos: no era lo suyo. El embarazo era, sencillamente, la forma más rápida de abandonar la hacienda de una vez para siempre. Sé que suena cruel. Te habrá venido con historias horribles sobre mí...

—Hace mucho que no la veo.

—No se daba cuenta, pero lo cierto es que detestaba la hacienda. Sólo la soportaba para mortificar a su padre, pero con el tiempo la vio tal como era: ingrata, miserable, hostil... No te ofendas: la hacienda cambió con los años, Bern y tú hicisteis un gran trabajo, pero cuando volvimos a vivir allí tras abandonarla Cesare era exactamente así: ingrato, miserable y hostil. —Había empezado a hablar con discreción y mesura, pero ahora parecía imparable—. Además, Corinne no sopor-

234

taba a Danco, su arrogancia, sus diatribas... Sin embargo, sabía que no podría sacarme de allí sólo con pedírmelo, aunque entonces ya la consideraba mi novia a todos los efectos y ya nunca, o casi nunca, pensaba en cómo se había iniciado ese noviazgo, especialmente desde tu llegada.

—¿Mi llegada?

Tommaso contorneó un rombo de la colcha con la uña del pulgar.

—Para entonces cada uno tenía su pareja, ¿no? Pero Corinne sabía que yo no me iría de allí así como así, por eso ni siquiera lo intentó: sencillamente dejó de tomar la píldora durante una o dos semanas, tal vez meses, qué sé yo, lo necesario. E incluso cuando el retraso fue de cinco o seis días no me lo dijo. Todo esto yo lo he inferido con el tiempo. De pronto dejó de estar tan amargada, de manifestar su insatisfacción con cada gesto, y yo me contagié de aquella paz. No me dijo nada ni siquiera cuando la prueba confirmó el embarazo. Habló con sus padres, fueron a un ginecólogo los tres juntos: la familia reunida de nuevo. Escogieron nuestro futuro piso. Sólo entonces me anunció que estaba preñada. Quizá la persiguiera un leve cargo de conciencia, pero, por lo demás, se mostraba exultante y triunfal. Dijo que nos iríamos de allí lo antes posible, que la casa, un ático, estaría lista en pocas semanas; sólo faltaban algunos muebles, que elegiríamos juntos. Luego añadió: «No te preocupes, mi padre lo tiene todo pensado.» Con aquella frase lapidaria me obligó a olvidar los horrores que había contado sobre él. Aquella noche pude sentir claramente vuestra presencia en las otras habitaciones. Pensé: «Graba cada detalle en la memoria porque ésta es la primera de las últimas noches.» Creía percibir la respiración de la criatura en la barriga de Corinne, aquel ser que por el momento era sólo una larva.

Tommaso hablaba cada vez más concentrado mientras yo pensaba: «Así es como la vida dispone: elige sin elegir, brota al azar en un sitio y no en otro.» Corinne y Tommaso se entendían en su amor defectuoso. Bern y yo no.

—El día siguiente era domingo —prosiguió—. Dejar la hacienda al amanecer para ir a trabajar apaciguaría mi desesperación, impediría que me quedara en la cama con Corinne y mis lúgubres pensamientos de la noche anterior. Me aterrorizaba sentarme bajo la pérgola con todos vosotros a sabiendas de que mi tiempo allí tocaba a su fin. Así que salté de la cama, cogí mi ropa y salí. Estuve un rato deambulando antes de llegar al cañaveral. Los rayos de sol atravesaban las hojas. Vi las colmenas. Te juro que hasta entonces no lo había pensado. Ni siquiera lo pensé cabalmente cuando levantaba la tapa, hipnotizado por el alboroto del interior, por aquel zumbido pegajoso. Las abejas no se asustaron, sólo se inquietaron un poco, como sorprendidas por la sombra de una nube. Con cuidado introduje una mano y luego la otra. Se agarraron a mis dedos y mis muñecas, buscando algo. Entonces cerré las manos de golpe. A partir de ahí no recuerdo nada, sólo a Bern sentado junto a mi cama en el hospital, más o menos igual que tú ahora, pero al otro lado, porque yo giraba la cabeza hacia la derecha para mirarlo. Aunque todo mi cuerpo palpitaba, no sentía dolor; la imagen de Bern estaba desenfocada porque tenía los pómulos y los párpados hinchados. Traté de hablar, pero tenía la lengua entumecida y él me ordenó que estuviera callado y tranquilo, que cerrara los ojos. Prometió no alejarse mientras durmiera. No necesitaba a nadie, sólo a él. Espero que no te importe lo que digo.

¿Me molestaba? ¿Estaba celosa al escucharlo? Puede que, por primera vez, no. Aquella competición era una estupidez, como si en el corazón de una persona sólo hubiera espacio para uno, como si el corazón de Bern no fuera un panal tortuoso lleno de recovecos, uno para cada uno de nosotros.

—Continúa —dije.

—En el ático había tantos armarios que toda nuestra ropa no llenaba ni la mitad. Durante un mes no hicimos más que comprar. Ella esperaba a que yo llegara del Relais y nos dedicábamos a pasear por el centro pasando revista a todas las tiendas. Casi siempre comprábamos cosas para la niña, pero también ropa para nosotros, y electrodomésticos: una batidora, una tostadora, una yogurtera y un aparato para hacer palomitas, porque la cocina estaba medio vacía. Corinne lo pagaba todo con una tarjeta de crédito recién estrenada. Ya no éramos los mismos, estábamos irreconocibles, nunca hablábamos de la hacienda o de vosotros. No me sentía infeliz, no exactamente. Había algo placentero en nuestra nueva vida: por fin nos habíamos librado de Danco y sus preceptos. Me gustó reencontrarme con la ciudad, con su desorden, después de tantos años. Me gustaba ver a Corinne alegre y pícara como nunca la había visto en la hacienda. Le pusimos Ada a la niña y nos acostumbramos a llamarla así; cada día estaba más presente. Pero no, nada de eso era exactamente así —se corrigió—. Me sentía... despedazado. Despedazado.

Me hartaba aquella forma de perderse en abstracciones, supongo que por el cansancio y el alcohol.

—Porque yo era propiedad de Corinne y de Bern —añadió antes de soltar una carcajada.

—Vas a despertar a Ada.

—Bueno, no —rectificó de nuevo sin dejar de reír—. Yo pertenecía a Bern y ya está, pero en aquella época andaba muy confundido. ¿Te fastidia que lo diga? Tienes todo el derecho.

Se restregó la frente como para alejar aquellas ideas.

—Por las mañanas me despertaban los graznidos de las gaviotas. Tenía a mi lado a Corinne y pensaba: «Basta, déjate llevar por la avalancha de sentimientos que se avecina y todo irá bien. Y así durante el resto de tu vida, cada día, de ahora en adelante.» Porque, en el fondo, contaba las semanas junto a Corinne preñada. Contaba las semanas que quedaban para el parto y, cuando quedaban cinco, pensaba: «Cinco semanas y tendré que buscarme otra salida.» ¿Me sigues? Me refiero al sexo. Todo iría bastante bien si no hubiera sido por ese pequeño detalle: el scxo. Aunque no es un detalle tan insignificante para una pareja, ¿verdad? No, no lo es. ¿Y sabes qué? Pasaba horas imaginando cómo debía de ser entre Bern y tú. Es horrible, lo admito. Pero bueno, de perdidos al río. Toda la verdad y nada más que la verdad, Teresa. Me imaginaba cómo era entre Bern y tú. Sin detalles morbosos; no iban por ahí los tiros, aunque alguna vez sí que me adentré en esas ensoñaciones. Más que cualquier otra cosa quería saborear la sensación que tanto anhelaba: saber qué se siente al entregarse a una atracción tan feliz y tan plena.

»Por eso contaba las semanas que faltaban para el fin de aquella tregua. Podía amar a Corinne profundamente, pero tan sólo sin sexo. No sé si me explico... Creo que ella había empezado a percatarse en la hacienda, pero estaba convencida de que podía cambiarme, de que podía enmendarme. Y si no lo hacía ella, lo haría la costumbre. Por lo general era una mujer firme, no había afirmación o argumento que la achicara, pero de aquello, del sexo, no hablaba nunca. "Cinco semanas", me repetía. Luego, cuatro, tres, y en algún momento la tregua llegaría a su fin y una buena noche nos veríamos en aquella misma habitación, como antes, con Corinne buscándome con temor, diciendo: "Qué, ¿te apetece?"

Tommaso me miró.

—Te estoy poniendo en un brete.

—Para nada —mentí.

Se sirvió más vino y se llevó la copa a los labios, pero no bebió, la dejó en el aire un momento, como si quisiera recobrar el aliento antes de continuar su relato.

—Una noche invitamos a los padres de Corinne a cenar. «Nos han regalado esta casa con todo lo demás», subrayó, «y nosotros aún no los hemos invitado formalmente». Me divirtió aquella puntualización: «formalmente». Típico de aquella familia. Sus padres son de esa clase de gente que distingue entre una invitación formal y una informal.

»Me preguntó por lo menos diez veces qué pensaba cocinar: estaba inquieta. Al parecer, había exagerado mis habilidades culinarias a los ojos de su padre. No se lo reproché. Estaba en el octavo mes de embarazo y los calambres en las piernas la martirizaban. Parecía a punto de derrumbarse. Sus padres aparecieron con un ramo de flores rosa y blancas. Él me dio una botella de tinto y me obligó a abrirla de inmediato. Objeté que íbamos a cenar pescado. "Prefiero beber esto", dijo, "haz el favor, Tommaso".

»La comida fue pasable, pero Corinne la alabó con vehemencia para sonsacar cumplidos no protocolarios que ellos prodigaron de todo corazón. En un momento dado intercambié una mirada con su padre: lucía una sonrisa cargada de segundas intenciones, como diciendo: "Sabes que haríamos cualquier cosa por ella, ¿no es cierto?" Dijeron que unas noches antes habían estado en un restaurante del centro con una estrella Michelin. Propusieron que enviara mi currículo. "Debe de ser la primera vez que a un diplomático lo asombran las dotes de un camarero", le dije a Corinne cuando se fueron. Ella estaba recogiendo las migas con los dedos. "Te subestimas, te lo tengo dicho", replicó con un deje de tristeza, como si sólo entonces se percatara de que algo se le había escapado durante la velada. "Si hubiéramos puesto un poco menos de entusiasmo, quizá me lo habría creído." Me miró indignada, con los ojos como platos. Se levantó con esfuerzo de la mesa y se metió en la habitación.

»Ada nació dos noches antes de que terminara la cuenta atrás. Subimos al coche a las cuatro de la madrugada y en menos de una hora ya estaba en brazos de Corinne mientras yo rellenaba formularios en el piso de abajo. Trajo consigo una dicha que no esperaba, pero que no duró mucho: unas cuantas semanas, puede que unos meses. No digo que luego dejara de ser feliz, no es eso; sólo que el júbilo por la llegada de Ada se disipaba a toda velocidad: cada día un gramo menos de estupor y uno más de malestar. Mi naturaleza volvió a manifestarse. Día tras día recordaba lo que Cesare solía decir bajo la encina para consolarnos: "La humanidad entera ha pasado por esto, exactamente lo mismo, y ahí sigue. Por eso, tú también vas a ser capaz de superar estas dificultades."

»La tregua entre Corinne y yo se rompió. Volvimos a sentirnos mutuamente ofendidos, como si siguiéramos atrapados por aquella cena con sus padres, yo de pie junto al fregadero y ella recogiendo las migas de la mesa. Me preguntaba constantemente si la amaba o no, y cuánto. Puedes volverte loco preguntándote si amas de verdad a una persona.

Hizo una pausa dejando que la última insinuación enrareciera aún más un ambiente ya cargado de revelaciones.

—En la misma hora podía pasar tres veces de desearla más que nadie a anhelar con todas mis fuerzas no volver a verla jamás, que se desintegrara allí mismo o, mejor aún, que yo me desintegrara. La espiaba mientras amamantaba a Ada con la clavícula desnuda, y simplemente escuchar la forma que tenía de susurrarle cuando creía que no había nadie cerca me hacía sentir ganas de arrodillarme frente a ella, frente a las dos, suplicando perdón, pero bastaba con que se percatara de mi presencia, no por un ruido, sino por el simple cambio de presión que produce la mirada de alguien, bastaba con que levantara la cabeza un poco más rápido de lo habitual para que toda mi adoración se convirtiera en rechazo. Sólo el Relais me daba paz, lejos de casa y de ellas.

—Lo siento —dije.

Pero Tommaso no me oyó: estaba completamente sumido en las tinieblas del recuerdo.

—Por la noche cogía a Ada en brazos. La mecía para dormirla y sentía el minúsculo aumento de su peso. Observaba el color de sus mejillas y me invadía la incredulidad. No podía ser hija mía. Tan normal, tan perfecta... Examinaba cada detalle, escrutaba sus ojos aún grises hasta que me asustaba de lo que estaba haciendo y la devolvía a la cuna. Cuando lloraba, dejaba que la atendiese Corinne. Luego empecé a espiar a mi mujer como si se tratara de un enemigo. ¡Vaya si lo pagué caro después! Me humilló de todas las formas posibles. Aunque siempre era poco si lo comparamos con la saña de los pensamientos que le dediqué durante el primer año de nuestra hija. El embarazo le había dejado una hinchazón violácea bajo los párpados, comprensible después de tantas noches de insomnio, pero mi mirada era inmisericorde: su forma desmañada de sentarse, el pelo que no se lavaba, los bostezos de cocodrilo, cómo cogía el tenedor por la punta, el volumen de su voz...; sólo había un modo de aguantarlo: beber lo suficiente para que mi vida en aquel piso fuera tolerable. Al principio me bastaba con tomarme un par de copas antes de volver a casa en un bar que quedaba de camino. Solían darme un cuenco con cacahuetes, pero ni los tocaba. Me soplaba dos vasos de rosado como si fuera un medicamento y volvía al coche.

—Parece que te estés justificando.

—Tal vez. Puede que tengas razón y lo esté haciendo. Pero también estoy contando lo que me ocurría, como se lo conté a Bern una noche. Fue muy severo, me dijo que era vergonzoso, que no valoraba mi buena suerte. No, no dijo «vergonzoso»...; usó uno de esos adjetivos tan suyos que parecen pensados para clavarse en la carne. «Deplorable», eso dijo. Luego añadió que no merecía tener una hija si era incapaz de sentirme dichoso por ella. Estaba... vuestro problema. Ya me lo había explicado, pero te aseguro que antes de aquel comentario no había asociado las dos situaciones.

—¿Qué problema? —dije.

El silencio de Tommaso duró lo suficiente para indicar que no pensaba responder a mi pregunta. Agachaba la cabeza.

—¿De qué problema hablas? —repetí.

—No tendría que haberlo dicho.

—¿Qué no tendrías que haber dicho?

Quería machacar aquellas manos blancas y flácidas.

—La inseminación, Kiev, todo eso.

Me puse de pie. *Medea* levantó el morro.

Tommaso se volvió hacia mí sin compasión ni remordimiento. Después dijo:

—Siéntate, haz el favor.

No tenía adónde ir, así que obedecí. *Medea* también se calmó, volvió a poner el morro entre las patas.

—Al parecer, no todos los secretos tienen el mismo valor —le dije.

—Bern y yo nos lo contábamos...

—Todo, ya lo sé.

Tommaso tosió, después se aclaró la garganta.

—Tenía reservas en casa para sobrevivir los fines de semana; vodka, sobre todo. En esto era diferente de mi padre: él no tocaba los licores, tenía suficiente con el vino, lo emborrachaba más despacio hasta dejarlo molido. Lo mío era un progreso, en cierto modo.

Sonrió irónicamente, pero no le concedí ninguna complicidad.

—De vez en cuando pensaba en las palabras de Bern, así que acabé por inventarme un brindis: «¡Por los dones de nuestro Señor y los hombres deplorables!» Me acostumbré tanto a decirlo que aún lo sigo usando: repito la fórmula mentalmente. No sé hasta qué punto se daba cuenta Corinne de todo esto. Con toda probabilidad más de lo que yo estaba dispuesto a admitir, pero no decía nada. A veces veía en su rostro una fugaz expresión de miedo, algo ciertamente novedoso porque dejarse intimidar no era propio de ella. Pero yo pensaba: «Ese temor es lógico.»

»No volví a ver a Bern durante mucho tiempo después de aquella noche. En otras épocas aquello me habría inquietado, pero por primera vez no le di mucha importancia. Nuestra amistad sólo era otra astilla saltando por los aires en aquella desintegración. Me bastaba con ajustar la dosis de alcohol para salir del paso.

»Un día se presentó sin avisar. Fue a principios de verano. Corinne estaba en la playa con sus padres y la niña. "Abro un par de cervezas", dije. "No me quedaré mucho rato." "¿Tienes algo urgente?" Los dos estábamos dolidos por la insensatez de aquella distancia, de aquel recelo mutuo. Quise abrazarlo; él debió de percibirlo y sonrió. Se apoltronó en el sofá y dijo que aceptaba la cerveza a condición de que estuviera bien fría. Bebimos en silencio, como tomándole el pulso a la intimidad. Me sentía bien, en paz. "Las moras ya están maduras", dijo al fin. Pude ver el enorme árbol de la hacienda y a nosotros, de pequeños, intentando llegar a los frutos más altos. Le agradecí aquel recuerdo. "¿Qué vais a hacer con ellas?", pregunté, pero él se desentendió de las moras. "Teresa y yo nos casamos en septiembre", dijo. "Tengo que pedirte un favor para ese día." Pensé: "Ahora me pedirá que sea su padrino y yo aceptaré, por supuesto. Me levantaré y lo abrazaré fraternalmente como corresponde a dos adultos en tales circunstancias." Bern, sin embargo, soltó: "Necesito que te ocupes de la barra. Andamos cortos de dinero. Tenemos que encargarnos de todo sin gastar mucho y a ti se te dan bien esas cosas." "Claro, cómo no", respondí mecánicamente, con la misma frase que había preparado para la otra propuesta. "Teresa lo tiene casi todo organizado, tal vez es mejor que os veáis y lo habléis entre vosotros. Danco y yo nos ocuparemos de lo demás."

»Cuando se fue, el mar cortaba por el medio el disco del sol, una bola sudorosa que iluminaba el piso con su luz anaranjada. Me quedé en pie hasta que oscureció del todo. Luego, actué sin pensar, pero decidido. Encendí todas las luces de todas las habitaciones y todos los electrodomésticos: la lavadora, el lavaplatos, el aire acondicionado, la aspiradora, el extractor, incluso la batidora a toda velocidad. Cogí una botella de vino blanco y dejé abierta la puerta de la nevera para que también ella se pusiera a pitar de pena. Me senté en el sofá con la botella entre las manos y con el zumbido de todos los artefactos que habían hecho mi vida más digna, más nueva; de todo aquello que la había invadido y destrozado.

»Sin duda fue una boda singular, con ese aire ingenuo y decadente. No te ofendas, pero la recuerdo así. Quizá fue mi forma de verlo. Me refugié en la mesa de bebidas y participé sólo a medias en la fiesta: preferí observar. Había llegado bien preparado. De hecho, tuve que inventarme algo para que Corinne se pusiera al volante de Tarento a Speziale porque había estado bebiendo algo muy dulce, Baileys creo, y tenía el estómago revuelto. Corinne, por suerte, estaba furiosa con Bern: "Escoger a Danco como padrino en tu lugar", decía, "típico de un imbécil como él". Pero lo que más la cabreaba era que me hubiera pedido que trabajara aquella noche. Por una vez me alivió escuchar su arrebato contra la hacienda, contra todos vosotros, saber que estaba de mi lado. Apoyé mi mano en la suya y no la moví de allí ni siquiera cuando dejó de hablar.

»Cuando volvisteis de la ceremonia, felices y exhaustos, como el día en que os sorprendí en el cañaveral, aún no había digerido el alcohol. Los invitados se acercaban de uno en uno para preguntarme dónde tenían que sentarse y yo debía esforzarme para entender lo que decían. Cuando todo parecía encarrilado abandoné mi puesto y me concedí un momento para bailar. Tú y yo bailamos un rato, de hecho. Corinne se paseaba descalza, me agarró de la corbata. Nos besamos, el beso más apasionado que jamás nos habíamos dado. Por un momento, nos quedamos inmóviles entre la gente. Recuerdo que pensé: "Todo esto puede funcionar. Creía que no, pero puede funcionar. A partir de mañana cambiarás. Sí, mañana. Bern tiene razón al reñirme." Luego la dejé bailando y volví al bufé.

»Entonces se acercó Nicola. De no haber sido por mi euforia momentánea, tal vez no me habría pillado tan desprevenido y quizá habría gestionado mejor las cosas. Lo encontré rebuscando bajo la mesa. "¿Qué necesitas?", pregunté. "Aquí estás", dijo, incorporándose. Tenía un aspecto un poco desaliñado. "¿Dónde guardáis los licores?" Le di la petaca que guardaba en el bolsillo interior de la chaqueta y él me dijo que era un hijo de puta, que podía confiar en mí. Lo dijo con cariño, luego se sopló el licor de un trago y eructó. "Aquí tiene, camarero", añadió sin apartar sus ojos de los míos. "O mejor no. No es de buena educación dar las gracias a los camareros, ¿verdad? Sólo están haciendo su trabajo." Aquellas ganas de provocarme le vinieron de repente, estoy convencido. Había algo en mí que lo exasperaba. Sobre la mesa, justo delante de nosotros, había dos botellas de vino abiertas. Las examinó y acto seguido las volcó, primero una y luego la otra, como bolos. El vino encharcó la mesa, manchó mis pantalones y mis zapatos. "¡Vaya!", exclamó. "Eres un cretino." "Qué más te da, ahora hay alguien que te paga la ropa." No sé de dónde había sacado aquella suposición sobre mi vida: llevábamos mucho tiempo sin vernos. Más adelante entendí que había estado espiándonos, a todos, desde que estábamos juntos en la hacienda.

»Dijo que le parecía intolerable ver a un camarero derramarse vino por encima y que por suerte Bern había escogido a otra persona como padrino. Me conocía bien, sabía cómo pudrirme la sangre. Ni siquiera le respondí, me limité a lanzarle la servilleta con que me estaba limpiando, nada más, pero él se abalanzó sobre mí hecho una furia, agarró una de las botellas y la levantó como si fuera a partírmela en la cabeza. Se quedó así unos segundos, inmóvil, luego se echó a reír como si todo fuera una broma.

»Entonces llegó Bern. Debía de haber visto sólo el final de la escena, es decir, a Nicola riendo, porque no parecía alarmado ni nervioso. Allí estábamos los tres, juntos, después de tantos años. En otras circunstancias habría disfrutado de aquel momento. Nicola lo cogió del cuello. "Aquí está el novio. ¡Viva el novio!", gritó. "Camarero, rápido, tres copas. ¡Vamos a brindar por el novio!" Y brindamos de verdad. Bern estaba en las nubes y Nicola, cada vez más fuera de sí. De pronto dijo: "Os lo habéis pasado bien últimamente, ¿eh? Y no habéis invitado a vuestro hermano mayor ni una sola vez." Bern agachó la cabeza sin responder. Nicola miró a su alrededor como buscando algo. "Allí fue donde tiramos las piedras, ¿verdad? Sí, justo allí, creo. La tuya, Tommi, llegó hasta aquel olivo. ¿Verdad? ¿Me equivoco, Bern?" "Nicola, ahora no", le rogué. Bern no dijo nada. "¿Por qué? ¿Por qué no ahora? Nunca tenemos ocasión de recordar los buenos momentos. ¡Otro brindis por el novio! ¡Llena las copas, vamos!" Bebimos de nuevo con un poco más de esfuerzo. "Cuéntenos, querido esposo"; hizo el ademán de poner un micrófono inexistente frente a Bern: "¿Qué se siente al prometer fidelidad en este lugar maldito?" Bern respiró hondo y dejó la copa sobre la mesa para regresar al baile, pero Nicola no había terminado. Se puso serio y preguntó: "¿Ella sabe dónde se está casando?" "Hicimos un juramento", dijo Bern muy despacio. Nicola dio un paso al frente: "Porque, si no lo sabe, puedo contárselo yo." Entonces fue Bern quien se acercó. Lo miró de arriba abajo, sin el más mínimo asomo de miedo o sumisión, y dijo recalcando las sílabas: "Como le digas una sola palabra, te mato." Lo dijo así, sin la vacilación que suele acompañar una amenaza, con aquella frialdad tan suya por la que uno sabía que cada palabra significaba exactamente su significado. Nicola soltó una risa nerviosa. "Te recuerdo que soy funcionario del Estado." Siguieron así durante un segundo, cara a cara, enmarcados por las figuras barrocas de los arcos luminosos. Luego, Bern se volvió de nuevo para irse, pero Nicola aún no había acabado: tuvo que soltar aquella frase.

· · ·

Tommaso enmudeció, tal vez buscando la manera de volver atrás, de anular sus últimas palabras.

—¿Qué frase?

—Da igual.

—Dime la frase, Tommaso.

—Dijo: «He oído que tu mujer y tú tenéis algunas complicaciones.» Bern no se volvió, pero se detuvo con los brazos ligeramente arqueados. «Puede que aquella vez nos equivocáramos. Si necesitas ayuda danos un toque, será como en los viejos tiempos.» Bern tampoco se volvió entonces, como si prefiriera esquivar aquella descarga de proyectiles. Pasaron unos segundos hasta que reemprendió su camino poco a poco y desapareció entre los invitados. Después llegó la tarta y el discurso de Cesare, todas aquellas chuminadas sobre el libro de Enoc. ¿Quién fue capaz de entenderlo realmente? Sólo nosotros: Bern, Nicola y yo. ¿A quién más podía referirse? Los vigilantes éramos nosotros tres. Ángeles caídos del cielo, de aquel paraíso que Cesare había creado, hacia el abismo de la fornicación. Condenados para toda la eternidad. Aprovechó aquella ocasión para decirnos que no lo había olvidado, que sabía mucho más de lo que creíamos y que mientras nos obstináramos en mantener el secreto no habría posibilidad de salvación para nosotros. Aquél fue su sermón de la montaña, su última arenga. Fue una bonita fiesta, sí. Probé la tarta, escuché a Cesare, vi los fuegos artificiales y contemplé las bengalas apagadas cayendo sobre el olivar, pero no me sentía con ánimo para disfrutarlo. Mis buenos propósitos para el día siguiente se disiparon.

—¿Por qué dices que Nicola llevaba tiempo espiándonos?

No podía quitármelo de la cabeza; había escuchado todo lo demás, pero sin entenderlo realmente.

—Vigilaba la hacienda cuando vivíamos con Danco, y supongo que luego también, cuando sólo quedasteis Bern y tú.

—Más aún —dije más para mí que para Tommaso.

Después de que Bern se fuera, tras quemar en una noche toda la leña, me quedé sola en aquella casa, rodeada por los ruidos del campo y por un silencio todavía más tremendo. Tenía la sensación de que había alguien fuera, mirando la casa.

No necesitaba salir para saberlo ni necesitaba aguzar más el oído. Pero siempre había pensado que era Bern, herido en su orgullo o fiel a la promesa que Cesare nos había impuesto el día de la boda. Debí de expresar parte de aquellos pensamientos en voz alta, porque Tommaso dijo:

—No, no era él. Bern fue sólo una vez, que yo sepa. Por aquel entonces ya vivía aquí. Encontró el coche de Nicola aparcado en el arcén de la carretera. Nicola no estaba, así que supuso que vosotros...

—¿Que nosotros...?

—No es asunto mío —me atajó—. Además, intenté convencerlo de que no era cierto.

La respiración de Ada cambió en el otro cuarto. Ahora era más pesada, como la de un adulto.

—No entiendo nada —dije.

—Si no me interrumpieras cada dos por tres... —La voz de Tommaso se hizo firme; se había llevado la mano derecha a la boca y se golpeaba los labios lívidos como si estuviera reuniendo valor para decir lo siguiente—: ¿Recuerdas cuando encontramos los paneles solares destruidos? Pensamos que algún campesino o algún rival nos había jugado una mala pasada, pero fue Nicola, él y unos colegas.

—Sólo lo dices porque lo odiabas, igual que Bern. —Tommaso negó con la cabeza con una expresión pueril—. ¿Y cómo estás tan seguro?

—Me lo dijo el mismo Nicola. Dos semanas después de la boda me lo encontré en el Relais. Apareció sin avisar. Me acerqué a una mesa para tomar nota y allí estaba él, sonriente, con una chaqueta deportiva de color beis. Me presentó con mucha pompa a las tres personas que estaban con él, como si yo fuera el motivo por el que habían ido desde Bari. Debía de ser invierno, porque las mesas estaban en la sala interior. Puede que noviembre, ¡qué más da! Me cogió del brazo, me colocó a su lado y dijo: «Éste es mi hermano.» Luego aclaró que no teníamos ni padre ni madre en común, ningún pariente, pero que no importaba porque estábamos más unidos que si fuéramos hermanos de sangre. Dijo: «Nos pajeábamos juntos», una gracia que sus amigos celebraron. Uno de ellos comentó que yo aún debía de dedicarles mucho tiempo a las pajas porque a juzgar por el color de mi piel no salía mucho de casa. Rieron aún más fuerte, Nicola incluido. Pero luego señaló hacia el que había soltado la broma y dijo que a su hermano nadie le tomaba el pelo. La última vez que nos habíamos visto, en la boda, no había hecho más que pincharme, él y Bern casi habían llegado a las manos, y ahora estaba allí, en el Relais, dándoselas de hermano mayor con otros polis de paisano.

»Pidieron dos botellas de Veuve Clicquot. Nadie pedía champán en el Relais, era carísimo. El resto de la tarde trabajé con cierta incomodidad, pensando que Nicola no me quitaba ojo de encima. Aunque tal vez fuese al revés y era yo quien no se lo quitaba de la cabeza. Lo miraba de lejos e intentaba conciliar al hombre alegre allí sentado con el mentecato de la boda y, más aún, con el Nicola de cuando éramos niños. La sala se fue vaciando hasta que sólo quedaron ellos. Era tarde. Les había dejado en la mesa dos botellas de grapa y parecían dispuestos a acabárselas. Nacci me indicó que me acercara. "Tus amigos quieren jugar a las cartas, ¿es cosa tuya?" Nicola, sin duda, recordaba lo que le había contado años antes en el Scalo. Nacci miró hacia su mesa. "No sé en qué estabas pensando. Son policías, ¡por el amor de Dios! Pero si quieren jugar, los dejaremos jugar. Hazlos pasar a la salita." "Yo debería volver a casa", dije. "Escúchame bien", replicó, "tú nos has metido en esto. Ahora, después de todo el champán que se han bebido, tus amigos quieren jugar a las cartas, y no los defraudaremos, ¿estamos?".

»Así que me tocó hacer de crupier para Nicola y sus amigos: *blackjack* hasta las cinco de la mañana. Perdieron al menos doscientos euros por barba, pero al marcharse estaban eufóricos. Los acompañé al coche. Una niebla densa procedente de los campos cubría el paisaje. Nicola me cogió la cabeza y me estampó un beso en los labios. También me dijo algo cariñoso y más bien cursi. Estaba realmente borracho.

»Después de aquella vez empezaron a venir todos los sábados. Cenaban y luego jugaban a las cartas. Nacci empezó a tratarlos como a invitados de honor, pasaba mucho tiempo con ellos. Me pagaba las horas extra con un porcentaje de los ingresos de la banca, como en los viejos tiempos. Obviamente, Corinne no veía con buenos ojos aquellas veladas. Sabía lo de las cartas, pero no le dije nada de Nicola. Era como si lo más escabroso no fueran ni el juego ni el alcohol, ni siquiera el trabajar hasta la madrugada para luego pasarme el día, el único de la semana que podía dedicarles enteramente a ella y a la niña, durmiendo, lo más escabroso era que en el centro de aquellas noches se hallaba uno de mis hermanos.

»Al cabo de unas semanas se hartó y decidió plantarme cara. Era una tarde de domingo y yo seguía en la cama. Corinne entró en la habitación, pero no se acercó. "¿Qué necesidad hay de hacerlo?", preguntó. "Es dinero extra, nos viene bien." "No necesitamos más dinero, tenemos más de lo que gastamos." "No, tú tienes más de lo que gastamos. En mi cuenta sigue habiendo lo mismo de siempre." Lo dije con una frialdad deliberada. Ella seguía de pie en medio de la habitación; yo, tumbado como si no valiera la pena incorporarme. La luz presionaba contra las cortinas corridas colándose por los bordes. Creo que Corinne empezó a llorar, la penumbra me impidió comprobarlo. Me quedé tendido hasta que salió.

Tommaso movió un pie bajo la colcha, lo que sobresaltó a *Medea*, que, sin embargo, no se despertó. Le sonrió débilmente a su perra.

—Nicola y sus amigos sabían divertirse: una noche sorprendí a dos de ellos esnifando rayas de coca en el baño. Me indicaron con la cabeza que me uniera a ellos, pero mi respuesta fue buscar a Nacci y relatarle lo que había presenciado. Una parte de mí, supongo, seguía prefiriendo que se esfumaran. «¿Ahora vas de moralista?», me preguntó Nacci. «Deja que se diviertan. ¿O es que quieres denunciar policías a la policía?» Se alejó celebrando el juego de palabras. Aquella reacción tuvo en mí un perverso efecto liberador: a partir de aquella noche me dejé de restricciones. Solía jugar al póquer con mi propio dinero, tanto que el saldo entre la suma de las horas extra y las pérdidas se ajustó en torno a cero. Bebía lo que hubiese y me incorporaba a las peregrinaciones hasta el baño privado de Nacci. Fue allí donde Nicola me lo contó, no porque se arrepintiera o para provocarme. Entonces ya había algo salvajemente sincero entre nosotros, como si hubiéramos liquidado las cuentas pendientes y nuestra hermandad, siempre lastrada por Bern, hubiera hallado su propia forma de manifestarse. «¿Te acuerdas de los paneles solares? Fuimos Fabrizio y yo. Tardamos casi dos horas.» «¿Por qué?» «No me llamasteis ni una sola vez. En todo aquel tiempo, ni una. Os veía, veía lo que hacíais de noche cuando os reuníais bajo la pérgola. Ese lugar también es mío.»

»Poco antes de Navidad alquilaron el Relais entero para una fiesta de alto copete. Ayudé a Nicola con los preparativos: ya era todo un experto en organizar juergas para los demás. Optamos por un menú a base de pescado y contratamos a un pinchadiscos. Una mañana lo acompañé a un almacén de venta al por mayor que está cerca de Galípoli donde nos abastecimos de alcohol y cachivaches variados: palitos fluorescentes, diademas con orejas de peluche, petardos y máscaras doradas o plateadas. Las llevábamos puestas cuando fuimos a pagar. Estaba feliz.

»Durante el camino de vuelta, Nicola me habló de la chica con la que estaba saliendo, Stella. Tal vez para impresionarme se adentró en pormenores bastante íntimos. Había un acuerdo entre ellos: cada uno tenía poder absoluto sobre el otro en meses alternos. Cuando mandaba, Nicola podía ordenarle a Stella que hiciera cualquier cosa en cualquier momento, y viceversa. Obviamente, casi todas las órdenes estaban relacionadas con el sexo. A menudo involucraban a otras parejas o a chicos y chicas pagados. No lo contaba para bromear o presumir, se trataba de algo muy serio en su cabeza, me lo confiaba para quitarse un peso de encima. "¿Y a ti te gusta ese juego?", le pregunté. Entornó los ojos para ver mejor la carretera, que serpenteaba entre viñedos. "Si no lo hago así ya no siento nada", dijo. "Nada de nada"; silabeó aquellas palabras con pesadumbre. Luego añadió: "¿No te pasa lo mismo?" Eludí la pregunta. "¿Se la has presentado a Cesare y a Floriana?" Estalló en una carcajada. "¿Si se la he presentado? ¡Dios mío, no! ¡No! La idea misma es un despropósito." "Y... ¿aún piensas mucho en ella?" No me creía del todo que Nicola y yo nos hubiéramos aventurado en un terreno tan espinoso. Incluso lo consideraba incapaz de tener eso, un espacio privado. Pero llevaba años sin entenderlo, nunca me había interesado hacerlo. Cuando le pregunté si seguía pensando en ella me refería a Violalibera. Nicola, sin embargo, respondió: "Ahora están casados, ¿qué le voy a hacer?"

Me levanté de golpe.

—¿Te importa que abra la ventana un momento? Hace un calor agobiante.

—Como quieras.

El aire frío me azotó la cara. Traía el olor del mar, aunque desde allí sólo pudieran verse hileras de edificios apagados. Respiré aquel aire durante unos segundos, luego cerré la ventana y volví a sentarme. Tommaso esperaba pacientemente, un poco abstraído.

—¿Te encuentras bien?

—Sí.

—Podemos dejarlo aquí si lo prefieres.

—No, continúa.

—Deberías beber un poco de vino.

—He dicho que continúes.

—A la fiesta vinieron unas ochenta personas, todos policías con sus respectivas parejas. Durante la cena mantuvieron la mesura, hasta parecían algo cortados, sobre todo los más jóvenes. Luego, el pinchadiscos subió el volumen, se atenuaron las luces y se repartieron los palitos fluorescentes y las orejas de peluche. Todos empezaron a bailar. Nacci contemplaba el guirigay desde la puerta y contaba las cubetas de Veuve Clicquot que desfilaban por delante de sus narices. Nicola y sus amigos bailaron sobre una mesa, también estaba Stella. Al verla, uno nunca hubiera sospechado que fuese capaz de hacer todo lo que Nicola me había revelado.

»No sabría decir ni cuándo ni cómo me dejé arrastrar por el jaleo. Estaba deshecho. Había recurrido a las provisiones de coca disponibles en el baño y me había pimplado innumerables culines antes de meter los vasos en el lavavajillas. Recuerdo que pensé: "Si el padre de Corinne me viera ahora mismo, se quedaría boquiabierto: soy incapaz de tocarme la punta de la nariz con los ojos cerrados, pero todavía puedo llevar una bandeja con treinta copas." De repente me vi bailando sobre la mesa como si alguien me hubiera izado. Puede que así fuera. Vi la sala que había recorrido miles de veces desde una nueva perspectiva. Nicola, que danzaba a mi espalda, me cogió las manos y las meneó como si fuera una marioneta. Acabé aplastado entre él y Stella. Ella se quitó la diadema y la puso en mi cabeza. Luego subieron otras personas, unos tíos enormes con la camisa ceñida contra el pecho. Ya no me movían mis músculos, sino el empuje de aquellos cuerpos.

»Después, hay una laguna de varias horas en mi memoria. Recuerdo que llegué a un piso largo y estrecho, como un corredor, donde había una pared negra sobre la cual se podía dibujar con tizas de colores. Escribí algo que los demás encontraron jocoso. Fuera empezaba a clarear, aunque aún no había amanecido. Éramos cinco, al menos por la mañana.

»Me desperté sobre una alfombra con la misma sensación de irrealidad que me invadía en el Scalo, aunque esta vez acompañada por el terror. Bajé a la calle. Parecía un domingo cualquiera, radiante e incluso cálido para ser diciembre. Advertí que estaba a pocas manzanas de casa. Entré en un bar y fui al aseo para intentar recomponerme. Tenía la vista nublada. Cuando me vio, Corinne no abrió la boca durante varios minutos, se movía sin pausa por los cuartos. "Son las once", dijo al fin, como si hubiera nombrado las horas una a una. "La fiesta acabó tarde. He dormido en el Relais para no despertarte." "¿Para no despertarme? ¿De veras? He llamado al Relais a las ocho. Me han dicho que te habías ido hacía rato." Me acerqué y le toqué los brazos, pero se puso rígida, como si me temiese. "Debo salir", dijo. "Y tú tienes que cambiar a Ada. Ocúpate de ella." Cogió sus cosas y se fue, aún presa de aquel extraño trance.

»Estaba confuso y exhausto. Me temblaban las manos. Conocía perfectamente los efectos de una curda y ojalá se hubiera tratado sólo de eso...; pero había que agregar la cocaína, no sabía cuánta. Me venían a la mente chispazos de la noche anterior. Me senté en el sofá y seguramente caí rendido enseguida. Me despertó Ada, que lloraba a grito pelado en su habitación. No sé cuánto rato debía de llevar así. La saqué de la cuna y la sostuve en brazos. Tenía hambre, no había comido nada desde antes de la fiesta, pero cuando la dejé en el suelo volvió a llorar, así que la cogí en brazos de nuevo. Puse una olla con agua en el fuego, busqué algún resto de salsa en la nevera, un poco de pasta. Aguantaba a Ada con el brazo izquierdo como había hecho cientos de veces. Posiblemente hizo un gesto brusco porque se desequilibró hacia atrás. La puerta de la alacena estaba abierta.

»Manaba tanta sangre que ni siquiera se veía la herida. Los médicos de urgencias dijeron que había estado sin oxígeno durante varios segundos, no por culpa del golpe, sino por la fuerza de sus chillidos. Se ahogaba del susto. Llegaron Corinne, sus padres y otras personas cuya presencia no me explicaba. Alguien me trajo té de la máquina expendedora; sabía a limón concentrado, bebí un sorbo y lo dejé enfriar. Me preguntaba por qué Corinne no se desahogaba conmigo. El médico habló con ella, luego se fue sin añadir las protocolarias observaciones sobre la fe, la confianza en que todo saldría bien. Recuerdo que me sentí decepcionado. Me acordé de Cesare y noté una añoranza brutal. En un momento como aquél habría pronunciado palabras de consuelo.

»Por la noche, Ada tenía la cabeza menos hinchada y Corinne fue a casa a descansar. Las enfermeras me pidieron que saliera un momento de la habitación y, en el pasillo, me encontré a su padre. Llevaba ropa limpia y la barba bien afeitada. Me apoyó una mano en el hombro. Tal vez fuera la primera vez que me tocaba de manera tan afectuosa. Habló con suavidad, con mansedumbre incluso. "He aquí un verdadero diplomático", pensé. "He aquí una persona que sabe elaborar un discurso como es debido." Dijo que aquella mañana había ocurrido algo irreparable e hizo una breve recapitulación de lo sucedido, como si yo hubiese podido olvidarlo. Me sentí a disgusto, sobre todo por verme tan astroso y maloliente a su lado. Dijo que no había visto a su hija tan infeliz como en los últimos tiempos, ni siquiera en los peores años de su juventud. No se refería a ella por el nombre, la llamaba "mi hija". Había llegado el momento de curarme: mi problema había alcanzado una gravedad preocupante. Mi problema. "Ahora te arrepientes, quieres enmendar las cosas y crees que este susto te dará la fuerza necesaria para lograrlo, pero no es así. Podrías volver a su lado y prometerle que de ahora en adelante todo será distinto, pero tú y yo sabemos que no es verdad."

»Luego, me expuso la solución que había puesto a punto en las últimas horas, o que probablemente llevaba preparando desde mucho antes, a la espera de la ocasión adecuada. Me habló de un piso que había quedado libre, éste donde estamos ahora. Para no perderlo había pagado varios meses de alquiler por adelantado, pero no pretendía que le devolviera esa cantidad. Dijo que podía considerarlo una ayuda para empezar de cero. Obviamente, podría seguir viendo a Ada, eso se decidiría con calma frente a un juez. Tal vez tuviera que tolerar la presencia de su mujer en esos encuentros, al menos durante los primeros tiempos, lo justo hasta que me enderezase. Por otro lado, si su intención hubiera sido ponerme trabas, tal y como habían ido las cosas lo habría tenido fácil, ¿verdad? "Pero no se puede juzgar a un hombre por un accidente. No se elimina a un padre por un desliz porque ¿quién no ha cometido alguno?"

»A cambio de tanta clemencia, únicamente pedía que no revelara nuestra conversación a Corinne, que asumiera la plena responsabilidad del plan. Al principio sufriría, pero luego lo agradecería. "Porque las mujeres reconocen cuándo un hombre tiene el coraje de tomar sus propias decisiones", dijo. En mi lugar, esperaría un par de semanas, el tiempo necesario para superar el trauma. En mi lugar, dejaría pasar la Nochevieja, pero no más porque después sería más difícil para todos. En mi lugar... Yo consentí que se pusiera en mi lugar.

· · ·

Tommaso calló de nuevo, como si estuviera sopesando algo. Luego me pidió que le llevara un cigarrillo.

—¿No te sentará mal?

—No, no me sentará mal.

Fui a la otra habitación, encontré el paquete y volví a la habitación. Encendí el cigarrillo de Tommaso; luego, el mío. Usamos su vaso como cenicero.

—En el fondo es lo que deseaba: salir de allí, quitarme de encima a Corinne y todos sus sueños rotos. Mi deuda llevaba tiempo saldada. Sin embargo, las primeras semanas fueron espantosas. Cuando no estaba en el Relais iba a un bar del puerto. Allí veía a Ada acompañada por su abuela. «¿Por qué no vamos a tu casa?», me preguntó en una ocasión. «Es importante que la niña vea dónde vives ahora para que no piense que su padre no tiene dónde caerse muerto.» «Su padre no tiene dónde caerse muerto», respondí, y ella no insistió.

»Aquellos encuentros eran penosos. Tal vez Ada era la única que no se daba cuenta. Se paseaba entre las mesas de la terraza y los clientes le sonreían. La madre de Corinne siempre llevaba juguetes, juguetes que había comprado yo mismo antes de irme. Ella no lo sabía. ¡Quién sabe qué le había contado Corinne! Me explicaba cómo debía usarlos, pero yo prefería mirar. En cuanto se largaban pedía algo de beber. El asunto siguió así durante un par de meses, aunque ahora, al recordarlo, me parece que fue mucho más tiempo: yo sentado en aquel bar, los naipes virtuales resbalando por la pantalla de la máquina tragaperras.

»Luego, Bern salió de la nada, como siempre. Llegó a aquel bar, el sitio menos atractivo para él en toda la redondez de la Tierra. Estudió el local durante unos segundos antes de acercarse. "Vámonos de aquí", dijo. "¿Por qué?" "Vámonos y se acabó." Me levanté como si, ya de un inicio, bastaran sus órdenes. Tal vez porque era él quien me lo ordenaba. "¿Cómo lo has sabido?", le pregunté ya en la calle. "Corinne está preocupada por ti." "Lo dudo." "¿Dónde está tu casa? Tengo la maleta

255

en el coche, pero hay que devolvérselo a Danco antes de que anochezca." Y así es como cumplió la promesa que me había hecho tantos años antes, de noche, de pie frente a la ventana de la hacienda: la promesa de cuidarme.

»Al día siguiente arrancamos el papel pintado de las paredes, llevamos al vertedero los muebles en peor estado y fuimos a comprar nuevos. Bern hablaba mucho, casi todo el tiempo. Durante los últimos días había estado viviendo con Danco en una especie de campamento. "El cuartel", así lo llamaban. Cuando empezó la plaga de *Xylella*, Danco y otras personas se habían movilizado para impedir la tala de los olivos enfermos. Habían fundado una especie de brigada militar. Dormían en tiendas de campaña en torno a la casita de un campesino. Éste los había convencido de que la tala era inútil y que seguramente detrás se ocultaba algún interés económico. Él trataba los olivos enfermos con sulfato de cobre y cal. Bern me contó todo esto con fervor. Sin duda era su voz, pero quien hablaba era Danco. Mientras tanto, arrancaba tiras de papel y pintaba las paredes de un rosa infame que, presuntamente, le gustaría a la niña.

»¿Por qué me miras así?

—No te miro de ninguna forma.

Tommaso aplastó el cigarrillo contra el fondo del vaso, luego apoyó el cenicero improvisado en su regazo.

—¿Cómo que no? Me miras raro porque no he dicho nada respecto a lo tuyo con Bern. No he dicho nada porque apenas hablaba del tema. Es la verdad. Sólo una noche, mientras comíamos comida china sentados en el suelo, dijo: «Perseguir un deseo egoísta acabó con nosotros.» Luego culpó a vuestro médico. Había ido a verlo unos días antes. Creo que le montó una escena, lo amenazó de forma grotesca, dijo que pensaba contar lo que hacía, que iría a los periódicos.

—¿Bern te contó eso? ¿Amenazó a Sanfelice?

—Creo que se avergonzaba. O no. Sea como fuere debía de estar fuera de sí cuando lo hizo. No entró en detalles. Solamente dijo que irrumpió en la consulta durante una visita, seguido por la secretaria, que intentaba detenerlo, y que le había cantado las cuarenta al médico. Estábamos en el suelo manchados de pintura rosa y nos íbamos pasando el recipiente de plástico con los fideos apelotonados. Luego añadió: «Teresa ha estado con Nicola: vi su coche aparcado fuera de la hacienda hace unas noches.»

—¿Y tú? —Tommaso se volvió hacia la ventana—. ¿Tú no le dijiste nada? Habías hablado con Nicola, sabías que merodeaba por la hacienda para espiar. ¿Por qué no le dijiste nada?

Estaba inmóvil, como si de aquel modo las palabras pudieran pasar a su lado sin rozarlo. Lo cogí del brazo, pero él se desprendió de mi mano.

—¡Mírame, Tommaso!

Sus ojos habían cambiado, estaban totalmente abiertos, llenos de rabia o de pavor.

—¿Por qué no le dijiste la verdad?

—No estaba seguro —respondió a media voz.

Respiré hondo antes de asestar mi imputación.

—No, no le contaste lo que sabías sobre Nicola porque lo querías para ti. Cerraste la boca y dejaste que pensara lo que quisiera. —Los ojos de Tommaso seguían abiertos como platos, no los apartaba de los míos—. ¿Tengo razón?

—Creo que sí.

Me levanté, fui a la cocina, cogí dos vasos limpios y serví vino para los dos. Quería ponerme la chaqueta e irme, no oír nada más, pero no: lo averiguaría todo, hasta el final. Volví a la habitación y le di el vino a Tommaso, que bebió unos sorbos.

—¿Y luego?

—Nada, al menos durante un tiempo. Al cabo de dos semanas, el piso estaba listo para acoger a Ada. La madre de Corinne vino a inspeccionarlo. Se mantuvo apartada mientras Bern, «el tío Bern», paseaba a Ada por las habitaciones. Dijo que su presencia allí ya no era necesaria. Bern se desvivía por la niña y ella lo adoraba. Cualquier otro me habría puesto celoso, pero él no. Fueron meses felices. Los mejores, quizá.

—Parece un sueño hecho realidad —dije con mala fe.

Tommaso se echó a llorar. Atrapado en el lecho, sollozaba tapándose los ojos con una mano. Lo contemplé unos segundos.

—Perdona, no tendría que haberlo dicho.

Lloraba quedamente. Esperé a que se descubriera la cara.

—Todos tenemos derecho a... —empecé a decir, pero no acabé la frase.

Bebió un poco de vino y se limpió los labios con el dorso de la mano.

—Bern me llevó al cuartel. Los troncos de los árboles enfermos que iban a ser destruidos estaban marcados con una cruz de pintura roja. Danco y los suyos juraban que nadie los talaría. Por la tarde preparamos hamburguesas en una parrilla grasienta. A decir verdad no había mucho que hacer: ninguna amenaza directa, ningún plan de resistencia. Muchos de los activistas eran universitarios y pasaban el tiempo tumbados con los libros abiertos sobre la barriga. Cuando oscureció encendieron una hoguera y Danco pronunció una de sus arengas; un discurso más bien deshilvanado, de hecho. Pero eran todos más jóvenes que él, víctimas fáciles para la retórica de sus citas. Quería volver a casa, pero Bern insistió en dormir allí. Fue a la tienda de Danco y Giuliana. Yo acabé en una tienda con dos tíos, embutido en un saco de dormir que apestaba a sudor.

»Al día siguiente, Bern y yo nos fuimos a primera hora; los demás aún dormían. Tomamos café frío de un termo. "¿Te ha gustado?", preguntó en el coche. "Es una lástima lo de los olivos." "No es una lástima, es un crimen", dijo mirando la carretera. Así que por aquel entonces tenía las noches en casa con Bern y la niña, las noches en el cuartel y, por otro lado, las turbulencias nocturnas con Nicola y sus amigos. Eran vidas separadas, compartimentos estancos: mi especialidad.

»La plaga se propagó rápidamente hacia el norte. Un par de reporteros fueron al cuartel para entrevistar a Danco; yo estaba allí aquel día. El guión preveía que se abatieran todos los olivos en un radio de cien metros en torno a cada árbol infectado. La epidemia estaba tan extendida que aquello significaba deforestar la región entera. Danco estaba colérico, aullaba a los periodistas para denunciar los embustes y atropellos, habló de multinacionales y grupos de presión. Nos sonó convincente. Aquella misma noche nos reunimos en la vivienda del campesino. El reportaje se emitió casi al final del telediario. La diatriba de Danco quedó reducida a los pocos segundos en que afirmaba que la *Xylella* era una invención mediática. Aparecía rojo de ira y empapado en sudor. Justo después entrevistaban a un funcionario del ministerio que exponía datos concretos sobre el alcance del desastre. Volvimos a las tiendas con un regusto a frustración y derrota. Bern se sentó bajo uno de los olivos y se quedó allí con los ojos abiertos hasta bien entrada la noche.

»Ada cumplió tres años en junio. Primero lo celebró con Corinne y los abuelos; luego, conmigo y con Bern. Preparamos una tarta y nos pusimos elegantes. A decir verdad, nos veíamos un poco ridículos. Al final de la cena apagué las luces, saqué el pastel y cantamos asistidos por la melodía metálica de la velita. Cantábamos sin vergüenza; Ada estaba radiante. Bern le había comprado unos cubos de madera con letras y números grabados. La niña no les hizo mucho caso y él se sintió decepcionado. Se ofuscó aún más cuando ella recibió mi regalo: una muñeca. "Es puro plástico", dijo, rabioso. Nos dejó allí plantados, pero volvió al piso unos días más tarde. No volvimos a mencionar el cumpleaños.

»La cosa siguió así durante el verano y el otoño. Bern pasaba cada vez más tiempo en el cuartel, pero a veces se dejaba caer por casa. Ya no hablaba de lo que ocurría allí, y a mí tampoco me interesaba saberlo. Incluso cuando se presentó con el hombro vendado no dio muchos detalles, pero en aquella ocasión se quedó más tiempo de lo habitual. *A posteriori* parece todo tan obvio... Tendría que haberme percatado de lo que se estaba cocinando.

»La plaga llegó en diciembre al Relais dei Saraceni. En realidad, Nacci nunca analizó las plantas, se limitó a examinarlas y señalarme las ramas agostadas. Podían estar así por el sol, por la falta de agua... En realidad había decidido liquidar buena parte de los olivos, ya había hecho algunas gestiones. "La normativa sobre la *Xylella* se lo permite", les dije a Bern y

259

a Danco una noche. "Pero ¿por qué?"; Danco se desesperaba. "No tiene sentido, él también saldrá perjudicado." Calculaba mentalmente y no le salían las cuentas, era incapaz de entender cómo aquella medida podía beneficiar a Nacci. Entonces añadí: "Tala los olivos porque quiere hacer un campo de golf." Reinó un silencio absoluto. Bern y Danco se miraron: aquélla era la hazaña que soñaban. Estaban hartos de borrar las cruces de los troncos, de beber cerveza barata junto a un labriego analfabeto aguardando quién sabe qué. Ahí había una acción de calibre, trascendente, concreta.

»Bern no se dejó ver después de aquella tarde. Transcurrieron un par de meses sin que diera señales de vida. Supongo que fueron dos meses, porque cuando lo encontré en casa, de improviso como de costumbre, ya estábamos en febrero. Vi la enorme caja junto al sofá y pregunté qué contenía. "Cuatro cosas", dijo de forma esquiva. "No la toques, por favor, me la llevaré enseguida." Por supuesto, en cuanto me quedé solo eché un vistazo. Quité el celo con cuidado para poder reponerlo exactamente como estaba. Dentro había bolsas con nitrato de amonio; lo reconocí porque lo usábamos como fertilizante en el Relais.

»Estaba en casa con Ada cuando, unas semanas después, volvió Bern. Entró y fue derecho a la caja sin quitarse el gabán. Al día siguiente llegaban las excavadoras al Relais. "¿Vendrás con nosotros?", preguntó. "Sabes que no puedo, trabajo allí." Entonces comprendí que debería haberme deshecho de la caja mientras él no estaba. "Déjala aquí." "¿De qué lado estás?" "Déjala, Bern, es una tontería." Agachó la cabeza. "Ya no es de tu incumbencia, Tommi." Me senté sobre la caja como un niño. "Apártate", dijo Bern. Su voz cambió; ya no era autoritaria, sino afectuosa, casi afligida, la misma con que me había suplicado que no leyera el Evangelio de Mateo bajo la encina, la misma con que me había pedido que robara la recaudación del Relais. Me cogió de las manos y me obligó a levantarme. Luego se inclinó sobre la caja. "Puedes venir conmigo, hagamos esto juntos. Es la misión más importante." Pero no era cierto, aquélla no era mi misión. Ada estaba en el sofá hipnotizada por los dibujos animados. "No", dije. Bern asintió, sujetando la formidable caja como buenamente podía. La puerta estaba entreabierta. "Llama al ascensor, por favor." Pasé a su lado y apreté el botón. No añadimos nada más mientras el ascensor subía. Las puertas se abrieron, Bern entró y el ascensor se cerró. No he vuelto a verlo.

Tommaso apartó la colcha y dejó al descubierto sus blancas piernas. Se levantó.

—Ve con cuidado... —dije.

Parecía haber recobrado súbitamente el dominio sobre sí mismo. Salió descalzo de la habitación y entró en el baño. Oí la meada en la taza, la descarga de la cisterna y luego el grifo durante un buen rato. No hacía falta que continuara. Conocía el resto de la historia gracias a su testimonio durante el juicio contra Bern y Danco, a las declaraciones de los otros testigos y a las crónicas de la prensa.

Tommaso llamó a Nicola aquella noche. Estaba aterrado, no sabía a quién acudir. Pensó que quizá él lograse persuadir a Bern y a los demás sin necesidad de arrestarlos. Como amigo, como el hermano que en el fondo era.

Nicola fue al Relais con su colega Fabrizio; ambos fuera de servicio, ambos armados. Las excavadoras estaban listas para entrar en acción y los muchachos del cuartel formaban una cadena humana cogidos de las manos, el gorro calado hasta los ojos y la bufanda ciñéndoles la boca, ateridos por el frío.

Llegaron justo cuando Nacci se abalanzaba sobre Danco (el primero, sí) y le ponía las manos en la cara para bajarle la bufanda. Danco respondió con un empujón y Nicola intervino para separarlos. Dijo que era policía y lo agarró de un brazo para esposarlo. Entonces, Bern arremetió contra el hermano para liberar al amigo, pero el colega de Nicola, Fabrizio, saltó sobre él. Nacci corrió hacia el Relais.

La cadena de activistas ya se había roto en varios puntos. Los dos hombres que manejaban las máquinas, molestos por la demora, soñolientos, encendieron los motores y se colaron por la brecha recién abierta. Un chico atenazado por el pánico (durante el juicio no pudo determinarse quién exactamente) detonó uno de los artefactos explosivos hechos a matacaballo poco antes y ubicados en lugares estratégicos. La explosión no bastó para volcar la excavadora, pero sí para detenerla y dispersar a los activistas por el olivar. Dos de ellos sufrieron heridas leves. Nicola y su compañero desenfundaron la pistola que no deberían llevar encima. Fabrizio corrió tras el grupo y Nicola se dio de bruces con Bern y Danco, los tres solos, mientras los demás huían.

Sólo el conductor de una excavadora vio lo que ocurrió unos segundos después, o más bien lo adivinó confusamente entre la nube de tierra, polvo y humo que seguía sin disiparse. Vio a Bern en el suelo y a Nicola arrodillado sobre él y encañonándolo con la pistola. Luego oyó un golpe, no un disparo, un ruido sordo. En ese momento, era Nicola quien estaba en el suelo: Danco sostenía una pala a su lado. La aferró durante unos segundos antes de tirarla.

El hombre bajó de la máquina para socorrer a Nicola. Cuando llegó, Danco había escapado. Bern contemplaba el cuerpo de su hermano desde arriba, sin dar crédito, estupefacto. El hombre intentó retenerlo, pero Bern echó a correr por la pendiente de aquel olivar que pronto dejaría de existir para convertirse en un campo de golf con su césped blando y lustroso bajo el cielo.

Tommaso salió del baño, pero se quedó unos segundos en el salón. Pensé que quería contemplar a Ada dormida. Cuando entró en el cuarto olía un poco a pasta de dientes.

—Podemos dormir un rato —dijo.

—Yo me voy.

—Es tarde, quédate. Esa parte de la cama no está tan sucia como parece. Baja, *Medea*, venga.

Me sentía muy cansada. Si hubiese montado en el coche habría tenido que luchar todo el camino para tener los ojos abiertos. Y tal vez no me apetecía despertar otra vez sola al cabo de pocas horas, el día de Navidad, después de todo lo que había escuchado. Tommaso estaba a gatas sobre el colchón y sacudía de la colcha los últimos pelos de *Medea*.

—Arreglado —dijo—. Además, llevo más de una semana sin ver chinches.

—¿Cómo?

—Estoy bromeando, relájate.

Agarró el cojín que había sobrevivido a buena parte de la noche aplastado contra la almohada bajo su cabeza de plata. En vano intentó devolverle una forma decorosa.

—Está bien así —dije—, no te preocupes.

Se tendió pegado al borde para dejarme todo el espacio posible. Me quité los zapatos, me dejé puestos los vaqueros y la camiseta y me metí bajo la colcha.

Bern, Danco y Giuliana volvieron a reunirse en algún momento de la fuga entre los olivos. Quién sabe, quizá habían acordado un punto de encuentro, quizá el plan se urdió con más pericia de la admitida después por la fiscalía. Se hallaron algunas prendas en la torre del Scalo.

Tommaso me daba la espalda. Estaba quieto, como si ya durmiera, pero seguía despierto. Mi adversario desde el principio. Posé una mano en su hombro. No tenía derecho a ese atrevimiento y era algo que jamás se me habría ocurrido hacer con él, pero lo hice. No hubo respuesta durante unos segundos, luego puso la suya encima. Así conseguimos dormir un rato, pocas horas, pero tan profundamente como no había dormido en años. La lámpara seguía encendida junto a mí. Fuera, empezó a clarear, pero no lo vi.

TERCERA PARTE

Lofthellir

6

De la mañana en que vinieron los policías recuerdo sobre todo el silencio. Era un silencio particular, como si los pájaros se hubieran quedado mudos y las lagartijas, inmóviles sobre la hierba para oír aquellas palabras que iban a trastornarme: «Todo indica que su marido está implicado en un homicidio... Se llamaba Nicola Belpanno.»

El policía pidió permiso para entrar en casa. Aunque no veía razones para impedirlo, no me aparté de inmediato. Tuvo que pedirlo una segunda vez y luego colarse por el hueco que había entre mi cuerpo y el marco de la puerta. Su compañero entró tras él con la cabeza gacha por la turbación.

Miré el interior de la casa e imaginé la impresión que debía de causarles: la mesa revuelta de la noche anterior y puesta para una sola persona, las botas embarradas sobre la alfombra, la manta tirada en el sofá. En fin, la dejadez propia de quien no recibe visitas.

—¿Podemos subir?

—La cama está sin hacer —respondí estúpidamente.

Me apoyé en la chimenea. Hubiese querido decirles que allí no encontrarían ningún secreto, nada de lo que andaban buscando.

Bern llevaba mucho tiempo sin poner el pie en aquellas habitaciones, aunque yo lo imaginase casi cada noche antes de acostarme sola: lo veía cruzar el cuarto con sus largas zancadas y le hablaba, le hablaba en voz alta, sí. Pero me quedé donde estaba mientras veía a los policías avanzar sigilosamente escaleras arriba.

«Todo indica que su marido... Se llamaba Nicola Belpanno.» Era capaz de comprender las frases por separado, pero el conjunto se me escapaba, como si fuesen mitades de dos jarrones rotos, dos jarrones distintos, y yo intentara unir una parte con la otra pero sus bordes y sus mellas no coincidiesen.

No les ofrecí ni un café ni un vaso de agua; sencillamente, no se me pasó por la cabeza. Cuando estuvimos de nuevo en la entrada, el que parecía autorizado a hablar dijo:

—Creo que volveremos para llevar a cabo una inspección más minuciosa, quizá hoy mismo. Le agradecería que en las próximas horas no se alejase de su domicilio.

Acto seguido se marcharon.

Me senté en la mecedora. No podía pensar con claridad y, aun así, estoy segura de que los pensamientos se solapaban en mi mente sin adquirir ningún significado. Una congoja hasta entonces ignorada se fue apoderando de mí minuto a minuto. La maltrecha mecedora chirriaba aunque yo creía estar quieta.

Sabía que la calma no duraría mucho, pero mientras tanto no ocurría nada: estábamos la hacienda, yo y aquellas palabras, soplos en el aire.

«... implicado en un homicidio.»

Hacia las nueve sonó el teléfono de casa. «Ahora sí —pensé—, ahora empieza la fiesta.» Pero no me moví. De pronto era consciente de cada uno de los gestos que hasta la noche anterior habría hecho sin darme cuenta: levantarme, caminar, coger el auricular, responder.

Era la empleada de un *call center*. La dejé hablar registrando todo lo que decía, cada detalle trivial a propósito de un descuento en los canales de deporte y el alquiler de un descodificador. Luego le dije que no tenía televisor; algo en mi voz debió de asustarla porque colgó al instante.

Estuve un rato mirando el teléfono como si esperase una llamada concreta, después volví a sentarme bajo la pérgola. El policía me había pedido que no me alejase y no tenía intención de hacerlo, me quedaría allí hasta que se desmintiera la demencial versión de los hechos oída al amanecer.

«Se llamaba Nicola Belpanno.»

Volvieron a primera hora de la tarde. Eran tres coches y antes de aparcar derraparon inútilmente. Traían una orden de registro y una actitud diferente de la matutina: eran más resueltos, casi agresivos. Preferí quedarme fuera mientras toqueteaban, volcaban, abrían y vaciaban hasta el último objeto de la casa. Fui a sentarme bajo la encina. Desde el banco noté que algunas hojas estaban salpicadas de amarillo. Arranqué una y la miré a contraluz. El agente con quien había hablado por la mañana se sentó a mi lado.

—Empecemos por el principio, si no le importa.

—Como quiera.

—Esta mañana ha declarado que su marido llevaba mucho tiempo sin aparecer por casa.

—Trescientos noventa y cinco días.

Su sorpresa me pareció comprensible. Recordé que la noche de nuestra boda, Bern estaba de pie justo donde él se sentaba ahora.

—¿Infiero que usted y su marido ya no están juntos?

—Supongo que puede inferirlo, en efecto.

—Sin embargo, en el padrón municipal figura como residente de este domicilio. No han tramitado los papeles de la separación...

Debería haberle explicado que aquella separación había sido manifiestamente anunciada, ¡y de qué modo!, mediante una pila de leña ardiendo en plena noche, una hoguera gigante; si se hubiera fijado, habría visto aún el hollín en el suelo. Y también debería haberle explicado que Bern no podía empadronarse en ningún otro sitio porque su alma había echado raíces allí, entre aquellas piedras y aquellas plantas. Pero no se lo expliqué. El policía tamborileó con el bolígrafo sobre el bloc de notas.

—¿Puede decirme dónde ha vivido su esposo durante el último año?

Mentí exactamente como había hecho unas horas antes para responder a la misma pregunta. Pero si entonces lo hice obedeciendo a un vago instinto de cautela o recelo, intuyendo sólo a medias la conveniencia de una falsedad, ahora mentí de forma deliberada para proteger a Bern, fuese o no culpable.

—Lo ignoro.

El interrogatorio se endureció a partir de entonces. El agente se había esforzado en ser amable, pero era evidente que no estábamos en el mismo bando. ¿Conocía los vínculos de mi esposo con el ala más radical del movimiento ecologista? ¿Había tenido yo relación con esos grupos? ¿Había lugares que mi marido frecuentase o de los que hablara mucho? ¿Personas que mencionase a menudo? ¿Lo había visto fabricar o manipular armas? ¿Cuándo empezó a interesarse por los artefactos explosivos?

No, no y no; sólo respondía que no. Vistos desde lejos, el policía y yo no debíamos de ser muy distintos de los muchachos que, uno a uno, se sentaban allí junto a Cesare: él hablaba y yo guardaba silencio con la vista fija en la nada o en mis pies, algún monosílabo arrancado de vez en cuando. El bloc de notas seguía en blanco salvo por el número mágico, 395, apuntado en lo alto.

—Señora Corianò, en su propio beneficio le aconsejo que colabore.

—Estoy colaborando.

—Así que Bernardo Corianò no está vinculado a los grupos extremistas.

—No.

—¿Qué hay de Danco Viglione? ¿Qué puede decirme de él?

—Danco es un pacifista.

—Lo dice como si lo conociese bien.

—Convivimos en esta misma casa durante dos años.

—Entiendo. ¿Usted, Corianò, Danco Viglione y quién más?

—La novia de Danco y otra pareja.

—Giuliana Mancini, Tommaso Foglia y Corinne Argentieri.

—Si ya lo sabe, ¿por qué me lo pregunta?

El agente no se dio por enterado.

—Verá, se me hace raro que describa a Viglione de esa forma... Decir de él que es un pacifista teniendo en cuenta sus antecedentes...

Sentí que me faltaba el aire.

—¿Antecedentes?

—Vaya, ¿no lo sabía? —Revisó las primeras hojas del bloc—. Daño doloso en 2001; resistencia a la autoridad en 2002. Él y varios compañeros se desnudaron en Roma durante una cumbre internacional. Es curioso, ¿verdad? Su coinquilino ha pasado unas cuantas noches entre rejas. Supongo que usted no estaba al corriente.

Alguien hurgaba en mi habitación, por la ventana lo veía ir de un lado al otro; allí sólo encontraría añoranza.

—En cuanto a Giuliana Mancini —prosiguió—, fue detenida junto a Viglione en un par de ocasiones, pero en su historial consta además una estafa informática. Ahora también se encuentra en paradero desconocido.

Se irguió y apoyó el bloc boca abajo contra el muslo como si depositara un arma.

—Dígame una cosa: ¿a qué se dedicaban exactamente en este lugar?

—A la aceituna. Luego vendíamos nuestros productos en el mercado.

«Construíamos una utopía», pero no lo dije.

—En resumen: eran ustedes campesinos. Y su marido, Corianò, ¿también es pacifista?

—Bern tiene sus propias convicciones.

—Explíquese, por favor. ¿En qué cree exactamente?

¿En qué? Había creído en todo y perdido la fe en todo. A esas alturas ya no podía saber cuáles eran sus convicciones.

—Confía mucho en Danco —le dije.

El policía me observaba. Una expresión triunfal se insinuó en su rostro: si Bern era un secuaz o un acólito de Danco y Danco era un reincidente, Bern también debía de ser un sujeto peligroso. Había sido un error responder de aquella forma, pero ya era tarde. El agente guardó silencio, tal vez a la espera de que revelase más información, de que fuera más allá, pero me contuve. El aire olía a resina bajo el árbol.

—¿Cómo murió? —pregunté.

—Le machacaron el cráneo... con una pala.

Creo que empleó una expresión tan cruda para castigar mi renuencia. Y funcionó, porque la imagen que cristalizó en mis ojos ya nunca me dejaría: la cabeza de Nicola destrozada por una pala.

—¿Han hablado con su padre?

—¿Con el padre de Belpanno? Alguien está con sus padres ahora mismo. ¿Por qué lo pregunta?

Lo miré a los ojos.

—¿Lo conoce? —preguntó.

Parecía desarmado, como si advirtiera que había estado hablando con la persona equivocada.

—Nicola y Bern son prácticamente hermanos. Se criaron juntos. Si piensan que Bern le hizo daño a Nicola, se equivocan. Su padre, Cesare, lo confirmará.

El agente me pidió que no me moviera. Desde la encina lo vi alejarse y hablar por teléfono, se tapaba la oreja libre con el índice. No regresó a hacerme más preguntas.

Al poco rato se habían ido. Volvió a reinar la calma atronadora de la mañana. Abrí el corral de la cabra, la dejé salir y la contemplé mientras mascaba perezosamente la hierba invernal; rebuscaba las campánulas escondidas entre los tallos.

Entré en casa esperando verla patas arriba, pero no fue así. Estaba todo en orden, un orden aséptico más bien impropio de mí, como si los policías hubiesen querido afear mi negligencia colocando cada cosa en su sitio. Me senté frente al ordenador. Era la noticia más destacada en el *Corriere del Mezzogiorno*: «Matan a un policía durante una manifestación contra la tala. Los sospechosos se han dado a la fuga.» Una podía clicar en el título o en cualquiera de los textos relacionados: «Lugar del enfrentamiento», «Mapa interactivo de la *Xylella*», «Una vida consagrada al servicio público».

No había ninguna alusión al parentesco entre Nicola y Bern. Empecé a leer el artículo principal, pero me invadió un temblor tan violento que salí a caminar de aquí para allá durante un buen rato.

Cuando volvió a sonar el teléfono me arrojé sobre él. Fue raro oír la voz de mi madre. Desde que Bern no vivía allí, desde que aquel obstáculo se había removido, hablábamos una o dos veces por semana, pero no aquel día, no era ése el calendario previsto.

—Maldita sea, Teresa. ¡Maldita sea!

Lloraba. Le rogué que parase: un delicado equilibrio estaba en juego. Algo dentro de mí, algo enorme e irreparable, estaba a punto de estallar y estallaría si continuaba aquel llanto.

—Lo cuentan hasta en la radio —dijo.

—Claro —respondí, pensando que mis padres nunca escuchaban la radio.

Puede que las costumbres hubiesen cambiado durante mi ausencia, tal vez ahora lo hacían.

—Tienes que volver, Teresa, vuelve a casa. Voy a la agencia y te saco un billete.

—No puedo irme, la policía me ha pedido que me quede en la zona.

Mencionar a la policía le provocó un ataque de histeria, pero esta vez no me causó ningún efecto.

—¿Papá no está?

—Se ha ido a dormir. Lo he convencido de que se tomase un somnífero. Estaba fuera de sí.

—Mamá, tengo que colgar.

—¡Espera! Espera, tu padre quiere que sepas que nosotros no nos lo creemos. No nos lo creemos, ¿vale? Sabemos cómo es, jamás le haría daño a nadie.

A la mañana siguiente, el viento había barrido las nubes. Esperaba otro día fosco y algo de lluvia, un ambiente acorde con mi desaliento. El cielo, sin embargo, estaba completamente despejado y los rayos del sol que acuchillaban los campos traían un calor nuevo. El primer día de primavera con una semana de antelación.

Frente al quiosco del pueblo campeaba un cartelón escrito con alarmantes mayúsculas: TRAGEDIA EN UNA FAMILIA DE SPEZIALE. La noticia que faltaba ya había llegado.

—¿Dónde hablan del asunto? —le pregunté a Maurizio, el quiosquero.

—En toda la prensa, pero sobre todo aquí.

Eché un vistazo a los titulares del *Quotidiano di Puglia* y la *Gazzetta del Mezzogiorno*. En las primeras planas de ambos aparecía la foto de Nicola que había visto el día anterior en internet. Busqué monedas en el fondo del bolso.

—Da igual —dijo Maurizio, doblando los periódicos.

—No veo por qué debería. —Le di un billete de cincuenta euros—. Sólo tengo esto.

—Me lo pagas otro día.

—He dicho que no.

Cogió el cambio en la caja registradora. Entretanto, habían ido llegando más clientes. Los conocía, igual que ellos a mí. Noté cómo sus miradas iban de los titulares a mi cara y luego de nuevo a los titulares. Maurizio contaba los billetes con parsimonia. Cuando levantó la cabeza, su rostro había cambiado. Dijo:

—De pequeños venían al quiosco y lo miraban todo con ojos como platos. Mi padre siempre me lo contaba.

En el coche leí atropelladamente el artículo de la *Gazzetta*. No decía nada nuevo salvo que la búsqueda de los prófugos se había extendido a toda Apulia. Me dolió la palabra «prófugos». Se incluían imágenes de Bern, Danco y Giuliana y se apelaba a la colaboración ciudadana.

Advertí que erraban con respecto a la edad de Nicola: treinta y un años en lugar de treinta y dos. Los había cumplido un mes antes, el 16 de febrero; le envié una felicitación y él respondió con un «gracias» seguido de varios puntos admirativos. Hacía años que nos limitábamos a eso, a congratulaciones huecas.

Busqué las necrológicas. Su esquela era la primera, lo recordaban sus padres y, más abajo, sus colegas de la policía. No había indicaciones sobre el funeral. Cogí el *Quotidiano di Pu-*

glia y leí la misma información, el mismo error en la edad de Nicola, pero añadían que las exequias se habían aplazado debido a la autopsia. Cuando alcé los ojos vi a un anciano, asiduo de la plaza, quieto en su bicicleta a pocos pasos del coche: me miraba fijamente.

Volví a casa y me topé con un autobús escolar aparcado frente a la hacienda. Los niños se arremolinaban junto al vehículo con las bolsitas del almuerzo en la mochila. Había olvidado la visita programada para aquella mañana. La maestra Elvira y su colega me esperaban bajo la pérgola retorciéndose las manos. Me disculpé por el retraso escudándome en un imprevisto, pero sonó ridículo.

—No estábamos seguras de que te vieras con ánimo —dijo Elvira.

—No pasa nada.

—Todo se aclarará, Teresa.

Me cogió del brazo delicadamente; aquel contacto inesperado me sobresaltó. Me dirigí a los niños.

—¿Habéis visto la cabrita? Ayer le dejé la puerta abierta. Id a buscarla, vamos. Normalmente se esconde por allí.

Hice un gesto con la mano para dispersarlos y ellos empezaron a corretear en la dirección señalada. Más tarde los observé mientras tallaban las calabazas y echaban la pulpa naranja por el suelo. Repartí semillas de zanahoria, una por cabeza, y vi cómo cavaban la tierra con los dedos, colocaban los granos y cubrían los hoyos llenos de esperanza. Prometí cuidar de las plantitas sabiendo que no regaría aquella simiente ni una sola vez, dejaría que muriese sin germinar.

—Ahora haced lo que queráis —dije—. Corred, trepad, arrancad hojas...

Me metí en casa sin concederles un adiós a las maestras. Cerré la puerta y me tumbé en el sofá. Seguía allí, totalmente despierta, cuando el autobús escolar se alejó por el sendero.

En contra de las conjeturas iniciales, Nicola no había muerto por el palazo en la nuca. Según la autopsia, ese golpe le había causado un traumatismo craneal relativamente inocuo, pero el impacto contra una piedra puntiaguda provocó una hemorragia interna mucho más devastadora, algo que la mera caída no podía explicar. «Una fuerza posterior debió de empujar violentamente la cabeza de Belpanno contra la piedra», rezaba la nota de prensa. Una fuerza posterior... En la sien, por el lado contrario, había hematomas compatibles con los tacos de un zapato compacto, una bota, tal vez de agua. Alguien había aplastado su cabeza con el pie.

Justo cuando comunicaron la fecha del funeral, el todoterreno de Danco fue hallado en una explanada de hierba a escasa distancia de la costa. Según el artículo *online*, la zona era bastante solitaria en invierno, pero estaba muy concurrida en verano dada su proximidad a un famoso lugar de recreo para jóvenes: el Scalo. Al leerlo me dio un vuelco el corazón. Me recordé allí con Nicola muchos años antes: yo inquieta por encontrarme a solas con él y él buscando excusas para retenerme.

La opinión de los investigadores era que Bern, Danco y Giuliana habían huido por vía marítima con la ayuda de un cómplice; por lo que constaba, ninguno de ellos estaba familiarizado con la navegación. Dentro de la torre en ruinas, a unos trescientos metros del vehículo, la policía encontró una bolsa con ropa y restos de comida. Según el reportero, la fuga equivalía a una admisión del crimen y la guarida, como se emperraba en llamar a aquel escondite, delataba la premeditación.

Pensar en Cesare me mortificaba. ¿Debía mandarle un telegrama? ¿Era demasiado tarde? En internet hallé fórmulas para la ocasión que leí una y otra vez, pero ninguna me pareció ni remotamente adecuada: «Os acompaño en el sentimiento...», «Mi más sentido pésame...», «Siempre estará en nuestro corazón...».

Mi madre llamaba con una frecuencia inusual y agobiante para preguntar si había enviado ya el telegrama, pero sospechaba que ella tampoco estaba del todo convencida. En circunstancias tan extremas no había espacio para los formalismos. Al final abandoné la idea y ella no volvió a sacar el tema.

También con respecto al funeral dudé hasta el último momento. A sólo una hora del comienzo seguía en la hacienda cavilando con la ropa de trabajo puesta y la esperanza de que el tiempo saltara tres horas hacia delante o, mejor aún, diez años. Tuve que conducir como una loca por la autopista bajo una lluvia empedernida mientras me arreglaba los mechones de pelo con la mano y me restregaba los ojos para borrar la estupefacción que perturbaba mi cara desde días atrás.

La jefatura de Policía presionó para que se le otorgase a Nicola un funeral de Estado como muestra de solidaridad con las fuerzas del orden. En la catedral de Ostuni no quedaba un banco libre, incluso el fondo y las naves laterales estaban atestados de personas sin asiento: policías con sus familias, carabineros en uniforme de gala y ciudadanos que acudían llevados por la indignación.

Me mantuve alejada de cualquiera que pudiese reconocerme, en especial de Cesare y Floriana, aunque éstos eran prácticamente inalcanzables, recluidos como estaban entre la muralla de gente y el espacio donde reposaba el féretro de Nicola cubierto de flores.

Divisé a Tommaso junto a una columna en el lado opuesto de la iglesia, igual de reticente a dejarse ver, pensé, aunque mucho más visible por su llamativa palidez y su pelo de nieve. Vi a Tommaso y él también me vio, pero apenas hubo un breve intercambio de miradas, más hostiles que emotivas, porque el recelo mutuo seguía latente, más vivo si cabía a causa del espanto.

La ceremonia se llevó a cabo en completo silencio y con la mayor solemnidad, como si nos vigilasen desde las alturas. El obispo cedió el púlpito a un sacerdote más joven, don Valerio. Hasta después de oírlo durante un rato, hasta que dijo «en varias ocasiones visité la casa donde Nicola vivía con sus padres, hogar que bendije año tras año», no recordé un tórrido día de agosto en que Cesare me habló de su amigo el cura de Locorotondo. Allí estaba, pues, don Valerio, la frente estrecha aflorando tras el atril, los ojos negros y llameantes. Describió la hacienda como una porción del paraíso donde el mal no tenía cabida; pero el mal, añadió luego, se había introducido incluso en el jardín del Edén bajo la forma de serpiente. El obispo se había sentado y atendía al cura con los ojos cerrados. Don Valerio prosiguió:

—Hay algo que no podemos aceptar, ¿acaso el Señor no nos prometió la vida eterna a través de nuestros hijos? Ahora, sin embargo, parece infringir su promesa. Cesare y Floriana tendrían hoy derecho a dudar de Dios, pero sé que no lo harán porque han hecho de la fe el principio de todas sus acciones. Escuchad con atención lo que puedan enseñaros en esta jornada de luto, cuando hasta el cielo se une a nuestro llanto. Cada instante de nuestra permanencia en la Tierra sólo tiene sentido mientras creamos en Jesús y la vida eterna; dejar de hacerlo es como sentarse en una esquina a esperar la muerte.

Hizo una larga pausa. El obispo cabeceaba. Busqué a Tommaso, pero ya no estaba. Don Valerio dobló el micrófono hacia su boca, pero cuando retomó el discurso lo hizo quedamente, como si apenas le quedase fuerza para continuar.

—Oigo muchas habladurías, llegan acusaciones a mis oídos; como de costumbre, la gente habla sin saber. A todos nos gustan los chismes, ¿no es cierto? ¿Y hay algo mejor que una muerte violenta para alimentar murmuraciones? Pues bien, yo he visto a Nicola al lado de Bernardo, al lado del joven a quien consideraba su hermano.

Aquel nombre produjo una conmoción. Los cuerpos apiñados en la catedral se estremecieron, los bancos de madera crujieron, alguien tosió.

—Yo conocí a dos chicos incapaces de lastimar a nadie, figuraos si es posible que se agredieran entre ellos. Dos chicos criados en un amor tan poderoso que los hacía inmunes a la maldad. Obviamente, puedo equivocarme. Como os decía, la serpiente corrompió incluso a Adán y Eva. Pero seamos cautos, esperemos a que se revele la verdad, aún es pronto. Éste es el tiempo del duelo y la oración.

Hubo otro discurso, un policía que desdobló una hoja con manos temblorosas y la leyó tropezando en cada palabra. Describió a un Nicola tan distinto del personaje real que perdí el hilo persiguiendo el recuerdo del verdadero Nicola cuando éste nos visitó en la hacienda, tan airoso e imponente que me avergoncé de hallarlo atractivo, aunque siempre lo acompañaba su irremediable melancolía, como si la felicidad fuese un objeto perdido en un lugar remoto. Durante la boda se había amorrado a mi cuello para chupar la ponzoña que, según él, me envenenaba, como si una vez suprimida pudiera al fin percatarme de que yo, en el fondo, era suya. Pero jamás lo fui: Nicola había sido un actor secundario en mi vida; precisamente ahora, cuando yacía muerto a pocos pasos del altar, estaba más presente en ella que en todos los años anteriores.

El policía bajó los peldaños y volvió a su sitio. Durante un rato sólo se oyó el repiqueteo de la lluvia sobre el tejado mientras el obispo bendecía la madera del ataúd. Una sensación de injusticia se comprimía bajo las altísimas bóvedas.

Fue entonces cuando estalló el grito, un grito salvaje salido de un abismo pavoroso, un aullido que los noticiarios locales emitirían aquella misma noche y al día siguiente y al otro... Cesare sujetaba a Floriana por los brazos mientras ella intentaba lanzarse hacia delante, no exactamente hacia el féretro, sino hacia algo que sólo ella podía ver.

Me abrí paso por entre la masa de personas inmóviles molestas por aquella falta de tacto. No caminé hacia donde estaba Floriana, sino en la dirección contraria, hacia la salida abarrotada por la muchedumbre. Fuera había más gente. Pasé bajo los paraguas, a empujones para hacerme sitio. El obispo hablaba de nuevo, los altavoces difundían su cantinela: «Concédele el descanso eterno, Señor...»

Una mano me agarró del hombro. Intenté soltarme, pero la mano apretó con más fuerza. Me volví. Cosimo me miraba, trastornado.

—¿Qué habéis hecho? ¿Qué le habéis hecho a ese pobre chico?

Su cara enrojecida estaba a un palmo de la mía. Tenía el pelo blanco mojado y las hombreras de la gabardina caladas como esponjas por la lluvia.

—Yo no he hecho nada.

Seguía aferrándome. Una señora contemplaba la escena, pero no intervino.

—¡La gente como vosotros merece el infierno!

Conseguí desprenderme, o puede que él soltara la presa, pero su voz me llegó por la espalda a través del aguacero:

—¡Malditos! ¡Tú y esos canallas! ¡Malditos!

Salí del gentío completamente empapada. Me había dejado el paraguas en la iglesia y no pensaba volver a por él. La lluvia había convertido el enlosado en un resbaladero. Caí y me torcí el tobillo. Alguien se acercó para ayudarme, pero me puse en pie y corrí con más peligro que antes.

Mientras conducía hacia la hacienda intenté expulsar de mi mente los pensamientos que se acumularon durante el funeral, el aullido desgarrador de Floriana, las palabras de don Valerio y de Cosimo, la corona de flores húmedas posada sobre el ataúd... Los limpiaparabrisas barrían el cristal a toda velocidad, pero no bastaba, caía demasiada agua, demasiada; apenas se distinguía la carretera.

No recuerdo gran cosa de las semanas siguientes. Continuó lloviendo, primero a cántaros y luego a intervalos, hasta que sólo quedaron los charcos esparcidos por el terreno, que acabaron por secarse. Entonces llegó el croar desconsolado de las ranas durante la noche. Pensaba en mi primer verano con Bern.

Abril. Sobre un muro de la calle principal de Speziale apareció esta pintada: NICOLA VIVE. Al cabo de unos días alguien tachó la última letra y cubrió la uve con una ele roja: VIL. Alrededor de la *a* trazaron un círculo del mismo color formando el símbolo de los anarquistas.

Mayo. Vivía como en suspenso. El siroco sopló durante semanas y ya se hablaba de la sequía que iba a asolar los campos en los meses venideros. Aquella extraña primavera, seca y calurosa, no hizo más que aumentar la sensación de parálisis.

El registro de la policía había desenterrado algunos recuerdos del pasado. Encontré una biblia que había pertenecido a Bern y a los demás. Pasé mucho tiempo hojeándola. En los márgenes, con letras diminutas y tres caligrafías distintas, se habían anotado las definiciones de las palabras más difíciles:

forastero: hombre de otro país
diadema: especie de aro para la cabeza
fétido: que huele muy mal
caverna: cueva
destilar: gotear, rezumar
caduco: destinado a vivir poco tiempo
rienda: correa para caballos
perverso: que tiene pensamientos turbios y malvados
flagelo: catástrofe, gran desgracia a menudo enviada por
    Dios a causa de un pecado cometido
errante: que no encuentra su lugar y vaga por el mundo
    como un desterrado miserable y solitario

Errante. Repetía esa palabra para mí. Me preguntaba dónde estaba Bern. Sólo su regreso podía restablecer el curso normal del tiempo y las estaciones.

Me acompañaban los micrófonos. En realidad no había encontrado ninguno, ni siquiera los había buscado, pero sospechaba que estaban allí, que la pasma los había sembrado por la casa. Sabía que el teléfono estaba pinchado y que de vez en cuando unos agentes de paisano llegaban en coche hasta la barra de la entrada, se quedaban un rato y luego se marchaban. Tenía sentido. Aquella forma de acosarme tenía sentido: a mi marido lo buscaban por haber matado a uno de sus compañeros; se había expedido una orden internacional de busca y captura contra él.

En cualquier caso, aquello que los micrófonos pudiesen captar era irrelevante; no sólo porque Bern jamás iba a aparecer o a llamar por teléfono, sino también porque jamás percibirían lo que la hacienda significaba realmente, lo que había sido. Buscaban mensajes cifrados en mis conversaciones, interpretaban los ruidos, pero no podían apreciar los incontables momentos de dicha, mis años de vida con Bern, las mañanas en la cama y las sobremesas eternas, cuando nos dejábamos hechizar por el murmullo del pimentero tras la ventana. No apreciaban la exaltación de los años en que éramos seis, inmersos en una confusión gloriosa dentro de aquella casa, ni la intensidad de los sentimientos que experimentábamos los unos por los otros, al menos al principio. Y no percibían la esperanza que impregnaba aquel lugar desde los tiempos de Cesare. Lo único que obtendrían aquellos micrófonos ocultos sería un retrato acústico de mi soledad: el tintineo de platos y cubiertos, el chorro del grifo, el teclado del ordenador y, entremedias, larguísimas horas de silencio.

El primero en salir por televisión fue el padre de Giuliana. Dijo lo que yo ya sabía: que no tenía relación con su hija desde diez años antes. Pero Danco y Giuliana no interesaban al público: eran más fascinantes los lazos de sangre entre dos primos que en otro tiempo habían sido inseparables y luego fueron enemigos hasta el punto del asesinato. Bernardo y Nicola, Nicola y Bernardo; bastaba con mencionar los dos nombres juntos para que cualquier italiano supiese de quiénes se hablaba. Lo mismo ocurría con Speziale. Una nube de rumores sobrevolaba la hacienda. Destapado el nido del escándalo, reporteros y cámaras se aventuraban hasta la puerta de casa. Cuando conseguía que se fuesen, los veía alejarse buscando el mejor ángulo para encuadrar la vivienda. También querían fotografiarme a mí, y una pareja lo logró.

Llovían las llamadas y los correos electrónicos a la página web de la Hacienda Didáctica, la mayoría de canales de televisión, pero otros conteniendo solamente insultos. Una vez más, mis padres intentaron convencerme de que volviese a Turín, aunque sólo fuese para encontrar un poco de paz mientras se calmaban las aguas.

Frente al quiosco de Speziale, las portadas de las revistas dedicadas a Nicola y Bern seguían expuestas, exhibidas con un orgullo perverso. Primero dejé de pasar por allí, más tarde decidí no ir al pueblo: compraba en supermercados lejanos regentados por inmigrantes, y siempre durante las horas en que estaban desiertos.

Justo cuando los medios de comunicación empezaron a verse faltos de primicias, cuando la atención por Nicola y Bern comenzaba a decaer, Floriana participó en un programa televisivo que se emitía los miércoles en horario de máxima audiencia y que seguía más de un millón de espectadores. La entrevista duraba aproximadamente una hora sin contar los cortes publicitarios.

Como no tenía televisor, aquella noche conduje hasta San Vito dei Normanni, donde nadie me conocía. Los coches atascaban las calles de sentido único. Pasé junto a un bar y a través de la ventana pude ver una pantalla sujeta a la pared. Aparqué. Dentro todo eran hombres, a excepción de la camarera, una mujer corpulenta con una camiseta amarilla muy ceñida y un tatuaje en el brazo. Me examinaron en silencio mientras caminaba entre las mesas.

Me senté en el sitio más cercano a la pantalla, de espaldas a los demás, aunque consciente de la insistencia con que me miraban. Pedí un café, pero no advertí el momento en que la camarera lo dejó sobre la mesa porque la cabeza de Floriana ya había aparecido en la pantalla, un primer plano hasta el pecho. Tras ella se adivinaban las portezuelas de una cocina económica que yo nunca había visto.

Respondió con un ademán al saludo de la entrevistadora, que arrancó diciendo:

—Puede que a muchos de nuestros telespectadores no les suene el nombre de Floriana, pero a mí sí. Para las mujeres de mi generación, esas que a finales de los setenta teníamos unos veinte años, es un icono. Floriana Ligorio fue una de las primeras mujeres en combatir la deleznable explotación de las jornaleras en su región, Apulia. ¿Por qué no nos refresca la memoria, Floriana?

—Aquellas muchachas... —empezó a decir como si hubiese ensayado la respuesta, pero se detuvo en seco.

La entrevistadora acudió en su ayuda.

—¿Qué muchachas?

—Trabajaban en el campo —prosiguió ella con menos ímpetu—, campos de tomates, sobre todo. Llegaban a hacer turnos de doce horas. A veces los capataces las golpeaban, a veces las forzaban. Algunas morían durante el trayecto a causa del calor o la asfixia, iban veinte en furgonetas para nueve. La versión oficial siempre achacaba las muertes a accidentes de tráfico, así que decidí fundar el grupo. La cámara alternaba los planos de Floriana y la entrevistadora.

—¿Qué hacían?

—Bloqueábamos las carreteras para impedir el paso de las furgonetas e intentábamos convencer a las trabajadoras de que se bajasen.

—¿Y se bajaban?

—Unas pocas. Eran pobres, temían perder su trabajo o que les pegasen al volver a casa.

—A pesar de todo, ustedes no se rindieron. En una ocasión, los capataces llamaron a la policía y Floriana fue detenida. Ella asintió sin añadir nada: aquello no era una pregunta. La entrevistadora siguió hablando, esta vez dirigiéndose al público.

—Hay una foto que se hizo muy popular entonces. La hemos encontrado. La joven a quien el policía agarra del brazo es Floriana Ligorio.

La imagen ocupó toda la pantalla durante unos segundos. Inmediatamente después se hallaba en formato reducido sobre la mesa, entre las dos mujeres. Floriana la observaba sin tocarla, como si dudase de que la retratada, efectivamente, fuera ella.

—¿En qué piensa cuando vuelve a ver esta fotografía?

—Pienso que cumplimos nuestro deber: salvar vidas.

—¿A veces se debe luchar para conseguir la justicia, Floriana? ¿Luchar incluso contra un policía?

—Me agarraba con fuerza del brazo y yo intentaba soltarme, eso es todo.

—En una entrevista de la época usted llamó «cabrón» al policía de la foto.

—Luchábamos por una causa justa.

—¿Qué le parecería que su hijo Nicola, en una foto actual similar a ésta, fuese el policía que agarra del brazo a la chica?

Floriana levantó la cabeza de golpe.

—Él no habría hecho algo así.

—¿Puede hablarnos de su relación?

—Venía a vernos los domingos y comíamos juntos cuando no estaba de servicio.

—¿Y no discutían de vez en cuando? Quiero decir, resulta obvio que tenían ideas discordantes: usted fue un símbolo de la disidencia y Nicola era un agente de la ley.

—Una madre sabe aceptar las elecciones de su hijo.

La entrevistadora levantó la primera hoja de la pequeña pila que tenía enfrente. La puso a un lado y ojeó unos apuntes.

—Según algunos colegas de Nicola, la relación familiar se enfrió tras su ingreso en el cuerpo. Uno de ellos declaró, cito textualmente: «Sus padres nunca le perdonaron aquella decisión. Nicola solía hablar de ello, lo obsesionaba.»

—¿Y eso qué tiene que ver? —dijo Floriana con un hilo de voz.

—¿Iba o no iba Nicola a comer los domingos?

—A veces.

—¿Cuándo fue la última vez?

—No lo sé. En Navidad, creo.

La camarera de la camiseta amarilla se acercó a la mesa y me preguntó si había algún problema con el café. Respondí que ninguno.

—Ni lo has tocado —dijo, llevándose la taza.

La entrevistadora captaba el nerviosismo de Floriana, una inquietud que ella misma había provocado, y ahora le aseguraba que todo el mundo, empezando por ella, estaba de su parte y compartía el dolor de su pérdida, una pérdida antinatural.

—Pero hemos de ir más allá y ésta es una ocasión única para arrojar algo de luz sobre el asunto que nos ocupa. Seamos valientes, Floriana. Hay muchos testimonios de manifestantes que se hallaban en el lugar de los hechos cuando Nicola y su colega se personaron allí. Hablan de una actitud agresiva, desafiante. Algunos afirman que recibieron ataques verbales y otros han declarado que Nicola no dejaba de tocarse la pistolera de forma chulesca.

Floriana perdió los nervios.

—¡Es mi hijo quien ha sido asesinado! Mi hijo, Nicola, ha sido asesinado por una cuadrilla de terroristas. ¡Está muerto! ¡Deberíamos hablar de eso!

—¿Eso los considera? ¿Terroristas?

—¿Qué otra cosa son?

—Bien. Enseguida regresamos, Floriana. A la vuelta de publicidad retomaremos el tema desde aquí.

Vinieron los anuncios, a un volumen ligeramente más alto. El bar se había llenado mientras tanto. Un tipo grandote con los pantalones y la cara manchados de pintura seca contó un chiste en dialecto pullés. La camarera rió a carcajada limpia. Acerqué la silla a la pantalla, pero no fue suficiente. Me puse de pie para acercar la oreja. El programa volvió a empezar.

La entrevistadora hizo un resumen de lo ocurrido hasta el momento, después le recordó al público que los principales acusados por la muerte de Nicola Belpanno eran Danco Viglione y Bernardo Corianò, primo de la víctima. Se mostraron unas fotografías suyas. Luego le preguntó a Floriana si había algo en el pasado de Bern, algún episodio concreto, que permitiese presagiar la violencia que después lo dominaría.

—Tenía sus rarezas, como cualquier niño. Se crió sin padres.

—¿Quiere decir que Bernardo es huérfano?

—No exactamente.

—Explíquese.

—La hermana de Cesare, Marina...

—Cesare es su marido, ¿correcto?

—Sí.

—Así que Marina sería su cuñada. Estamos tratando de facilitar la comprensión de nuestros espectadores, Floriana. Siga.

—Marina era muy joven cuando se quedó embarazada: tenía sólo quince años.

—¿Quince años?

—Acudió a nosotros porque no sabía adónde ir. Si se hubiesen enterado en su casa... Mis suegros eran muy estrictos. Nicola acababa de nacer y estábamos arreglando una pequeña propiedad que habíamos comprado en pleno campo. Ni siquiera teníamos un pozo, íbamos cada mañana a la fuente del pueblo a llenar bidones de agua.

—¿Diría que eran hippies?

—No. Quiero decir que no nos veíamos así. Los hippies no creen en Dios.

—Usted y su marido, en cambio, son muy devotos.

—Sí.

—Su esposo llegó a fundar una secta.

—A él no le gusta que la llamen así.

—Volvamos a Marina, su cuñada. Acudió a ustedes en busca de ayuda porque estaba embarazada. Tan joven..., el sur de Italia, en aquellos años..., no debió de ser fácil.

—Quería encontrar una solución.

—¿Qué clase de solución?

—Tenía sólo quince años, estaba asustada.

—¿Se refiere a que quería abortar?

—Cesare sentía lástima por ella. Es su hermano mayor, tiene diez años más que ella y en su familia... Siempre ha sido como un padre para Marina. Pero él también era muy joven. Éramos todos muy jóvenes y no teníamos dinero. Una tarde, Cesare se fue a dar una vuelta, pasó la noche fuera y al volver dijo que nos ocuparíamos del hijo de Marina costara lo que costase.

—¿Qué hizo durante aquella noche?

—Rezar.

—¿A eso se dedicaba su marido? ¿Pasaba la noche rezando?

—A veces.

—¿Lo hizo también tras la muerte de su hijo?

—Sí.

—Así que Cesare decidió que el hijo de su hermana debía nacer sin preguntárselo a usted o a Marina. Sencillamente dijo lo que debían hacer.

—Así se lo había encomendado.

—¿Encomendado? ¿Quién? ¿Dios?

—Sí.

—Así pues, ¿podemos afirmar que Bernardo nació gracias a las oraciones de su marido?

—De Cesare.

—¿Y podemos decir que gracias a aquellas oraciones su marido salvó al niño que treinta años más tarde acabaría con la vida de su propio hijo?

Floriana acarició la montura transparente de sus gafas como asegurándose de que seguían allí. Hubo unos segundos de silencio. La entrevistadora ordenó sus apuntes.

—Me gustaría volver a la pregunta que teníamos en el aire. ¿Hubo algún episodio particular en la infancia de Bern? ¿Algo que pudo haberse interpretado como señal de alarma? Cualquier comportamiento, cualquier suceso.

—Era un chico nervioso.

—Es algo habitual a esa edad. ¿Puede darnos un ejemplo?

—Una vez cazó una liebre. La degolló con unas tijeras sólo para ver qué se sentía. Nicola vino a verme llorando. Estaba trastornado. Me suplicó que no le dijera a Bern que me lo había contado. Tenía miedo de que pudiera hacérselo a él.

—¿Fue por esa clase de conducta por lo que decidieron mandarlo a Alemania con su padre?

—Eso ocurrió antes. Le pedimos al padre de Bern que se ocupase de él durante un tiempo. Vivía en Freiberg. Pensamos que un cambio le vendría bien.

—¿Y la madre de Bernardo estaba de acuerdo?

—Ella se fiaba de Cesare.

—¿Hacía todo lo que dijese Cesare?

—Cesare es el hermano mayor.

—Así que decidieron enviar a Bernardo a Alemania con su padre. ¿Qué clase de persona era el padre?

—No lo conocíamos mucho.

—Sin embargo, creyeron conveniente dejarlo a cargo de un niño.

—Era su padre pese a todo.

—¿Y cómo fueron las cosas en Freiberg?

—Bern se puso cabezota desde el principio: no quería aclimatarse. Al cabo de unos meses, el Alemán nos mandó una carta...

—¿El Alemán?

—El padre de Bern.

—¿Les mandó una carta? ¿Por qué no usó el teléfono?

—En la hacienda no teníamos teléfono.

—Deje que lo entienda, Floriana. ¿De qué año estamos hablando? ¿De 1987?

—Más o menos, creo.

—¿Y en 1987 ustedes no tenían teléfono?

—Preferíamos alejar la contaminación de la hacienda.

—¿Contaminación? ¿Se refiere a las llamadas?

—Cualquier elemento tóxico procedente del mundo exterior, incluido el teléfono.

—Así que Bernardo no podía hablar con ustedes desde Alemania porque no tenían teléfono.

—Podía escribir.

—¿Y podía hablar con su madre?

—También podía escribirle.

—¿Un niño de ocho años escribiendo cartas?

—Bern escribía muy bien, aprendió muy pronto.

—Volvamos a Alemania. Bernardo se encuentra allí con su padre...

—Bern. Todos lo llamamos Bern. Nadie lo llama Bernardo.

—Bern, claro. Disculpe. Así que Bern está con su padre, a quien no conoce muy bien, en una ciudad nueva para él, y se pone cabezota.

—Un día decidió dejar de comer. Su padre nos escribió para contárnoslo. Por la mañana, antes de ir a trabajar, le dejaba los cereales y la leche, y al volver seguían allí. Una tarde lo encontró desvanecido, así que decidió enviarlo de vuelta. La carta llegó unos días antes que Bern.

—Cuando regresó ya tenía nueve años.

—Sí.

—Y Marina, su madre, había empezado a trabajar, ¿me equivoco?

—Correcto.

—¿Y no habría podido encargarse ella de Bern?

—Lo mejor era que Cesare siguiera encargándose de él. Cesare y yo. Marina es buena chica, pero no es... Nosotros teníamos más experiencia.

Hubo una segunda pausa publicitaria. Cuando se reinició el programa no siguieron con la entrevista a Floriana. Pasaron unas imágenes del centro de Speziale: la calle principal que cruzaba el pueblo, el bar, la tienda de comestibles y la pequeña iglesia donde mucho tiempo antes había asistido al funeral de la abuela.

Un coche recorría los caminos de la campiña que tan bien conocía, con sus muros de piedra a ambos lados. Llegaba hasta la barra de la hacienda por el trayecto más largo posible. El reportero, sin pudor alguno, se colaba por debajo y caminaba por el sendero, ya dentro de mi propiedad y seguido por el cámara, hasta llegar a la casa. Tanto las puertas como las ventanas estaban cerradas.

—Su marido prefería encargarse personalmente de la educación de Nicola y Bernardo; ¿por qué? —preguntó la entrevistadora.

—Cesare es un hombre muy culto.

—Muchas personas cultas, a pesar de todo, deciden enviar a sus hijos a la escuela.

—Teníamos nuestros principios... y los conservamos.

—¿Quiere decir que volvería a hacerlo todo como lo hizo entonces?

—Sí. Bueno, tal vez no todo. No todo.

—A la luz de los hechos, ¿no cree que ese aislamiento pudo haber contribuido a alterar la personalidad de Bernardo?

—Bern.

—De Bern, disculpe.

—Cesare les proporcionó una excelente cultura, muy superior a la de casi todos los chicos de su edad.

—¿Es cierto que los obligaba a memorizar pasajes de la Biblia?

—No, no es cierto.

—Cuando nos vimos por primera vez, usted me contó que...

—Dije que Bern memorizaba fragmentos de la Biblia. Él lo quería, Cesare jamás lo obligó; a él le bastaba con que recordasen pasajes breves, lo justo y lo necesario.

—¿Necesario para qué?

—Para que pudiesen entenderlos.

—¿Qué debían entender, Floriana? —La cámara enfocó a la entrevistadora, que fruncía el ceño—. Floriana, es importante que aclare este punto: ¿qué debían entender los muchachos?

—Los fundamentos de la fe. Los fundamentos de... del comportamiento.

—¿Y había algún tipo de castigo para quien se negase a aprender aquello que Cesare consideraba necesario?

Floriana sacudió levemente la cabeza, como por un escalofrío.

—Durante nuestra primera conversación confesó que existían severas consecuencias para quien no lo obedeciese.

Floriana guardaba silencio. La entrevistadora bajó más aún el tono de su voz.

—Nicola, su hijo, y Bernardo, ¿alguna vez sufrieron castigos físicos por parte de Cesare?

Floriana miró hacia un lado como buscando a alguien. Acto seguido hubo un corte brusco de montaje; en el plano siguiente tenía a su lado un vaso de agua medio lleno y el labio superior ligeramente húmedo. La entrevistadora estaba más rígida que antes.

—Tras la muerte de Nicola decidió separarse de su marido; ¿lo considera en parte responsable de lo ocurrido?

Floriana bebió un trago de agua y contempló el vaso con aire triste, luego asintió.

—¿Por qué motivo ha decidido compartir hoy su historia con nosotros?

—Porque quiero que se sepa la verdad.

—¿La verdad nos hace libres, Floriana?

Se detuvo como si la pregunta hubiese desencadenado un recuerdo inesperado. Por un momento, sus ojos se abrieron como platos. Luego añadió con firmeza:

—Así lo creo.

—¿Qué le diría a Bernardo si supiese que nos está viendo en este instante?

—Le diría que afronte las consecuencias de sus actos tal y como se le enseñó.

—¿Y qué le diría si pudiese a Nicola, señora Floriana? ¿Qué le diría a su hijo?

—Yo...

—¿Podemos traerle un pañuelo a la señora Floriana, por favor? No se preocupe, tómese el tiempo que necesite. Beba un poco de agua. ¿Quiere continuar? Estábamos hablando de Nicola. Cuando fui a verla por primera vez me contó que Cesare tiene una visión muy particular de la religión católica. Cree en la reencarnación. Si tuviese que cerrar los ojos y... Cierre los ojos, Floriana. ¿En qué criatura puede haberse transformado su hijo?

La imagen cambió de repente mientras la boca de Floriana se entreabría. En la pantalla apareció un programa musical.

Fui a la barra, pero la camarera me ignoró, ocupada como estaba en escuchar otra historia del tipo con la cara manchada de pintura. Cuando los interrumpí, ambos se volvieron para mirarme.

—¿Puede volver a poner el canal de la entrevista?

—A nadie le interesa.

—A mí sí, lo estaba viendo.

El mando estaba sobre la barra, por un momento pensé en agarrarlo.

—Por un café puedes irte a tu casa a ver la tele —respondió la camarera, y volvió a dirigirse al hombre.

Él no dijo nada. Se puso la botella de cerveza a los labios y bebió un trago sin dejar de mirarme.

—Entonces, tomaré una cerveza —dije.

—¿Has venido aquí a dar limosna?

—Es importante, se lo ruego.

Cogió el mando y, en vez de cambiar de canal, lo apoyó en un estante a sus espaldas, frente a las botellas.

—Al café invita la casa. Ahora vete. Nos ha quedado claro que eres amiga de esa gentuza.

Salí. Vagué atontada por las calles desiertas de San Vito. No encontré otro bar, sólo un tenderete donde vendían sandías con un pequeño televisor montado en lo alto, pero después de un rápido vistazo al dueño no me atreví a acercarme. Pensé en pulsar un timbre al azar, pero ya había cometido suficientes disparates. Me sentía cansada, vacía.

No vi el final de la entrevista. Sólo después de varios meses conocí la respuesta de Floriana a la pregunta: dijo que nunca había creído del todo en la reencarnación, que durante años se había dejado engañar por su esposo, pero que ya no. Dijo que el Señor nos concede una sola vida en la Tierra, esta misma, y que no habrá más después de muertos.

Una tarde de agosto observaba a uno de los intrusos a través de las persianas del dormitorio. No llevaba ninguna cámara. Después de llamar estuvo deambulando por el patio. Lo perdí de vista mientras daba la vuelta a la casa hasta que reapareció y miró hacia mi ventana como si pudiese intuir mi presencia. Se sentó a la mesa bajo la pérgola, oculto en parte por el denso entramado de la parra, y de allí no se movió.

Pasó media hora, puede que más, y no parecía dispuesto a marcharse. Una rabia tremenda se apoderó de mí. Bajé a la primera planta y abrí la puerta hecha una furia.

—¡Márchese inmediatamente! —grité—. ¡Aquí no puede estar!

El intruso se puso en pie de un salto. Por un momento pareció que iba a hacerme caso, pero se quedó donde estaba.

—¿Eres Teresa?

Era más joven que yo, grueso y de aspecto inofensivo. Llevaba unas sandalias Birkenstock destrozadas y la camiseta empapada de sudor.

—Tiene que largarse ahora mismo —repetí—, de lo contrario llamaré a los guardas.

En vez de alejarse pareció cobrar ánimos: dio un paso hacia mí e inclinó la cabeza en una especie de reverencia.

—Soy amigo suyo.

—¿De quién?

—De Bern; él me...

Le tapé la boca con la mano y le indiqué que me siguiese al olivar.

Cuando estuvimos a una distancia razonable de la casa lo abrumé a preguntas. Estaba alterada. Daniele me respondía con calma, como si hubiese previsto aquel brío por mi parte. Dijo que había conocido a Bern en el cuartel de Oria hacía más de un año y desde entonces no se habían separado. Estuvo a su lado también la noche del Relais, pero no había presenciado lo ocurrido.

Al hablar, evitaba mirarme a los ojos: se dirigía a algún punto a mi derecha, y de vez en cuando se secaba el sudor de la abultada frente con la mano.

—¿Podemos resguardarnos del sol? —preguntó.

Sólo entonces advertí que lo había conducido hasta el centro de un claro soleado sobre la tierra ardiente como si también los árboles estuviesen plagados de micrófonos.

Nos refugiamos bajo un olivo. Él jadeaba levemente.

Le pregunté por qué había tardado tanto tiempo en buscarme.

—Estaba en arresto domiciliario. Me han tenido cuatro meses así. La policía creía que era el encargado del arsenal sólo porque estudio química. Pero no tenían pruebas y estudiar química no es delito hoy por hoy.

—¿Y es verdad?

—¿El qué?

—¿Eras el encargado del arsenal?

Pronunciar aquella palabra, «arsenal», me pareció un poco ridículo. Daniele se encogió de hombros.

—Cualquiera podría fabricar aquellos explosivos. Internet está lleno de tutoriales.

Echó un vistazo a su alrededor y entornó los ojos mirando hacia la casa como si la buscase entre las hileras de árboles. Luego se volvió.

—El *food forest* está por allí, ¿no?

—¿Qué sabes de eso?

—Siempre hablaba de este lugar, de la hacienda. Lo describía con pelos y señales. Allí abajo teníais las abejas, en el cañaveral. —La mención del cañaveral me mareó—. Estoy ahorrando —prosiguió sin percatarse—. Cuando tenga suficiente dinero compraré un terreno. En realidad, sé incluso cuál. De momento es sólo una escombrera, pero puede arreglarse. Será como la hacienda.

—¿Quieres ver el *food forest*? —pregunté.

Su rostro se iluminó.

—¿Me lo enseñarías?

En cuanto nos encaminamos entre las plantas chafadas por la canícula tuve la sensación de que Daniele ya había estado allí. Probablemente lo hubiese buscado por su cuenta mientras esperaba a que saliese de casa.

—¿No lo riegas nunca? ¿Ni una gota?

—Últimamente sí, un par de veces por semana.

Se arrodilló para examinar el entramado de ramas sobre el que crecían las hierbas aromáticas y las acarició.

—Es como lo describía.

Le pregunté por su edad.

—Veintiuno —respondió.

Se incorporó.

—Nunca había conocido a nadie igual; fue una gran inspiración para mí.

—Llévame allí —dije.

No había pensado en pedírselo. Ni siquiera sabía que lo deseaba. Daniele me miró.

—¿Adónde?

—A donde ocurrió.

Negó con la cabeza.

—Es mejor que no me vean por allí.

Hubo un instante de silencio, luego añadió:

—Si quieres podemos ir al cuartel, a Oria.

—El cuartel fue desalojado.

Miró a su alrededor.

—¿Tienes algo mejor que hacer?

—De todas formas, el cuartel no puede desalojarse —dijo más tarde en el coche—. Pueden echarnos, pero seguiremos existiendo, Bern nos lo enseñó. Le hemos echado el ojo a un sitio cercano a Tricase, una mina de toba abandonada, pero estamos esperando a que todo se calme.

A través del parabrisas sucio de tierra apenas podía verse la carretera. Daniele agarraba el volante nerviosamente con la mano izquierda, inclinado hacia delante. Con la derecha, manejaba el cambio de marchas.

—Muchos de los nuestros siguen bajo vigilancia. Uno llegó a encontrarse un policía de paisano en la universidad. La profesora de química orgánica preguntó si era nuevo, escribió una síntesis en la pizarra y le preguntó si la entendía. El policía se puso rojo como un tomate y salió pitando del aula. Llevaba incluso un cuaderno para los apuntes.

Un temblor sacudió el coche al cambiar de marcha. Daniele se aclaró la garganta.

—Pero estamos en el sur, aquí nada funciona de forma eficiente por mucho tiempo. ¿Te imaginas el esfuerzo que les supone andar espiándonos a cada uno? Dentro de poco no habrá más policías de paisano siguiéndonos. A Bern le gustaría la mina. Seguramente tendría alguna idea genial. A mí no se me ocurre ninguna.

Por los altavoces sonaba una canción de «heavy metal». De vez en cuando, Daniele movía la cabeza al compás y canturreaba la letra en voz baja. Luego me preguntó:

—¿Qué sabes de Oria?

Miré por la ventanilla con cierto rubor. Nada, no sabía absolutamente nada.

—Éramos unos cuarenta —explicó—. Hacíamos rondas día y noche, divididos en grupos; era agotador. De todos modos, el terreno era demasiado grande para patrullarlo por completo. Había cientos de olivos marcados con la cruz roja..., ¿puedes imaginártelo? Danco confeccionaba tablas de rotación de lo más complejas, marcaba horarios, recorridos... Si un grupo topaba con una de las cooperativas contratadas para la tala, uno tenía que separarse y correr a por refuerzos. Los restantes nunca eran suficientes para proteger los olivos. Eso sin contar que normalmente aparecían de manera simultánea en varios puntos. En resumen: nos estaban superando.

—Hablas de aquello como de una guerra.

Daniele se volvió.

—¿Acaso no lo es?

La carretera estaba llena de basura. Más allá del carril contiguo se veían campos de tomates y olivos y, sobre el horizonte, una línea violácea de niebla.

—La estrategia de Danco no podía funcionar. Cada mañana proponía soluciones más alocadas, enviaba a los más jóvenes a medir la distancia entre los olivos. Decía que con un mapa preciso sería capaz de controlar la zona. Mientras tanto, la plaga de *Xylella* se extendía. Estábamos en un punto muerto.

Cuando Oria empezó a perfilarse a lo lejos enfilamos un camino estrecho. Instintivamente comprobé mi teléfono: no había señal. Daniele pisaba los pedales con sus sandalias mientras tarareaba en silencio la letra de la canción. Había subido al coche de un desconocido y dejado que me llevase a un punto perdido de la campiña desde el cual no habría podido pedir ayuda, y sólo porque afirmaba ser amigo de Bern. Le pregunté si quedaba poco para llegar y él asintió sin volverse.

—Bern pasaba desapercibido —prosiguió al cabo de un rato—. Se mantenía a la sombra de Danco como una especie de escudero. Apenas me percaté de su presencia. Parece imposible, pero fue así.

Bajamos del coche en medio de la nada, cruzamos un campo de trigo segado y aparecimos en los lindes de lo que en otro tiempo debió de haber sido un olivar, aunque de los olivos no quedasen más que las bases planas de los troncos y montones de hojas y ramas secas. No había ni rastro del cuartel.

Daniele continuaba su relato.

—Un día, el abatimiento se apoderó de nosotros. Reinaba un silencio sepulcral. Estábamos sentados aquí y allá con las piernas cruzadas. Alguno trazaba dibujos en la tierra con un palo. Bern se levantó y se puso a caminar. Iba de olivo en olivo como si estuviera escuchando una voz interior que lo guiase de un lado a otro. Luego, lo vi agarrarse a la rama más grande de un olivo viejo y majestuoso, aunque no el más viejo y majestuoso.

—Daniele se volvió hacia mí sonriendo. Señaló una de las cepas, a unos veinte metros de nosotros—. Aquél.

Nos acercamos. Él tocó la parte plana del tronco y recorrió con el dedo uno de los anillos. Me hubiese gustado hacer lo mismo, pero compartir con él la misma emoción respecto a Bern me hizo sentir incómoda.

—¿Puedes imaginártelo? —dijo—. Era altísimo, pero Bern trepó hasta las ramas más altas, tan arriba que lo perdimos de vista, y se quedó allí durante el resto del día. Varias personas intentaron convencerlo de que bajase, pero él hacía oídos sordos. Respondía con monosílabos o directamente no decía nada, o al menos eso me contaron más adelante, porque yo no me acerqué hasta la mañana siguiente. De todas formas, para entonces poco había cambiado: Bern seguía en lo alto del árbol, sólo se había desplazado a un lugar que le había parecido más cómodo para pasar la noche. Los demás nos habíamos instalado cerca del árbol. Puede que ésa fuese la primera lección que quería enseñarnos: que un acto simbólico es más poderoso que mil acciones obvias repetidas al infinito. Claro que esto lo digo ahora; hay muchas cosas que sólo he podido entender con el tiempo.

Daniele guardó silencio durante unos segundos como si en aquel mismo instante estuviese cayendo en la cuenta de algo que hasta entonces se le había escapado.

—Al cabo de unos días no se hablaba de otra cosa. Bern se negaba a bajar del árbol y hubo que fabricar una polea para subirle comida y agua, su cepillo y pasta de dientes. Una noche la temperatura cayó en picado, por la mañana las tiendas estaban empapadas de rocío. Bern pidió su saco de dormir y alguien respondió que por qué no bajaba y lo cogía él mismo. Varias personas empezaron a hartarse. Creían que su actitud ridiculizaba nuestra empresa. Incluso Danco se mantenía alejado del olivo: pasaba el tiempo en su tienda compilando tablas cada vez más complejas, estrategias de patrullaje y comunicación a distancia. Pero yo no. Intuía la grandeza del acto de Bern, la intuía en mi interior. Así que le llevé el saco de dormir. Lo enrollé, lo embutí en la bolsa y trepé al árbol. «En esta rama no», me dijo. Lo recuerdo perfectamente: «En esta rama no. No nos aguantará a los dos», dijo, como si el olivo fuese una extensión gigantesca de su cuerpo y él conociese su aguante igual que cada uno de nosotros conoce el aguante de sus propios brazos y manos. Dejé el saco de dormir donde me indicó. Durante un rato estuvimos contemplando el mar de olivos que se abría ante nosotros sin decir nada. Bern parecía percatarse sólo a medias de mi presencia, como si yo fuese uno de los pájaros que se posaban unos segundos antes de alzar el vuelo de nuevo. Había algo en sus ojos, una firmeza, una luz... Los demás empezaron a preparar la cena. Desde allí arriba su trajín parecía insignificante. Luego, Bern dijo: «Mañana me gustaría tener un cubo y algo de jabón.» Nada de «por favor», o «¿serías tan amable de...?», y para dejar del todo claro que no me quería allí arriba una segunda vez especificó: «Puedes usar la polea.»

Daniele se había sentado sobre la cepa. Se volvió de nuevo para sonreírme y vi la emoción en su rostro. Me senté a su lado y me pareció que la madera emitía un extraño calor.

—Me convertí en su asistente en tierra. Así es: su asistente. Los demás me lo reconocen hoy en día: fui el primero en fiarme. Sin mi entrega, Bern no lo habría logrado, lo habrían dejado desfallecer de hambre hasta obligarlo a bajar, o tal vez se hubiese dejado morir de hambre, quién sabe. En cualquier caso, no seríamos quienes somos ahora. Pero no estoy seguro de poder llevarme todo el mérito. Puede que te suene absurdo, pero creo que fue él quien me eligió. Cada mañana cargaba lo que me pedía en la polea y se lo subía. Cuando notaba dos tirones en la cuerda bajaba la cesta. Dentro había una lista para el día siguiente. Lavaba su propia ropa en el cubo y la tendía en las ramas más finas. De día pasaba horas inmóvil, de noche desaparecía en el saco de dormir. Ni siquiera la lluvia logró desmoralizarlo. Al principio dejó que lo bañase, luego me pidió que le subiese un ovillo de cordel y unas tijeras. Fue la única vez que añadió «por favor». No encontré cordel en ninguna parte y una extraña agitación se adueñó de mí. Para entonces, no consideraba la opción de que Bern pudiese bajar y ponerse a cubierto: habría sido una traición imperdonable. Cada vez llovía con más fuerza. Al final saqué la cuerda de mi tienda y dejé que se espachurrase bajo el chaparrón. Le subí las cuerdas a Bern y me quedé espiándolo por entre las ramas chorreantes. Los goterones me entraban en los ojos. Vi cómo arrancaba algunas ramas que había seleccionado con cuidado y las trenzaba con una técnica meticulosa. En una hora había fabricado un techo que cubría, al menos en parte, el saco de dormir; un techo suficientemente resistente para que el agua cayese a chorro hacia un lado. Se tumbó a cubierto dentro del saco y no volvió a pedir nada.

Nos pusimos de pie y volvimos a caminar haciendo zigzag por entre los muñones de olivo. Daniele estaba cada vez más sudado, y yo también.

—Llegaron en plena noche —prosiguió—. Era la mejor forma de cogernos por sorpresa. Aparecieron en varios puntos al mismo tiempo. Nos percatamos en el acto de que la intención no era talar el mayor número de olivos, sino desalojar el cuartel de una vez para siempre. Vino la policía: era una emboscada en toda regla. Salimos pitando de las tiendas. Sabíamos qué teníamos que hacer, Danco nos lo había enseñado, así que nos dispersamos en pequeños grupos, uno por árbol, en posiciones estratégicas. «La máxima cobertura posible», solía decir Danco. Hacía un frío terrible, la tierra estaba húmeda por la condensación y nosotros íbamos descalzos, algunos en calzoncillos y camiseta, y aun así nos dispusimos tal y como estaba previsto, cada grupo en su olivo con la espalda pegada al tronco y cogidos de la mano. Se oían gritos de una a otra posición, insultos hacia ellos y palabras de ánimo entre nosotros. Intentábamos sobreponernos a las sirenas, al fragor de los motores y, de repente, también a las sierras eléctricas encendiéndose como si los jardineros estuviesen dispuestos a cortar por el medio cualquier cosa que se interpusiese en su camino, incluso a uno de nosotros si fuese necesario. Los policías consiguieron dispersar a los primeros grupos. Había chicos muy jóvenes, menores de edad, a los cuales bastaba con amenazar con que se llamaría a sus padres. Yo estaba con Emma, una de las fundadoras del cuartel. Tenía las manos heladas y los labios violáceos, pero estaba tan furiosa que no se daba cuenta. Yo temía que, si soltaba su mano, ella corriese hacia uno de aquellos tractores y tratase de detenerlo a puñetazos. El caso es que me limité a agarrar su mano mientras ella forcejeaba; era todo lo que podíamos hacer para proteger aquel olivo. La verdad es que nos sentíamos impotentes. ¿Alguna vez has oído el impacto de un árbol milenario contra el suelo? Más que un impacto parece una explosión. El suelo temblaba. De repente me acordé de Bern, Bern en la copa de un olivo que podía distinguir cuando los destellos azules lo iluminaban. Estaba convencido de que no se había movido del sitio. El tronco de su árbol lo protegían Danco y Giuliana. Sentí el impulso de correr hacia ellos y ayudarlos a defenderlo, pero no podía abandonar mi posición, no entraba en los planes. En un momento dado, los jardineros apagaron las sierras y se alejaron unos diez metros. Los policías se pusieron las máscaras antigás y lanzaron gases lacrimógenos. Así consiguieron alejarnos de los troncos. Debieron de recibir una orden clara: no más pasos en falso. Nos dejaron recuperar las mantas y la ropa de las tiendas; las cogimos a ciegas, con los ojos ardiendo por culpa del gas. A los más exaltados los esposaron, incluida Emma. Danco y yo no opusimos resistencia porque entendimos que era inútil alterarse. Contemplamos cómo los jardineros, con sus cascos de seguridad y sus monos reflectantes, atacaban olivo tras olivo con toda la calma del mundo y un aura de satisfacción.

Daniele extendió los brazos.

—Imagínate una selva —dijo—, desde aquí hasta donde alcanza la vista. Y ahora mira esta explanada. Al cabo de unos días, Bern me contó cómo fue presenciarlo desde lo alto, ver las copas caer una tras otra. Me dijo que al principio lloró, pero luego se detuvo y el espacio que había dejado la tristeza lo colmó la rabia. No sentía rabia por los hombres que talaban los olivos, ni siquiera contra los policías que lanzaban el gas, sino contra algo más grande y abstracto de lo cual ellos también eran víctimas. Dijo que desde allí arriba no se veía a los hombres segando los troncos, sólo las copas desapareciendo como si algo invisible las engullese. Tardaron horas, toda la noche.

Al final quedaba en pie un único árbol: los policías habían distinguido a Bern por entre el follaje, con la ropa tendida, el techo para cubrirse de la lluvia y el sistema de poleas y cubos. Quisieron guardarlo como colofón. Era casi mediodía cuando volvieron. Le ordenaron que bajase, de lo contrario subirían a buscarlo y lo arrestarían. Él no respondía. No respondió en ningún momento, como si no hablase el mismo idioma. Los policías decidieron a quién le tocaba subir. Al final treparon dos agentes y un jardinero que abría el camino. Cuando estuvieron lo suficientemente cerca de Bern, él se movió, trepó aún más alto, ágil como una araña. Cuando los tres llegaron a la rama donde los esperaba, se desplazó hacia el extremo agarrándose con las manos y las rodillas, sujetándose a una rama cada vez más fina. La madera se dobló. La punta era tan fina que no habría aguantado ni siquiera a un niño. Bern miraba a sus perseguidores sin hablar, pero estaba claro lo que quería decir: «Un paso más y la rama se romperá.» Los demás estábamos de pie; alguien se puso a aplaudir, otros a jalearlo: «¡Bern, Bern, Bern!» Los policías empezaron a ponerse nerviosos. Los de abajo les ordenaron a los de arriba que lo hiciesen volver sobre sus pasos, de lo contrario podía matarse. Ellos le comunicaron la orden, pero sin convicción, amedrentados. Dieron marcha atrás con precaución, atentos a no mover una sola hoja. Bern no se movió de aquel frágil extremo hasta que el último policía puso los pies en el suelo: había ganado, ya habíamos ganado. Muchos se distrajeron para abrazarse, pero yo no, yo seguí mirándolo. Lo vi soltar la mano para llevarla un poco más adelante y vi cómo la rama cedía de golpe como si el árbol entero hubiese resistido todo aquel tiempo con él, pero ya no tuviese fuerzas para continuar. Antes de precipitarse al vacío logró agarrarse, pero se golpeó el hombro contra el tronco. Cabía la posibilidad de que todo empezase de nuevo: los policías encaramándose al árbol y él buscando refugio en otra rama, y tal vez a la tercera o la cuarta se caería de verdad. Pero le dolía el hombro y tarde o temprano habría que poner punto final. Fue otra de las cosas que nos explicaría más tarde, mientras esperábamos el resultado de la radiografía en las urgencias de Manduria. Pero cuando lo vi bajar del árbol me sentí defraudado.

El sol se estaba poniendo a nuestras espaldas. El viento cesó de golpe. Me pareció que todo el campo enmudecía para escuchar.

—Abatieron el árbol. Se hizo un gran silencio. Danco se acercó a Bern y le rodeó la cintura con el brazo. Contemplaron juntos el espectáculo sin saber si se trataba de una derrota o de una victoria. Fuimos al hospital de Manduria y volvimos, Bern con el hombro vendado y cargado de analgésicos. Me trataba como si apenas me conociese; con cordialidad, pero como si no fuese yo quien se hubiese encargado de que no le faltase de nada durante el tiempo que estuvo en lo alto del árbol. Lo cierto es que me dolió. Él decidió marcharse unos días a casa de un amigo en Tarento y, cuando volvió al campamento que todavía no habíamos reunido el coraje de desmantelar, trajo la noticia de la tala prevista para el Relais. Habló de un olivar magnífico. Sabía que aquellos árboles no estaban enfermos. Dijo que esa vez sería diferente.

—¿En qué sentido? —pregunté.

Por alguna extraña razón que no alcancé a comprender, la última frase me causó un vuelco en el estómago. Fue como un presagio, un presagio hecho realidad.

—Dijo que había entendido que no era suficiente con resistir. «De ahora en adelante estamos en guerra», dijo, «y para una guerra se necesitan armas, aunque ello os indigne, aunque no sea lo que esperabais. Mirad a vuestro alrededor. ¡Mirad lo que han hecho!». Y mientras los demás intentábamos asimilar lo que por aquel entonces no eran más que ideas (escandalosas, es cierto, pero sólo ideas), Bern se puso a cantar subido a la cepa ante todos nosotros. Fue la cosa más valiente que he visto en mi vida.

Las visitas a la Hacienda Didáctica no se reanudaron con el inicio del año escolar. Llamé a Elvira, la maestra, pero no respondió. Al cabo de unas horas volví a intentarlo; luego, al día siguiente y al otro. Cuando finalmente descolgó, no fui capaz de contener mi enfado.

—Me gustaría saber el calendario de otoño —dije.

—Lo lamento, Teresa, no tenemos excursiones marcadas en el calendario.

—Voy a construir una pajarera para las aves de la zona: colirrojos, monjitas, tordos...

La idea de la pajarera se me había ocurrido una hora antes. No sabía ni por dónde empezar a construirla. Además, ¿era plausible que pájaros de diferentes especies conviviesen en una misma jaula?

—Estoy segura de que a los niños les encantará —insistí.

—El consejo escolar ha decidido no incluir la hacienda entre las actividades extracurriculares de este año. Lo lamento.

—La última visita fue un chasco, lo sé. La hacienda estaba patas arriba.

¿Pensaba suplicarle? ¿Acaso serviría de algo? Elvira ni siquiera me dio la oportunidad de hacerlo. Su tono de voz se endureció de golpe:

—¿Cómo les justifico a los padres una excursión a casa de un...? —Se detuvo incapaz de pronunciar la palabra.

Luego, como si por fin se deshiciese de un resentimiento que hubiera estado incubando durante todo el verano, añadió:

—Deberías habérmelo dicho, Teresa.

—¿Decirte qué?

—¡Llevé a los niños allí, por el amor de Dios! ¡Los niños! ¡Estaban bajo mi tutela!

Después de aquella llamada empecé a ver la hacienda con otros ojos. La mecedora se había descolgado durante un temporal varios meses antes, el viburno se había muerto de sed y el *food forest* estaba hecho una ruina. En cuanto a mí, prácticamente ya ni guardaba semejanza con la mujer del delantal que sonreía sujetando una guirnalda en la fotografía de la página web.

Conté el dinero que quedaba en la caja del té: cuarenta y dos euros. Aquella cifra me arrancó una carcajada.

El jardinero también se cansó de no recibir su paga y vino por última vez. Confirmó que la encina estaba enferma, me mostró las estrías cubiertas de resina que recorrían el tronco como heridas sangrantes. Poco a poco iría apagándose, puede que tardase años en morir del todo. Preguntó si quería que volviera para talarla. Le respondí que no hacía falta. Prefería que la encina permaneciera en su sitio, muriendo poco a poco, día tras día, conmigo.

Primero vendí las gallinas; luego, las colmenas. También vendí algunos trastos y, por último, la cabra a una cooperativa de Lanciano. No la iban a sacrificar porque era demasiado vieja, pero podían preñarla. Los cabritos nacerían a tiempo para Pascua. Me preguntaron si quería uno; podían reservármelo. Dije que mejor no.

La aridez de los últimos meses trajo higos en abundancia. Repasé todas las higueras de la hacienda y luego fui a por las del terreno de la abuela. Riccardo se había marchado hacía un par de semanas y no se daría cuenta. Dispuse los frutos más hermosos en cajas que luego adorné con hojas por debajo y a los lados; con el resto preparé mermelada. Por la noche tenía los dedos tan pegajosos que tuve que frotármelos con quitaesmalte.

Al día siguiente cargué el coche y conduje hasta la rotonda entre Ostuni y Ceglie. Aparqué el coche en el arcén, coloqué la mercancía en el maletero abierto y me senté en el muro, a la sombra.

Así fue como me vi convertida en vendedora ambulante, igual que los viejos descamisados que vendían sandías en las carreteras de provincia. De pequeña, al verlos me preguntaba cómo podían sobrevivir, y a menudo obligaba a mi padre a detenerse y comprar algo. Él intentaba explicarme que eran agricultores, no pobres, pero no conseguía hacerme cambiar de opinión.

Muchos aminoraban la marcha para echar un vistazo a las cajas, pero raramente se detenían. Los higos crecían por doquier y los turistas, los únicos que podrían haberse sentido atraídos, ya se habían marchado. Un hombre con gafas de sol bajó la ventanilla y me hizo una propuesta indecente en un tono de lo más cordial. Reconocí a un campesino de Speziale con su mujer, montados en un Ape 50, y ellos me reconocieron a mí. Tenían un terreno cerca de la hacienda. Pasaron de largo. A pesar de todo, antes del atardecer había vendido todas las cajas y buena parte de la mermelada. Ahora tendría que pensar algo pronto; pero entretanto, con mis necesidades reducidas al mínimo, podía tirar un par de semanas más. Una tarde vi el Ape 50 del vecino que se detenía frente a la barra de hierro. Bajó, puso algo en el suelo y se marchó. Recorrí el sendero bordeado de hierbajos y miré en la cesta: verdura fresca, dos paquetes de pasta, una botella de aceite y una de vino. Limosnas. Me di cuenta de que jamás llegaría a entender del todo aquel lugar; jamás entendería las reglas de Speziale ni a sus habitantes, su oscilación constante entre el odio y la misericordia, aquella mezcla de desdén y consideración llevados al extremo. Cociné las verduras y puse la mesa bajo la pérgola; era la primera vez en meses que comía sentada.

Las reformas del año anterior en la hacienda me habían garantizado disponer de conexión a internet. Funcionaba de forma intermitente, pero la velocidad era aceptable. De todos modos, no la hubiese cambiado por una más rápida: los segundos de espera mientras la página cargaba, la pantalla en blanco, eran momentos de ausencia absoluta totalmente indoloros.

Me dedicaba a ver vídeos en YouTube. Empezaba por uno al azar y luego me dejaba arrastrar de una sugerencia a otra sin tomar decisiones, mecida por aquella geografía efímera. Fuera, el sol se ponía y la casa se sumergía en la penumbra, a excepción del rectángulo luminoso de la pantalla que me apuñalaba los ojos. Continuaba así durante un buen rato hasta bien entrada la noche. Al acabar estaba tan desubicada que reptaba hasta el sofá y me quedaba dormida.

Una mañana me despertó el ruido de unas ruedas patinando sobre la grava. Todavía no había abierto las persianas a pesar de que debía de ser casi mediodía. Me quedé tumbada con la vista clavada en la cuadrícula de luz del techo. Oí cómo llamaban a la puerta una vez y, al cabo de unos segundos, otra.

—¡Un paquete! —gritó una voz masculina.

Me acerqué a la ventana. Abrí las persianas lo justo para poder mirar abajo entrecerrando los ojos por culpa del sol. El repartidor agitó un paquete en el aire.

—¿Es usted la señora Gasparro? Tiene que firmar.

Me puse una camiseta vieja de Bern y bajé.

—Siento haberla despertado.

—Estaba despierta, es sólo que estoy un poco resfriada —mentí.

—Esta localidad no tiene nombre, ¿no? No ha sido fácil encontrarla.

El paquete llevaba impreso el logotipo de Amazon.

—¿Qué es?

—Si no sabe usted qué ha pedido... —dijo el repartidor sonriendo.

—No he pedido nada, ni siquiera tengo cuenta de Amazon.

Se encogió de hombros mientras me indicaba dónde firmar en una pantalla.

—Use el dedo, no hace falta que quede perfecta. —Guardó el aparato en el bolsillo lateral del pantalón—. Puede que sea un regalo. Suele haber una nota dentro.

Cuando me quedé sola abrí el paquete. Dentro había un tarro en cuya etiqueta aparecía dibujada una planta y una especie de piojo aumentado. Sin lugar a dudas se trataba de un producto de jardinería, pero las instrucciones estaban en alemán y en otros idiomas que no fui capaz de identificar.

Tenía que tratarse de un error. En cualquier caso, no tenía nada que hacer, así que me senté frente al ordenador y me dediqué a transcribir las líneas en alemán en el traductor de Google. El resultado era vagamente comprensible, pero fue suficiente para confirmarme que se trataba de un pesticida natural: había que diluir un tapón en diez litros de agua y luego regar la planta enferma en días alternos. Al parecer, el jardinero se había apiadado de mí o de la encina. Más limosna. Le puse la primera dosis al árbol y aquello me hizo sentir un poco mejor.

· · ·

Un día, Daniele volvió a la hacienda. Estuvimos largo rato sentados bajo la pérgola bebiendo un licor de algarrobas que trajo. Cuando nos levantamos la botella estaba vacía. Totalmente ebria lo llevé al interior de la casa, escaleras arriba, hasta el cuarto donde dormíamos Bern y yo. Se dejó arrastrar. Lo vi desnudarse en silencio frente a la cama y aguantar el equilibrio primero sobre una pierna y luego sobre la otra para quitarse los calcetines. Tenía el vientre flácido. Se me escapó la risa. Luego no sé qué me cogió: le chupé la cara y le mordí los hombros hasta que me suplicó que parase porque le dolía. Entonces las fuerzas me fallaron de golpe, una avalancha de tristeza cayó sobre mí. Me eché sobre la cama y un segundo después ya me encontraba muy lejos allí. Dejé que hiciese lo que tenía que hacer hasta el final. Los objetos de la habitación se acercaban y alejaban como cuando era pequeña.

No me acordé de los micrófonos hasta más tarde. Me pregunté qué habrían pensado los policías encargados de las escuchas, qué pensarían de la mujer de un terrorista que después de haber seducido a un hombre más joven le había hablado durante una hora de su marido desaparecido confesando cuánto echaba de menos su cuerpo, cuánto lo había echado de menos incluso minutos antes. Y quién sabe qué dirían de él, que había escuchado aquella confesión sin interrumpirla ni dejar de acariciarle el pelo en ningún momento.

A la mañana siguiente me desperté sola, Daniele estaba en la cocina. Había preparado el desayuno. Los vasos de la noche anterior estaban limpios y boca abajo junto al fregadero. Comimos en silencio. Acto seguido le pedí que se marchase y no volviese nunca más. No pidió explicaciones.

Me arrepentí de haberlo echado en cuanto el coche desapareció de mi vista.

El segundo paquete llegó al cabo de un par de semanas. Era octubre. La misma furgoneta aparcada en diagonal junto al huerto baldío, el mismo repartidor.

—Al final se ha dado de alta —dijo, alcanzándome el paquete.

—¿Cómo?

—En Amazon. No me diga que se trata de otro error porque no me lo creería.

—Pues me temo que sí.

—La cosa es que Amazon no suele cometer errores. ¿Está segura de que no lo ha pedido?

Firmé con el dedo en la pantalla.

—Yo en su lugar le echaría un vistazo a mi tarjeta de crédito —dijo—, sólo por seguridad.

Esta vez no esperé a que se hubiese marchado para abrir el paquete.

—¿No hay una nota? —preguntó mientras miraba consternada la portada del libro.

Luego se marchó. Tuvo que hacerlo en un momento u otro, aunque no recuerdo exactamente cuándo porque no recuerdo nada de los minutos siguientes, sólo que estaba de nuevo sola, bajo la pérgola, con el libro entre las manos trémulas, incapaz de dejar de mirarlo, pero sin poder hojearlo.

Era una edición diferente de la que conocía, más colorida y lisa, pero era el mismo libro que había intentado leer sin éxito tantos años antes, el mismo autor, el mismo título: Italo Calvino, *El barón rampante*.

Me senté frente al ordenador y abrí la página de Amazon. Escribí mi dirección electrónica. Tuve que hacerlo varias veces porque los dedos me temblaban. Seguí los pasos para la recuperación de la contraseña, una contraseña que nunca había escogido. Me mandaron un código al correo electrónico, atestado de mensajes sin leer: publicidad, ofertas y propuestas sexuales grotescas.

Introduje el código y me solicitó escoger una nueva contraseña. Me quedé absorta mirando la pantalla con la mente en blanco durante un buen rato, incapaz de pensar en una secuencia cualquiera de letras y números.

Cuando por fin lo logré, accedí a mi cuenta de Amazon por primera vez.

Cliqué sobre *mis pedidos* y aparecieron dos elementos: el pesticida natural y *El barón rampante*. Seleccioné el libro y una nueva ventana me informó de que lo había comprado el 16 de octubre de 2010. Debía haber una sección relativa a los pagos, pero tardé un rato en encontrarla. La tarjeta de crédito registrada coincidía con la mía: reconocí los últimos números claramente. Cada vez más exaltada salí de casa y conduje hasta el único cajero automático de Speziale. En verano había sido arrancado del suelo con el gancho de un tráiler, pero no tardaron en sustituirlo por uno nuevo. El saldo de mi cuenta corriente volvía a estar en positivo a pesar de no haber abonado nada. Imprimí un extracto. Especificaba un ingreso de mil euros un mes antes, las dos compras de Amazon y los gastos de mantenimiento de la tarjeta. El ingreso lo había hecho mi padre.

Volví a la hacienda. La tarjeta de visita tenía que estar en algún lugar sobre el estante. La desidia en que vivía inmersa me había llevado a acumular sin ton ni son: recibos, volantes publicitarios, paquetes de comida vacíos, bolsas de plástico enrolladas... Rebusqué en el desorden, al principio sin método, hundiendo los dedos aquí y allá, luego echando al suelo todo lo que no me interesaba. Encontré la tarjeta: «Alessandro Breglio, asistencia informática.» Marqué el número, pero antes de la última cifra me detuve: alguien podía estar escuchando.

Una hora más tarde entraba en una tienda de Bríndisi repleta de monitores y teclados en reparación. El chico me miró de arriba abajo tratando de acordarse de mí, pero no le di tiempo a hacerlo.

—¿Es posible que alguien se haya metido en mi ordenador y haya hecho gestiones a mi nombre, como comprar cosas?

Su rostro se iluminó.

—¿La han pirateado? Es posible, claro que sí.

—¿Y desde dónde pueden haberlo hecho?

Sonrió.

—Incluso desde la Luna. Puedo ir y echar un vistazo, si quiere. Ofrecemos un paquete de protección muy económico.

—Necesito localizar a la persona que ha realizado esas compras.

—Dudo que sea posible. Puede intentar acudir a la policía, pero le digo por experiencia que no le harán mucho caso. Siéntese, le explicaré cómo funciona nuestro servicio de protección.

—¡No necesito su servicio!

Es posible que lo gritase, porque el chico se apoyó en el respaldo de la silla con aire sorprendido.

Al cabo de un momento dijo:

—Yo en su lugar me lo pensaría dos veces: esos *hackers* son auténticos demonios. Si quisiesen podrían espiarla. ¿Sabe lo que es una *webcam*?, ¿ese pequeño objetivo que hay sobre la pantalla? Éste. En teoría pueden estar viéndola por aquí si se deja el ordenador encendido.

Intenté acordarme de si el ordenador estaba encendido la noche que subí a Daniele al dormitorio.

—Bueno, ¿quiere que vaya a echarle un vistazo al ordenador o no?

Di media vuelta y salí de la tienda.

De regreso, conduje despacio. Durante gran parte del trayecto fui detrás de un camión cargado de paja; los filamentos se soltaban y oscilaban en el aire. Se formó una cola de coches a mi espalda, pero no hice nada por adelantarlo. Quería quedarme el máximo tiempo posible sumergida en la nostalgia que me despertaba aquella imagen.

En cuanto llegué a casa llamé a Turín. Mi padre cogió el teléfono.

—Quería saber cómo estás —dije.

—Espera.

Oí cómo cambiaba de habitación y cerraba la puerta.

—Y darte las gracias por el dinero —añadí.

Tal vez fuese un paso en falso: si alguien escuchaba aquella frase podía desatarse una reacción en cadena terrible. ¿Y si no hubiese sido mi padre el responsable del ingreso? Andaba a tientas por un escenario desconocido. Sólo podía confiar en el instinto, el instinto y la confianza ciega en Bern.

Él se aclaró la garganta.

—Todavía pienso en lo que me escribiste.

Lo siguiente que dijo, de forma precipitada y tímida, me cogió hasta tal punto por sorpresa que no estoy segura de haber sido capaz de responder antes de colgar. Pronunció la frase más natural entre un padre y una hija, la más antinatural para nosotros:

—Sabes que yo también te quiero.

Después de aquello pasé un rato con la vista fija en los papeles tirados por el suelo como si aquel caos también contuviera un mensaje que descifrar.

Abrí una botella de vino tinto y salí al patio. El aire era cálido y perfumado y pude distinguir el olor de los granos de pimienta secándose en las ramas. El hibisco que había plantado el año anterior ya había trepado media pared. Todo me causaba una fuerte impresión, casi dolorosa.

Leí el libro que me había enviado Bern. Dejé que las líneas corriesen bajo mis ojos una a una hasta la última. Sabía que aquel ejemplar no había pasado por sus manos, que procedía de la estantería de un almacén hasta llegar a la hacienda, y aun así me lo acerqué a la nariz y respiré su olor.

Era de noche cuando me levanté. El puzle del salvapantallas se componía y descomponía una y otra vez en la penumbra como un pálpito. Toqué el ratón y la pantalla volvió a la última ventana que había visitado. El ojo translúcido de la *webcam* parecía apagado. Bern estaba en algún lugar allá fuera. No podía decírmelo, pero había encontrado la forma de dármelo a entender; la única forma que los micrófonos no podían captar. Puede que estuviese viéndome en aquel momento.

Tiré la chaqueta al suelo y me quité el jersey. Para sacarme la camiseta me puse de espaldas y lo hice con sensualidad, casi con ironía, como si jugase frente a un espejo. Luego me contoneé con un movimiento apenas perceptible, no exactamente bailando, aunque en mi mente intentase reproducir una canción.

Clavé la mirada en la pupila negra del ordenador mientras desabotonaba los tejanos y me quedaba en ropa interior, luego desabroché el sujetador y me quité las braguitas. Para entonces estaba convencida de que Bern me estaba observando: la lente del ordenador eran sus ojos negros y juntos. Volví a menearme intentando hacerlo tal y como a él le gustaría, igual que había hecho otras veces. Por un momento sentí sus manos sobre mi cuerpo.

Cada día esperaba un nuevo paquete. Y cada día, al ver que no llegaba, entraba en mi cuenta de Amazon para detectar algún cambio, pero nunca ocurría nada.

Una mañana de finales de noviembre, Daniele apareció en la hacienda con otro chico. Fui a su encuentro mientras bajaban del coche.

—Te dije que no volvieses por aquí.

—Tienes que venir con nosotros.

—¿No me oyes? Estás en mi propiedad.

—No hay tiempo, ¡sube!

En su voz noté una urgencia que me empujó a obedecer. Entretanto, él ya había abatido el asiento para dejarme pasar.

—No necesitas nada, sube y punto —dijo, captando mi mirada indecisa hacia la casa donde tenía la bolsa, el billetero, las llaves.

Dio media vuelta de forma brusca, las ruedas levantaron una nube de polvo. El otro chico tecleaba a toda velocidad en su teléfono móvil. Ni siquiera se dignó a mirarme.

—¿Te has enterado?

—¿De qué?

—Han pillado a Danco.

El chico que escribía al teléfono dijo:

—Están a punto de llegar.

—¡Mierda!

Daniele aventuró un adelantamiento peligroso antes de una curva. El coche que nos pasó casi rozando en dirección contraria una fracción de segundo después dejó en el aire el sonido acusatorio de su claxon.

Me asomé por entre los asientos delanteros. De repente la agitación se adueñó de mí. Había mucho tráfico en la autopista, pero nosotros corríamos por entre los coches haciendo zigzag.

—¿Y Bern? —pregunté con la boca seca.

Daniele sacudió la cabeza.

—No lo sé.

El otro chico movía el pulgar de un lado a otro de su teléfono. Amplió una imagen y se la enseñó a Daniele, él asintió. Luego tomó una bocanada de aire y volvió a mirarme por el retrovisor.

—Tenemos que llegar a Bríndisi antes de que lo metan en el calabozo.

Durante el resto del viaje se comportaron como si yo no estuviese: hablaban con otros activistas por teléfono, o entre ellos, usando una jerga que a menudo me costaba entender, aunque tampoco me esforcé en hacerlo. Me apoyé en el respaldo. Rogaba en silencio que no le hubiese ocurrido nada malo, que Bern estuviese a salvo.

En Bríndisi el otro chico se quedó vigilando el coche mientras Daniele y yo corríamos hacia la comisaría. Dos coches de policía llegaron inmediatamente después de nosotros.

Una turba de personas se agolpaba en la escalera del edificio. Al principio pensé que eran periodistas, pero cuando los agentes bajaron del coche seguidos de un hombre esposado y lo cogieron cada uno de un brazo, y aquel hombre, Danco, sonrió con desfachatez a la pequeña muchedumbre, formaron una cadena humana agarrándose por los codos.

Daniele me empujó hacia delante, pero me resistí. Contemplé el rostro satisfecho de Danco mientras avanzaba hacia sus compañeros y los vi a ellos balancearse como una cuerda al viento, retrocediendo sin apenas ceder un paso mientras los agentes hacían señas para que se apartasen.

Daniele me empujó de nuevo.

—¡Vamos!

—No.

Cuando comprendió que no estaba dispuesta a moverme, corrió él solo hacia los manifestantes. Los dos bandos se estudiaban en silencio. Danco irradiaba cierta extrañeza hacia lo que ocurría a su alrededor.

Entonces giró la cabeza hacia mí como si supiese exactamente dónde me hallaba. Me miró un momento, luego arqueó los labios en una sonrisa que me pareció llena de tristeza.

Aparecieron dos furgones blindados de los cuales salieron sendos pelotones de antidisturbios que redujeron sin esfuerzo a los que formaban la barrera, abriendo un pasillo para que Danco pudiera pasar. Desapareció en el interior de la comisaría.

Aquella misma tarde los telediarios se hicieron eco en sus boletines informativos del silencio de Danco. No decía nada acerca de dónde había estado todo aquel tiempo, de los cómplices que se hallaban con él, del motivo por el cual había decidido regresar y entregarse. Aquella tozudez dejó a todo el mundo atónito, menos a mí.

Enseguida quedó claro que estaba preparando su gran momento. Después de fin de año se decidió a contar su versión de los hechos. Lo hizo mediante una declaración que leyó ante el juez y los periodistas y pidió ser escuchado de principio a fin sin interrupciones.

Iba mucho más arreglado que el día que lo vi frente a la comisaría, llevaba el pelo y la barba más cortos. Lucía un traje gris y, en el bolsillo, en vez de un pañuelo, una ramita de olivo que suscitaría el sarcasmo de muchos cronistas.

Leyó con voz firme, mirando alternativamente a la hoja y al juez sin asomo de amilanamiento. Leyó para quien estaba presente en el tribunal, pero también para el resto, aquellos que lo escucharíamos en diferido, consciente de que no seríamos pocos. Leyó su declaración desde la cárcel no como una confesión o una rendición, sino como un mensaje a todos los medios.

Habló de la existencia de un complot tras la tala de los olivos, de un europarlamentario, un tal De Bartolomeo, que había firmado la primera orden de abatimiento y acto seguido había indicado con qué nueva especie sustituir a la existente:

olivos genéticamente modificados, resistentes a la *Xylella*, con una patente a nombre de una empresa de Chipre, una empresa de la que casualmente la mujer de De Bartolomeo tenía participación. Había importantes sumas en juego. Contó que el propietario del Relais, Nacci, había sobornado a De Bartolomeo para que sus olivos entrasen en el plan de tala a pesar de estar perfectamente sanos. Todo esto ocurría para satisfacer las exigencias de un capitalismo cada vez más ciego, voraz y despiadado.

De vez en cuando bebía un sorbo de agua. Incluso estas pausas parecían intencionadas. Junto a él se hallaba su abogado con los brazos cruzados y aire desafiante. Danco especificó que siempre había repudiado el uso de la violencia y que, por tanto, se desmarcaba de los «desagradables» acontecimientos ocurridos la noche del Relais.

—A propósito de la muerte de Nicola Belpanno —concluyó con la misma neutralidad—, sólo puedo afirmar que no fui yo quien aplastó su cabeza. Estuve allí, vi lo que ocurrió, pero no fui yo. Es todo lo que puedo decir sobre el asunto.

En invierno, el musgo crecía en las grietas del cemento, un manto blando y brillante que se desintegraba a principios de verano para luego volver a formarse.

Pinté el exterior de la casa porque la lluvia había dejado manchas marrones. El vergonzoso dibujo que Bern y yo habíamos hecho sobre la pared desapareció por completo, sepultado bajo numerosos estratos de cal. Rasqué con los dedos buscando algún vestigio, en vano.

Las declaraciones de Danco ante el tribunal respecto a la muerte de Nicola se erigieron en la última versión oficial. La acusación objetó que la marca de los moratones en la mejilla de Nicola era compatible con el zapato que llevaba, pero la defensa demostró que los hematomas eran tan confusos que podían ser compatibles con el zapato de cualquiera. Así, su declaración quedó en pie: un testimonio unilateral que inculpaba a Bern, aunque fuera indirectamente. Pero yo sabía que

Danco mentía: la inocencia de Bern estaba grabada en mi carne como la certeza de nuestros días juntos.

Formulé una petición a la cárcel de Bríndisi en la que solicitaba una cita en privado. A pesar de las trabas la petición fue aceptada; pero, cuando me senté en el locutorio, Danco no se presentó. Lo intenté una segunda vez y tampoco apareció. A la tercera, el propio alguacil me informó de que Danco no deseaba recibir visitas.

Al teléfono, mi madre me repetía constantemente la misma frase: «Aún eres joven.» Al principio aquello era un consuelo: «Aún eres joven, puedes empezar de nuevo», pero cuanto más pasaban los meses, más siniestro se revelaba el mensaje. «Aún eres joven, pero no por mucho tiempo. Treinta y un años, treinta y dos dentro de poco, y todo por empezar.» ¿Empezar qué?

Sentía que el tiempo no avanzaba; me ocurría desde antes incluso de la muerte de Nicola o del distanciamiento de Bern, tal vez desde el momento en que me había percatado de que algo no funcionaba en mi útero. Los relojes marcaban aquella hora eternamente.

Por lo menos en lo económico la cosa iba mejor. Una pareja de Noci, dos soñadores, me contrató como asesora: querían emprender un proyecto de permacultura. No sabía si estaban al corriente de mi vínculo con el homicidio del policía; probablemente sí, pero lo cierto es que ya casi nadie hablaba de aquello.

El propietario de unos terrenos de la zona quiso alquilarme la sierra. Pagaba poco, pero con regularidad. Luego estaba el dinero que me ingresaba mi padre cada mes. Me enteré de que se refería a mí como agrónoma especializada. Durante mucho tiempo había pensado que él era la única pieza fuera de lugar en mi vida. Durante el largo período en que se negó a dirigirme la palabra me repetía que mi vida sería perfecta en cuanto las cosas se arreglasen entre nosotros. Ahora esa idea me parecía de lo más infantil.

• • •

317

Pasaron casi dos años desde que Danco se entregó a la policía hasta que la Mediterranea Travel, una agencia de viajes de Francavilla Fontana, llamó para decirme que mi billete de avión había sido validado y el vuelo estaba confirmado para el día siguiente.

—Se equivoca de número —respondí.

La mujer al otro lado del auricular consultó algo y preguntó:

—¿Hablo con la señora Gasparro? ¿Teresa Gasparro, nacida en Turín el 6 de junio de 1980?

—Sí, soy yo.

—Entonces hablamos ayer. ¿De verdad no lo recuerda?

Me pidió que reservase el vuelo cuanto antes.

Una descarga de adrenalina me sacudió las piernas y los brazos.

—Claro. Tenía la cabeza en otra parte, disculpe. ¿Sería tan amable de repetirme los horarios?

—Salida de Bríndisi a las 20.10. Tiene dos horas de escala en Malpensa. El vuelo de Icelandair es a las 23.40. Llega a Reikiavik a la 1.55.

Antes de descolgar el teléfono estaba recalzando las macetas de las fresas. Tenía las uñas llenas de una tierra grasa y oscura.

—La envidio —dijo la mujer al teléfono—. Estuve hace dos años y fue el viaje más bonito de mi vida. No se pierda el glaciar que acaba en el mar. Lo puede rodear navegando entre icebergs. Tres días es poco tiempo, pero no renuncie a verlo.

Pregunté si podía recoger el billete en la agencia y respondió que era electrónico, que ya había remitido la reserva a mi correo. Si lo deseaba también podía encargarse de las tarjetas de embarque. Me preguntó si viajaría únicamente con el equipaje de mano.

No recuerdo cómo nos despedimos, puede que colgase y punto. Al cabo de un rato ya estaba examinando la tarjeta de embarque en la pantalla del ordenador. Leí con atención la diminuta letra de las condiciones de transporte como si pudiese hallar alguna pista crucial oculta allí, pero no había nada más que el número de mi asiento y la publicidad de un hotel que prometía descuentos en las entradas a la laguna Azul junto a una fotografía de un hombre y una mujer envueltos en toallas mirando hacia el horizonte entre vapores sulfúreos.

Tenía que medir los lados de la maleta, llenarla, revisar las temperaturas máximas y mínimas de Reikiavik y tal vez arreglarme el pelo, ya que en los últimos años me había acostumbrado a cortármelo yo misma con las tijeras de la cocina. En cambio, salí y me senté bajo la pérgola. El verano empezaba a cambiar, la noche llegaba de repente, pero durante una media hora el atardecer proyectaba haces de una luz cautivadora sobre el campo.

El mantel con el mapamundi estaba tan envejecido que la capa superior de plástico se quebraba. Toqué la irregular mancha rosa pálido de Islandia: un trozo de continente a la deriva.

7

Me desperté cuando las ruedas chocaron contra la pista de aterrizaje y por un momento me costó mover el cuello. Me había propuesto permanecer despierta durante todo el viaje para registrar cada detalle precedente a mi encuentro con Bern, pero la hora y la leve falta de oxígeno en cabina acabaron por imponerse. Al bajar por la escalera me acometió un viento frío y seco. A pesar de ser noche profunda, el cielo clareaba. A lo lejos, en el horizonte, se veía una deslumbrante línea amarilla. Debería haberlo sabido, pero había imaginado que desembarcaría en Reikiavik a oscuras.

Atravesé la sala de recogida de equipaje. Las tiendas del aeropuerto tenían las persianas metálicas echadas. Al cruzar las puertas correderas, la inquietud me hizo acelerar el paso, tal como me ocurría cuando volvía a Turín: tenía miedo de descubrir que las cosas habían cambiado.

Al otro lado de la valla un grupo de personas esperaban a los pasajeros. Vestían ropa de montaña, gorros de lana que me parecieron absolutamente inapropiados para el verano del que procedía, el verano desde el cual había sido catapultada hasta allí. Busqué a Bern, con su ropa negra entre tantos colores chillones, sin dejar de caminar. Lo busqué en primera fila, luego en la siguiente; un par de personas me lanzaron miradas de complicidad por si mi apellido se correspondía con el que llevaban escrito en el cartel. Busqué a Bern dentro de aquel aeropuerto minúsculo, pero sólo encontré a Giuliana, apartada junto a la cristalera.

Levantó una mano. No fue exactamente un saludo, más bien una forma de decir «aquí». Luego se encaminó hacia la salida.

La alcancé fuera. Las luces del aeropuerto brillaban con tanta intensidad, todo se veía tan nítido que parecía que no hubiese una sola partícula de polvo ensuciando el aire.

—¿Sólo llevas eso? —dijo, mirando hacia abajo, hacia mi chaqueta.

—Es bastante caliente.

Había revisado varias veces la previsión meteorológica para Reikiavik, pero no había sido capaz de prever la oscilación térmica respecto a Speziale. Sentí vergüenza. Giuliana, con su presencia, era la causante. Ella atajó:

—En el coche tengo cosas para prestarte.

Caminamos en diagonal por el aparcamiento, yo ligeramente a la zaga. Había tantas preguntas en el aire, tantas preguntas que hubiese podido hacerle..., la más importante: «¿dónde está él?». En cambio, no dijimos nada de camino al coche, ni cuando, al coger mi bolsa para meterla en el maletero, Giuliana me rozó los dedos por primera vez (de forma involuntaria, creo), ni después, mientras sacaba de otra bolsa un anorak y prácticamente me lo arrojaba a la cara.

Recorrimos los primeros kilómetros cruzando una llanura casi irreal. Los faros del coche mostraban líquenes fluorescentes y pequeños charcos de un líquido que parecía leche. Giuliana dijo que pasaríamos la noche en un pueblecito cercano, Grindavík. Aquello retrasaría nuestro viaje, pero no demasiado. Era el único alojamiento que había podido encontrar.

—El lugar al que vamos está demasiado lejos para viajar ahora mismo; saldremos mañana a primera hora.

Luego me preguntó si había cambiado divisas en el aeropuerto.

—No me ha dado tiempo.

—A veces en el hostal aceptan euros —respondió, contrariada—, pero te darán un cambio de mierda.

Puede que fuese sólo el corte de pelo, un corte masculino con un flequillo cortísimo y recto que resaltaba la forma puntiaguda de su cráneo, pero al examinarla desde mi asiento tuve la certeza de que algo había cambiado también en su cuerpo: había encogido. Imaginé una delgadez preocupante bajo el abrigo rojo, la continuación de aquellos dedos flacos, nerviosos, con que agarraba el volante.

Nos adentramos en un entramado de casas semejantes entre sí, tan perfectas con sus fachadas de aluminio coloreado que parecían salidas de una maqueta: Grindavík. Daba la impresión de haber sido levantada en una sola noche. A lo lejos, más allá de un puerto igualmente ordenado, podía divisarse la masa compacta del mar.

En la recepción nos acogió un chico muy rubio. O, mejor dicho, no nos acogió en absoluto porque no apartó la mirada de la película que estaba viendo en la pantalla del iPad ni mientras fotocopiaba nuestros documentos ni cuando cogió mi dinero y nos entregó una sola llave.

Con total naturalidad, Giuliana le dirigió una frase en un idioma que no era inglés. Mientras subíamos la escalera le pregunté si había aprendido islandés.

—Sólo lo indispensable —respondió.

—¿Cuánto tiempo llevas aquí?

Tuvo que pasar la tarjeta varias veces por la cerradura magnética porque al principio no la reconocía.

—Llevamos un año y medio.

La habitación era diminuta, las paredes estaban cubiertas de madera. Un extraño olor flotaba en el ambiente, tal vez procedente de la moqueta. La cama matrimonial era más estrecha de lo normal. En cuanto al baño, era compartido. Giuliana fue antes que yo y salió enseguida.

Me lavé los dientes y la cara y sopesé meterme en la ducha, pero la cortina de plástico estaba ennegrecida y arrugada, y el suelo, húmedo. Me puse el pijama, tan inapropiado como el resto de mi equipaje, y volví a la cama.

Giuliana se había quitado la chaqueta y los zapatos, los había tirado por el suelo y estaba tumbada en posición fetal de cara a la ventana, dándome la espalda. Estaba inmóvil, como si durmiese.

Vacilé por miedo a despertarla, pero al final le pregunté:

—¿Adónde vamos mañana?

—A Lofthellir —respondió.

—¿Qué es?

—Un sitio al norte.

—¿Él está allí?

—Sí.

Vista así, tumbada de espaldas con la cabeza rapada, era todavía más parecida a un hombre. No se volvió y comprendí que no pensaba hacerlo. Me apoyé en la cama, primero sólo con una rodilla, dudando de si compartir aquella intimidad forzada, luego con la otra.

—¿Por qué no ha venido?

—No podía. Mañana lo entenderás.

No sé qué me pasó, por qué me puse a zarandear a Giuliana de aquella forma, repitiendo: «¿Por qué no ha venido contigo? Dime por qué. Dímelo ahora.» La zarandeé hasta que ella me agarró el brazo y lo apartó con un gesto violento.

—Ni se te ocurra volver a ponerme la mano encima —dijo.

Después de acomodar de nuevo la cabeza sobre el cojín, añadió:

—Ahora duerme. O quédate despierta, no me importa. Pero no hagas ruido.

Entonces se durmió. Yo me quedé con la espalda apoyada contra el recubrimiento de madera. Me di cuenta de que no había visto un solo árbol en el trayecto desde el aeropuerto hasta allí. El detector de humo del techo emitía destellos verdes a intervalos regulares. Una cortina de plástico enrollable cubría la ventana hasta la mitad, lo que dejaba pasar cierta luz. No era de día ni de noche, y yo, inmersa en aquel crepúsculo infinito, esperaba algo sin saber exactamente qué.

Cuando abrí los ojos, Giuliana se estaba poniendo las botas.

—Son las seis —dijo—. Tenemos que irnos.

Acabó de atarse los cordones, se puso de pie y abrió la puerta.

—Te espero abajo.

Oí sus pasos por el pasillo, el rozamiento de las mangas de fibra sintética del abrigo. Me quedé paralizada durante unos segundos, totalmente incapaz de moverme; luego reuní mis cosas desperdigadas por la habitación. Antes de salir eché un último vistazo a la habitación: la cama sólo estaba deshecha por un lado. En algún momento de la noche debí de sentir frío y taparme, pero no lo recordaba. Donde había dormido Giuliana, la manta estaba impecable; el doblez de la sábana, casi intacto.

Volví al baño y esta vez reconocí claramente el olor a azufre que no había sabido identificar unas horas antes. Parecía subir por las tuberías; tal vez fuese el agua misma.

El vestíbulo estaba desierto. Había una máquina de café, pero estaba apagada. Vi el todoterreno de Giuliana parado frente a la puerta de entrada y a ella sentada en el asiento del conductor con aire impaciente.

—Puedes desayunar esto —dijo, estampándome en el pecho una bolsa de supermercado.

Miré dentro: un envoltorio con emparedados y unos tentempiés; algunos me resultaron familiares, otros no.

—¿Qué pasa? ¿No te gusta?

—Claro.

Abrí los emparedados, cogí uno de los dos y se lo ofrecí a ella. Entonces, pareció relajarse. Después de haber masticado un bocado, dijo:

—Aquí sólo encuentras porquerías. Al final te acostumbras. Más adelante podemos parar a tomar un café si quieres.

No estoy segura de poder reconstruir de forma verosímil la conversación de las horas siguientes. Todas aquellas palabras forman un grumo compacto en mi memoria, no consigo ordenarlas, y no sólo por la forma de explicarse de Giuliana, a menudo exaltada y fragmentaria, sino también porque el sueño que no había sido capaz de conciliar durante la breve estancia en el hostal se me vino encima de golpe. Dormía durante algunos minutos y en cuanto me despertaba Giuliana arrancaba a hablar de nuevo, o tal vez yo le preguntaba algo. Digamos que todo indica que la interrumpí más veces de las que puedo recordar, pero mi voz ha sido eliminada por carecer de importancia ante el relato del tiempo durante el cual ella, Danco y Bern habían sido fugitivos, ante la tortuosa cadena de acontecimientos que los había llevado hasta aquella isla. Sí, seguramente mi cerebro reordenó la información como más le convenía, pero no importa, hoy en día no tiene importancia. El paisaje era cada vez más chocante: prados uniformes e inmensos, granjas perdidas en medio de la nada, llanuras de piedra porosa, fiordos escarpados, playas volcánicas y aquella solitaria carretera sin guardarraíles, lisa y ascendente, que se extendía al infinito ante nosotras, la carretera a la que Giuliana parecía dirigirse más que a mí. Es posible que en un momento dado dijese:

—Bueno, supongo que querrás saber cómo fueron las cosas, ¿no?

Utilizando el tono malicioso que recuerdo.

Y puede que yo respondiese:

—Sí, quiero saber.

Pero estoy convencida de que sus brazos dieron un respingo, un movimiento inútil que los separó del volante, y de que sus mejillas temblaron como si estuviese apretando fuerte la mandíbula.

—¿Y qué crees que te da derecho a saberlo?

Dejé caer los ojos sobre el anillo de compromiso, le di media vuelta alrededor del anular. En el interior estaba grabada la fecha de nuestro matrimonio: 13 de septiembre de 2008.

«Esto —pensé—, esto me da derecho a saberlo.»

—Estuvimos mucho tiempo quietos —dijo Giuliana, sobreponiéndose al recelo—, escondidos. Es un milagro que no nos matáramos los unos a los otros durante aquellos meses, los tres encerrados en un garaje día y noche.

—En Grecia —comenté.

—¿Grecia? ¿Por qué dices eso?

—Es lo que se decía, que habíais llegado en una zódiac hasta Corfú, o que habíais pasado por Durrës.

Negó con la cabeza y rió con amargura.

—Debo de haberme perdido todo eso. Bueno, al parecer la idea de Danco al final dio sus frutos.

—¿Qué idea?

—Dejar el todoterreno en la costa. Estaba convencida de que no se lo tragarían. Los salvavidas en los escollos... ¡Joder! Era tan teatral..., sólo faltaba una notita que pusiese: «Nos hemos ido por allá.»

Recordé las imágenes de los informativos, las calles de Atenas llenas de basura. Dejé que aquella imagen se desintegrase en mi memoria y luego dije:

—Así que no dormisteis en la torre.

—No, nunca dormimos en la torre. Y nunca estuvimos en Grecia, ni siquiera se nos pasó por la cabeza. Desde el principio nuestra intención era ir hacia el norte.

Me quedé en silencio para animarla a proseguir. «¿Hacia el norte? ¿Adónde? ¿Cuán al norte? ¿Con quién y cuánto tiempo? ¿Qué esperabais encontrar?»

—Uno de los nuestros nos puso en contacto con un camionero, un polaco que iba y venía por la costa adriática. Sólo había que verlo para convencerse de que no tenía nada que ver con la causa. No tenía pinta de ecologista, vaya. Conducía un portavehículos.

—¿Qué es eso?

Giuliana siguió mirando al frente.

—¿De verdad no lo sabes?

Dejó pasar unos segundos antes de explicármelo, el tiempo necesario para que aquel granito de ignorancia se depositase entre nosotras acentuando la distancia que nos separaba.

—Es un camión que transporta automóviles, un trasto de dos pisos, ¿sabes? Como solución nos pareció bastante segura. Alguien nos llevó en coche hasta el aparcamiento desde donde saldríamos.

—¿Quién os llevó?

—Daniele.

No sé por qué en aquel momento no me percaté del tono improcedente con que pronunció el nombre de Daniele, como si diese por descontado que yo lo conocía.

Sentía unas ligeras náuseas, el sabor del emparedado me repetía. Me sentía dominada por el sueño y por una excitación irrefrenable al mismo tiempo.

Giuliana siguió:

—Yo no sabía qué había ocurrido, sólo vi a Bern y a Danco corriendo por la pradera de los olivos gritando: «¡Vámonos! ¡Deprisa, vámonos!» Instantes después ya estábamos en el coche de Daniele. Danco se volvía una y otra vez hacia la luneta posterior, pero Bern, que iba sentado en el asiento delantero, no lo hizo ni una sola vez. Tenía las manos apoyadas en las rodillas de forma extraña, como si no fuesen suyas. Incluso más tarde, en el aparcamiento, mientras esperábamos a Bazyli, había algo extraño en su postura, una rigidez alarmante. Me pidió un cigarrillo y se lo di, sólo entonces comprendí por qué había mantenido los dedos pegados a la rodilla durante todo el trayecto: tenía las manos heridas, dos manchas oscuras de sangre seca. Se las froté con un pañuelo, pero sin agua la sangre no salía. Bern escupió sobre sus manos y me las tendió con una docilidad impropia de él. Estaban... flácidas. Le pregunté si le hacía daño y respondió que no debía preocuparme. Limpié la sangre de una mano y luego de la otra, pero no vi ninguna herida. Lo miré y él permaneció impasible, dejó que la información se filtrase por sus ojos en silencio. Así que eso era lo que había ocurrido...; eso era lo que habían hecho. Encendí un cigarrillo y nos quedamos inmóviles, sin decir nada, en medio del aparcamiento, Danco tendido por el suelo. Fue él quien puntualizó que había sido un accidente: «Nos han atacado.»

Hablar del cigarrillo que se había fumado aquella noche crucial en el aparcamiento indujo a Giuliana a buscar el paquete en el bolsillo del abrigo y utilizar el encendedor del coche. Acercó el círculo incandescente a la punta con un gesto preciso. Sólo después de haber exhalado la primera calada de humo por la nariz me preguntó si me molestaba que fumara tan temprano.

—No te preocupes —le dije. Bajó un palmo la ventanilla y a partir de entonces dirigió el humo hacia la abertura.

—Bazyli no se sorprendió al vernos —prosiguió—, no hizo preguntas. Se limitó a confirmar el nombre del destino

327

hacia el que nos dirigíamos. Habíamos pactado una suma, doscientos euros por cabeza, y quiso recibir el dinero en el acto. Nosotros habíamos ido al Relais con el dinero encima porque no sabíamos cómo podía acabar el asunto, así que le dimos el dinero a Bazyli y él enrolló los billetes y los metió en el bolsillo del tejano. Luego, señaló en qué coches viajaríamos, uno por vehículo porque teníamos que quedarnos tumbados y no levantar la cabeza bajo ningún concepto. Todo esto nos lo explicó en un italiano hecho de sustantivos y verbos en infinitivo, incluyendo cómo subir a los carriles del remolque del piso superior, porque aquel piso era más seguro. Todo eran coches Citroën, a mí me tocó uno blanco. Vi a Danco y a Bern meterse en los suyos; no nos despedimos ni nos deseamos suerte, ni siquiera nos miramos. Los asientos estaban recubiertos de una tela de nailon; me tumbé encima. Antes de notar cómo aquella chatarra de camión se ponía en marcha ya me había dormido.

»Me despertó el frío. Debían de haber pasado dos o tres horas. Sea como fuere, el cielo estaba claro, de un blanco compacto. El habitáculo era un frigorífico. Me acurruqué intentando cubrirme con el nailon, pero no sirvió de nada. Bazyli había farfullado que el viaje iba a durar unas dieciséis horas. No me sentí capaz de aguantar tanto tiempo, no con aquel frío. Además, tenía que mear. Las ganas aumentaban por el frío y la tensión, creo. Aguanté una hora más, pero al final desistí. Bazyli no mencionó posibles paradas ni nos dio su número de teléfono y, de todos modos, Danco nos había requisado las tarjetas SIM del móvil para que no cayéramos en la tentación de utilizarlo. No me quedó más opción que meterme entre los asientos delanteros y empezar a tocar el claxon. Estuve así dos minutos, con las piernas temblando por el esfuerzo de aguantarme, y al fin vi que nos estábamos parando. Nos detuvimos, pero pasó un buen rato antes de que Bazyli abriese la puerta. "¿Qué coño haces?", me espetó. Le expliqué que necesitaba ir al baño urgentemente, entonces me ayudó a bajar. Dijo que me apresurase.

»Me topé con Danco a la salida del baño, pero fingimos no conocernos. Es extraño, no fue algo premeditado, no habíamos contemplado aquella posibilidad, simplemente nos dejamos guiar por un instinto de protección. Le di a entender que tenía frío y él entró en la estación de servicio buscando algo para que pudiese cubrirme, pero no había más que impermeables ridículos para niños con dibujitos de superhéroes. Cogió un par de todos modos. Yo no tenía dinero. Antes de salir cogí un paquete de bollos y luego lo devolví a su estante. Danco captó también aquella indirecta, compró los bollos y un paquete de galletas saladas, y salimos cada cual por su lado.

»Cuando doblamos la esquina para volver al aparcamiento de camiones, vimos a Bazyli hablando con dos policías. Les explicaba algo mediante señas. Sentí que se adueñaba de mí tal pánico que me quedé inmóvil hasta que la mano de Danco me agarró del brazo y me empujó hacia atrás. Nos quedamos así, prácticamente sin respirar, pegados a la pared por la que los policías podían aparecer en cualquier momento. Bern no había salido de su escondite. Para entonces podían haberlo cazado. Le dije a Danco que teníamos que irnos, saltar el guardarraíl y correr a campo través. Me respondió que ni en broma dejaríamos a Bern solo. Cuando volvimos a asomar la cabeza, los policías ya no estaban. Bazyli esperaba junto al camión. "¿Qué querían?", pregunté, pero él indicó con un gesto que volviéramos a nuestros puestos lo antes posible. Me dio una botella de plástico vacía diciendo: "La próxima vez, aquí." Luego, señaló el paquete de bollos que tenía en la mano y con un gesto de lo más elocuente me dio a entender que me estrangularía si dejaba el coche perdido de migas. Creo que lo dijo en serio. No habríamos podido encontrar una ayuda mejor, nadie que pareciese menos interesado que él por la suerte de los árboles, la nuestra o la de cualquier otra cosa sobre la faz de la Tierra. Al menos el dinero sí que le interesaba lo suficiente.

Giuliana aplastó la colilla contra el cenicero que había entre nosotras. Estaba a rebosar y despedía un olor intenso. Debió de percatarse de mi mirada porque dijo:

—Diez años de descomposición, lo sé. Además, en esta isla los cigarrillos cuestan un ojo de la cara. Pero no pienso dejarlo justo ahora.

Cerró la ranura del cenicero.

—¿Tienes un chicle?

—No.

Parpadeaba sin cesar, un tic que no recordaba que tuviese antes. Para esquivar un camión que venía en dirección contraria se apartó demasiado a la derecha, las ruedas tocaron la zona no asfaltada y una piedrecita salió disparada golpeando el parabrisas.

—¿Sabes cuánto tarda un chicle en descomponerse?

—No.

—Cinco años. ¿Una pila alcalina?

—Ni idea.

—Vamos, adivina.

—¿Podemos dejar el juego de las adivinanzas?

Giuliana se encogió de hombros.

—En Freiberg jugábamos a esto constantemente; era una de las mil formas que teníamos de pasar el tiempo.

—¿Freiberg?

—Donde el padre de Bern. Él nos acogió. Mandó a un amigo suyo a buscarnos donde nos dejó Bazyli y nos llevó a un garaje de su propiedad.

—Bern no veía a su padre desde que era pequeño —dije.

Giuliana se volvió un instante para mirarme.

—Bueno, puede que no se vieran desde entonces, pero sí que hablaban. De lo contrario no se hubiese sabido el número de teléfono de memoria. Puede que no le gustase decirlo; Bern puede ser muy reservado para según qué cosas. Qué digo reservado, peor aún: inaccesible. Me imagino que su padre forma parte de esas cosas, y es muy probable que tenga razón.

Hablar de Bern de aquella forma, dándome a entender que a esas alturas lo conocía mejor que yo, le causaba gran placer. No supe contenerme y le pregunté por qué.

—No es precisamente el vecino ideal, digámoslo así; se dedica a revender obras de arte de procedencia dudosa.

—¿Robadas?

Giuliana se llevó el pulgar a la boca y se mordisqueó la piel.

—Estoy convencida de que las coloca por cuenta de otra persona, de lo contrario sería mucho más rico. Tiene un almacén a rebosar, sobre todo arte africano y precolombino: máscaras, jarrones, estatuas, etcétera; todo amontonado en aquel garaje que por alguna razón dispone de un baño y una pequeña nevera como la de los hoteles. Y conexión a internet. Supongo que habrá pasado allí largos períodos. Sea como fuere, nos acogió en ese lugar durante ocho meses.

Antes de la boda le había preguntado a Bern si quería intentar localizar a su padre para invitarlo a la ceremonia. Atreverme me había costado un gran esfuerzo debido a las enormes barreras que Bern había levantado en torno a aquella porción de su vida. Me miró con incredulidad y negó con la cabeza como si fuese una idea de lo más absurda.

En cambio, su padre seguía viviendo en la misma ciudad, Freiberg, y hablaban por teléfono. ¿Cuándo? ¿Cuando no estábamos juntos? ¿Cuando se alejaba por entre los olivos a solas como si respondiese a algún ineludible reclamo del campo?

—Nuestro período alemán —dijo Giuliana entre risas—. Freiberg. Aunque lo cierto es que no vimos mucho de la ciudad. A veces salíamos por turnos, pero teníamos que ir con mucho cuidado: al Alemán no le gustaba.

El Alemán. El ladrón de tumbas. De golpe, una inesperada tristeza se adueñó de mí. Giuliana no se dio cuenta.

—Danco no se sentía cómodo rodeado de tantas obras de arte; decía que debían estar en un museo. Según él, estando allí éramos cómplices. Como si aquél fuese nuestro problema. La verdad es que Bern no atravesaba un buen momento: se despertaba en plena noche sin poder respirar, apartaba la sábana dejándonos a la intemperie, luego arrancaba a caminar por la habitación jadeando. Algo parecido le ocurría en la universidad: tenía ataques de pánico antes de los exámenes, pero no eran nada en comparación a aquello.

—¿Dormíais los tres juntos? —Mi mente se concentró en aquel detalle insignificante.

—Sólo había una cama —respondió Giuliana con indiferencia.

—Danco dijo que no fue él quien lo mató. Después de pronunciar aquella frase sentí un cosquilleo en las mejillas. Luego, el cosquilleo se transformó en ardor y se extendió al cuello y los brazos.

—¿Has visto el abogado que le ha puesto su papá? —dijo Giuliana—. Viglione padre no veía el momento de hacerse valer. Danco siempre supo que tenía las espaldas cubiertas. Supongo que esto vale para cualquiera: tarde o temprano volvemos al punto de partida, lo cual puede ser un problemón para mí.

Estalló en una risa histérica. Me acordé de las historias que contaba cuando Corinne y ella competían para ver quién de las dos tenía el pasado más turbio. Pero en aquel momento poco me importaban sus historias; es más, me disgustó haber sido una chica tan complaciente, un público juicioso para sus recriminaciones.

—Mentía, ¿verdad? —dije.

Giuliana movió los dedos en el aire durante un segundo, luego volvió a apoyarlos sobre el volante.

—Quién sabe.

—Tú deberías saberlo; estabas allí. Y luego pasaste mucho tiempo con ellos.

—Lo siento, no puedo ayudarte con esto. Entiendo que pueda parecerte importante, pero para mí no lo es.

Percibí una tensión en su cuerpo, como si se estuviese preparando para una lucha. ¿O era yo quien se preparaba?

—¿No es importante? ¿Quieres decir que nunca le preguntaste qué había ocurrido realmente?

Giuliana negó con la cabeza, pero no retiró la vista de la carretera. Puede que me inclinase hacia ella.

—Ocho meses viviendo juntos en un garaje, durmiendo en la misma cama, ¿y nunca hablasteis de aquella noche?

—No había vuelta atrás. ¿Qué podíamos cambiar? ¿De qué hubiese valido repartirnos la culpa? Estábamos juntos en el Relais, nosotros tres y otras treinta personas. Podría haberle pasado a cualquiera.

—¡¿No lo dirás en serio?!

—Te estás alterando un poco, Teresa.

—¡Una persona perdió la vida! ¡Una persona a la que conocía!

—Sí, Bern nos lo contó. Dijo que teníais una aventura.

—¿Le preguntaste a Danco qué ocurrió aquella noche? ¿Se lo preguntaste a Bern?

Giuliana se pasó una mano por el poco pelo que le quedaba. Pareció sorprenderse de que no estuviese tan largo como antes.

—Vamos a parar —dijo, enfilando una salida—. Tenemos que poner gasolina. Espero que te quede algo de dinero.

En la gasolinera nos dividimos. No había bar, sólo un rincón con unos cuantos termos con café y una pila de vasos de plástico. En un cartel se indicaba el precio a pagar en la caja. Cualquiera podría beberse el café y salir sin pagar y nadie se daría cuenta, pero seguramente las cosas no funcionasen así en la isla.

Deambulé entre las estanterías llenas de los *souvenirs* que vería una y otra vez durante los próximos días, aunque en aquel momento todavía fuesen nuevos para mí: muñecos con forma de foca, jerséis de lana con diseños propios del lugar, gorros con cuernos de vikingo y troles en miniatura.

De una pared colgaba un gran mapa descolorido de Islandia. Unos recuadros resaltaban los atractivos turísticos: géiseres, volcanes, cascadas, todos con un nombre imposible de pronunciar. En una de las fotografías me pareció distinguir uno de los icebergs de los que me había hablado la chica de la agencia de viajes. Por alguna razón me disgustó no poder ir a verlos.

—Estamos llegando a Blönduós —dijo Giuliana. Sujetaba dos vasos de café, me ofreció uno. Indicó un lugar en el mapa—. Estamos recorriendo esta carretera, forma un anillo alrededor de la isla. Tenemos que llegar aquí.

Un lago en medio del norte.

—Mývatn —leí.

Giuliana corrigió mi pronunciación, luego me explicó algo acerca de cómo construían las palabras los islandeses. De pronto advertí lo absurdo que era estar en aquella tienda, en aquel rincón perdido del mundo, con una persona sin duda extraña para mí, delante de los imanes de nevera que conmemoraban la erupción volcánica que un par de años antes había cubierto de ceniza media Europa. A pesar de todo, encontrarme allí con Giuliana, viajar hacia un destino cuyo nombre ni siquiera sabía pronunciar correctamente, era una de las primeras experiencias reales que vivía en mucho tiempo.

—¿Por qué allí? —pregunté.

—Queríamos hallar un lugar que no hubiese sido corrompido por el hombre, algo que permaneciese intacto.

—¿Y lo habéis encontrado?

Giuliana se volvió dando la espalda al mapa y a mí.

—Sí, lo ha encontrado. Vamos.

Estuvimos un rato viajando en silencio. Contemplé un cúmulo de nubes a mi derecha, alto y denso como una explosión nuclear, inmóvil en el cielo. Hasta las nubes parecían distintas. Por mucho que avanzáramos, el cúmulo no se movía respecto a nosotras: era imposible de alcanzar, rodear o esquivar. En un momento dado, Giuliana dijo:

—Era un equilibrio delicado, tienes que entenderlo. Ninguno de nosotros se había encontrado antes en una situación similar, era inimaginable.

Respiró profundamente. Encendió sin querer el limpiaparabrisas, que fregó contra el cristal seco emitiendo un chirrido. Aquello pareció desconcertarla por un momento.

—Una semana después de nuestra llegada, el Alemán fue a visitarnos. Lo habría reconocido aunque no hubiese abierto la boca. De pie junto a Bern eran como dos gotas de agua, excepto por el color del pelo y los ojos: el Alemán estaba cubierto de canas y tenía los ojos claros. Abrió los brazos y Bern se abalanzó sobre él como si fuese un imán y se abandonó a su abrazo. No sé por qué razón aquel gesto me conmovió tanto, supongo que seguíamos algo trastornados después de una semana sin salir de allí, sin noticias, como suspendidos en el tiempo; sólo iba una persona taciturna a llevarnos comida de vez en cuando. Y, de repente, el padre de Bern, y él dejándose abrazar como un niño.

»El Alemán nos estrechó la mano a Danco y a mí. Preguntó si nos aburríamos. ¿Cómo podíamos aburrirnos en una situación semejante? Luego preguntó si habíamos utilizado el ordenador, cosa que a ninguno de nosotros se nos había pasado siquiera por la cabeza. Se sentó ante el escritorio y dijo que podíamos navegar tranquilamente: tenía un cortafuegos digno del Pentágono, además de una dirección IP no rastreable. No especificó que todas aquellas precauciones excepcionales se debían al tráfico ilegal de obras de arte, nos dimos cuenta solos, o por lo menos yo, y creo que Danco también; en cambio, Bern puede que se sintiese desconcertado, y punto. El Alemán se sentó frente al ordenador, yo detrás de él, Bern a mi espalda y por último Danco, que prefería mantener las distancias, pero sentía curiosidad. Después de tantos días de tedio, aquélla era la primera distracción.

»El Alemán preguntó si alguno había oído hablar de Tor. Yo sí, en la universidad muchos lo usábamos, sobre todo para comprar hachís. En aquellos años, dártelas de *hacker* te aseguraba una cierta notoriedad. "Entonces, siéntate en mi sitio", dijo. "Me temo que vais a necesitar unos cambios, a no ser que queráis quedaros aquí encerrados de por vida. No podemos cambiaros la cara, pero podemos buscaros una nueva identidad." Se levantó y me senté en su lugar. El procedimiento era bastante simple: bastaba con sacar unas fotos, pasarlas al ordenador y en un par de semanas tendríamos unos pasaportes flamantes. Podíamos escoger la nacionalidad que quisiéramos, pero el Alemán nos dio un consejo: a no ser que domináramos a la perfección otra lengua, lo mejor era continuar como italianos. También trajo una cámara. Los documentos se enviarían a un buzón donde solía recibir los pedidos. Transmitía una calma increíble al hablar, casi parecía divertido. Se quedó un rato más con nosotros. Nos contó cómo se autenticaban las obras del garaje antes de venderse por internet, un complicado sistema que lo enorgullecía particularmente. Luego prometió que volvería a visitarnos pronto. Antes de irse despeinó a Bern con la mano como haría cualquier padre con su hijo.

»Bern propuso escoger los mismos apellidos, como si fuésemos hermanos. Barajamos aquella posibilidad, pero no me pareció ventajosa; al contrario: incrementaría el riesgo. Luego, hablamos de adónde iríamos en cuanto tuviésemos los nuevos documentos de identidad. Estaba claro que lo mejor era salir de Europa. Bern y yo proponíamos varios destinos, los buscábamos en Google Earth y cada noche creíamos haber dado con el indicado: Cuba, Ecuador, Laos, Singapur. A la mañana siguiente volvíamos a replantearlo todo. Danco se negaba a participar. Estaba emperrado en que el asunto de los pasaportes había sido una guarrada. ¿A qué clase de organizaciones criminales estábamos pidiendo ayuda? Se negaba a abandonar aquellos principios de moralidad firmes e inmutables. No se percataba de lo que Bern y yo sabíamos con certeza: para entonces ya habíamos sobrepasado aquella línea. Vista desde fuera, la moral que defendía Danco era insignificante.

Giuliana estiró un brazo hacia el asiento posterior, donde estaba su bolsa. Rebuscó en su interior, pero fue incapaz de encontrar lo que buscaba, así que la cogió y la apoyó entre sus piernas.

—Mira —dijo, alcanzándome un pasaporte.

Bajo el brillo tornasolado del papel plastificado aparecía su rostro con el mismo peinado que llevaba en ese momento. Al lado figuraba su nuevo nombre: Caterina Baresi.

—Cuando lleguemos, llámame así, por favor —dijo en tono serio.

—¿Qué nombre ha escogido él?

—Tomat. Es friulano, evidentemente. El acento de Bern parece cualquier cosa menos friulano, pero él no quería renunciar a su nombre de pila, así que tuvo que escoger el único Bernardo disponible. Con Danco fue todavía más complicado:

tuvimos que sacarle la foto a escondidas. Tardamos días en conseguir una decente. Su relación con Bern se enfriaba día tras día, prácticamente ni se dirigían la palabra. No es fácil convivir con dos personas en un garaje si no hablan entre sí. En su interior, Danco lo responsabilizaba de todo lo ocurrido. Estábamos llegando a la punta de un fiordo. Frente al acantilado había dos casas iguales, con tejados a dos aguas, alejadas del resto.

—Llevaban enemistados desde antes del Relais. Danco no apoyaba el uso de armas. Decía que era contrario a sus principios, y era verdad, yo sabía que era verdad. Pero también era contrario a mis principios, y a los de Bern y a los de todos los demás. Pero ¿qué otra opción teníamos? A veces hay que ir contra lo que uno cree para alcanzar un objetivo más alto. El nuevo orden pasaba por el desorden, eso es lo que Bern nos hizo entender. Pero Danco seguía oponiéndose.

Pensé en el día que se presentó en la hacienda con la lista de cosas para llevarse, en la determinación de sus ojos, una determinación perversa que no alcancé a comprender.

—Pero un día, en el cuartel de Oria, Bern lo llevó a dar un paseo entre los olivos talados y lo convenció.

Giuliana bajó la ventanilla y sacó un brazo para sentir el aire frío, luego se inclinó hacia un lado para que el viento le diese también en la cara.

—O al menos eso parecía —añadió en tono amargo—. ¿Te importa conducir un rato?

No me veía capaz: la somnolencia no se había disipado y ahora se mezclaba con el regusto amargo del emparedado y el horrible café de antes. Además, sabía que no me atrevería a mantener la velocidad de Giuliana por aquella carretera donde cada curva parecía querer escupirnos hacia fuera.

—Sólo media hora, para que pueda cerrar un poco los ojos —insistió.

Intercambiamos los sitios. Antes de volver a subir al coche, Giuliana se agachó hasta cogerse de los tobillos y permaneció así durante unos veinte segundos, con los músculos en tensión bajo los tejanos. Tenía la flexibilidad de una bailarina. Hizo una serie de estiramientos, movimientos que parecían sacados de algún arte marcial.

Durante los primeros kilómetros mantuvo los ojos cerrados y la cabeza inmóvil como una estatua, pero yo sabía que no estaba durmiendo. Cuando los abrió, dijo:

—Echo de menos los olivos... y tantas otras cosas..., sobre todo el calor. Aquí el verano no duró ni un mes; cosas del calentamiento global. En Groenlandia, el hielo se ha fundido y ha enfriado la corriente del golfo. Mientras el resto del mundo se achicharra bajo el sol, nosotros nos congelamos incluso en agosto.

—Estuve en el cuartel —dije entonces, tal vez para consolarla o quizá todo lo contrario: porque deseaba hundirla en aquella nostalgia.

—Lo sé.

—¿Lo sabes?

—Me lo dijo Daniele.

—¿Hablaste con Daniele?

Giuliana me miró.

—Hablo con él casi a diario. ¿Por qué crees que fue a visitarte? —Su humor cambió por enésima vez. Enseguida añadió en tono conciliador—: Retomamos el contacto un par de meses después de llegar a Freiberg. No fue fácil. Si mis destrezas informáticas habían menguado, las de Danco eran de risa. El problema era enviar el primer mensaje sin dejar huella. Se me ocurrió lo de Amazon. Daniele estaba con el arresto domiciliario, así que era muy plausible que hiciese pedidos por internet. Hice que comprara un cepillo de dientes eléctrico, un objeto sobre el cual habíamos bromeado muchas veces. Me contó que su madre lo obligaba a llevar siempre uno encima, incluso en el cuartel, y él se paseaba por allí con aquel trasto zumbando. Me costó acceder a su ordenador y a su tarjeta de crédito, pero en cuanto recibió el cepillo ató cabos. Le envié unas instrucciones en una serie de correos electrónicos que cualquiera habría tomado por *spam* y a los pocos días ya disponíamos de un canal seguro para comunicarnos directamente.

Apoyó un pie en el salpicadero y se hundió aún más en el asiento.

—No sé por qué te estoy contando todo esto. Podrías volver a Italia y largárselo a la policía.

—Es lo mismo que Bern hizo conmigo —dije—: Me envió un producto de jardinería y un libro.

—Esas cosas las enviamos Bern y yo —puntualizó Giuliana, mirándome con socarronería—. Es más, respecto al fertilizante fuimos Bern, Danco y yo. Bern no habría sabido ni encender el ordenador por sí solo.

—¿Y por qué no le pedisteis a Daniele que me dijese dónde os encontrabais? Si ya estabais en contacto con él...

—¡Vaya! ¡No se me había ocurrido!

Se echó a reír.

—¿Por qué?

—Se negó a hacerlo. Te estuvo estudiando y decidió que no eras de fiar.

¿Estudiando? Se había metido en mi cama.

—¿Podíais verme? —pregunté, cada vez más tensa.

—Cuando la pantalla estaba encendida sí. Creo que tienes unas bragas mías.

Volvió a reírse con malicia, tal vez forzándolo un poco. Aminoré y detuve el todoterreno en el arcén no pavimentado.

—¿Qué haces?

Bajé y me puse a caminar por entre los arbustos de brezo. La isla parecía desértica, no podía verse nada en la dirección hacia donde caminaba, sólo un vacío absoluto. Podría haber caminado eternamente sin toparme con un solo obstáculo. Oí la puerta cerrarse de golpe.

Giuliana gritó:

—¡Eh! ¡Vuelve aquí! Lo siento, no quería ofenderte. ¡Vamos! ¡Ven aquí!

No me detuve. La tierra entre las plantas era oscura, casi negra. Giuliana debió de echarse a correr. De repente estaba a mi lado, luego enfrente, cortándome el paso.

—Todavía nos queda mucho camino. Si perdemos tiempo tendremos que esperar hasta mañana y puede que sea tarde.

—¿Tarde para qué?

Seguía caminando. Ella se veía obligada a caminar hacia atrás.

—Ya lo verás. De momento, vuelve al coche.

—¿Dónde está Bern? No pienso subirme al coche hasta que me digas dónde está.

—Te he dicho que ya lo verás.

Le grité a la cara:

—¡¿Dónde coño está?!

—En una cueva.

—¿Una cueva?

—No puede salir de allí, y no creo que aguante mucho más tiempo.

Me detuve. Giuliana también se detuvo. El viento nos golpeaba de lado, no a ráfagas como la tramontana de Speziale, sino de forma ininterrumpida.

Aquello no me sorprendió; no mucho, al menos. Bern dentro de una cueva, era creíble. En todos aquellos años me había acostumbrado a aquellas cosas insólitas: había vivido en una torre en ruinas, en una casa sin corriente eléctrica, sobre un árbol. Me limité a preguntar:

—¿Cuánto tiempo lleva allí?

—Casi una semana.

—¿Y no puede salir?

—No, no puede salir.

Aquel viento persistente, rabioso, los matojos de brezo temblando, agarrados a las piedras... Giuliana estiró una mano hacia el borde de mi chaqueta.

Me dejé arrastrar hacia el todoterreno. Arrancó de nuevo y yo no opuse resistencia. Me acurruqué en el borde del asiento, lo más lejos posible de ella, pero al poco rato nos detuvimos. Aparcó frente a un edificio más alto que los demás ubicado en una posición destacada sobre una colina.

—Aquí podemos comer algo decente —dijo—, buena falta nos hace.

• • •

Había una chimenea encendida. De las paredes colgaban cabezas de animales de peluche. Era como si toda aquella decoración alpina no fuese más que una parodia porque nadie se hubiese atrevido a colgar auténticas cabezas de animal. Nos sentamos en un rincón, yo de espaldas a la ventana. Sentía un cansancio terrible en todo el cuerpo. Cuando nos trajeron el menú ni siquiera tuve fuerzas de ojear el mío. Me parecía un gesto demasiado intencionado, demasiado normal. Una pregunta no pronunciada, no pronunciable, me impedía cualquier movimiento: «Si no puede salir, ¿qué será de él?»

Giuliana pidió por mí. Parecían conocerla en aquel lugar, pero probablemente conocían a Caterina, no a ella. La chica que atendía las mesas, de rostro y gestos límpidos, trajo dos tazones de crema blanca con tropezones oscuros flotando en la superficie.

—Es de setas —dijo Giuliana—, espero que te guste.

Debía de estar muy pálida, o había algo en mi rostro peor que la palidez, algo alarmante, porque aquella delicadeza en el trato era impropia de ella. No recuerdo si fue ella quien me llevó la mano a los cubiertos o lo hice yo sola, pero me comí la crema cucharada tras cucharada. Sentía los tropezones de setas duras bajo los dientes, insípidos como virutas de gomacspuma.

Después de aquello me sentí mejor, pero no fui capaz de probar el salmón que llegó a continuación. Nada más verlo, las náuseas volvieron con fuerza. Fui corriendo hacia el baño y vomité.

Me quedé un buen rato frente al espejo, contemplando un rostro que no reconocía, las mejillas encendidas por la diferencia entre el calor del restaurante y el frío de fuera, o tal vez por el agotamiento. Cuando volví junto a Giuliana habían recogido la mesa. Me preguntó si me encontraba mejor, pero no respondí.

Hizo un ademán a la camarera, que llegó al cabo de un momento con la cuenta. Igual que en las demás ocasiones, esperó a que sacase el monedero y pagase la comida de ambas. Cuando fui a recoger la vuelta de coronas islandesas del platito me detuvo con un gesto de la mano.

—Déjalo de propina.

· · ·

Habían empezado a caer unas gotas finas. Al ver la manga de mi abrigo me di cuenta de que no era lluvia, sino aguanieve. A finales de agosto. Me acordé de Bern en Kiev, de su mirada atónita cuando se había alejado hacia el extremo del aparcamiento cubierto de nieve helada y había puesto la palma encima.

—¿Por qué me enviasteis aquellas cosas? —dije—. El pesticida, el libro. ¿Por qué, si no confiabais en mí?

—Bern insistió. Tenías un aire tan abatido... Estaba preocupado por ti. Y por el árbol. En aquellos foros donde preguntabas cómo tratarlo no te respondían más que chorradas. Obviamente, el pesticida lo encontró Danco. Fue una de las pocas ocasiones en que se sentó al teclado e interactuó con nosotros. Para entonces raramente nos dirigía la palabra. De noche lo asaltaban pesadillas terribles, y eso cuando conseguía dormir. Le pedí al Alemán que me trajera somníferos y de vez en cuando se los pulverizaba en la comida. Ahora, al recordarlo, siento vergüenza por cómo actué, pero lo hice por él: me daba miedo que se le fuese la cabeza.

—Así que Daniele sabía dónde estabais. —No conseguía deshacerme de aquel pensamiento.

—Necesitábamos desesperadamente una distracción. Entonces ya teníamos los pasaportes, nuestras nuevas e inmaculadas identidades. Daniele nos enviaba fotos del parque del Relais o, mejor dicho, lo que en su día había sido un parque. Donde antes había olivos, ahora había cráteres. Por lo menos durante las primeras semanas la gente hablaba de nosotros, quería cazarnos, notábamos cierto revuelo, pero con la llegada del otoño la monotonía se hizo insoportable. «Nosotros aquí poniéndonos como focas mientras allá fuera se lo cargan todo», decía Bern.

Suspiró como si hubiese contado aquella historia cientos de veces y la cansase hacerlo de nuevo.

—Un día entré en el ordenador de Nacci igual que había hecho con Daniele y contigo. Le iba cogiendo el tranquillo y su contraseña era tan simple que la pillé al quinto o sexto intento. Guardaba toda clase de porquerías. Entonces encontré su correspondencia con aquel europarlamentario, De Bartolomeo: la prueba de que teníamos razón desde el principio sobre el campo de golf y lo demás. Sólo con que alguien nos hubiese prestado atención..., en fin, no habría ocurrido todo lo que ocurrió.

De repente su disposición a contármelo todo me hizo enfurecer.

—¿Qué es lo que te disgusta tanto? ¿La muerte de Nicola? ¿La tala de los olivos? ¿O sólo tu propia desgracia?

Por primera vez, Giuliana me miró con un asomo de inseguridad.

—Los olivos eran lo más importante —murmuró.

—¿Los olivos? ¿De verdad crees que los olivos son más importantes que la muerte de una persona?

—Por aquel entonces lo creía. Supongo que todos lo creíamos. Puede que estuviésemos equivocados.

«Sí, lo estabais, ¡vaya si lo estabais!», pensé

Pero no lo dije, simplemente añadí con el mismo tono acusador:

—Llevabais explosivos.

Ella se encogió de hombros como si el asunto careciese de importancia. Guardó silencio durante unos minutos antes de continuar.

—Aquella indagación en los asuntos de Nacci pareció espabilar a Danco. De repente volvió a hablar sin parar, a fantasear sobre cómo por fin destaparíamos la verdad. En realidad, ya había decidido entregarse, pero ninguno de nosotros podía imaginarlo; nunca he conocido a nadie con tanta capacidad de disimulo como Danco.

Giuliana hurgó en el bolsillo de su chaqueta, abrió un paquete de chicles y se metió uno en la boca. Tenía el brazo izquierdo doblado contra la ventanilla y la cabeza apoyada en el brazo.

—Una mañana, Bern y yo nos despertamos y él ya no estaba. No entraba en nuestros planes que alguien saliese sin consultarlo antes con el grupo. El propio Alemán nos lo había aconsejado. Además, aquélla era la peor hora: las calles estaban abarrotadas de gente de camino al trabajo. Lo estuvimos esperando un buen rato, cada vez más nerviosos; luego, Bern se hartó de esperar y salió a buscarlo. Cuando volvió parecía exhausto y melancólico: lo había comprendido.

»Pronto, algo cambió en él. No sé exactamente por qué, tal vez fuese por ver a Danco en la televisión, esposado, dejándose llevar a la comisaría. Me preguntó: "¿No te parece libre?" "¿Libre?" pregunté, fingiendo no entender, pero tenía razón: Danco esposado parecía libre, mucho más libre que nosotros encerrados en aquel garaje. Pero no había tiempo para pensar en cómo nos sentíamos: debíamos marcharnos cuanto antes. Puede que Danco hubiese revelado nuestro escondite a la policía. Hicimos las maletas. Bern prefirió no avisar al Alemán. Después de la primera vez, de aquel abrazo, no volvieron a acercarse, como si ya no fuesen padre e hijo. Escribió una nota de adiós y se quedó un buen rato mirándola, luego la arrugó con la mano. Ni siquiera podía despedirse de su padre como le hubiese gustado. Estaba destrozado.

Giuliana se estaba dejando llevar, la ternura se había adueñado de ella. Tenía los ojos humedecidos. Al verla tan conmovida, perdida en el recuerdo de Bern y su padre, me di cuenta. No fue como si resolviese un rompecabezas enigmático e inconcebible, sino como cuando agarras una mota de polvo suspendida en el aire después de seguirla con los ojos. Me di cuenta de algo que en el fondo ya sabía, pero nunca había querido admitir, que sabía desde el momento en que había buscado a mi marido en medio de la gente en el aeropuerto y en su lugar la había visto a ella.

Dije:

—¿Por qué te has cortado así el pelo?

Ella repitió el gesto que había hecho tantas veces desde la noche anterior; buscó con los dedos una melena inexistente.

—No lo sé.

—¿Para que sea más difícil reconocerte?

344

—No —dijo, pero se corrigió enseguida—. Tal vez. Pensé que..., me gusta más así.

—A Bern le gusta más así, ¿verdad?

Sí, lo sabía desde mucho antes de aterrizar en aquella isla remota y fría. La hostilidad con que Giuliana me había recibido en la hacienda, que nunca llegó a atenuarse, las miradas fijas hacia Bern, aquella manía de apoyar las manos en sus hombros al final de la jornada, de masajearle la espalda y el cuello mientras él cerraba los ojos. «Sólo es un detalle entre amigos», me decía, y aun así siempre tenía que buscarme una distracción para no verlos, para no ver la expresión de deleite que se le dibujaba en el rostro.

—Os habéis acostado.

Como no hablaba y sólo me concedía aquel asentimiento mudo, insistí:

—No es la primera vez que ocurre: también lo hicisteis antes de que yo llegase a la hacienda.

—¿Qué importa eso ahora?

Buscó el paquete de cigarrillos, sacó uno y lo encendió. Le temblaban los dedos.

—¿Y mientras yo estaba allí?

—No seas paranoica.

La agarré del brazo y apreté lo más fuerte que pude. No quería hacerle daño, sencillamente quería evitar que huyese como si su cuerpo estuviese ligado a la verdad que se negaba a confesar. Giuliana endureció el músculo, pero no intentó zafarse.

—Tengo derecho a saberlo —dije lentamente.

—Sólo dos veces, al principio.

Solté su brazo y me eché atrás.

—¿Y Danco?

Giuliana se encogió de hombros, un gesto que podía significar que Danco ya no le importaba o tal vez que Danco estaba al corriente y toda aquella historia de su distanciamiento repentino con Bern, quizá incluso su detención, estaban vinculados a eso; algo se había roto entre ellos por culpa de Giuliana. Los olivos, las bombas, incluso el asesinato, todo y nada estaba relacionado.

De repente me invadió una sensación familiar, alienante, como si los objetos se alejasen y se hiciesen diminutos, sólo que esta vez no se alejaban ellos, sino yo, a una velocidad alarmante, cada vez más lejos por un túnel que se había abierto en mi cabeza.

—¡Para! —le ordené a Giuliana, pero ella siguió conduciendo y yo no tuve tiempo de decirlo una segunda vez.

La primera arcada me subió por la garganta y me llenó la boca; la contuve con las manos. Giuliana frenó en seco. Abrí la puerta y vomité los restos de la crema, aquellas condenadas setas. Me ofreció un pañuelo, pero no lo cogí, así que lo apoyó en mi rodilla. Lo usé para limpiarme la boca.

Luego me abandoné sobre el asiento con los ojos cerrados, mi ritmo cardíaco volvía poco a poco a la normalidad. Con un ademán de la cabeza le di a entender que podíamos seguir.

Sentí cómo el todoterreno se reincorporaba a la calzada, cómo aumentaba la velocidad, pero no abrí los ojos: no quería averiguar si el mundo se había desprendido definitivamente de mí.

Llegamos al lago un par de horas después. El cielo se había despejado y por fin parecía verano. De la grieta de una montaña yerma salía un vapor denso. El olor a azufre era más intenso allí que en el hostal.

Bordeamos la costa durante un rato. La superficie del agua emitía destellos y por doquier emergían islotes recubiertos de hierba. Aquel lugar me resultó más reconocible, más familiar que la naturaleza despoblada y extraña que habíamos atravesado en las horas precedentes.

Giuliana giró hacia un aparcamiento en pendiente y apagó el motor.

—Dentro hay baños.

Me sentía débil, atontada. Pregunté si estaríamos allí mucho tiempo.

—Tenemos que cambiar de todoterreno, con éste no llegamos a la cueva.

El nuevo todoterreno tenía unas ruedas gigantescas, desproporcionadas, como si alguien las hubiese inflado más de lo normal por diversión. Era de una agencia de viajes organizados cuyo nombre contenía la palabra *«adventure»*, tal vez *«outdoor»*, no me acuerdo con precisión, pero recuerdo que en uno de los costados había una imagen de un grupo de personas practicando *rafting* con los rostros sonrientes salpicados de espuma. Giuliana me presentó a nuestro guía, Jónas. No tenía más de veinticinco años y, a pesar de la temperatura, llevaba una camiseta de manga corta y la chaqueta impermeable atada a la cintura. Intercambiaron algunas frases en un inglés rápido, seco, que fui incapaz de comprender. Luego, Jónas me preguntó muy educadamente si disponía de guantes y si los zapatos que llevaba eran los únicos que tenía. En ambos casos, Giuliana respondió por mí: usaría su equipamiento. Jónas me ayudó a subir al altísimo estribo del todoterreno mientras ella nos miraba desde abajo. Un momento después reemprendíamos la marcha.

Retomamos la carretera que bordeaba el lago en dirección opuesta y proseguimos una media hora; luego, Jónas giró a la derecha hacia un camino de tierra sin señalización. Giuliana y yo íbamos sentadas en filas diferentes. El todoterreno tenía doce plazas, pero éramos los únicos pasajeros.

Me dediqué a contemplar el paisaje: empezaba a acostumbrarme a aquella inmensidad. Intenté imaginar qué habría sentido Bern al ver aquella tierra por primera vez, el estupor que debió de adueñarse de él, porque su forma de sorprenderse siempre era desmedida.

«Queríamos hallar un lugar que no hubiese sido corrompido por el hombre, algo que permaneciese intacto.»

Necesitaba que Giuliana se explicase mejor, pero en aquel momento no me veía capaz de oírla hablar nuevamente de Bern.

Al cabo de unos kilómetros el sendero comenzó a hacerse más accidentado: el camino de herradura se había ido estrechando hasta convertirse en un doble raíl de tierra apenas visible, probablemente trazado por las aberrantes ruedas del mismo todoterreno sobre el que viajábamos. Entremedio crecía hierba. Me recordó al sendero de la hacienda, pero en una versión peligrosa y abrupta, tal y como podría haber quedado tras una inundación. Estaba plagado de hundimientos, agujeros y salientes. El todoterreno se balanceaba sobre la suspensión como si estuviese a punto de volcarse.

Jónas me indicó con un gesto que me agarrase a la manilla de goma que colgaba del techo y yo obedecí un segundo antes de que un profundo agujero me hiciese saltar de mi asiento. Luego se detuvo, bajó del todoterreno y se agachó a examinar uno de los neumáticos. Lo vi rodear el vehículo y abrir el maletero. Regresó a donde la rueda con una caja de herramientas.

—¿Hemos pinchado? —pregunté a Giuliana.

Instintivamente me volví para mirarla y aquel simple gesto bastó para establecer una tregua. Me arrepentí en el acto. Ella apenas me miró.

—Tiene que reducir la presión para aumentar la adherencia. A partir de aquí el camino empeora.

Reemprendimos la marcha cuando Jónas completó la operación en todos los neumáticos. Me parecía imposible que las condiciones del sendero pudiesen agravarse, pero me equivocaba. Durante la hora siguiente tuve que agarrarme de la manilla con una mano y a la base de mi asiento con la otra.

Las sacudidas lograron enmascarar sólo en parte el temblor que se había adueñado de mis adentros, el miedo al lugar al que nos acercábamos. Aunque más que al lugar, mi pánico se debía a mi reencuentro con Bern después de tanto tiempo. Y aquel temblor, parecido a un espasmo, aunque fuese invisible por fuera, no me abandonó cuando el camino accidentado terminó de golpe y proseguimos nuestra marcha por un manto esponjoso de arena oscura a los pies de una ladera que conducía a un cráter volcánico. El cielo era allí más extraño que en cualquier otra parte, de un azul apagado, surcado de líneas blancas que se entrecruzaban.

Jónas repitió la operación de los neumáticos a la inversa. Me perdí contemplando los árboles bajos que crecían en las faldas del volcán, parecidos a rododendros. Luego divisé a lo lejos un remolque: el único vestigio de humanidad en medio de aquel páramo solitario.

· · ·

Dentro, sobre unos tablones de madera, había una ristra de botas dispuestas por tamaños; en el otro extremo, desordenados en un cajón, cascos de seguridad manchados de barro.

—Intercambiemos los zapatos —dijo Giuliana.

—Puedo seguir con éstos.

Visto lo visto me parecía inconcebible aceptar un favor de su parte, pero la dureza con que me respondió me hizo agacharme y desatarme las Adidas. Me puse sus botas.

—Ata los cordones arriba, apriétalos más —me ordenó con la misma autoridad de antes.

Después, Jónas me dio otro par de botas, un casco y unos calcetines de lana apestosos. Me explicó que sólo los usaría al llegar a la cueva que estaba a media hora de camino. Señaló la dirección hacia donde nos dirigíamos.

—*Lava camp* —dijo, orientado hacia la explanada de rocas alargadas y planas que se extendía ante nosotros.

Pequeñas grietas la recorrían como arterias. La cueva se encontraba en algún rincón de aquel lugar. Bern se encontraba en algún rincón de aquel lugar.

La caminata duró más de lo previsto. Puede que yo fuese más lenta de lo que Jónas se esperaba o puede que siguiéramos un recorrido particularmente tortuoso porque ellos también parecían proceder por instinto entre las rocas, con un destino claro en mente pero sin una ruta exacta.

Estaba cansada, exhausta, pero la tensión me mantenía alerta. Hice un mal apoyo con un pie sobre la roca. Giuliana tuvo la presteza de sujetarme desde atrás e impedir que tropezase, pero tuve que pararme a descansar unos minutos. Jónas se acuclilló ante mí, estiró mi pierna sobre su rodilla, desató las botas y me movió el pie con cuidado de un lado a otro. Me preguntó si podía continuar: necesitaba de toda mi movilidad para entrar en la cueva. Me dolía el tobillo, pero respondí que sí, luego me esforcé en que no se notase que cojeaba.

A la entrada de la cueva nos encontramos con otros dos chicos. Habían montado una tienda y estaban sentados frente a una mesa de *camping* con un par de termos. Después de unas presentaciones escuetas, intercambiaron algunas frases con Giuliana a propósito del retraso. Dijeron que tal vez fuese mejor no entrar hasta el día siguiente. Giuliana insistió. Llegaron a un acuerdo: en una hora teníamos que estar fuera.

Mientras discutían me acerqué al borde del cráter. A pesar de sus diez metros de largo era invisible hasta que uno no se acercaba. En el fondo centelleaba un manto de musgo resplandeciente que recubría un cúmulo de piedras, probablemente los restos del derrumbe que había originado el acceso. En uno de los lados alguien había instalado una escalera de hierro cuyo único pasamanos era una cuerda. Avancé un paso para poder ver mejor, pero sentí vértigo y tuve que echarme atrás.

No presté mucha atención a las advertencias de Jónas. Deseaba con la misma intensidad descender hacia aquel agujero que alejarme lo antes posible, volver a casa. Entendí que el interior de la cueva estaba cubierto de hielo, que las suelas de las botas llevaban clavos para mejorar el agarre, pero que tenía que prestar atención. Jónas me preguntó si padecía claustrofobia; tuvo que repetir el término en inglés un par de veces.

Luego bajamos, él delante y yo detrás. Giuliana no nos siguió, se quedó en la embocadura junto a los otros dos chicos. Subí de nuevo los escalones.

—¿No vienes?

Estaba de brazos cruzados y se le marcaban las ojeras, aunque puede que fuese sólo un efecto de la luz.

—Quiere hablar contigo —dijo—. Me lo pidió expresamente. Ve de una vez.

Luego se volvió y yo comprendí cuánto le había costado decirme aquella frase, cuánto le había costado venir a recogerme al aeropuerto de Reikiavik y dormir en la misma cama que yo para luego pasar diez horas en el mismo coche, y todo para llevarme hasta la persona que llevábamos años disputándonos en silencio. Sentí pena por ella.

Al fondo de la escalera la luz era tenue, pero suficiente para distinguir la verja de metal que marcaba la entrada a la cueva. Nos detuvimos a unos pasos del glaciar. Jónas me dijo que me calzase los calcetines de lana, las botas con tachuelas y el casco con luz frontal que encendió él mismo. También llevaba otro jersey. Yo tenía calor, pero me obligó a ponérmelo: al parecer en el interior de la cueva la temperatura estaba próxima al cero, no tardaría en darme cuenta.

La entrada era el paso más difícil, pero en aquel momento no lo sabía. Había que trepar por un peñasco resbaladizo y arrastrarse boca abajo por una grieta de alrededor de medio metro. Jónas, que abría el camino, me enseñó cómo se hacía, pero necesité cinco intentos para lograrlo. Luego tuve que caminar agachada a lo largo de una galería. Sentí que me faltaba el aire, mi corazón se desbocó. Tal vez no lo sabía y sí que padecía claustrofobia. Me acordé de la noche en que Bern me había llevado a la torre, los escalones negros y el pánico que me llevó a rogarle que nos fuésemos cuanto antes.

El hielo era compacto y el haz de luz revelaba las formas encerradas en su interior: guijarros de colores que resplandecían gracias al estrato cristalino.

Cuando el túnel comenzó a descender, Jónas me dijo que me dejase caer sujetándome a la cuerda, él me ayudaría a aterrizar. Por un momento mis brazos se negaron a soltar el agarre, pero su voz, una voz terriblemente lejana, me alentaba, y me dejé caer.

Al fin llegamos a una cavidad, un gran recoveco de pavimento helado y rocas oscuras en el techo. Jónas me rogó que tuviese cuidado de no tropezar con las estalagmitas diseminadas por doquier, algunas de escasos centímetros de largo, otras que me llegaban a la frente. Dijo que tardaban años en formarse, pero bastaba con una ligera patada para partirlas; debía pisar exactamente donde él pisaba.

Al principio caminaba dando pequeños pasos, hasta que cogí la suficiente confianza con el fondo resbaladizo. Atravesamos la cavidad y a través de una grieta en la roca pasamos a otra. Miré a mi alrededor para medir su tamaño: era más pequeña que la primera y esta vez no había salidas visibles. Parecía el final de la cueva.

Jónas levantó un brazo y señaló hacia un punto ante nosotros, en lo alto. Sólo entonces distinguí una hendidura horizontal, estrechísima.

—*He's in there.*

Rodeó la boca con las manos y llamó a Bern. Su nombre produjo un eco que pareció no tener fin.

El silencio no se había restablecido por completo cuando Bern respondió:

—*Yes.*

Entonces me desmoroné, un torrente de lágrimas estalló en mi esternón y brotó por mis ojos. Más tarde, mucho más tarde, al evocar aquel momento, pensaría en cómo aquellas lágrimas al caer debieron de añadirse a los estratos de hielo perenne, aunque en ese momento no lo hice. En aquel momento sólo podía pensar en Bern, al otro lado de una roca de la que desconocía el grosor.

Jónas me ayudó a trepar un par de metros hasta la hendidura. Señaló una roca sobre la que podía sentarme; sería imposible para mí llegar más arriba, pero desde allí Bern podría oírme, sólo tenía que hablar fuerte. Él me esperaría en el fondo de la cavidad, no podía correr el riesgo de dejarme sola.

—Bern —dije.

No hubo respuesta. Jónas me dijo que alzase la voz. Repetí el nombre casi gritando.

—Aquí estás —respondió entonces.

Me daba la impresión de que se encontraba por debajo de mí porque su voz sonaba lejana y atenuada..., pero tal vez me equivocase. ¿Qué podía decirle?

Antes de que pudiese averiguarlo, habló él:

—Has llegado a tiempo. Sabía que lo conseguirías. No podía ser que no volviese a escuchar tu voz.

—¿Por qué no vuelves aquí, Bern? Vuelve, por favor.

El frío me cortaba el aliento. El aire dentro de la cueva era denso, difícil de respirar.

—Ay, Teresa, me encantaría, pero me temo que ya es demasiado tarde: no puedo hacerlo. Debo de haberme roto algo al caer. La tibia, creo. Tal vez también una costilla, aunque el dolor en el costado va y viene, no lo siento desde hace unas horas.

—Vendrá alguien a buscarte, a rescatarte.

Jónas estaba en algún rincón en la penumbra. Había apagado la luz de su casco, quizá para otorgarnos una intimidad ilusoria.

Bern pareció no haberme oído.

—Hay una pared alta y lisa en este lado, como una lámina de plata sobre la que cae una fina cortina de agua. Casi parece un espejo, puedo distinguir la forma de mi cabeza cuando proyecto la luz de una forma determinada, aunque no creo que la batería dure mucho más. Cómo me gustaría que pudieses ver esta maravilla, Teresa. ¿Sabes qué voy a hacer? Voy a fingir que el rostro que se intuye es el tuyo, no el mío. ¿Harías algo por mí?

—Claro —murmuré, pero él no podía oírme así, así que lo grité.

Era la despedida más extraña de todos los tiempos: obligados a gritar aquello que de otro modo habríamos susurrado.

—Mira a tu alrededor. Escoge una forma, una roca que se parezca a una cara, que se parezca a mí.

Moví el haz de luz hacia la pared de la cueva jadeando sin reconocer más que aristas, salientes y abultamientos en aquel horrible lugar.

Bern permaneció en silencio, dándome tiempo; luego dijo:

—¿Lo tienes?

—Sí —mentí.

—Bien, así será como si me vieses. ¿Alcanzas a oír el sonido de las gotas? Lo oirás si nos quedamos un momento en silencio. Son como notas, las notas de un xilófono tocado con suavidad, pero hay que apagar la linterna para que los ojos no distraigan a la mente; la vista siempre nos roba toda la atención, Teresa. Chssst, ahora escucha.

Obedecí; toqueteé la carcasa de la linterna hasta que se apagó. La cueva se sumió en una oscuridad total, la mayor oscuridad que había experimentado en mi vida.

Al cabo de un momento empecé a oír el repiqueteo de las gotas. Algunas producían sonidos secos como claves de madera, pero otras emitían notas a intervalos regulares. A cada rato se añadían nuevos sonidos, como si mi cerebro se fuese acostumbrando lentamente a percibirlos, como si los oídos se los fuesen arrancando al silencio. Al final, el sonido se hizo más completo, un auténtico concierto formado por cientos de minúsculos instrumentos, y tuve la sensación de que veía de nuevo, pero con un sentido que no había utilizado nunca hasta entonces y que recreaba el espacio a mi alrededor.

—¿Lo has oído? —dijo Bern. Su voz era un estruendo comparada con el goteo—. Una cosa así sólo puede haber sido creada por Dios.

—¿Has vuelto a creer en Dios, Bern?

—Con todo mi ser. En realidad nunca he dejado de creer, aunque ahora lo haga de forma distinta; está en todo mi cuerpo, por dentro y por fuera. No tengo que hacer ningún esfuerzo. ¿Conoces la frase, Teresa? «Huyo de tu mano hacia tu mano.» ¿La conoces?

—No, no la conozco —dije con el corazón encogido.

—Era una de las preferidas de Cesare cuando le dábamos un disgusto. A veces lo hacíamos adrede. Él fingía no darse cuenta porque sabía perfectamente que volveríamos junto a él. Y cuando ocurría nos susurraba al oído: «Huyo de tu mano hacia tu mano.»

Hacía largas pausas entre una frase y la siguiente, como si le faltase el aliento.

—Háblame de la hacienda, Teresa, te lo ruego. La añoro mucho más de lo que imaginas. No hay muchas cosas que añore aquí dentro, aparte de poder verte... y la hacienda. Dime cómo estaba cuando te fuiste.

—Los higos estaban maduros.

—Los higos. ¿Los has recogido?

—Todos los que pude.

—¿Y la encina? ¿Conseguiste salvarla?

—Sí.

—Qué buena noticia. Me tenía muy preocupado. ¿Qué más? Cuéntame más cosas.

Pero las lágrimas me impedían seguir hablando: tenía la garganta obstruida.

—También el granado ha dado muchos frutos —grité hacia la hendidura.

—El granado —repitió—. Todavía habrá que esperar un poco, al menos hasta noviembre. Aunque ya sabes cómo es ese árbol: promete frutos maravillosos y una semana antes de madurar se parten. Ya lo decía Cesare: algo pasa con sus raíces. Tal vez sea la cercanía con el pimentero, aunque lo dudo. Tienes que cubrirlo cuando lleguen los primeros fríos.

—Lo haré.

—¿Sabes cuál era mi momento favorito? Nuestros paseos al atardecer cuando habíamos terminado la faena. Tú te hacías esperar y yo aguardaba sentado en el banco. Luego caminábamos juntos por el sendero. Normalmente, después de la barra, girábamos a la derecha, aunque no siempre, a veces doblábamos a la izquierda. Pero nunca dudábamos, siempre sabíamos qué dirección tomar como si lo hubiéramos decidido con antelación. El sol bajo nos bañaba de la cara a los pies. A veces puedo sentirlo, ¿sabes? Débil, pero lo siento. Si los higos estaban maduros, cogíamos incluso los de los árboles que no eran nuestros, porque en realidad todo nos pertenecía. ¿No es así, Teresa?

—Sí, Bern.

—Todo nos pertenecía: los árboles, los muros de piedra..., el cielo. El cielo también era nuestro, Teresa.

—Sí, Bern.

Aquéllas eran las únicas palabras que era capaz de articular: «Sí, Bern.» Mi mente se proyectaba hacia el futuro, hasta el momento en que ya no podría escucharlo.

Desde la oscuridad desde donde me supervisaba Jónas dijo que había llegado el momento de irnos. Fingí no oírlo. ¿Cómo podía saber cuándo interrumpir un momento como aquél? ¿En qué momento se podía cortar aquella conversación y dejar a Bern allí, a solas? Pero sabía que no resistiría mucho más tiempo, dentro de las botas mis pies se habían entumecido por el frío, apenas podía mover los dedos.

—Necesito preguntarte algo, Bern. Algo sobre Nicola.

Él guardó silencio durante unos segundos, luego respondió con mucha calma:

—Tienes que hablar más fuerte si quieres que te oiga.

¿Realmente no me había entendido o sólo quería obligarme a repetirlo? Puede que adivinase que mi valor estaba menguando; me conocía mejor que nadie.

Pero fui capaz de decirlo por segunda vez, de gritarlo, para que no pudiese fingir que no me había oído. El eco de la gruta arrojó mi pregunta contra cada piedra y me la devolvió multiplicada.

—Necesito saber lo de Nicola. ¿Fuiste tú, Bern?

Me imaginé sus ojos en la oscuridad, tan cerca el uno del otro, su expresión. No necesitaba encontrar ninguna roca que se le pareciese, su imagen estaba grabada en mi mente.

—Me gustaría mentirte y decirte que no fui yo. Pero se acabaron las mentiras, lo he prometido.

—¿Por qué lo hiciste, Bern? ¿Por qué?

—Algo empujó mi pie, algo tremendo. La cabeza de Nicola estaba sobre la piedra y aquella fuerza levantó mi pie y lo empujó contra ella. El Señor detuvo la mano de Abraham, pero allí, en el olivar, no detuvo mi pie. A mi vera no estaba Dios, sino su opuesto, y aplastó mi pie contra la cabeza de Nicola. Me gustaría decirte que todo esto no es verdad, Teresa, lo querría más que nada.

—Era tu hermano, no lo entiendo.

—Él..., vosotros dos...

—¡No es verdad, Bern! ¡No es verdad! Tú eras el único.

—Además, dijo aquella frase.

—¿Qué frase?

Guardó silencio de nuevo.

—¿Qué frase, Bern?

—Él le había dado las hojas. Arrancó unas cuantas hojas de la adelfa y se las puso en las manos. Lo hizo para protegerse.

—¿Qué hojas? ¿De qué hablas, Bern?

—A veces nos condenamos a nosotros mismos, Teresa.

La linterna de Jónas brilló al fondo de la cueva. Se acercó a donde me hallaba.

—*We have to leave now* —dijo.

—*No.*

—*We have to leave!*

Me arrancó de allí como pudo. Bajar resultó ser más difícil. Estaba agotada por el frío y la pena. Intenté apoyar el pie en la estría que Jónas me indicó, pero la bota había perdido adherencia; no tenía sensibilidad en los pies. Resbalé hasta que él consiguió agarrarme. Dijo que teníamos que darnos prisa, estaba al borde de la hipotermia.

La voz de Bern llenó de nuevo la cámara:

—¿Volverás?

Le prometí que sí, que volvería. Luego recorrimos la cueva al revés, entre las delicadas estalagmitas de hielo, arrastrándonos boca abajo por la subida, arrodillados por la galería. Esta vez Jónas no soltó la manga de mi abrigo en todo el trayecto, como si lo asustase la posibilidad de extraviarme.

Luego, hay un vacío en mi memoria, justo hasta el momento en que me vi tendida sobre una de las grandes rocas del campo de lava, el cielo de nuevo sobre mi cabeza, aquella especie de noche clara, cubierta por un par de mantas. Giuliana me observaba desde arriba. Dijo que me había desvanecido subiendo la escalera metálica; por poco no me desplomé hacia abajo.

Cuando conseguí sentarme me dieron a beber pequeños sorbos de café. Había transcurrido media hora, quizá menos.

—Morirá —dije.

Giuliana apartó la vista. Sirvió más café en el tapón del termo.

—Bebe un poco más.

—¿Cómo ha podido sobrevivir todo este tiempo?

—Llevaba un buen equipo. Comida. Agua. Estaba preparado para pasar una semana. Y su fortaleza es increíble.

—¿Por qué no lo sacan?

—Nadie es capaz de adentrarse allí. Y aunque alguien lograse hacerlo, luego no sabría cómo ayudarlo.

—Pueden perforar la roca, hacer un agujero.

Sus ojos se iluminaron.

—La cueva es un lugar protegido.

—¡Pero Bern está dentro!

Giuliana me acarició la mejilla con la mano, una mano fría y delgada.

—Nunca lo entenderás, ¿verdad?

Volvimos al lago inmersos en aquel lento crepúsculo. Los otros dos chicos vinieron con nosotros. El viaje me pareció mucho más breve que la ida. Había una habitación para mí en el apartamento donde vivían los guías. Estaba vacía, como la de un hospital. Había un edredón doblado en el borde de la cama. La hora de cenar había pasado y Giuliana dijo que no encontraríamos nada abierto, pero que había una máquina expendedora en el piso inferior si tenía hambre.

Pasé un buen rato bajo la ducha tratando de deshacerme de aquel frío que parecía habérseme metido hasta la médula. Cuando salí, toda la habitación estaba inundada de vapor blanco. No tuve fuerzas ni para coger ropa interior limpia, me envolví desnuda en el edredón y me dormí.

Aquella noche soñé con la hacienda. No podía entrar porque la puerta estaba bloqueada, pero sabía que Bern estaba en nuestro dormitorio tumbado en la cama. Lo llamaba desde el patio, pero no respondía. En un momento dado, una pequeña piedra salía disparada por la ventana. Yo la recogía del suelo y la lanzaba de nuevo hacia el interior de la habitación. Puede que Bern hubiese escogido aquella forma de comunicarse conmigo. Luego, empezaban a caer más y más piedras de la ventana, a puñados. Al final llovían incluso del cielo, un granizo oscuro y atronador que en un momento enterraba la casa y cubría todo el campo dejándome en el centro de un desierto infinito.

• • •

A la mañana siguiente volvimos a Lofthellir. Con nosotros iba sólo uno de los dos chicos que el día anterior custodiaban la entrada de la cueva. Se sentó delante y habló con Jónas durante todo el trayecto, retazos de una conversación en aquel idioma gutural, primitivo, odioso. A veces reían, pero enseguida se contenían como si se percatasen de la falta de tacto hacia mí que aquello suponía.

Durante el desayuno, Giuliana se acercó a mi mesa. Antes de apoyar el mísero plato que se había preparado preguntó si prefería estar a mi aire. Le dije en tono seco que se sentara. Intercambiamos algunas frases triviales acerca de lo impensable que era para una italiana comer arenque ahumado a esas horas, aunque llevara meses viviendo en aquel lugar.

Cuando estuvimos en el todoterreno, sin embargo, volvimos a hablar con normalidad. Le pregunté por qué Islandia, por qué aquella cueva, por qué la hendidura inaccesible de aquella caverna.

—Es por algo que dijo Carlos.

—¿Quién es Carlos?

Giuliana tiró de las mangas de su jersey hasta esconder los dedos.

—Un tío de Barcelona. Después de Freiberg pasamos un tiempo allí. Establecimos contacto con un grupo.

—¿Qué clase de grupo?

—Había de todo: independentistas, anarquistas en busca de algún pretexto para liberar su cólera... Llegamos en un coche de alquiler; creíamos que nos perseguían, así que hicimos el viaje de un tirón. Por suerte, no nos topamos con ningún puesto de control. No nos quedamos mucho tiempo. Aquella situación no me gustaba, pero ante todo me preocupaba Bern: la inquietud lo reconcomía.

Estiró las piernas bajo el asiento y permaneció un rato observándolas.

—Se negaba a salir del apartamento. «El mundo está enfermo», decía. «¿No lo ves? ¿No ves que nos lo hemos cargado por completo?» Lo habíamos discutido millones de veces, pero en ese momento hablaba de algo diferente, algo que en cierto modo se me escapaba. Un día me habló de una noche que había dormido en un árbol con sus hermanos. Los había convencido para pasar la noche fuera, viendo las estrellas fugaces. Al contemplar el cielo negro se había sentido parte de algo superior. Su relato fue muy pormenorizado, aunque tuve la impresión de que no se hallaba plenamente lúcido mientras hablaba. En aquel momento sentí la terrible enormidad del amor que guarda en su interior. No sólo por los árboles, sino por todo y por todos. No lo dejaba respirar, lo ahogaba. ¿Te parece una locura?

No me lo parecía en absoluto: era la descripción de Bern más exacta que había escuchado jamás. Así que el amor que Giuliana sentía por él era sincero... Aquel pensamiento dejó de parecerme ingrato. Lo acepté y punto.

—Sea como fuere, vino a vernos el cabecilla de aquel grupo catalán y aquello marcó un antes y un después. El tipo en cuestión, Carlos, había estado trabajando en los barcos de Greenpeace en el Ártico. Hablaron largo y tendido. Bern parecía hechizado. Carlos fue el primero en hablarle del Antropoceno.

—¿El Antropoceno?

—La era geológica actual en la que cada elemento del planeta, cada lugar, cada ecosistema ha sido alterado por la presencia del hombre. Yo había oído hablar de ese concepto, pero Bern no, y para él fue una revelación. En los días siguientes no habló de otra cosa. Empezó a brotar en él el deseo de encontrar una excepción, algo que no hubiese sido visto ni arruinado jamás. Algo puro.

—¿Por esa razón vinisteis aquí?

Giuliana me dedicó una mirada de suficiencia.

—Islandia es lo opuesto de la pureza; los vikingos eliminaron todos los árboles de la isla hace siglos. En cierto modo, Islandia es la realización perfecta del Antropoceno, aunque la gente venga aquí en busca de espacios incontaminados. Justamente por eso Carlos la mencionó. Dijo «Islandia» como podría haber dicho «selva amazónica», y Bern lo tomó al pie de la letra. Vinimos aquí en busca de una excepción. El dinero se acabó rápido, en menos de dos semanas estábamos sin blanca.

Trabajamos durante unos meses en una granja de los fiordos, una zona terriblemente apartada.

La envidia volvió a asomar: Bern y Giuliana en el interior de una de las casas de chapa pintada, envueltos en la niebla, resguardados del frío. Sexo entre ellos. Espanté aquella imagen tanto como pude.

—Después del invierno nos mudamos de nuevo cerca del lago. Conocimos a Jónas y a los demás. Necesitaban personal para la temporada alta, alguien que estuviese dispuesto a hacer un poco de todo. A veces los *tours* que organizan pueden ser peligrosos, pero Bern seguía obsesionado con su proyecto. Visitamos con Jónas los puntos más remotos de la isla, aunque nunca era suficiente; el mero hecho de que pudiéramos llegar hasta ellos era una pega. Hasta que descubrimos la cueva.

—Pero la cueva también es accesible, incluso hay una verja de metal.

—Hasta donde has llegado tú. Nadie ha alcanzado jamás la siguiente cámara. Se conocía su existencia, pero la entrada es demasiado peligrosa y difícil.

—Así que Bern decidió ser el primero.

—Y probablemente el último, tal y como han ido las cosas.

—¿Por qué nadie se lo impidió?

Giuliana me miró fugazmente. Luego volvió a mirar afuera.

—Cualquiera de estos chicos querría hallarse en su lugar. Querían saber qué hay al otro lado para al menos formar parte del descubrimiento. Por sus estudios de las corrientes de aire en el interior de Lofthellir, creen que existe una salida en algún punto del campo de lava.

—¿Así que Bern podría encontrar una forma de volver?

—Tal vez, si no se hubiese roto una pierna. Así que no vale la pena planteárselo.

Permanecimos un rato en silencio. Nos hallábamos en la peor parte del trayecto, el todoterreno rebotaba sobre los amortiguadores, pero esta vez la violencia de las sacudidas no me sorprendió. Quizá para romper el angustioso presentimiento que se había instalado entre nosotras, Giuliana dijo:

—A los turistas les encanta este camino. Algunos se ponen a chillar como si estuviesen en una montaña rusa. A Bern también le gustaba, lo entusiasmaba todo lo que veía en la isla. Cuando entró en la cueva por última vez sonreía, a pesar de que sabía que la cosa podía acabar mal, a pesar de que entonces no era más que un saco de nervios y coraje. No lo había visto nunca tan feliz. Bueno, tal vez en vuestra boda.

Aún hoy sigo sin saber si Giuliana lo dijo para complacerme, pero en aquel momento decidí creerla.

—¿Un saco de nervios?

—Había perdido casi veinte kilos. Ni siquiera un niño habría podido colarse por esa abertura, figúrate un adulto como él. Pero estaba convencido de que lo lograría y tenía razón. Durante meses estudió la secuencia de movimientos, las contorsiones necesarias. Tomamos medidas de la hendidura, de cada saliente e irregularidad hasta donde alcanzaba la luz de la linterna, y construyó un calco exacto de yeso. Lo guardaba en el patio de casa. Sigue allí; pesa una tonelada. Desde la habitación lo veía ejercitarse.

—¿Desde vuestra habitación? —la interrumpí; no fui capaz de contenerme.

—Desde nuestra habitación, sí —dijo con voz cansada—. Era como si estuviese practicando una coreografía. Lo anotaba todo en un cuaderno. Y cuando no se entrenaba permanecía sentado con las piernas cruzadas, inmóvil en el prado como si estuviese meditando o rezando a la espera de que las últimas moléculas de grasa de su cuerpo se evaporasen. No le pesaba el ayuno. Una vez me dijo que su tío ayunó durante un mes cuando era joven, así que él podría subsistir tranquilamente con un tazón de caldo y un poco de fruta cada día. Era imposible convencerlo de que comiese cualquier otra cosa.

—¿Por qué?

—Veía manipulación en cualquier alimento. De noche enumeraba todas las maneras como el hombre ha intervenido en el medio ambiente y en la comida.

—Estas cosas siempre lo han obsesionado —dije—, al menos desde que conoció a Danco.

«Y a ti», me hubiese gustado añadir, pero no lo hice; habría sido superfluo.

—No de aquella forma —replicó Giuliana—. Se negaba a comer tomate porque aquí en Islandia no existían antes de que los trajese el hombre. Lástima que en Islandia no hubiese nada comestible antes de que lo trajese el hombre. Así que sólo bebía un caldo hecho a base de una hierba local. Cuando me tocaba a mí cocinar añadía un poco de carne a escondidas. Es probable que se percatase, pero fingía no hacerlo. Su docilidad era extraordinaria. Parecía que pudieses herirlo con nada, desintegrarlo con una frase equivocada. Y no sólo por su delgadez. Cuando se sintió preparado para entrar después de tanto entrenamiento, después de que él y Jónas hubiesen modificado su ropa de forma que se pegase lo máximo posible a su cuerpo manteniéndolo caliente y después de que la embadurnáramos de grasa de pescado para ayudarlo a colarse entre las rocas, estaba feliz. Sonreía.

Giuliana volvió a quedarse fuera esperando. Puede que lo hubiese acordado con Bern antes de mi llegada; es algo que no me atreví a preguntarle. De nuevo, Jónas me acompañó. Me sentía más desenvuelta; esta vez tardamos la mitad de tiempo en llegar al fondo de la cueva. Volví a sentarme sobre la roca plana, en aquel confesionario absurdo y retumbante, y llamé a Bern.

No respondió hasta la tercera o cuarta vez, cuando mi corazón ya estaba desbocado por el pánico. Su voz me llegó más tenue, más lejana, como si durante la noche hubiese resbalado unos metros más abajo por la pendiente de hielo donde lo imaginaba envuelto en la penumbra.

No pronunció mi nombre, al menos no enseguida. Lo primero que dijo fue:

—Hace mucho frío.

Le pregunté si había intentado mover la pierna, levantarse, pero no respondió, como si hubiese algo que lo apremiase con fuerza. Dijo:

—Ésta no era la aventura que soñaba, Teresa: la aventura que soñaba era contigo.

Pero no era él quien hablaba. Bern ya no estaba allí. Un espectro hablaba en su nombre, el eco de su voz atrapado en aquella cavidad de hielo y piedra.

Durante unos segundos no se oyó más que el repiqueteo plateado de las gotas.

—¡Perdóname! —gritó al fin, y aquélla fue la última palabra que pronunció, el último sonido capaz de trepar por la roca, atravesar la hendidura y llegar hasta mí, como si hubiese necesitado toda la noche y la mañana para emitir aquel sonido.

Después de aquello lo llamé sin cesar, no sé por cuánto tiempo, hasta que una luz apareció a mi lado apuntándome directamente a los ojos, dos brazos se cerraron alrededor de mis hombros y de alguna forma, puede que arrastrándome, Jónas me sacó de allí.

Giuliana había conseguido que las visitas turísticas de la mañana se aplazasen, pero nos hallábamos en el punto álgido de la estación estival y todo tenía que volver a la normalidad a primera hora de la tarde. Hacia las tres llegó un grupo de unas diez personas. Las vi caminar en fila india por el campo de lava, cada uno con su casco y sus botas al hombro. ¿Sabían que había una persona allá abajo? ¿Una persona agonizando?

Giuliana permaneció a mi lado mientras uno de los guías recitaba las pautas de conducta que había que mantener en el interior de la cueva, la misma explicación que yo había escuchado el día anterior. Me daba la impresión de que me vigilaba por si me comportaba de manera inadecuada, pero lo único que hice fue acercarme al guía cuando acabó de hablar y preguntarle si podía entrar con el grupo. Jónas se entrometió y me hizo una propuesta con voz amable, pero también firme: su compañero, el otro chico, se encargaría de llamar a Bern; si respondía, entonces él me acompañaría dentro una vez más.

Pasó una hora que se hizo eterna. Me dediqué a excavar con una ramita dentro de un riachuelo; una y otra vez tapaba el agujero y volvía a excavar más hondo. Cuando el guía reapareció en lo alto de la escalera de metal no se dirigió a mí directamente, sino a Jónas. Negó con la cabeza y yo entendí que Bern no había respondido.

Volvimos al todoterreno. Me senté al fondo. Durante todo el viaje mastiqué una rabia sorda contra los turistas, contra aquella alegría con que se fueron pasando una tableta de chocolate que tuvieron la desfachatez de ofrecerme. No tenía sentido. Ellos no tenían sentido, mi cólera no tenía sentido. Giuliana iba sentada a mi lado, pero su presencia no me produjo ningún alivio.

No tenía motivos para quedarme en Islandia, pero cambié la fecha de mi billete de avión varias veces. En total me quedé dos semanas en el apartamento desde donde se veía la plácida superficie del lago Mývatn. Llamé a mi padre y le pedí que fuese a la hacienda a ocuparse del huerto y todo lo demás. No podía decirle dónde estaba ni lo que había ocurrido, pero él entendió que se trataba de Bern por mi forma de llorar, desconsolada por completo, al teléfono. Me prometió que saldría al día siguiente. Le dije que en cuanto llegase le explicaría qué tenía que hacer exactamente.

No volví a la cueva. Cada mañana me vestía como si fuese a ir y me reunía con los demás junto al todoterreno, pero cuando los turistas empezaban a llegar, jóvenes parejas amantes de los climas severos, espeleólogos aficionados, mujeres gruesas que con toda probabilidad no serían capaces de entrar, las fuerzas me fallaban. Me sentía una intrusa. Entonces me acercaba a Jónas o al guía que cubriese aquel turno y le recordaba que llamase a Bern al menos una vez en el interior. Al final no hacía falta ni siquiera decírselo, me serenaban con un ademán, comprensivos. Supongo que en algún momento dejaron de hacerlo, pero yo me aferraba a la idea de que no era así. No me quedaba mucho más a lo que aferrarme aparte de aquella perseverancia.

No sabía si Jónas tenía claro por qué razón Bern y Giuliana habían acabado allí, pero cuando llegó el momento no insistió en denunciar a las autoridades su desaparición, como si intuyese que para el resto del mundo el hombre que se había aventurado en el interior de aquella zona prohibida de la cueva existía y a la vez no; como si intuyese que nadie, a excepción de mí, iría a reclamarlo.

Para sobrevivir me dedicaba a dar largos paseos alrededor del lago, por la mañana hacia un lado, por la tarde hacia el otro. Normalmente iba sola, aunque en alguna ocasión Giuliana me acompañó. Había depuesto al menos en parte la acritud de nuestras primeras horas juntas. Me asomaba al agua para ver los peces, pero no veía más que algas meciéndose junto a la orilla, bajo la superficie, y un fondo que la negrura engullía enseguida.

La noche antes de mi partida me despertó alguien que llamaba a la puerta de la habitación. Me quedé en la cama, indecisa, sin saber si se había tratado de un sueño, pero los golpes sonaron de nuevo. Me levanté y corrí el pestillo. Era Giuliana, vestida con abrigo y botas.

—Ponte algo y sal, rápido.

Antes de que pudiese preguntar qué ocurría estaba bajando de nuevo la escalera enmoquetada. Me puse unos vaqueros y un polar que había comprado para ir tirando durante aquellos días.

Los chicos estaban en el prado. Jónas señaló hacia arriba: había una especie de brocados verdes ondeando en el cielo.

—No acostumbran a verse en esta época del año, es como un milagro.

Los demás estaban teléfono en mano buscando el mejor ángulo para sacar una foto, excitados, aunque no cabía duda de que yo era la única que asistía a aquel fenómeno por primera vez. Los rayos verdes parecían irradiar desde un punto preciso del horizonte y desde allí expandirse en el aire como humo.

—Parece hecho aposta para ti —dijo Giuliana, y en cuanto lo dijo supe que era realmente así.

No le pregunté a ella ni a Jónas si la dirección de donde procedían las luces era la de la cueva porque estaba convencida de que sí, de que aquella energía manaba del cráter circular en medio del campo de lava.

Uno por uno se fueron hartando de mirar y se metieron en casa, incluidos Jónas y Giuliana. Las luces seguían brillando en el cielo. Si cambiaban, su movimiento era tan lento que resultaba imperceptible. Al volver a mi habitación abrí las cortinas de plástico para poder seguir contemplándolas. Cuando desperté a la mañana siguiente, habían desaparecido.

En la entrada del aeropuerto, Giuliana y yo fumamos un cigarrillo a medias. No me apetecía, pero quería alargar el momento.

—¿Te quedarás aquí? —pregunté.

Miró el paisaje a su alrededor, como si lo estuviese decidiendo en aquel preciso instante.

—Por el momento no me imagino en otro lugar. ¿Y tú? ¿Volverás a la hacienda?

—Por el momento no me imagino en otro lugar.

Sonrió. Aplastó la parte encendida del cigarrillo y se guardó la colilla en el bolsillo, aquel filtro que tardaría años en descomponerse. Cada cosa tenía un tiempo marcado, pero antes o después llegaría a su final, incluso el dolor que compartíamos.

—Puede que me pase por allí algún día —dijo.

Nos rozamos las mejillas tímidamente, luego entré en el aeropuerto. Cuando me di la vuelta no la vi tras el cristal.

Me quedaban algunas coronas en el bolsillo, así que eché un vistazo a los *souvenirs*, los mismos que había visto por doquier desde el primer día. Compré la figurita de un trol: un hombretón viejo y arrugado que se aguantaba con un bastón y miraba de lado con gesto burlón.

En el avión vi un ojo espiándome por entre los asientos; era un niño de unos tres años, tal vez cuatro. Lo miré fijamente y la cara desapareció para volver a buscarme al cabo de unos segundos. Estuvimos un rato jugando a aquello: su ojo aparecía en la rendija, yo fingía estar distraída y de golpe lo miraba, él se escondía, asustado y risueño. Cuando me cansé no se dio por vencido, se puso de pie sobre el asiento y se volvió hacia mí. Su cabeza apenas sobresalía por el respaldo, así que se echó hacia delante. La madre intentó impedírselo, pero él se zafó. Nos estudiamos el uno al otro hasta que tendí la mano y me agarró el índice. Aquel gesto lo divirtió y pareció dejarlo satisfecho. Se sentó de nuevo y ya no se volvió más. Al desembarcar me saludó con la mano desde el hombro de su madre.

8

Mi padre repetía cada mañana: «Ya no me necesitas en la hacienda, será mejor que vuelva con tu madre.» Pero pasaba otro día y él continuaba allí porque tenía que ayudarme a recoger los tomates o había que arreglar los goznes de una puerta o se le antojaba construir una silla artística con los materiales que encontraba por allí. Le había contado de manera caótica lo ocurrido en Islandia, tan extrañada por mis propias palabras que incluso dudaba de lo que decía. Pero él lo escuchó todo y al final me abrazó durante un buen rato; yo lloré en su hombro como no recordaba haberlo hecho jamás.

Un año antes lo habían jubilado de forma anticipada porque la crisis redujo drásticamente las ventas de su empresa. Cuando llamaba por teléfono, mamá hablaba sin ambages de su depresión. Yo suponía que aquél era el motivo por el que dilataba su estancia en la hacienda, pero una parte de mí deseaba creer que lo hacía para estar a mi lado. Era la primera vez que convivíamos a solas desde los veranos en casa de la abuela.

Los días eran cada vez más cortos, y cuando la oscuridad nos obligaba a interrumpir la faena cocinábamos juntos. Después de cenar nos acostábamos pronto. En el dormitorio me aguardaba una pesadumbre siempre renovada, pero sabía que mi padre estaba al otro lado del pasillo: podía oírlo roncar a través de las puertas entornadas; el sonido que en otro tiempo me resultaba tan desapacible ahora me reconfortaba. Entonces acudían a mi memoria las palabras de Bern en la penumbra de

Lofthellir: «Huyo de tu mano hacia tu mano.» Eso nos estaba ocurriendo a mi padre y a mí.

Cuando por fin partió estaba preparada para quedarme sola. De camino a Bríndisi dijo:

—Tendrás que avisar a sus padres.

—No estoy segura.

—Son sus padres —replicó, como si eso bastara para anular cualquier objeción.

Transcurrieron varias semanas. Apenas recibía visitas ajenas al trabajo: la entrega de las hortalizas los lunes y jueves, las citas para las reparaciones o el mantenimiento ordinario, el ayudante que venía en tardes alternas... El final del verano fue bastante cálido, el otoño se resistía a dar los primeros pasos y las plantas de berenjena, tan altas como recios arbolillos, no cejaban en su empeño productivo. Pasaba gran parte del día al aire libre, de aquí para allá, siempre atareada sin que ello me abrumase. Trabajando conseguía no pensar en mis cosas, sólo en lo práctico. A veces, sin embargo, me sorprendía a mí misma absorta dentro del *food forest* con la vista fija en la nada. Antes o después, ciertas preguntas serían acuciantes. ¿Y ahora qué? ¿Dónde retomo el hilo? Tenía treinta y dos años y un mar de tiempo por delante. ¿Pensaba quedarme por siempre en aquella tierra?, ¿quería seguir padeciendo las inclemencias de las estaciones?

Estaba apilando la leña junto al almacén de las herramientas cuando vi el coche avanzando por el sendero: un utilitario que no conocía con el morro notablemente abollado. Me acerqué mientras me quitaba los guantes; reconocí a Cesare en cuanto el vehículo se detuvo, me saludó con un ademán. Lo acompañaba su hermana, que no saludó hasta que nos vimos cara a cara; entonces me tendió una mano menuda y delicada, exactamente como la recordaba desde la boda.

—¿Queréis pasar? —dije—. Creo que va a llover.

Cesare abrió la boca y respiró hondo. Parecía paladear el aire, masticarlo. Yo sabía a ciencia cierta qué buscaba: el olor de la hacienda.

—Antes me gustaría que me enseñaras todo esto —dijo, exultante—. Me encantaría entender cómo funciona ahora, si no te importa.

Lo conduje por aquel terreno que le había pertenecido, le expliqué cada cambio como habían hecho Bern y Danco conmigo: la canalización y el filtrado del agua, la pared de madera y paja donde crecían las hierbas aromáticas... Cada información parecía conmoverlo. Me escuchaba con las manos a la espalda y después comentaba: «Magnífico.»

Marina nos escoltaba, sus ojos se perdían en el paisaje y evitaba responder cuando él pedía su opinión.

—Le has devuelto la vida a este sitio —dijo finalmente Cesare con la prosopopeya que lo caracterizaba y que habría resultado ridícula en cualquier otro individuo.

Nos sentamos bajo la pérgola. Contempló el mantel del mapamundi con una mezcla de estupor e incredulidad, tal vez incluso con nostalgia. Luego dirigió esa misma mirada hacia mí.

—No he encontrado otro que vaya tan bien —dije—. Puede que haya llegado la hora de sustituirlo.

Saqué una garrafa de agua, una botella de vino y unas almendras tostadas.

—Recibí tu mensaje —dijo Cesare—, ambos lo recibimos. Marina te agradece profundamente que nos informases, ¿verdad? —Tocó con cariño el brazo de su hermana, que asintió con la misma timidez de antes—. Ese muchacho era capaz de cosas extraordinarias, pero la ocurrencia de la cueva me ha dejado atónito.

—No os busqué tras el funeral de Nicola, lamento no haberlo hecho.

—Un padecimiento sincero vale más que mil gestos, que cualquier llamada, Teresa. Y yo sentí tu sufrimiento, lo sentí próximo a mí.

No habían probado ni el vino ni el agua. Debería haber servido los vasos, pero estaba anquilosada.

—¿Y Floriana? —pregunté.

—¡Ay, mi querida Floriana! El dolor envenenó su corazón. Ojalá conociese el antídoto para curarlo, pero no es así.

La paciencia, tal vez. ¿El tiempo? No me hago a la idea de que podamos seguir separados mucho más tiempo. Espero que el Señor quiera atender los ruegos de un hombre cada vez más viejo.

Sonrió. No le faltaba razón, los últimos años se habían precipitado sobre su rostro cavando arrugas en la frente y alrededor de la boca, hundiendo aquellos ojos benévolos. Su cabello había retrocedido y ya no lo llevaba tan corto; no como si quisiera volver al pelo largo de su juventud, más bien como si no hubiera nadie para indicarle que le convenía un corte de vez en cuando.

—¿Cómo andas tú? —preguntó.

No estaba preparada para la franqueza.

—Siempre ajetreada.

Cesare asintió como juzgando si aquella respuesta era satisfactoria.

—¿Cuándo recogerás las aceitunas?

—Creo que en noviembre, aunque si empieza a llover antes tendré que adelantar la cosecha: el agua de septiembre estropea las aceitunas. —Me arrepentí enseguida de haberlo dicho, de aquella presunción—. ¡Qué te voy a contar!

Apretó los párpados.

—Hay un dicho sobre esto, pero me temo que ya no lo recuerdo.

Me hería aquella impostura hueca, aquella conversación al borde de un precipicio que nos fulminaba. Me dolió, sobre todo, que sucediera con él. Pero seguimos charlando. Preguntó si pensaba moler sólo las aceitunas recogidas de los árboles o también las que cayeran al suelo. Le dije que ésas se las vendería al molino.

—Entonces obtendrás sin duda una calidad excepcional.

Enmudecimos, azorados. Lo vi buscar los ojos de su hermana como solicitando permiso. Ella se mordió los labios, nerviosa.

—Marina y yo —dijo en tono grave— hemos venido a pedirte un favor. Comprendemos que las circunstancias que rodearon la muerte de Bern no permiten tener su cuerpo con nosotros, físicamente, para inhumarlo, pero tú sabes la importancia que eso tiene para nosotros: la sepultura es el único camino para la liberación del alma que precisa una nueva residencia. ¿Recuerdas cuando enterramos las ranas aquí fuera? Fue la primera vez que viniste a la hacienda.

—Sí.

—Pues bien, Marina y yo creemos que Bern desearía que su entierro simbólico, todo cuanto podemos hacer por él, tuviese lugar aquí. ¿Estás de acuerdo?

—No sabemos si ha muerto.

—Según lo que has escrito y por cómo te has expresado en la nota, me ha parecido entender que sí.

—No será posible, lo siento —repliqué con más firmeza, pero mirando a Marina, no a él.

—Es un gran tormento para las almas quedarse atrapadas, ya sin uso, en un cuerpo extinto —insistió Cesare—. Están presas.

—Lo entiendo. —Vacilé un instante, luego añadí—: Pero ésas son tus creencias.

Sus palabras, sin embargo, evocaban con una nitidez lacerante la imagen de Bern tendido en el antro de la cueva, la pierna rota trazando un ángulo imposible sobre el hielo, la tez pétrea, los ojos cerrados de igual color que el aire y las rocas. Bern inmune a cualquier evolución o deterioro para toda la eternidad.

—¿Puedes disculparnos un momento, Marina? —preguntó Cesare, poniéndose en pie—. Teresa, ven conmigo, por favor.

—¿Adónde?

—Aún no me has llevado a la encina. Sentémonos allí.

Fui tras él. Al verlo caminando, me di cuenta de que su problema en la cadera había empeorado: tenía un paso irregular. Cuando se apoyaba en el pie izquierdo parecía desplomarse sobre él.

Nos sentamos en el banco. Cesare alargó la mano para arrancar una hoja, estudió su contorno, frunció el ceño y examinó el tronco.

—La estoy tratando. El jardinero dice que ya está curada.

—Gracias a Dios. ¡Sería una pérdida terrible!

Cogió la hoja por el tallo y la meneó.

—Bern y los chicos con quienes se juntaba en los últimos años sentían una particular veneración por los árboles, ¿verdad?

Asentí.

—Algo he leído en los periódicos, aunque no estoy seguro de haberlo comprendido bien. Intuyo que no iban descaminados, pero me habría gustado hablarlo personalmente con él. Tal vez hubiésemos llegado a algo. Nos comunicábamos muy bien. Siempre poseyó mucho talento en materia de fe. Era intuitivo, pero pecaba de temeridad. Los árboles pueden inspirar en nosotros la sensación de lo sagrado, no lo niego, pero no están dotados de un alma como la nuestra. Y aun así son magníficos, ¿eh? Todo un regalo. Mira hacia arriba.

Obedecí a pesar de conocer aquellas copas en todas las épocas del año.

—Me estás ocultando algo, Teresa.

—No —respondí, tal vez con excesiva premura.

Permanecimos en silencio durante un buen rato. Miré hacia la casa. Cesare se mecía sobre el banco sin soltar la hoja. Sospechaba que estaba sonriendo, pero no me atreví a comprobarlo. Comencé a impacientarme. Al final ocurrió lo que él esperaba desde el principio: la confesión salió de mis labios cuando mi mente estaba completamente en blanco, inerme.

—Bern lo mató.

Era la primera vez que pronunciaba aquellas palabras —no había sido capaz de hacerlo ni siquiera con mi padre—, e incendiaron de inmediato el aire de la tarde.

Cesare puso su mano sobre la mía.

—¡Pobre Teresa, cuánto peso has tenido que soportar! Sé lo mucho que los querías. —Suspiró un par de veces—. Estoy convencido de que nuestro Bern hubiese querido que lo enterráramos aquí.

Lo miré, estaba desolada.

—¿No me has oído?

—Claro que te he oído.

—Y entonces ¿por qué te preocupa enterrarlo? ¿Qué sentido tiene?

Volvió a mover la cabeza para mirar hacia arriba. Cerró los ojos y al abrirlos rebosaban gratitud. Recordé claramente cómo era de joven, la amable sabiduría que emanaba de su cuerpo.

—Porque se trata de Bern, de mi hijo.

—¡Mató a Nicola! ¡Él era tu hijo! ¿Cómo puedes perdonarlo?

—Piénsalo, Teresa. ¿Qué sería de todo lo que os he enseñado si ahora no fuese capaz de perdonar a Bern? —Se detuvo un instante buscando las palabras, luego recitó—: «"Señor, ¿cuántas veces pecará mi hermano contra mí que yo haya de perdonarlo? ¿Hasta siete veces?" Jesús le dijo: "No te digo hasta siete veces, sino hasta setenta veces siete."» Setenta veces siete. Ni siquiera he empezado, ¿te das cuenta? Espero que me ayudes a hacerlo.

Traté de recuperar la calma.

—Los chicos sabían que la cueva tiene una salida. Estaban seguros. Podría seguir vivo.

Cesare me miró intensamente.

—Tu esperanza me conmueve y el Señor sabrá recompensarla. Tan sólo te pido que lo consideres. Si nada cambiase y tú sintieras que ha llegado el momento...

—¿Por qué no lo hacéis vosotros mismos si es tan trascendente? No me necesitáis para nada.

—No sería lo mismo. Eres su esposa. Eres tú, más que nadie, la persona cuya presencia él querría.

—¿Volvemos con Marina?

No esperé la respuesta y me encaminé hacia la pérgola.

—¿Listos para irnos? —preguntó Cesare a su hermana.

Ella se levantó. Me dio la mano igual que al llegar, pero esta vez se inclinó y me besó en la mejilla.

—Me hubiese gustado conocerte mejor —susurró.

Cogí el cuenco de las almendras como si llevarlas a la cocina fuese algo urgente, luego me quedé estúpidamente quieta y volví a dejarlo sobre la mesa. Marina cogió una almendra y la masticó.

—Están muy buenas —dijo.

Los acompañé al coche. Cesare se puso el cinturón antes de arrancar.

—Hasta la vista, Teresa —dijo con la ventanilla bajada.

Ahora era yo quien no estaba dispuesta a dejar que se fuese.

—Bern habló de unas hojas de adelfa.

Arrugó la frente.

—No sabría decir...

—Quizá estuviera desvariando, pero parecía importante. Algo que Nicola también sabía, algo grave.

Su mirada huyó hacia los olivos. Más concretamente, aunque entonces no logré percibir la conexión, hacia el cañaveral, que murmuraba invisible tras los árboles.

—Supongo que hablaba de aquella chica, Violalibera.

Volvía a sentir un antiguo estallido en mi estómago: turbación y miedo.

—¿Violalibera? —repetí lentamente.

—Pobre criatura, los muchachos eran tan jóvenes... Bern no volvió a ser el mismo después de aquello. Pensaba que estabas al corriente.

—Claro..., por supuesto...

Luego se marcharon. Si hay algo similar a una revelación, para mí ocurrió en aquel preciso momento, cuando el coche de Cesare desaparecía por el sendero y la inmensidad de su presencia henchía aún el aire: se produjo al oír aquel nombre remoto, Violalibera, un nombre que regresaba al cabo de muchos años brotando de la tierra como un cardo caprichoso. De golpe estuvo claro: aquel nombre contenía el inextricable nudo de nuestra existencia.

Aquella misma tarde fui en busca de Tommaso, a quien no había visto tras la vuelta de Islandia. Me torturaba la idea de que tenía derecho a saber qué le había ocurrido a Bern, pero no me decidía a afrontarlo. Pero ya no cabían prórrogas; sólo él podía desentrañar el misterio de Violalibera de una vez para siempre.

Una lluvia repentina pilló a los conductores por sorpresa y hubo cierta congestión. Me vi atascada muy cerca de Tarento. A mi izquierda, la albufera estaba lisa y negra. Encendí la radio, pero la música me irritó, tanto como las voces y los anuncios, así que la apagué y me dejé envolver por el estruendo de la lluvia contra el techo.

Aparqué el coche en diagonal, entorpeciendo parcialmente la salida de un edificio, y dejé las luces de emergencia encendidas. Pensaba quedarme poco rato, lo justo y necesario. Los nombres en el interfono eran sobre todo extranjeros: eslavos, árabes, chinos, en grupos de seis o siete por cada cartelito. En el centro resaltaba un papelito amarillo cortado torpemente y pegado con celo donde se leían las siglas «T. F.»; llamé y Tommaso me abrió enseguida sin preguntar nada.

No sabía qué piso era, así que subí a pie. Llegué al cuarto, la luz se apagó de repente. La puerta de mi derecha estaba entornada, una claridad rojiza se filtraba por la ranura. Se oían voces en el interior. Me acerqué. Había cuatro hombres jugando a las cartas en torno a una mesa cubierta con un tapete verde. El humo del tabaco formaba una niebla densa. Tommaso se plantó ante mí, llevaba billetes en la mano y parecía desconcertado.

—¿Qué haces aquí?

—Acabas de abrirme.

En el apartamento estalló una risotada. Uno de los hombres dijo algo y las otras voces se solaparon con la suya. Tommaso se escabulló hacia fuera. En la última fracción de segundo quedó un resquicio abierto y atisbé a una mujer de piernas largas y desnudas bajo unos *shorts*, el pelo rubio suelto sobre la espalda. Cruzó la rendija como una alucinación.

—¡Tienes que irte! —exclamó Tommaso.

—¿Quiénes son?

—¿A ti qué te importa? Gente.

—Eso ya lo he visto.

—Estoy trabajando.

—¿Ahora te dedicas a esto?

—¿Se puede saber a qué has venido?

Me agarró del hombro, pero el contacto nos perturbó a ambos, así que retiró la mano enseguida.

—Violalibera —dije, esperando que el nombre provocase una reacción en su rostro.

—No sé de qué me hablas.

Abrió la puerta y entró a toda prisa. Me dio tiempo a bloquearla con una mano antes de que me la estampase en las narices.

—Cuéntame lo que ocurrió, Tommaso.

—Pregúntaselo a Bern si es que tanto te inquieta. Ahora lárgate.

—Bern ha muerto.

Lo que unas horas antes había negado con vehemencia ante Cesare lo escupí aquella noche a la cara de Tommaso. Sus ojos desfallecieron al instante. Agachó un poco la cabeza.

—No vuelvas a venir por aquí —dijo en voz baja.

Saqué la mano de la puerta y él la cerró. Oí a uno de los hombres preguntar dónde estaban las pizzas, a lo que siguieron nuevas carcajadas. Tommaso no tardaría en abrir y preguntarme cómo había ocurrido exactamente, me rogaría que entrase, sólo tenía que esperar. Busqué el interruptor en la pared.

Al cabo de unos minutos las luces se apagaron de nuevo y volví a encenderlas. El ascensor se puso en marcha y alguien subió a uno de los pisos superiores. Hubo un manejo de llaves. ¿Cómo se me había ocurrido preguntarle si ahora se dedicaba a aquello? ¿Con qué derecho? Lo que Tommaso hiciese o dejase de hacer no era asunto mío desde mucho tiempo atrás, seguramente no lo había sido nunca. Me marché cuando las luces volvieron a apagarse.

Después de aquel encuentro caí en una especie de trastorno. Hoy me parece normal llamarlo así, trastorno, pero durante aquellas semanas no había nada que me pareciese fuera de lo normal. Veía a Bern. No de forma clara, en carne y hueso frente a mí; eran más bien prefiguraciones, como si estuviese a punto de verlo en carne y hueso. Solía ocurrirme cuando regresaba en coche a la hacienda. Había un momento particular, justo antes de enfilar el sendero, en que estaba convencida de que lo encontraría recostado en la mecedora o erguido, de espaldas. Su postura iba variando, pero la manera como aparecía en mi cabeza era muy detallada y siempre intensa la certeza que acompañaba aquella sensación. Cuando salía del baño en la planta baja, cuando me levantaba después de haber pasado un buen rato agachada en el invernadero, cuando una ventana se cerraba de golpe, en cada uno de esos instantes adivinaba que Bern estaba allí. Me decía «ahí está» sin sorpresa, sin sombra de duda. Me sorprendía, si acaso, no verlo aparecer enseguida. Pero incluso aquella decepción era leve, como si se tratara de una demora o sencillamente estuviese en algún otro sitio, aunque siempre cerca del lugar donde me hallaba.

No me preocupaba la nitidez de aquellas premoniciones, pero una especie de cautela me urgía a no mencionarlas, a no relacionarme con nadie en general. Cuando llegó diciembre les dije a mis padres que no iría a Turín por Navidad. Prometí hacerlo más adelante. Debí de aparentar mucha determinación, porque no insistieron.

Adorné la encina con cuatro guirnaldas de luces y aquéllas fueron las únicas galas navideñas. A pesar de mi desinterés, el día de Nochebuena tuve que bregar con la desazón que asediaba la hacienda. Hacia las siete estaba tendida en el sofá; la oscuridad ya había penetrado en la casa y yo empezaba a sopesar la opción de no moverme hasta la tarde siguiente, hasta que la Navidad hubiera pasado y todo volviera a ser como antes. Cuando sonó el teléfono no me apresuré a cogerlo, lo dejé anunciarse durante un rato.

—Soy yo —dijo una voz que luego añadió algo incomprensible, como si la boca se hubiera apartado bruscamente del auricular.

—¿Tommaso?

Guardó silencio.

—Tommaso, ¿qué sucede? ¿Por qué me llamas?

Oí un jadeo.

—¡Ay, Teresa! Espero no interrumpir la cena.

¿Me estaba tomando el pelo? El parpadeo de las luces que engalanaban la encina revelaba y después velaba los objetos del cuarto.

—No interrumpes nada.

—Lo sospechaba.

—¿Me llamas para reírte de mí?

—No, perdón, te juro que no.

Hubo más jadeos; luego, un gruñido de tripas. Volvió a alejar el teléfono.

—Estoy esperando a Ada —dijo después de aclararse la garganta—. Este año me toca Nochebuena. Pero creo que estoy enfermo. Me preguntaba... me preguntaba si podías venir a echarme un cable.

Así que ahora me necesitaba. Después de haberme echado de su casa quería que lo ayudase. Dejé pasar unos segundos.

—¿Qué dices? —me apremió.

Era incapaz de negarme por mucho que quisiera mostrarme hostil. ¿De verdad no podía llamar a otra persona?

—Puedo ir —dije.

—Ada vendrá en una hora.

—No creo que consiga llegar tan pronto.

—Bueno, haz lo que puedas. Será mejor que Ada no me vea en este estado.

A oscuras busqué los zapatos y el abrigo; luego, las llaves del coche. Al hacerlo volqué un contenedor de bolígrafos que había sobre el escritorio, pero ni se me pasó por la cabeza recogerlos. Un instante antes de salir supuse que Tommaso no le había comprado un regalo a su hija. El trol seguía donde lo había dejado a la vuelta de Reikiavik, en un rincón de la balda. ¿La asustaría? No tenía tiempo para pensarlo.

Cuando llegué al cuarto piso, la puerta estaba entreabierta igual que la vez anterior, pero no se oía nada. Entré con sigilo.

—Por aquí —dijo Tommaso desde otra habitación.

Estaba medio erguido, los ojos amoratados y el rostro grisáceo. Intentó levantar la cabeza, pero hizo una mueca. Me percaté del barreño de plástico bajo la cama y reconocí el olor que saturaba el aire.

—No estás enfermo, estás borracho.

—Ay, ay... ¡pillado!

Esbozó una sonrisa. Había un perro tendido en la mitad libre de la cama matrimonial. Me miraba con aire resignado.

—¿Por qué no me lo has dicho?

—He pensado que no te apiadarías de mí.

—No he venido porque me apiade de ti.

—Ah, ¿no? ¿Por qué has venido?

—Porque...

No conseguí acabar la frase. «¿Porque somos amigos?»

—Un padre modélico, ¿eh? —dijo Tommaso—. La Navidad con papá bolinga. Bastaría para llamar a los servicios sociales. Corinne se muere de ganas.

Intentó incorporarse de nuevo, pero tuvo un vahído que me obligó a aguantarlo para evitar que se cayese de la cama.

—¡No te levantes! —Empezaba a asustarme—. No quiero imaginarme cuánto alcohol debes de haber bebido para acabar así.

—He vulnerado todas las reglas del bebedor responsable —dijo, apretando la palma contra la frente para intentar detener algo que giraba frenéticamente—: no mezclar, no bajar de graduación, no beber con el estómago vacío y, ante todo, no empezar antes de las cinco de la tarde.

—¿A qué hora has empezado?

—De hecho, a las seis. Pero de ayer.

Dejó escapar la misma risita que había oído por teléfono.

—Nunca había visto a alguien en un estado como el tuyo.

Retiró la mano con cuidado, como si al alejarla quisiese asegurarse de que el cerebro seguía en su sitio.

—Bueno, Teresa, realmente llevábamos mucho tiempo sin vernos.

Me pidió que cerrase la puerta de su cuarto con llave. No se fiaba de poder hacerlo él mismo desde dentro. Tuve que jurarle que no abriría la puerta por ningún motivo mientras Ada estuviese allí, aunque ella hiciese de todo por entrar.

—Si me ve así se lo contará a su madre, y si se lo cuenta a su madre...

—Lo sé. ¿Tengo que bajar a buscarla cuando llegue?

—Es suficiente con abrirle el portal, sube sola. Así Corinne y yo no tenemos que cruzarnos. No hables por el interfono, por favor. Abre y punto. Si oye la voz de una mujer...

—¡Qué más da! Ada le contará que había una mujer.

Tommaso golpeó la cama con los puños.

—Es verdad. ¡Joder, vaya lío! ¡Vaya puto lío!

—No te pongas nervioso.

Nadaba en alcohol, era repulsivo. Sus párpados temblaban. Después de llevarle un vaso de agua y encerrarlo en su cuarto hice todo lo posible por adecentar el salón. Antes de aquella noche pensaba que las colecciones de botellas vacías eran una exageración de las películas, pero aparecían en los rincones más insospechados de la casa. Las llevé al balcón. *Medea*, la perra, me seguía apaciblemente. Tommaso quiso que se quedara con nosotras porque su presencia tranquilizaría a la niña.

En la pantalla blanquinegra del interfono vi a Ada radiante, convencida de estar saludando a su padre. Corinne se hallaba unos pasos más atrás, sólo se distinguían sus piernas. Pulsé el botón sin decir nada.

Ada, como era evidente, tenía permiso para subir sola, pero no para utilizar el ascensor. Oí sus pasos cada vez más cerca, al principio corría, pero luego frenó. Desde el rellano encendía las luces cada vez que se apagaban. Entonces se detenía, puede que maravillada por aquel pequeño milagro.

¿Se acordaría de mí aunque fuese vagamente? Supuse que no. Lo tuve claro cuando la vi aparecer en el descansillo, encantadora, con un gorro de lana con pompón, de piel clara, aunque no tanto como su padre. Pude leer en sus ojos la duda de haberse equivocado de puerta, de piso, de edificio, de día. No sabía qué hacer, así que se dispuso a dar media vuelta, pero dije:

—Es aquí, Ada. No te preocupes.

Al oír su nombre se sobresaltó.

—Soy Teresa, una amiga de tu papá. Él no se encuentra bien esta noche, tiene un poco de fiebre, por eso he venido yo. Titubeó de nuevo. Las severas advertencias sobre los desconocidos bullían bajo su gorro, pero, por otro lado, ¿qué otra cosa podía hacer sino fiarse?

—Nos conocimos hace tiempo —le dije.

Ada meneó la cabeza lentamente.

—Tú eras muy pequeña, más o menos así.

Algo en aquel gesto debió de transmitirle confianza porque al final soltó el pasamanos y dio un paso hacia mí. Al entrar comprobó que aquél era realmente el piso que conocía. Luego corrió hasta el cuarto de Tommaso y se empeñó en abrir la puerta.

—Está durmiendo. Más tarde podrás verlo, te lo prometo.

Pero Ada se ensañaba con el picaporte con la previsible rabia de un niño contra una puerta cerrada. *Medea*, por suerte, salió a su encuentro desde la cocina, ladró un par de veces, se dejó acariciar, la nariz de la niña frotó su mejilla. Aproveché la oportunidad.

—¿Quieres cocinar galletitas para Papá Noel? Podemos dejárselas enfrente de la ventana con un vaso de leche.

No hubo respuesta, ni siquiera una mirada amable por su parte. Había sido capaz de domar grupos escolares enteros y ahora una sola niña y su mutismo conseguían matarme de impotencia. Se dejó caer sobre el sofá con el abrigo y el gorro puestos. Parecía desengañada. Tommaso empezó a roncar justo entonces en la habitación de al lado. Tenía que decir algo, tapar aquel sonido, así que comencé a disertar sobre Papá Noel y el momento en que entrase por la ventana. Ni siquiera sabía qué estaba diciendo, pero hablaba alto y de algún modo logré distraerla, porque cuando callé parecía más tranquila.

—Tengo hambre —dijo.

Perfecto, algo que hacer, una forma de abandonar el salón y trasladarnos a la cocina. La convencí de que se desvistiera. Abrí la nevera y la despensa: más botellas vacías.

—Nuestro menú navideño será pasta con aceite. ¿Qué te parece?

Ada asintió y me pareció vislumbrar una sonrisa. Duran-te la cena comió con los ojos fijos en el pequeño árbol de Navidad que había en una esquina. De vez en cuando metía una mano debajo de la mesa para ofrecerle pan de molde a *Medea*.

Tras un par de horas, cuando Ada dormía en el sofá con la mandíbula contrayéndose rítmicamente, saqué la llave del bolsillo y abrí la puerta del dormitorio.

—¿Duerme? —preguntó Tommaso.

—Sí, pensaba que tú también dormías. O que habías muerto. Estaba un poco preocupada.

—Estoy despierto. En cuanto a la vida, no prometo nada. ¿Qué tal ha ido?

—Bien. Hemos hecho galletas y hemos dibujado.

—Es un encanto de niña.

Parecía que la borrachera lo hubiese vaciado por dentro.

—Debes beber agua. Ahora mismo te la traigo.

Dejé el vaso en la mesilla de noche, arreglé la sábana y la colcha, luego lo obligué a enderezarse un momento para me-terle una segunda almohada detrás de la cabeza. Tommaso observaba con curiosidad cómo mis manos se movían alrede-dor de su cuerpo.

—Esto sí que no me lo esperaba —dijo.

—Yo tampoco, créeme.

Cuando por fin me pareció que estaba cómodo, lo miré desde arriba.

—Violalibera.

Tommaso cerró los ojos.

—No seas cruel.

—Puedo despertarla si lo prefieres.

—No lo harías.

Grité el nombre de su hija, no a voz en cuello, pero sí con el volumen suficiente para que se despertase. Tommaso se es-tremeció.

—¡Para! ¿Estás loca?

—Violalibera. No lo repetiré otra vez. A la próxima llamo a Corinne.

La rabia que sentía contra mí se reavivó con toda la fuerza de antaño. Apretó los puños sobre la colcha.

—Está bien.

—Te escucho.

Temía que mi arrojo menguase de un momento a otro.

—Coge esa silla —dijo, señalando una silla enterrada bajo una montaña de ropa cerca del armario.

—¿Hace falta?

—Cógela. La cabeza me da vueltas si te veo de pie.

Fui hasta la silla, tiré la ropa al suelo y me instalé junto a la cama. Tommaso volvió a cerrar los ojos.

Reinaba el silencio. Sólo se oía la húmeda respiración de *Medea* y también la de Ada, algo más rápida, en el otro cuarto. Durante un rato no sucedió nada. Tommaso abrió la boca, pero vaciló. Puede que aquél no fuese el punto donde quería iniciar su relato. Pensé que la historia iba para largo.

—El instituto era un sitio salvaje —dijo por fin.

EPÍLOGO

El día oscuro

Muchos años antes, la abuela me había dicho que nunca se acaba de conocer las vidas ajenas. Yo estaba en la piscina con el agua hasta las caderas; ella echada en una tumbona estrujándose la piel de las rodillas, observando la decadencia de su cuerpo.

«No se acaba nunca, Teresa. A veces, sería mejor no empezar siquiera.»

Aquella tarde no presté atención a sus palabras: tenía dieciocho años y era invulnerable a los consejos. Mi madre me reprochaba que fuese tan impulsiva y obstinada, un binomio que, según ella, no traería nada bueno. Pero las palabras de la abuela quedaron grabadas en algún rincón de mi mente, y tras la noche en casa de Tommaso, aquella infinita noche de vigilia, inmovilidad y resentimiento, a menudo volvieron a mi mente.

«Nunca acabas de conocer a alguien...; sería mejor no empezar siquiera.»

La verdad de las personas, supongo que a eso se refería. ¿Podemos afirmar en algún momento que la conocemos? La verdad de Bern, de Nicola y Cesare, de Danco y Giuliana, la verdad de Tommaso y otra vez la de Bern, sobre todo la suya, como siempre. Ahora que he rellenado los huecos de su historia, de nuestra historia, ¿puedo afirmar que lo conozco por completo? La abuela, estoy segura, diría que no, como cualquier persona sensata, porque la verdad de un individuo, sea quien sea, sencillamente no existe.

Sin embargo, pese a todo lo que he aprendido de Bern gracias a Tommaso y a Giuliana, gracias a quienes tuvieron la suerte de acompañarlo cuando yo no estaba, sigo teniendo la misma certeza que al principio, la misma respuesta que no le di a la abuela por miedo a enojarla: yo lo conozco. Lo conocía. Mejor que nadie.

Porque todo lo que debía conocerse de Bern lo supe de golpe, en la primera mirada que me arrojó desde el umbral de casa cuando vino a disculparse por una infracción ridícula. La verdad sobre él se hallaba enteramente contenida en aquellos ojos tan castaños y tan juntos. Yo la vi.

Cuando desperté la mañana de Navidad, Tommaso se había ido y la puerta estaba cerrada. En su lado de la cama, la sábana era un rebujo y el almohadón estaba doblado por el medio. Tal vez las náuseas lo habían obligado a enderezarse durante la noche. Una polvorienta luz invernal anegaba el dormitorio. De la vorágine desatada por el relato de la noche anterior sólo quedaba una estela de cansancio.

Oí su voz; luego, la más aguda de Ada. Algo rebotó varias veces contra el suelo. Sonó el timbre y salieron de casa. Silencio. Me levanté de la cama y subí la persiana. La solidez de los objetos que tocaba me sorprendía como si fuese una sensación nueva. Abrí la ventana y el aire de diciembre irrumpió en la habitación.

En la acera, cuatro pisos más abajo, estaba Corinne con un abrigo de color crema. Aquella elegancia se avenía con ella. Tommaso y Ada fueron a su encuentro. Intercambiaron algunas frases y él se agachó para besar a la niña. Se irguió y enseguida se inclinó hacia Corinne con cierto descaro; se rozaron las mejillas, luego ella se alejó cogiendo a Ada de la mano.

Yo preparaba café cuando Tommaso volvió.

—Ha sido mejor que no os saludaseis —dijo—. He preferido que no te viese aquí, no habría sido fácil explicarlo.

—¿Cómo te encuentras?

—Como si me hubieran decapitado y luego me hubiesen pegado la cabeza del revés.

Seguía teniendo un aspecto penoso, efectivamente. Se apoyó en la encimera.

—Estaba encantada con el monstruito que le regalaste —dijo.

—No es un monstruo, es un trol.

—Hablaba de ti y de las galletas que cocinasteis para Papá Noel.

—Creo que al final no me fue nada mal, aunque las galletas estaban malísimas. No tienes ni mantequilla en la nevera, ¿lo sabías?

Bebimos café. Sabía que había llegado mi turno. No me extendí mucho, no fui tan minuciosa como él. Le conté poco más de lo que le había escrito a Cesare en la nota. Le describí la hendidura de la cueva por donde Bern había hallado la forma de entrar como si hubiese querido fecundar el centro de la Tierra, pero no le conté nada de lo que nos habíamos dicho a través de la roca húmeda; tampoco le hablé de Alemania, ni del padre de Bern, ni de Giuliana.

La expresión de Tommaso no cambió en ningún momento, no lloró, y al acabar no hizo preguntas.

Después fui a por el bolso. Se me pasó por la cabeza una broma sobre el hecho de abandonar así, por la mañana, la casa de un hombre, pero seguramente nos habría entristecido a ambos. Aquella calma era una membrana finísima que no debía rasgarse. Bern seguía en nosotros, notábamos su ausencia como en otro tiempo habíamos sentido su presencia.

Tommaso me preguntó si tenía planes para la comida.

—Ningún plan, ninguna comida. ¿Y tú?

—Tampoco.

En el rellano me dio por pensar que aquélla sería la última vez que veía a mi más estimado enemigo.

—Gracias por sacarme del apuro ayer —dijo—. Supongo que lo normal en estos casos es que te deba una, pero no se me ocurre cómo compensarte.

No me apetecía volver a casa, así que decidí dar un paseo. Atravesé el casco antiguo de la ciudad con sus edificios en ruinas y sus patios abandonados. Llegué al puente giratorio y lo crucé. Bares y tiendas estaban cerrados, incluso en el centro. Los únicos transeúntes eran las familias que volvían de misa, algunas con ramos de flores y bolsas llenas de regalos. Llegué hasta la casa de Corinne sin haberlo previsto. Desde lejos eché un vistazo a las ventanas y me pareció distinguir a alguien tras el cristal. Echaba de menos a Corinne, su voz, su sonrisa mordaz. Puede que un día la llamase. Desandando el camino despacio dejaría atrás la hora de la comida. No es que me asustara la soledad, pero me pareció más fácil así.

Cuando enfilé el sendero, casi dos horas más tarde, estaba preparada para afrontar la habitual aparición de Bern, pero aquel día no ocurrió. Fuera cual fuese el lugar donde había cobijado a su espectro durante los últimos meses, en las tierras de la hacienda o sólo en mi cabeza, aquella mañana de Navidad partió para no regresar. Todo estaba tal como lo había dejado la noche anterior. Los bolígrafos del escritorio seguían esparcidos por el suelo, algunos sin tapón. Los recogí y los coloqué en el bote.

En cuanto a Tommaso, me equivocaba respecto a lo de no volver a verlo. Yo misma lo busqué al cabo de unos meses. La primavera acababa de empezar, compré una gran hortensia y la planté junto a una pared desnuda cuyo alero le aseguraba suficiente sombra. Las hortensias requieren una cantidad escandalosa de agua, pero siempre había deseado tener una. Además, tal vez estaba harta ya de la aridez del patio. Después de todo, no le hacía daño a nadie, no empeoraba aquella tierra, y a mí, en cambio, me ayudaría ver aquellas exuberantes esferas de pétalos blancos.

Llamé a Tommaso y le pregunté si su idea de compensar el favor navideño seguía en pie. Respondió que sí, pero con cierta reserva, como si esperase una petición descabellada.

—¿Me acompañarías en un viaje?

—¿Lejos?

—Bastante lejos, pero yo me ocupo de los gastos.

En febrero había vuelto a la clínica de Sanfelice. No pedí cita, sencillamente me presenté allí y aproveché el lapso entre dos visitas bajo la atenta mirada de la nueva secretaria, una joven muy alegre y muy cortés. Si hubiera tenido que cumplir todos los trámites es posible que me hubiera faltado el coraje para llegar al final del asunto. Pero allí estaba.

Nada más verme, Sanfelice se erizó en la silla con el rostro alarmado y echó mano al teléfono para pedir auxilio.

—Él no está, no se preocupe —le dije.

Soltó el auricular sin demasiada convicción.

—La última vez que vino les dio un susto mortal a las pacientes. Y a mí también, para serle franco. ¿Ve ese rollo de papel? Lo agarró y empezó a destrozarlo todo.

Sacudió la cabeza para borrar la horrible escena de su memoria. Luego, advirtiendo que seguía de pie, me invitó a sentarme. Procuró recobrar la dignidad perdida. El vidrio de un portarretratos con la foto de sus hijos tenía una raja en diagonal. ¿Habría sido Bern?

Le dije que quería intentarlo de nuevo.

—¿Su marido lo aprueba?

—Ya se lo he dicho: él no está.

Seguramente se preguntó si era necesario indagar más, pero decidió no hacerlo. Le expliqué que, entre los formularios firmados por Bern y yo en Kiev, había un consentimiento para congelar embriones. Tal vez siguiesen allí.

—Eso podemos averiguarlo enseguida.

Sacó una agenda y marcó un número en el teléfono. Habló en inglés con el doctor Fedečko mientras me miraba, asintiendo.

Así que en abril, cuatro años después de hacerlo con Bern, volvía a cruzar el puente sobre el Dniéper, que centelleaba en un día aún frío y casi insoportablemente luminoso; los barcos surcaban el río despacio abriendo abanicos de agua.

Nastja le dirigió miradas hostiles a Tommaso por el retrovisor, casi no abrió la boca desde que salimos del aeropuerto.

—Sé lo que piensas —dije—, pero sólo es un amigo. Bern no podía venir.

—No es asunto de mi incumbencia —respondió algo picada, pero comprendí que la aclaración la aliviaba.

—Estoy aquí porque han llegado los días oscuros —dije.

—¿Qué días oscuros?

—Tú lo dijiste la otra vez: hay que abastecerse para los días oscuros. Y esos días han llegado.

Sonrió.

—Entonces, estoy contenta de haberlo dicho.

Después de la transferencia de embriones, Tommaso entró de puntillas en la habitación donde yo descansaba.

—No estoy durmiendo —dije—, puedes pasar.

Llevaba los cubrezapatos de nailon azul y una bata de papel atada sobre la espalda. Su celo me conmovió.

—¿Ves aquellas cúpulas? —le dije, señalándolas—. Es la Lavra, a Bern le gustaba mucho.

Pero Tommaso sólo tenía ojos para mí, me escudriñaba con patente aprensión.

—¿Estás bien?

—Sí.

—¿Qué es lo siguiente?

—Ahora volvemos a casa. Coge mi ropa, por favor. Tiene que estar en el armario.

Creo que lo decidí en aquel mismo instante mientras Tommaso me ayudaba delicadamente a meter los brazos en las mangas del jersey, tal vez un poco cohibido a causa del contacto con mi cuerpo semidesnudo: accedería a la voluntad de Cesare.

Pero esperé a que terminase mayo y luego junio, de modo que cuando lo llamé y llegó el día acordado el verano estaba en su apogeo.

Cesare se presentó con una estola violeta colgando de los hombros.

—¿Qué sitio has escogido? —preguntó.

—La morera.

Nos encaminamos hacia el lugar donde en otro tiempo se hallaba el refugio de Bern y sus hermanos. Cesare y yo íbamos en cabeza, Marina nos seguía de cerca y Tommaso iba a la zaga. Ada brincaba a su alrededor.

La incesante estridencia de las chicharras nos siguió entre los olivos como me perseguía durante mis veranos infantiles, cuando, para mí, Speziale sólo existía en el estío.

Cesare le pidió a Marina que sujetara la estola mientras cavaba.

—Muéstrame qué has traído —dijo.

Me volví hacia Tommaso. Metió la mano en un bolsillo del pantalón y sacó un libro amarillento con los bordes arrugados.

—Lo he encontrado —dijo.

Cesare tomó el ejemplar de *El barón rampante* que había pertenecido al joven Bern. Pasó las páginas sin levantarse del suelo. Leyó una frase subrayada.

—Me parece apropiado.

Depositó el libro en el hoyo. Recitó primero un salmo, luego un pasaje del Evangelio según Juan y finalmente preguntó si alguien quería agregar algo.

Nos quedamos en silencio con la mirada fija en la cubierta del libro.

Como nadie habló, Cesare empezó a cantar. Había perdido la entonación de sus mejores tiempos y a veces su voz parecía ceder, sobre todo cuando atacaba las notas más altas con aquel tono ligeramente nasal que tan bien recordaba, pero la fuerza con la que el canto se difundía por los campos ardientes no había cambiado en absoluto. Pensaba que continuaría solo hasta el final, pero Tommaso se unió a él en la segunda estrofa. Cantaron juntos el resto de la canción.

Creo que Ada intuyó la solemnidad del momento. Desde abajo, veía a su padre cantar como si aquel acto tan simple desvelara algo inesperado y fundamental sobre él.

Tapamos el hoyo. Cesare nos mandó recoger algunas piedras y las colocó en el punto donde se hallaba el libro formando una pequeña pirámide. «Adiós, amor mío», pensé.

· · ·

Cuando Cesare y Marina se marcharon, Tommaso y yo caminamos entre los olivos mientras Ada daba caza a uno de los gatos asilvestrados.

—¿Vendrás de vez en cuando? —pregunté.

Estaba segura de que él podía ver personas y situaciones del pasado allí donde posara la vista, como yo.

—A Ada le gusta, parece que le ha cogido cariño.

—Voy a necesitar ayuda... gratis —añadí.

Tommaso sonrió.

—Gratis.

No nos prometimos nada, mejor así.

Le hablé de los brocados verdes que aparecieron sobre el lago cuando Bern murió porque aún no lo sabía y, por alguna razón, pensé que debía contárselo.

—La aurora boreal en esa época es muy rara, según me dijeron.

—Pero no te extrañó.

—Lo cierto es que no. A veces me veo como una loca. Fíjate en lo que acabamos de hacer: hemos enterrado un libro...

Tommaso trazó un garabato en el aire con el índice.

—Tal vez sea una locura —dijo—, y casi con seguridad lo que viste no era más que un fenómeno atmosférico con causas precisas, pero es horriblemente triste concebirlo así.

—Danco empezaría a vociferar ahora mismo.

—¡Oscurantistas! ¡Reaccionarios siniestros!

—¡Inmundos retrógrados!

Nos reímos a gusto.

—He oído que ha vuelto a Roma —dijo luego Tommaso.

—Sí, yo también lo he oído.

Una urraca alzó el vuelo y fue a posarse en una rama. Nuestras miradas coincidieron por un instante allí arriba.

Estuvimos un rato jugando con Ada, luego ellos también se marcharon. Me senté en la mecedora. Por momentos me sentía exhausta, como si toda la sangre de mi organismo se hubiese concentrado de golpe en un solo punto. Sanfelice dijo que era normal, sobre todo durante los primeros meses. Aguardé unos minutos.

El sol había descendido, ahora la luz era tan envolvente y perfecta que deseé que aquel momento se prolongara para siempre. Era la hora en que uno se enamoraba de aquel lugar. Recordé la emoción que invadía a Bern cuando contemplaba el campo al atardecer. ¿Sería algo hereditario? ¿Estaría grabado en algún tramo del código genético o desaparecería? No lo sabía, pero deseaba que no se perdiese. Lo único que podía hacer era contarle algún día a mi hija quién había sido su padre, explicarle qué veneraba y a qué errores lo condujeron sus creencias; decirle que, durante su breve vida, siempre amó la tierra y el cielo, constantemente, con toda la entrega y el ímpetu de que es capaz un hombre.

ISBN: 978-84-9838-964-7
Depósito legal: B-17.938-2019
1ª edición, octubre de 2019
Printed in Spain
Impresión: Liberdúplex, S.L. Sant Llorenç d'Hortons